KB272051

전여친

THE EX

전여친

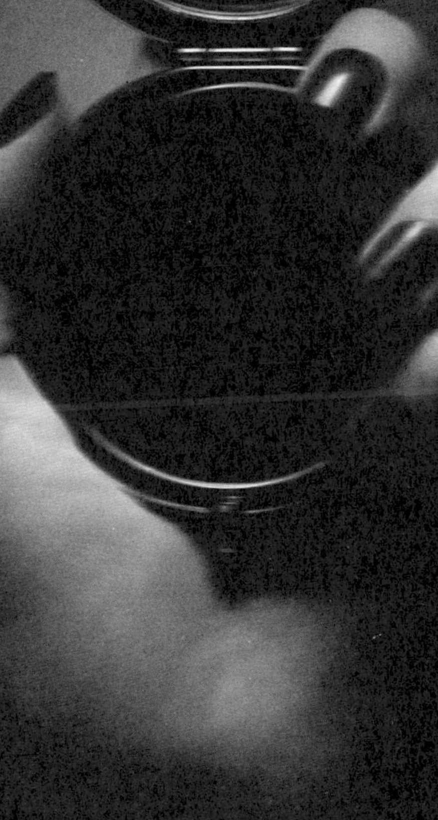

프리다 맥파든 지음
박지현 옮김

BOOK PLAZA

전 여자친구

몇 년인지 세기도 싫을 만큼 오래 동거해 온 남자친구가 '중요한 얘기'가 있다며 저녁을 먹자고 했을 때, 내 머릿속에 떠오른 생각은 딱 하나였다.

'드디어 내 차례가 왔구나.'

우리 친구들 중에서 조엘과 나는 가장 오래 사귄 커플이었다. 얼마나 오래됐는지는 굳이 말하지 않겠다. 솔직히 좀 민망하니까. 우리가 함께한 시간의 절반도 안 되는 기간을 사귄 친구들 결혼식에서 내가 춤까지 췄다는 정도로만 하자. 그러더니 몇 달 전에는 내 여동생이 결혼했다. 동생이 언니보다 먼저 결혼한 것이다. 인도에는 첫째가 먼저 결혼해야 아래 형제자매들이 결혼할 수 있다는 규칙이 있다던데, 그 규칙을 서구권에도 도입했으면 좋겠다. 그날 나는 여동생 결혼식장에서 혼자 앉아 있었다. 나이 많은 이모들이 다가와 손을 토닥이며 "다음은 네 차례야"라고 위로인지 압박인지 모를 말을 건넸다. 나는 결국 여자 화장실 칸으로 몸을 피해 웨딩케이크를 입에 쑤셔 넣어야 했다.

그날 조엘은 응급실 근무 때문에 오지 못했다. 제비를 뽑았는데 하필 그날 당직이 걸렸다고 했다. 적어도 그는 그렇게 말했다. 지나고 나니 그 말이 진짜였는지는 모르겠다.

하지만 오늘 밤만큼은 전부 잊기로 했다. 조엘이 병원에서 바로 오는 길이었고, 우리는 사람들로 붐비는 바 겸 그릴에서 저녁을 먹기로 했으니까. 가게는 작았고 테이블이 빽빽하게 들어차 있어서, 가로질러 가려면 몸을 비틀어야 했다. 오래전에 금연이 됐지만, 나무 테이블과 의자에 끈적하게 밴 냄새가 아직도 희미하게 남아 있었다.

사실 여기는 우리가 아주 오래전에 처음 '공식적인 데이트'를 했던 곳이었다. 이게 곧 프러포즈하겠다는 신호가 아니라면 대체 뭐란 말인가? 퇴근하고 옷만 갈아입을 정도의 시간밖에 없었지만, 그 짧은 시간을 최대한 활용했다. 지난달 큰맘 먹고 산 '궁극의 리틀 블랙 드레스'를 드디어 꺼내 입었다. 고데기를 들고 거의 한 시간 동안 머리를 매만져 최대한 부드럽고 윤기 나게 만들었다. 내가 섹시한 옷을 입었을 때 조엘 얼굴에 떠오르는 그 표정이 좋았다. 입이 살짝 벌어졌다가, 이내 미소가 번지는 그 표정.

뭔가 이상하다는 첫 번째 신호는 조엘이 초록색 수술복 차림이라는 거였다. 물론 수술복을 입은 게 이상한 건 아니었다. 그는 지역 병원의 응급실 의사였고, 사회적으로 허용만 된다면 평생 수술복만 입고 살고 싶다고 말하곤 했으니까. 매주 일요일 내가 빨래를 하면 세탁기엔 수술복만 가득 돌아가곤 했다. 내가 잔소리하지 않으면 그는 늘 그걸 입었다. 솔직히 청바지에 티셔츠만 입어도 괜찮았을 텐데. 나는 그렇게 까다로운 편도 아니었다.

그래서 수술복이 놀랍진 않았다. 다만 오늘 청혼을 할 생각이었다면, 좀 더 차려입고 오지 않았을까 싶었다. 무엇보다 내가 '궁극의 리틀 블랙 드레스'를 입고 있는데, 그가 하필 수술복 차림이라서 괜히 나만 과하게 꾸민 사람처럼 보였다.

테이블로 다가가자 웨이트리스가 조엘에게 말을 걸고 있었다. 스물두 살쯤 되어 보이는, 볼륨 있는 몸매의 금발 여자였다. 내가 자리에 도착하기도 전에 그녀의 손은 이미 그의 어깨에 올라가 있었다. 조엘은 평상복을 입어도 시선을 끄는 사람이었다. 상대방을 꿰뚫어 보는 듯한 선명한 파란 눈, 수줍은 미소, 마른 듯하면서도 단단한 체격. 그런데 수술복을 입고 있으면 여자들에게 특히 더 치명적이었다.

"안녕." 그는 파란 눈을 들어 나를 봤다. 피곤해 보였지만, 딱히 새삼스러운 모습은 아니었다. "왔네."

웨이트리스는 마지못해 내 남자친구의 어깨에서 손을 뗐다. 내가 나타나자 그녀의 표정이 굳는 것도 놀랍지 않았다. 그런 반응을 수도 없이 겪어왔으니까. 위아래로 훑으며 '경쟁자'를 가늠하는 그 눈빛. 그래도 결국 그녀는 우리를 두고 물러났다.

"오늘 근무는 어땠어?" 나는 그의 맞은편 의자에 앉으며 물었다.

일 얘기가 나오자 그의 얼굴이 환해졌다. 늘 그랬다. 조엘은 내가 아는 누구보다도 자기 일을 사랑했다. 우리가 처음 만났을 때 그는 의대 1학년이었고, 그때부터 이미 응급실 의사를 꿈꾸고 있었다. 그는 일로 살아가는 사람이었다. 그의 인생에서 가장 중요한 건 늘 일이었다.

이랬던 그가 나중에 새 여자친구를 만날 때는 많이 달라져 있었다.

"이틀 전에 두통을 호소하던 어떤 여자 환자가 있었는데, 그냥 두통약만 처방해서 돌려보냈더라고." 그가 말했다. "뇌정맥혈전증이었어. 내가 그걸 잡아냈지."

"그러니까…;" 나는 그를 향해 웃었다. "네가 그 여자 목숨을 구한 거네."

"글쎄." 그는 시선을 내렸다. 조엘은 절대 자기 공을 과장하는 타입이 아니었다. "그럴지도 모르지. 어차피 누군가는 알아냈을 거야. 난 신경과로 넘겼으니까, 정말로 목숨을 살리는 건 결국 그쪽이겠지."

"아니야, 네가 한 거야." 나는 단호하게 말했다. 내 남자친구는 늘 자신의 성과를 드러내길 꺼렸지만, 나는 정반대였다. 기회만 있으면 누구에게든 위대한 의사, 조엘 브로더 이야기를 했다. 자랑하려는 게 아니라 전부 진심이었다. 우리가 함께한 시간 동안 그가 이뤄온 모든 것들이 너무나 자랑스러웠다. 내 눈에는 그보다 나은 사람도, 더 나은 의사도, 더 나은 남자도 없었다.

내 남은 인생을 함께 보낼 사람으로도.

이후에 일어난 일들에도 불구하고 나는 여전히 그렇게 믿고 있다.

"내가 살리지 못한 사람들도 많아." 그가 말했다.

굳이 말하지 않아도 무슨 얘긴지 알았다. 한 달 전, 응급실에서 한 남자가 갑자기 죽었다. 젊은 남자였다. 우리와 비슷한 나이, 많아야 한두 살 차이. 그는 애매한 흉통을 호소해서, 초기에 '속쓰림'으로 분류됐다. 조엘이 보기 전에 이미 '코드 블루'가 울렸다. 조엘은 급히 그 방으로 달려갔지만, 결국 살리지 못했다. 심정지였다고 했다.

조엘은 그 일을 몹시 힘들어했다. 침실로 들어가 침대에 누운 채 몇 시간이나 말 한마디 없이 천장만 바라봤다. 저녁을 차려도 소용없었다. 그가 가장 좋아하는 직접 만든 마리나라 소스 파스타에 미트볼까지 준비했는데도. 레시피대로 제대로 만들려면 거의 두 시간이 걸리지만 그래도 만들었다. 조엘이 제일 좋아하는 음식이니까. 미트볼을 어떻게 그렇게 맛있게 만드냐고? 비결은 버터밀크다. 이탈리아계인 할머니에게 배운 비법이다. 물론 그걸 조엘에게 말해 준 적은 없다.

그날 밤 새벽 두 시쯤 잠에서 깼을 때, 조엘은 침대에도, 집에도 없었다. 놀란 마음에 전화를 걸자 그는 "산책 중이야"라고 말했다. 밤새 기다렸지만 그는 해가 뜰 때까지 돌아오지 않았다. 다시 평소 모습으로 돌아오기까지 며칠이 걸렸다. 그리고 그 일은 분명 아직도 그의 마음 어딘가에 남아 있었다.

나는 조엘을 완전히 이해하지는 못했다. 그는 의사로 일하면서 수십 명, 어쩌면 수백 명의 죽음을 봐왔을 텐데. 그런데 왜 이번 일이 그를 이렇게까지 흔들어 놓은 걸까?

"그 사람도 의사였어." 조엘이 말했다. "내가 말했었나? 시내에서 입원전담전문의로 일했대. 우리 응급실 의사 중 한 명이 그 사람이랑 의대 동기였고."

"아…" 나는 얼버무렸다. 더는 할 말이 떠오르지 않았다. 죽음 얘기는 하고 싶지 않았다. 특히 지금은. 로맨스와는 가장 거리가 먼 주제였으니까.

그는 구릿빛 술을 한 모금 들이켰다. 뭔지는 모르겠지만 그가 평소 마시던 와인이나 맥주는 아니었다. 색과 향이 버번 같았다. 조엘이 독한 술을 마시는 걸 본 적이 없었다. 전혀 없었던 건 아니었지만 의대를 졸업한 이후로는 한 번도 없었다.

그게 뭔가 잘못됐다는 두 번째 신호였다. 하지만 나는 애써 못 본 척하고 넘어갔다.

"아무튼," 나는 일부러 밝은 목소리로 말했다. "아까 할 말 있다고 했잖아. 중요한 얘기라며?"

지금도 그 밤을 떠올리면, 딱 이 순간부터 몸이 오그라든다.

"응." 조엘은 목뒤를 문지르며 내 눈을 피했다. 나는 그의 수술복 상의 주머니로 시선을 옮겼다. 반지 상자의 윤곽이 보일까 해서였다. "그러니까, 무슨 얘기냐면…."

'나랑 결혼해 줄래?' 이 말이 나올 줄 알았다.

"그게…." 그는 입을 가리고 헛기침을 한 뒤, 다시 술을 한 모금 들이켰다. "요즘 계속 생각이 많았어. 그 남자 일 이후로…."

"그건 네 잘못이 아니야, 조엘."

"알아. 하지만 그게 중요한 게 아니야." 그는 손바닥으로 눈을 문질렀다. "그냥 그 일이 머릿속에서 떠나질 않아. 그 사람은 흔히 말하는 심장병 환자가 아니었어. 건강했고, 젊었어. 나처럼 의사였고. 그런데 그냥… 갑자기 죽어버렸어. 아무런 징후도 없이…."

그는 손가락을 딱 하고 튕겼다. "그냥 순식간에."

도저히 프러포즈처럼 느껴지지 않았다. 이게 프러포즈라면, 정말이지 최악이다.

"음…." 나는 상황을 어떻게든 바로잡아 보려 애썼다. "그런 일을 겪으면 누구나 인생을 되돌아보게 되잖아. 앞으로 어떻게 살아야 할지 말이야. 그래도 다시 나아가야겠다는 생각도 들고… 그렇지?”

집을 사고, 아이를 낳고, 함께 늙어가고, 현관에 나란히 둔 흔들의자에 앉아 손을 잡는 그런 미래로.

조엘의 눈이 반짝였다. “바로 그거야. 내가 하고 싶은 말이 그거라고.”

“너무 좋다! 우리가 같은 생각이라서 정말 다행이야.” 나는 테이블 너머로 그의 손을 잡으려 했지만, 그는 내 손이 닿기도 전에 손을 빼버렸다.

“이게 최선인 것 같아.” 그는 잔을 들어 구릿빛 액체를 천천히 굴렸다. “너랑 나 말이야. 우린 이제 잘 안 맞아. 그러니까…”

“뭐?” 심장이 철렁 내려앉았다. “잘 안 맞는다니? 무슨 소리야?”

“내 말은….” 그가 눈을 몇 번 깜빡였다. “너도 그 얘기 한 거 아니었어? 이제 그만하고 각자의 길로 다시 나아가야 한다고.”

“각자 나아가자는 게 아니잖아!” 나는 거의 소리를 지르다시피 말했다. 사람들이 하나둘 우리 쪽을 흘끗 보기 시작했다. “같이 나아가자는 말이지. 그러니까… 결혼하자는 말이었어.”

그리고 바로 여기서부터, 이 기억은 정말 견딜 수 없을 만큼 민망해진다.

조엘의 입이 벌어졌다. “결혼?”

“안 될 이유라도 있어?” 심장이 미친 듯이 뛰었다. 조엘 때문에 내가 여기서 쓰러지기라도 하면, 그는 어떤 기분일까. “우린 오래 함께했고, 같이 살고 있고, 잘 맞잖아. 그리고… 나는 너를 사랑해.”

이쯤에서 그는 ‘나도 사랑한다’고 말했어야 했다. 나는 그 말을 기다리며 그대로 앉아 있었다. 하지만 조엘은 아무 말도 하지 않았다. 의자에 몸을 묻은 채, 자기 술잔만 내려다보고 있었다.

"미안해." 그가 말했다. "그냥… 우린 이제 잘 안 맞는 것 같아."

잘 안 맞는다니. 그게 대체 무슨 뜻이었을까? 나는 아직도 이해가 안 된다. 마치 쓸모가 없어졌다는 이유로 잘린 직원이 된 기분이었다. 아니면 내가 너무 나이가 들어서였을지도 모른다.

나중에 그가 다음으로 만난 상대를 봤을 때, 그 가능성이 꽤 그럴듯하게 느껴졌다. 그녀는 누가 봐도 '어린 여자'였다.

"조엘, 사랑해." 내가 다시 말했다. "제발 이러지 마. 너는 내 전부야." 눈앞이 흐려졌다. "부탁이야."

그날로 돌아가 단 하나를 되돌릴 수 있다면, 나는 이 구질구질한 '애원'을 지우고 싶다. 나는 스스로를 약한 여자라고 생각해 본 적이 없었다. 남자에게 떠나지 말아 달라고 빌던 그 굴욕감은 지금도 생생하다. 그런데도 그때 내 말은 진심이었다. 조엘은 내 인생 전부였다. 내가 한 남자를 이렇게까지 사랑할 수 있으리라곤 상상도 못 했다. 정말로 동화 같은 사랑이었다. 그래서 나는 당연히 동화처럼 해피엔딩이 올 거라고 믿었다.

"미안해." 그는 끝내 내 눈을 마주치지 못한 채 말했다. "아파트는… 네가 써."

"나 혼자서는 집세를 감당할 수가 없어." 내가 말했다. 나는 내 일을 사랑했고 잘 해냈지만, 내 월급은 그의 수입에 비하면 너무 작았다.

"그럼 내가 도와줄게." 그가 말했다. "네가 다른 곳 구할 때까지."

그는 정말 친절했다. 그게 조엘의 문제였다. 그는 좋은 사람이었다. 언제나 다정하고 배려 깊고 착했다. 의대를 졸업하고 두 달쯤 시간이 비었을 때도 친구들처럼 놀러 다니는 대신 세네갈로 의료 봉사를 가기로 했다. 나도 그를 따라갔고, 할 수 있는 일을 하며 곁에서 도왔다. 우리는 출국 전에 같이 예방주사를 맞고 말라리아 약도 잔뜩 챙겼다. 그때 나는 황열병 주사를 맞고 꽤 심하게 앓기도 했다. 그곳에서 우리는 6주 동안 작은 오두막에서 같이 살았다. 우리가 쓰던 방은 우리 집 드레스룸보다 조금 큰 정도였고, 구석에 놓인 작은 선풍기 하나로는 숨 막히는 더위를 도저히 식힐 수 없었다. 일주일쯤 지나자 나는 머리부터 발끝까지 모기 물린 자국 투성이가 됐다. 그런데도 이상하게, 그 6주간은 내 인생에서 가장 행복한 시간이었다.

"다시 세네갈에 가 보는 건 어때?" 나는 우리가 행복했던 때의 기억에 매달리듯 물었다. "다시 같이 봉사하러 가는 거야."

그는 고개를 저었다. "그건… 안 될 것 같아."

점점 할 말이 바닥나고 있었다. 딱 맞는 문장 하나만 찾으면 그를 붙잡을 수 있을 것 같았다.

"제발 이러지 마." 나는 속삭였다. "제발…."

또 애원이다. 하아. 맹세컨대 나는 원래 이렇게 구질구질한 사람이 절대 아니다.

나는 조엘을 바라봤다. 옅은 속눈썹, 짙은 갈색 머리, 서서히 붉어지고 있는 목까지. "다른 사람이 있는 거야?" 내가 물었다.

"아니." 그는 재빨리 말했다. "다른 사람은 없어."

뻔한 대답이었다. 아직은 없지만 언젠가는 생길 것이다. 또 다른 여자가. 조엘이 결혼해도 되겠다고 여길 여자가. 교외의 집과 아이들, 현관에 나란히 놓인 흔들의자까지. '잘 안 맞는다'는 이유로 내가 가지지 못할 그 모든 것들을 가져갈 여자가.

"이건 아니지." 나는 식당 소음 위로 목소리를 높였다. 조엘은 소란 피우는 걸 질색했다. 어떻게든 피하려고 했다. 지금도 얼굴에 불편함이 그대로 드러나 있었다. 하지만 이런 얘길 굳이 식당에서 꺼낸 건 전적으로 그의 잘못이었다. 집에서 말했다간 내가 집을 뒤집어엎을까 봐 그랬던 걸까. 그때는 꿈에도 몰랐다. 우리가 이 대화를 나누는 동안, 조엘의 친구인 피트가 우리 아파트에서 조엘의 물건을 몽땅 빼내고 있었다는 걸.

조엘은 주위를 둘러봤다. 식당에 있던 사람들 절반이 우리를 보고 있었다. 그는 정말로 난처해 보였다. 턱 근육이 씰룩거렸다.

"미안해." 그가 세 번째로 말했다. 그러고는 자리에서 벌떡 일어나 지폐 몇 장을 테이블 위에 툭 던져놓고, 식당을 뛰쳐나갔다.

나는 멍하니 그 모습을 바라봤다. 불과 15분 전까지만 해도 나는 사랑하는 남자와 함께할 미래를 그리고 있었다. 그런데 이제는 모든 게 끝이었다.

조엘이 자리에서 일어나 식당 문을 쾅 닫고 나가버린 몇 초 사이에, 조엘 브로더를 향한 내 사랑은 서서히 증오로 변하기 시작했다. 단번에 그렇게 된 건 아니었지만, 시간이 지날수록 나는 그를 점점 더 미워하게 됐다. 그가 그려온 인생에 내가 끼어들 자리가 없었다는 사실이 견딜 수 없었다. 내가 감당할 수 없다는 걸 알면서도 집세를 내주겠다고 말할 때, 그의 눈에 스쳤던 그 연민이 싫었다. 그리고 언젠가 결혼식장에서 내 자리를 대신 차지할 새로운 여자가 싫었다. 나는 이름도 얼굴도 모르는 그 여자를 조엘보다도 더 증오하게 됐다.

나는 그가 내게 한 짓에 대해 복수하고 싶었다.

그리고 그 여자에게도.

처음부터 그게 내 목적이었다. 그날 밤 조엘이 나를 버렸을 때, 그는 내 인생 전부를 앗아갔다. 집도, 친구들도, 자존심도. 그 어떤 것도 다시 되돌릴 수 없었다. 내가 원한 건 단 하나였다. 받은 걸 그대로 되돌려주는 것.

나는 정말 누구도 죽일 생각은 없었다.

1
새 여자친구

정신이 멀쩡한 사람이라면 21세기에 굳이 운영하지 않을 사업이
세 가지 있다. 여행사, 비디오 대여점, 그리고 서점이다.

캐시 도노반은 성인이 된 후로 여행 예약을 전부 온라인으로 했
다. 집에서 영화를 보려고 DVD를 빌리러 대여점에 가던 시절이
어땠는지도 가물가물하다. 이제는 집에 DVD 플레이어도 없었다.

그런데도 캐시는 지금, 조부모에게 물려받은 중고서점에서 낡은
책들을 진열하고 있었다. 서점 이름은 〈북랜드〉. 조부모는 베아 할
머니와 마브 할아버지였다. 캐시가 이 가게를 맡았을 때는 겨우
스물두 살, 대학을 졸업한 직후였다. 온라인 판매와 전자책 시장이
커지는 상황에서 고군분투하는 중고서점을 떠맡고 싶어 하는 도
노반 집안사람은 아무도 없었다. 하지만 캐시는 종이책을 유난히
좋아했고, 북랜드가 문을 닫는 걸 차마 볼 수 없었다.

캐시는 상자에서 귀퉁이가 해진 페이퍼백 한 권을 꺼냈다. 대프
니 듀 모리에의 《레베카》. 그녀가 특히 좋아하는 작품이다. 하지만
고전은 잘 팔리지 않는다. 이 책은 잘해야 1달러나 받을까 말까였
다. 문제는 1달러로는 가게를 유지할 수 없다는 거다.

"뒤에서 뭐 해, 캐시?"

가게 앞쪽에서 캐시의 친구이자 동업자인 조이 말로이의 목소

리가 들려왔다. 조이는 대학 시절 캐시의 룸메이트였다. 북랜드를 물려받은 후 캐시는 조이에게 지분을 나눠주고 도움을 청했다. 회계학 전공인 캐시는 장부를 맞추거나 맞추려고 애쓰는 데에는 강점이 있었지만, 판매는 조이가 훨씬 능숙했다. 실제로 계산대에 조이가 서 있으면 캐시가 있을 때보다 책이 더 잘 팔렸다. 조이의 밝은 성격 때문일 수도 있었다. 아니면 커뮤니케이션 전공답게 사람을 휘어잡는 말솜씨 때문이거나. 이유가 뭐든 조이는 캐시가 절대 따라잡을 수 없는 타고난 판매원이었다.

"아직 안 끝났어?" 조이가 소리쳤다. 북랜드는 아주 작은 가게였지만, 이상하게도 안에서 길을 잃을 때가 있었다. 어디를 돌아봐도 책장이 빼곡했다. 베아 할머니는 이 작은 공간에 책장을 말도 안 되게 많이 들여놓았고, 캐시는 가끔 그 책장들이 도미노처럼 와르르 무너질까 봐 걱정하곤 했다. "캐시?"

"잠깐만!" 캐시는 마지막 책들을 책장에 밀어 넣으며 대답했다.

캐시는 몸에 딱 붙는 청바지에 손을 털며 계산대 쪽으로 나왔다. 조이는 계산대 앞 스툴에 앉아 있었다. 썩 편하지는 않았지만, 예전에 쓰던 의자들은 반년 전에 말 그대로 부서져 버렸다. 이 두 개의 스툴은 시내 갈색 벽돌 건물 앞 길가에서 주워 온 것이었다. 캐시가 가게까지 끌고 오는 걸 조이가 도와줬다.

인정하기 싫었지만 북랜드의 사정은 썩 좋지 않다. 베아 할머니가 세상을 떠났을 때 이미 깊은 수렁에 빠져 있었고, 아직 그 구덩이에서 완전히 빠져나오지 못했다. 하지만 언젠가는 해낼 것이다.

어떤 식으로든.

조이 앞에는 페이퍼백 한 권이 펼쳐져 있었다. 조이는 캐시만큼이나 독서를 좋아하지만, 취향은 훨씬 최신작 쪽이다. 표지에는 송곳니 사이로 피 한 방울이 떨어지는 여자의 얼굴이 그려져 있었다. 뱀파이어 소설은 캐시 취향은 아니었지만, 조이는 그런 책을 닥치는 대로 읽었다. 그리고 그런 책들이 고전보다 훨씬 잘 팔렸다. 조이의 외모도 딱 그 분위기였다. 턱선에 맞춰 단정하게 자른 새까만 단발, 짙은 붉은색 립스틱, 분장한 듯 창백한 피부, 검은 네일. 조이는 아름다웠지만 조금 무서워 보이기도 했다.

조이는 캐시가 자기한테 화장을 맡기기만 하면 책이 훨씬 더 잘 팔릴 거라고 장담했다. 하지만 캐시는 그 제안을 단호하게 거절해왔다. 캐시가 하는 화장이라고는 립스틱 한 겹이 전부였다. 그리고 가끔은 그마저도 잊고는 했다. 오늘이 바로 그런 날이었다.

물론 문제는 화장만이 아니었다. 조이는 캐시보다 훨씬 붙임성이 좋았다. 손님과 대화를 트는 솜씨가 남달랐다. 만나는 사람마다 전부 친구로 만들어버렸다. 심지어 서점과 옆 약국 사이의 빈 공간에 자리 잡고 사는 노숙자 여성과도 친구가 됐다. 이름이 모린이라던가.

"HD." 조이가 중얼거렸다. "3시 방향."

안타깝게도 캐시는 이 암호 같은 말이 무슨 뜻인지 정확히 알고 있었다. HD는 '핫 닥터(Hot Doctor)'의 약자였다. 그러니까 잘생긴 의사라는 말이다. 북랜드는 큰 대학병원에서 불과 한 블록 떨어진 곳에 있었고, 덕분에 젊은 의사나 의대생들이 교재를 찾으러 종종 들렀다. 문제는 북랜드에는 의학 교재가 없다는 점이다. 그래서 이런 눈요깃거리를 즐기는 조이와 다르게 캐시에게는 그저 짜증나는 일일 뿐이었다.

그래도 캐시는 조이가 말한 대로 3시 방향을 바라봤다. 그 남자는 누가 봐도 HD가 맞았다. 초록색 수술복이 의사라는 걸 말해줬고, '핫'하다는 건 부정할 수 없었다. 바람에 살짝 흐트러진 짙은 머리카락, 바다색 눈, 그리고 수술복 아래로도 충분히 느껴지는 괜찮은 체격.

"찜." 조이가 말했다. 남자친구가 있는데도 말이다.

"맘대로 해."

조이는 윤이 나는 검은 손톱으로 계산대를 톡톡 두드렸다. 캐시가 본 사람 중 조이만큼 손톱이 긴 사람은 없었다. 조이는 그게 대부분 자기방어용이라고 주장했다. 뉴욕은 위험한 도시니까. 호신용 스프레이 살 돈을 아껴준다나. "탐나면 네가 찜해."

"난 필요 없어."

"왜? 엄청 잘생겼잖아. 반지도 없고."

"글쎄." 캐시는 수술복 입은 남자를 힐끗 봤다. 그는 귀퉁이가 닳은 그래픽 노블을 넘기고 있었다. "나이가 너무 많아."

"나이가 많다고?" 조이의 짙은 붉은색 입술이 동그랗게 벌어졌다. "어디가? 많아야 서른 중반이야."

캐시는 두 달 전에 스물여섯이 됐다. "그러니까. 나보다 거의 열 살은 많잖아."

"장난해? 그게 딱 좋은 거야. 남자는 여자보다 늦게 철드니까, 열 살 많은 남자를 만나야 균형이 맞아."

캐시는 선뜻 동의가 안 됐다. 또래 남자들도 감당하기 벅찬데, 나이 많은 남자라니.

조이가 눈을 가늘게 떴다. "마지막으로 데이트한 게 언제야, 캐시?"

캐시는 재빨리 계산대 위의 책갈피를 정리하는 척했다. 책갈피는 조이가 만든 것이었고, 서점 매출에 조금이나마 도움이 됐다. 조이는 재능이 많았다. 마음만 먹으면 예술가가 됐을지도 모른다. "잘 모르겠어."

"그럼 뭐… 이제 남자한테 관심이 없는 거야?"

"그냥 좀 바빠."

그건 사실이었다. 북랜드가 문을 닫지 않게 버티는 데 캐시의 시간과 에너지가 전부 들어갔다. 동네 곳곳에 전단지를 붙이고, 값싼 광고 자리를 흥정하고, 가능한 한 오래 가게를 열어 두었다. 연애할 여유가 없었다. 적어도 지금은. 나중에는 또 모르겠지만.

지난 몇 년간 했던 연애가 모조리 실망스러웠다는 점도 한몫했다. 마지막 연애는 특히 최악이라, 다시 혼자가 되기만을 손꼽아 기다렸을 정도였다.

캐시는 조이가 또 자기 연애 문제를 집요하게 파고들 거라고 예상했다. 그런데 조이는 갑자기 숨을 들이켜더니 캐시를 쿡 찔렀다. "HD 온다. 좀 예쁘게 보여."

조이 말대로 수술복 남자가 계산대로 다가오고 있었다. 가까이서 보니 그는 정말로 완벽한 '핫 닥터'였다. 선명한 파란 눈이 너무 노골적으로 섹시해서, 한동안 연애는 아예 접겠다는 캐시의 결심이 살짝 흔들릴 뻔했다. 아주 조금이지만.

보통 저런 남자라면 곧장 조이에게 다가갔을 텐데, 뜻밖에도 그는 캐시 쪽으로 왔다. 그리고 그녀의 눈을 똑바로 바라보며 어딘가 삐뚤어진 듯한, 그래서 더 호감 가는 미소를 지었다. "안녕하세요." 그가 말했다.

캐시는 그가 입을 여는 순간 제발 끔찍한 커피 냄새를 풍기거나 썩은 노란 치아라도 보여주길 바랐다. 말도 안 되지만 뭐라도 하나 흠이 있어서 덜 매력적으로 보였으면 했다. 하지만 아니었다. 그의 치아는 완벽하게 하얬고 애프터셰이브와 바깥 공기가 섞인 듯한 상쾌한 향이 났다.

조이가 다시 한번 그녀를 찔렀다. "안녕하세요." 캐시가 말했다.

캐시는 북랜드에 들어오는 수술복 입은 남자들이 늘 하는 그 말을 기다렸다. '○○○ 의학 교재 찾는 데 좀 도와주실 수 있나요?'

하지만 그는 그런 말을 하지 않았다. 대신 미간에 살짝 주름이 잡히더니 이렇게 말했다.

"《폭풍의 언덕》을 찾고 있는데요."

만약 뭔가를 마시고 있었다면 분명 그대로 뿜었을 것이다. 이렇게 말도 안 되게 잘생긴 수술복 남자가, 인류 역사상 가장 위대한 사랑 이야기 중 하나를 찾고 있다고? "《폭풍의 언덕》이요?"

그가 고개를 끄덕였다. "그 책 있나요?"

"물론이죠." 캐시는 가슴이 괜히 두근거렸다. 오늘 오후 첫 판매라서가 아니었다. 《폭풍의 언덕》을 사랑하는 남자라면 한 번쯤 마음을 열어봐도 되지 않을까 싶어서였다. "이쪽으로 오세요."

캐시는 계산대 뒤에서 나와 가게 안쪽으로 걸어갔다. 그는 말없이 그녀 뒤를 따라왔다. 캐시는 '고전'이라고 적힌 네 개의 좁은 책장 앞으로 그를 데려갔다. 이 구역은 거의 아무도 들여다보지 않아서 책마다 얇게 먼지가 내려앉아 있었다. 가끔 과제 때문에 들르는 십대들 말고는, 일부러 이곳을 찾는 사람은 없었다. '고전'이라는 표지판은 마브 할아버지의 글씨였다. 베아 할머니는 글씨가 바래 가는데도 그 표지판을 한 번도 떼어내지 않았다. 두 분 다 돌아가신 지금도 캐시는 그 표지판을 그대로 두었다. 종이가 부스러져 가는 걸 알면서도 차마 손이 가지 않았다.

캐시는 《폭풍의 언덕》 두 권 중 하나를 집어 들어 슬쩍 먼지를 털었다. "하드커버랑 페이퍼백 중에 어떤 걸로 드릴까요?"

그는 입술을 깨물었다. "어… 상태가 더 좋은 건 어느 쪽인가요?"

"둘 다 상태는 좋아요." 캐시는 괜히 기분 상한 티가 나지 않게 미소를 지었다.

"아, 죄송해요. 기분 상하게 하려던 건 아니에요." 그는 또다시 살짝 웃었다. "사실 제가 읽을 건 아니거든요. 어머니 생신 선물이에요."

"어머니 생신에 중고책을 사시는 거예요?"

그는 고개를 숙였다. "그렇게 보일 수도 있죠. 그런데 제 어머니는 책에 '사연'이 있는 걸 좋아하세요. 전에 누구 책이었는지, 어떤 길을 거쳐 왔는지 상상하는 걸 좋아하시거든요. 그래서…."

캐시는 웃었다. "저희 할머니랑 비슷하시네요."

베아 할머니는 새 책이 들어올 때마다 한 권 한 권을 집어 들어 코에 대고 숨을 들이마시곤 했다. 출판사마다 책 냄새가 다르다고 했다. 예를 들면 펭귄북스는 바닐라 향이 난다고. 거기에 책이 거쳐 온 시간과 장소가 또 다른 냄새를 덧입힌다고도 했다. 담배일 수도 있고, 샤넬일 수도 있다. 할머니는 책 주인이 누구였을지 이야기를 지어내곤 했고, 캐시는 책을 읽는 것만큼이나 그 이야기를 듣는 걸 좋아했다.

캐시는 페이퍼백을 제자리에 꽂고 하드커버를 꺼냈다. 페이지는 가장자리가 닳아 누렇게 변해 있었다. "이 책은 중년 여성분이 가져오셨어요." 캐시가 말했다. "매일 공원에서 이 책을 읽었대요. 결혼한 연인이 나타나기만을 기다리면서요. 두 사람은 하루에 딱 한 시간씩만 만났대요. 남자는 아내가 병약해서 떠날 수 없었고, 그 충격에 아내가 죽을까 봐 두려워했거든요. 늘 조금만 더 기다려 달라고 했대요. 곧 함께할 수 있을 거라고. 그래서 그 여자는 매일 그렇게 그를 만났죠. 1년… 5년… 20년 동안. 그러다…."

그는 눈썹을 치켜올렸다. "그러다?"

캐시는 미소 지었다. "모르죠. 전부 제가 지어낸 얘기예요. 당신은 어떻게 됐을 것 같아요?"

"두 사람이 결국 함께하게 되겠죠. 해피엔딩."

"그럼 아내는요? 그 사람도 행복해야 공평한 거 아닌가요?"

그는 웃었다. 가지런한 흰 치아가 잠깐 드러났다. 보기 좋은 웃음이었다. "오후 두 시에 하기엔 너무 철학적인 질문인데요." 그가 팔짱을 끼자 수술복 위로 근사한 이두근이 또렷하게 드러났다. "그런데 질문 하나 해도 될까요?"

"물론이죠."

"HD가 뭐예요?"

캐시의 입이 벌어졌다. 조이가 했던 말을 들은 거다. 망했다. "HD요?" 그녀가 힘없이 되물었다.

"당신 동료가 그러더군요." 그의 눈이 반짝였다. "제가 이쪽으로 걸어올 때요. 'HD 온다'고."

조이를 죽여 버려야 할지도 모르겠다. "어… 그게, 당신 얘긴 아니고요." 캐시가 급히 말했다. "그냥… 고화질이라는 뜻이에요."

"고화질이요?"

"TV요." 캐시는 어깨를 으쓱하려다 한쪽 어깨만 어색하게 들었다. "고화질 TV를 살까 얘기하던 중이었거든요."

"아." 그가 고개를 끄덕였다. "저도 몇 년 전에 HD TV를 샀어요. 정말 좋아요. 화면이 엄청 선명하잖아요."

이제는 고화질 TV 조언까지 해 주고 있었다. 그녀가 그걸 살 형편이나 되는 것처럼. 전기만 안 끊겨도 다행인데. 그래도 가게 건너편에서 그를 훑어보고 있었다는 걸 인정하는 것보단 나았다.

"그래서," 그가 말했다. "책은 얼마죠?"

캐시는 하드커버를 뒤집어 뒷면의 가격표를 보여줬다. 20달러. 중고책 치고는 꽤 비쌌다. 그래서 여태 안 팔렸던 게 틀림없었다. 이 가격은 분명 베아 할머니가 붙였을 것이다. 할머니는 《폭풍의 언덕》만큼은 유난히 아꼈다. 마브 할아버지가 돌아가신 뒤로는 특히 더.

캐시가 10달러만 내라고 말하려던 순간, 그가 먼저 입을 열었다. "좋아요, 이걸로 할게요."

"네. 계산해 드릴게요."

"고마워요." 그가 한쪽 눈썹을 치켜든 채 잠시 머뭇거렸다.

"캐시예요." 그녀가 말을 이었다.

"캐시." 그가 따라 말하더니 엄지로 자기 가슴을 가리켰다. "전

24

조엘이에요.”

캐시는 고개를 끄덕였다. 왜 굳이 이름을 주고받는지 모르겠다. 책을 사고 나면 다시는 못 볼 사람일 텐데. 문학을 사랑해서 단골이 될 것 같지도 않았다.

캐시는 계산을 하며 오늘 오후에 책을 판 게 처음이라는 걸 애써 외면했다. 언제까지 버틸 수 있을까?

조엘은 지갑에서 20달러 지폐를 꺼내 내밀었다. 돈을 받아 드는 순간, 그의 엄지가 그녀의 손가락을 살짝 스쳤다. 손끝이 찌릿했다. 오랫동안 잊고 지냈던 감각이었다. 전혀 싫지 않았다. 어쩌면 조이 말이 맞을지도 모른다. 어쩌면, 다시 누군가를 만나볼 때가 된 걸지도.

“이 책갈피들 마음에 드네요.” 조엘이 말하며 그녀의 생각을 끊었다.

캐시는 번쩍 정신이 들었다. 혹시 책갈피를 하나 더 팔 수 있을지도 모른다는 기대 때문이었을까. 아니면 이 매력적인 남자를 조금 더 붙잡아 둘 수 있을 것 같아서였을까. “수제품이에요.”

그가 눈썹을 치켜올렸다. “직접 만드신 거예요? 정말 멋진데요. 재능이 대단하시네요.”

“아뇨.” 캐시는 웃으며 고개를 저었다. “제가 만든 건 아니고요. 저기 있는 조이가 만들었어요.”

조이는 뱀파이어 소설에서 눈을 들었다. 그녀는 둘을 번갈아 보더니 고개를 절레절레 흔들고는, 크게 한숨을 내쉬었다. “핫 닥터.” 그녀가 선언하듯 말했다.

캐시는 화들짝 고개를 돌려 조이를 쳐다봤다. 조엘의 눈도 커졌다.

"HD가 무슨 뜻인지 알려드릴게요." 조이가 책을 탁자 위에 내려놓으며 말했다. "핫 닥터. 아까 들어오실 때 저희 둘이서 판정 내렸거든요. 뭐… 더 설명이 필요하진 않겠죠." 그녀는 긴 손톱으로 계산대를 톡 두드렸다. "어머, 핫 닥터 얼굴 빨개진다."

캐시는 시선을 피하려 했지만, 조이 말이 맞았다. 캐시처럼 당황하면 얼굴이 새빨개지는 정도는 아니었지만, 어색하게 목뒤를 문지르고 있는 조엘의 귀는 분홍빛으로 달아올라 있었다.

"둘 다 빨개졌네!" 조이는 크리스마스가 미리 온 사람처럼 손뼉을 쳤다. "너무 귀엽다." 그러고는 시선을 조엘에게 고정했다. "자, 핫 닥터, 어서 캐시한테 데이트 신청하세요. 분명 오케이 할 거예요."

조이가 동업자만 아니었어도 당장 해고했을 것이다.

"어…." 그가 헛기침을 했다. "캐시, 그러니까… 음, 제가 가끔 전화해도 괜찮을까요?"

"와." 조이는 가슴을 부여잡았다. "핫 닥터치고는 너무 어색한데요? 그냥 데이트 신청을 해요. 얘, 일주일 내내 매일 밤 비어 있어요."

제발 그 입 좀…!

그는 수술복 네크라인을 괜히 만지작거렸다. "어때요, 캐시? 금요일 밤 괜찮아요?"

"네." 캐시는 대답했다. 사실 토요일도, 일요일도, 월요일도 마찬가지였지만.

그의 얼굴에 미소가 환하게 번졌다. 저렇게 잘생긴 사람이 데이트 신청 하나에 저렇게 긴장한다는 게 의외였다. 캐시는 그가 오랫동안 한 사람만 만나다가 최근에야 헤어져서 그러는 건 아닐까 하는 생각이 들었지만, 그 생각은 애써 밀어냈다.

"잘됐네요." 그가 말했다. "여기로 데리러 와도 될까요?"

캐시는 고개를 끄덕였다. 어느새 입가에 미소가 살짝 번지는 게 느껴졌다.

2
전 여자친구

어젯밤 페이스북에 올린 가장 최근 사진 속에는 짧고 몸에 딱 붙는 빨간 드레스를 입은 내가 찍혀 있었다. 굽이 10센티쯤 되는 검은 하이힐까지 신어서 각도만 잘 잡으면 다리가 끝도 없이 길어 보였다. 그 완벽한 각도를 건지기까지 사진을 몇 장이나 찍었는지는 솔직히 말하고 싶지 않다.

그래, 마흔세 장이었다. 침실 문에 걸린 전신거울 앞에서 아이폰으로 마흔세 번이나 셔터를 누르고 나서야, 그 '완벽한' 한 컷을 건졌다. 그리고 곧바로 페이스북에 올렸다. '오늘 밤, 외출 준비 완료!'

게시물이 올라간 지 1분도 채 지나지 않아, 나는 빨간 드레스와 하이힐을 벗어 던지고 화장을 지운 뒤 소파에 앉아 〈탑 셰프(미국의 유명 요리 경연 프로그램 - 옮긴이)〉를 정주행하기 시작했다. 물론 혼자서.

하지만 열심히 사진을 찍은 효과는 있었다. 아침에 눈을 떠보니 어젯밤 게시물에 '좋아요'가 27개나 찍혀 있었고, 댓글도 여러 개 달려 있었다. 그중에는 '그래, 제발 밖에도 좀 나가!' 같은 은근히 신경을 긁는 댓글도 있었다. 하지만 그런 건 중요하지 않았다. 내가 신경 쓴 건 딱 하나였다. 그 '좋아요' 중 하나가 조엘 브로더가 찍은 것이라는 사실이다.

헤어진 지 다섯 달이 지났지만, 조엘과 나는 '좋은 친구' 같은 건 되지 못했다. 그래도 아직 페이스북 친구이긴 했다. 그는 내가 얼마나 잘 살고 있는지 보여 주려고 치밀하게 연출한 사진과 근황을 전부 볼 수 있었다. 이런 걸 충분히 보다 보면, 언젠가는 자기가 뭘 놓쳤는지 깨닫지 않을까? 그리고 다시 나를 원하게 되지 않을까?

한심하다는 건 나도 알고 있었다. 그만둬야 한다는 것도. 하지만 조엘이 상태 메시지를 '연애 중'으로 바꾸기 전까지는 나는 멈출 수가 없었다.

그래서 스타벅스에 들어섰을 때, 매장 뒤쪽 늘 앉는 자리에서 평소처럼 수술복 차림으로 앉아 안드로이드 폰을 들여다보고 있는 조엘을 발견하고도 나는 발길을 돌리지 않았다. 정말 공교롭게도 그날 나는 내가 가진 청바지 중 가장 잘 맞는 워싱 스키니진을 입고 있었고, 지난주 메이시스 백화점 할인 코너에서 산 상의까지 걸치고 있었다. 딱 보기 좋을 만큼 가슴골이 드러나는 옷이었다. 지난주에 한 하이라이트 염색 덕분에 머릿결도 반짝여 보였다. 미용실에서 하는 건 정말 비쌌지만, 그만한 값어치는 했다. 셀프 염색으로는 절대 이런 느낌이 안 나니까.

솔직히 이렇게 가장 좋은 모습으로 조엘과 마주친 게 전적으로 우연은 아니었다. 2년 전쯤, 내가 "병원에서 나왔어?"라는 문자를 너무 자주 보내자 조엘은 질린 얼굴로 내 휴대폰에 위치 추적 앱을 깔아줬다. GPS로 그가 어디에 있는지 놀랄 만큼 정확하게 알려주는 앱이었다. 스타벅스에 들어가면 심지어 어느 지점인지까지 찍어 줬다.

헤어졌을 때 그가 당연히 자기 폰에서 그 앱을 껐을 거라고 생각했다. 하지만 아니었다. 그는 그 앱의 존재 자체를 잊어버린 게 분명했다. 내 폰에는 아직도 그의 위치가 분 단위로 업데이트되고 있으니까.

이 앱은 지워야 하는 게 맞다. 전 남자친구를 찾아 도시 곳곳을 추적하는 건 정상적인 행동이 아니다. 심리학자는 아니지만 그 정도는 나도 안다.

곧 지울 거다. 조만간.

나는 최대한 아무 일 아닌 척 주문하는 줄에 섰다. 조엘 쪽은 보지도 않았다. 아예 존재하지 않는 사람인 것처럼 굴었다. 내 차례가 오자 늘 마시는 바닐라 라테를 주문했고, 음료를 기다리며 휴대폰을 꺼냈다.

쳐다보지 마. 여기 없는 사람처럼 굴어. 말 걸고 싶으면 그쪽에서 먼저 오겠지.

"안녕⋯."

휴대폰에서 시선을 들자, 예상대로 그는 자리에서 일어나 내 앞에 서 있었다. 그리고 맙소사. 너무 잘생겼다. 만나려고 계획한 것도 아닌데 그는 어째서 늘 이렇게 잘생겨 보일까? 나는 휴대폰을 내리고 어깨를 쫙 폈다. 어젯밤 제대로 차려입은 내 사진을 그도 봤고, 마음에 들어서 '좋아요'를 눌렀다는 사실을 떠올렸다. 그리고 그의 시선이 잠깐 나를 훑는 순간 나는 알 수 있었다. 그가 아직도 내 모습을 마음에 들어 한다는 걸.

"안녕!" 나는 자연스럽게 웃어 보였다. 힘을 뺀 가볍고 여유 있는 미소였다. "잘 지냈어? 꽤 오랜만이네, 그렇지?"

“잘 지내지.” 그는 짙은 머리칼 사이로 손을 쓸어 올렸다. 파란 눈 아래로 옅은 보랏빛 그늘이 살짝 보였다. 생각만큼 잘 지내는 건 아닐지도 모른다. “너는… 정말 좋아 보인다.”

나는 그의 말투에서 연민 같은 게 묻어나는지 유심히 살폈지만, 그런 건 없었다. 그는 진심이었다. “고마워. 요즘 좀 바빴거든. 알잖아, 일도 있고… 뭐, 사는 것도 그렇고.”

TV… 아이스크림… 술….

“그런 것 같네.” 그는 어색하게 한쪽 입꼬리를 올렸다. “사실 이렇게 너랑 마주쳐서 정말 다행이야.”

심장이 빠르게 뛰기 시작했다. 헤어진 뒤 다섯 달 동안 ‘우연히’ 마주친 건 이번이 세 번째였지만, 그가 인사만 하고 끝낼 생각이 아니라는 기색을 보인 건 처음이었다.

“무슨 일이야?” 내가 물었다.

“그게, 있잖아….” 그는 잠시 머뭇거리며 서 있었다. “네 상황도 아는데, 더는….”

“응?”

‘너 없이는 못 살겠어. 돌아와 줘.’

“이중으로 집세를 내는 건 더는 감당이 안 돼.” 그 말을 내뱉자마자 그는 시선을 내렸다. “네 형편은 알지만… 그거에 학자금 대출까지 겹치니까 저축을 계속 까먹고 있어. 벌써 거의 여섯 달이잖아.” 그는 숨을 깊게 들이켰다. “이번 달이 마지막이야. 더는 못 내. 미안해.”

속이 철렁 내려앉았다. 그는 나를 되찾고 싶은 게 아니었다. 그냥 예전 아파트에 돈 대는 게 지긋지긋해진 것뿐이었다. 솔직히 그를 탓할 수는 없었다. 우리가 살던 아파트는 싸지 않았다. 맨해튼에서 싼 집이 어디 있겠냐만, 그래도. 나로서는 포기하기가 너무 힘들었다. 집 안의 모든 것이 조엘을 떠올리게 했고, 그걸 내려놓는 건 우리가 다시는 예전으로 돌아갈 수 없다는 걸 인정하는 것 같았으니까. 정말로, 이제는 완전히 끝이라는 걸.

"미안해." 그가 다시 말했다. 그는 회색 운동화만 내려다보고 있었다. 한쪽에 피인지 뭔지 모를 어두운 얼룩이 보였다. "갑자기 널 곤란하게 하고 싶진 않았는데… 그래도 거의 여섯 달이 됐어."

나는 목 안쪽에서 울컥 올라오는 걸 겨우 눌렀다. 조엘은 내 재정 상태가 얼마나 엉망인지 몰랐다. 설령 알았더라도, 무기한으로 돈을 대주진 않았을 것이다. "아니야, 당연하지. 이해해. 나도 사실 새집 구했어."

언제부터 이렇게 거짓말을 잘하게 됐을까. 나는 늘 스스로를 꽤 솔직한 사람이라고 생각해 왔는데.

"정말?" 내가 들어온 뒤 처음으로 조엘의 얼굴에 진심이 담긴 미소가 떠올랐다. "잘 됐다!"

나는 고개를 끄덕였다. "다운타운이야. 빌리지 쪽. 아기자기하고 좀 보헤미안 느낌?"

"축하해." 그는 내 어깨에 손을 얹을 듯하다가, 마지막 순간에 멈췄다. "음, 집들이라도 하면…"

나는 턱을 살짝 들었다. "그래, 페이스북으로 초대장 보낼게. 오고 싶으면 와."

환장하겠다. 이제는 존재하지도 않는 아파트 집들이에 그를 초대하고 있다.

"만나서 반가웠어." 조엘은 테이블 위에서 식어가고 있을 카페 모카를 힐끗 보며 말했다. "그럼 다음에 또 봐."

나는 억지로 미소를 지었다. "그래. 나도 반가웠어."

그가 서둘러 자리로 돌아가는 걸 지켜봤다. 나는 그가 지나간 자리에 그대로 서서 천천히 숨을 내쉬었다. 아직 끝난 게 아니다. 아파트를 포기한다고 해서 진 건 아니다. 아직 되돌릴 수 있다.

3
전 여자친구

"요즘은 초소형 원룸이 대세예요, 마스콜로 씨."

나는 살면서 본 것 중 가장 작은 아파트 한가운데 서 있었다. 부동산 중개인 신디는 벌써 세 곳이나 보여줬는데, 볼 때마다 집이 점점 더 작아졌다. 지금 이곳은 고작 2평 남짓이었다. 몸을 조금만 잘못 움직여도 벽에 부딪힐 것 같았다. 솔직히 말하면 관이 이 아파트보다 더 클지도 모른다.

"가구도 다 있어요." 신디가 벽에 바짝 붙은 작은 소파와 구석에 억지로 밀어 넣은 책상을 가리켰다. 소파 옆에는 미니 냉장고가 하나 있었는데, 협탁 역할까지 하고 있었다. "전자레인지 하나랑 간단한 조리도구만 있으면 돼요."

"옷장은요?" 나는 목구멍까지 차오른 구역질을 겨우 누르며 물었다.

신디는 빛바랜 노란 커튼을 한쪽으로 젖혔다. 그 뒤에, 아마도 내 새 옷장이 될 무언가가 있었다. 지금 쓰는 옷장 크기의 6분의 1쯤 될까. 여기로 이사 오면 가진 물건 대부분을 버려야 할 것이다.

혹시 내가 뭔가를 놓친 건 아닐까 싶어 다시 한번 주위를 둘러봤다. "침실은요?"

신디가 이제 와서 '요즘은 서서 자는 게 유행'이라고 말할까 봐 잠깐 긴장했는데, 대신 그녀는 우리 머리 바로 위 작은 공간으로 이어진 계단을 가리켰다. 천장이 유난히 낮은 이유가 있었다.

"위에 침실이 있어요." 신디가 말했다. 이런 말에는 보통 미소가 따라붙을 법한데, 그녀의 얼굴은 미동도 없었다.

계단이라기보다는 거의 사다리에 가까운 걸 타고 올라갔다. 아파트 위쪽에 딸린 아주 작은 공간이었다. 매트리스 하나를 놓을 수 있을 정도였다. 거기에 누우면 내 코와 천장 사이에 남는 공간은 고작 30센티 남짓. 관이라는 비유가 점점 더 실감 났다.

"화장실은요?"

"복도에 하나 있어요. 다른 세입자 네 명이랑 같이 써야 해요."

나는 다시 조심조심 사다리를 내려왔다. 발을 디디는 순간 다리가 살짝 휘청거렸다. 여기서 살고 싶지 않았다. 정말로. 하지만 달리 방법이 없었다. 낯선 룸메이트와 살기엔 이제 지쳤고, 맨해튼에서는 방 하나를 구하는 것조차 터무니없이 비쌌다.

퀸즈도 알아봤다. 여기보다는 조금 넓은 집 세 곳을 봤지만, 가장 빠른 출퇴근 루트가 버스 두 번에 지하철 한 번이었다. 하루 통근 시간이 세 시간이나 됐다. 그나마 이곳은 동네가 좋았다. 링컨 센터와 센트럴 파크 바로 근처니까.

"여기보다 좀 더 큰 데는 없나요?" 나는 마지막 희망을 걸고 물었다.

신디가 눈썹을 치켜올렸다. "마스콜로 씨, 이 집이 예산 상한선이에요."

"그래도…"

"그리고 이번 주 안에 바로 나갈 거예요. 장담해요."

나는 미니 냉장고 위에 손을 얹었다가 찌릿한 전류를 느끼고 재빨리 손을 뗐다.

"아, 그거 만지시면 안 돼요." 신디가 말했다.

나는 눈을 감았다. 이게 현실이라니 믿기지 않았다.

"그래서 하실 거예요, 말 거예요?" 신디는 금색 시계를 힐끗 봤다. "20분 뒤에 다른 손님이 있어요."

"아…." 나는 이 말도 안 되게 작은 공간을 다시 한번 둘러봤다. 무릎에 힘이 풀리는 게 느껴졌다. 당장 길바닥에 나앉을 수도 있다는 건 알았지만, 그래도 여기서는 못 살 것 같았다. 들어온 지 15분도 안 됐는데 벌써 공황 발작이 올 것만 같았다. "조금만 더 생각해 볼게요."

신디는 어깨를 으쓱했다. 굳이 밀어붙이지도 않았다. 이 아파트는 어차피 이번 주 안에 나갈 거니까. 단지 그 주인공이 내가 아닐 뿐이었다. 지금 사는 집에서 나가야 하는 기한이 아직 2주 남아 있었다. 조금 더 기다려 볼 수 있었다.

건물을 나서자마자 신디는 다음 약속을 향해 서둘러 떠났다. 그녀는 바쁜 여자였다. 나는 집이 절실했고 신디는 수수료가 필요했다. 그래도 내 쪽이 훨씬 더 절실했다. 나는 그녀가 휴대폰을 귀에 댄 채 블록 끝으로 빠르게 걸어가는 모습을 바라봤다. 통화 상대의 말에 그녀는 웃음을 터뜨렸다.

혹시 나를 두고 웃는 걸까. 드레스룸만 한 아파트에 살기엔 자존심이 센 여자 이야기. 하지만 곧 고개를 저었다. 너무 자기중심적인 생각이었다. 신디는 이미 나를 잊었을 거다.

나는 거리를 따라 걸으며 임대 광고가 붙어 있을 만한 곳을 샅샅이 훑었다. 이 도시의 모든 벽은 잠재적인 광고판이었다. 어쩌면 아무도 모르는 보석 같은 집이 있을지도 모른다. '방 두 개에 욕실 하나! 어퍼 웨스트사이드에 위치! 월세 단돈 5백 달러!'

아, 내가 미쳐가고 있는 게 틀림없었다.

그때 길바닥에 놓인 골판지 팻말이 눈에 들어왔다. '노숙자입니다. 어떤 도움이라도 감사합니다.' 그 옆에는 나보다 많아야 몇 살 더 먹어 보이는 여자가 앉아 있었다. 더러운 청바지에 형광 노란색 운동화, 그리고 후드에 털이 달린 회색 코트를 입고 있었다. 코트를 입기엔 따뜻한 날씨였지만 그녀는 개의치 않는 듯했다. 머리는 헝클어져 있었고 너무 길었다. 내 머리색과 거의 같은 짙은 갈색 사이사이에 회색이 섞여 있었다. 물기 어린 초콜릿색 눈이 나를 올려다봤다. 스티로폼 컵을 내미는 오른손이 떨리고 있었다. 손톱 밑에는 까만 때가 잔뜩 끼어 있었다.

"잔돈 좀 주세요."

조엘은 내가 노숙자들에게 너무 후하다고 늘 놀리곤 했다. 바워리 지역을 한 바퀴 돌면 월급을 몽땅 써버릴 거라고. 틀린 말은 아니었다. 거리에서 살 만큼 운이 바닥난 사람을 보면, 나는 늘 가슴이 덜컥 내려앉으며 지갑을 열곤 했다.

하지만 오늘, 이 작은 길모퉁이를 집 삼아 사는 여자를 내려다보며 내가 느낀 건 연민이 아니었다.

공포였다.

나는 늘 나와 노숙자 사이에는 분명한 선이 있다고 믿어왔다. 그들은 마약을 하고, 알코올 중독자이고, 정신적으로도 무너져 있으니까. 반면 나는 술은 적당히 마시고, 마약은 안 하고, 적어도 대체로는 정상적이니까 그런 삶과는 거리가 멀다고 생각했다. 하지만 집세 낼 날이 2주밖에 남지 않았고, 그 돈을 마련할 방법이 눈앞에 보이지 않는 지금에 와서야 깨달았다. 그 선이 내가 생각했던 것만큼 분명하지 않다는 걸. 2주 뒤면 나도 이 여자 옆 보도블록에 나란히 앉아 있을지도 몰랐다.

"잔돈 좀요?" 여자는 내가 못 들은 줄 아는지 다시 물었다.

나는 침을 삼켰지만, 목에 뭔가 걸린 것처럼 내려가지 않았다. 가방 속 돈이 떠올랐다. 괜찮은 아파트 집세로는 턱없이 부족했지만, 이 여자를 돕기에는 충분했다. 나는 5달러를 꺼내 컵에 넣어주려 했다. "여기요."

그녀 눈에서 흐릿함이 조금 걷혔다. "고마워요." 그러더니 잠시 망설이다가 한 블록 아래 세븐일레븐을 힐끗 바라봤다. "저… 샌드위치 하나만 사 주실 수 있어요?"

나는 놀라서 눈을 몇 번 깜빡였다. 노숙자들에게 돈을 준 적은 많았지만, 이런 부탁은 처음이었다.

"절 안 들여보내 줘요." 그녀가 낮게 말했다.

"아…." 그제야 이해가 갔다. "뭐가 드시고 싶으세요?"

"밖에서 한번 볼게요."

그녀는 내가 예상했던 것보다 훨씬 빠르게 자리에서 일어났다. 바닥에 놓인 팻말은 그대로 둔 채였다. 그녀의 코트에서 오줌과 오래된 양말 냄새가 섞인 듯한 악취가 풍겼고, 나는 본능적으로 입으로 숨을 쉬었다. 그녀는 불안한 듯 내게 바짝 붙어 걸었다. 마치 금방이라도 나한테 기댈 것처럼. 이게 내 미래일 리 없었다. 절대로.

세븐일레븐 입구에서 우리는 나란히 유리문 너머를 들여다봤다. 어떻게 분간하는지는 모르겠지만, 그녀는 눈을 가늘게 뜨고 진열대를 한참 훑더니 마침내 말했다. "치킨 샐러드요."

나는 세븐일레븐 안으로 들어갔다. 저 불쌍한 여자를 아예 들여보내지도 않는다는 사실에 괜히 기분이 상했다. 형광등 아래서 눈을 찌푸리고 샌드위치들을 훑었다. 치킨 샐러드가 든 게 두 개 있었다. 하나는 흰 빵, 하나는 통밀. 나는 어이없을 만큼 오래 고민하다가 문득 깨달았다. 상관없다. 배가 고프면 빵 종류 따위는 신경 쓰지 않을 테니까. 마음에 안 든다고 샌드위치를 내 얼굴에 던질 리도 없고.

나는 샌드위치를 들고 계산대로 갔다. 내 건 따로 사지 않았다. 그제야 그녀가 샌드위치값으로 쓰라며 내게 돌려줘야 할 5달러를 아직 받지 못했다는 게 떠올랐다. 그래도 괜찮았다. 이 정도는 감당할 수 있었다. 아직은.

"4달러 27센트요."

점원은 나를 보지도 않은 채 말했다.

나는 가방에 손을 넣어 지갑을 꺼내려다 멈췄다.

잠깐만. 지갑이 어디 있지?

방금 전까지 분명히 손에 들고 있었다. 그 여자에게 돈을 주려고 꺼냈을 때. 여기 오는 길에 떨어뜨린 걸까? 그게 가능한가?

"잠깐만요." 나는 점원에게 중얼거리듯 말하고는 샌드위치를 그대로 둔 채 밖으로 뛰쳐나왔다. 길바닥 어디에도 지갑은 보이지 않았다. 빨간색이라 금방 눈에 띄었을 텐데. 나는 아까 여자가 앉아 있던 자리로 돌아갔다.

그리고….

그 여자는 사라지고 없었다.

골판지 팻말은 그대로 있었다. 하지만 여자도, 그 여자의 짐도 전부 사라지고 없었다.

그 여자가 내 지갑을 훔쳐 갔다. 그래서 그렇게 바짝 붙어 걸었던 거다.

나는 인도 위에 멍하니 서서 눈물을 꾹 눌렀다. 이런 일이 나한테 일어났다는 게 믿기지 않았다. 이미 엉망인 하루였는데, 내가 도우려고 했던 사람에게 지갑까지 털리다니.

이제 정말… 더는 버틸 수 있을지 모르겠다.

4

새 여자친구

베아트리체 밀러가 마빈 도너번을 만나게 된 건 순전히 우연이었다. 누군가가 베아트리체, 그러니까 베아 할머니를 전철 선로 쪽으로 밀어 떨어뜨릴 뻔한 일이 없었다면, 두 사람의 인연도 시작되지 않았을 것이다.

그날 베아는 김벨스 백화점에 출근하려고 지하철역 플랫폼에서 열차를 기다리고 있었다. 늘 불룩한 가방 안에는 초여름에 김벨스 할인 매대에서 집어 든 소설책 한 권도 들어 있었다. 열차가 올 기미가 없자 베아는 손때 묻은 책을 꺼내 희미한 불빛 아래서 눈을 가늘게 뜨고 읽기 시작했다.

그때 누군가가 그녀의 어깨를 툭 치고 지나갔다. 순간 책이 가느다란 손가락 사이에서 튀어 나갔다. 훗날 베아가 이 일을 회상하며 말하길, 책이 공중으로 무려 6미터쯤 날아올라 선로 위로 떨어졌다고 했다. 실제로는 많아 봐야 1미터 남짓이었을 것이다.

당시 19살이었던 베아는 비명에 가까운 소리를 냈다. 책은 선로 위에 떨어지는 순간, 되찾기 어려운 물건이 되어버렸다. 게다가 그건 그녀가 가장 아끼는 소설이었다. 에밀리 브론테의 《폭풍의 언덕》. 베아에게 그것은 세상에서 가장 위대한 사랑 이야기였다.

베아는 플랫폼 가장자리로 다가가 음식 포장지와 커피 컵들 사이에 섞여 있는 책을 내려다봤다. 내려가서 주위 올 수 있을지 잠깐 머릿속으로 가늠하려는 순간….

누군가가 그녀의 팔을 붙잡았다.

고개를 들자 흰 셔츠 차림의 젊은 남자가 서 있었다. 베아는 단정하게 차려입은 남자를 늘 좋아했다. 가지런히 빗어 넘긴 검은 머리카락도, 초록색 넥타이가 눈동자만큼 선명한 색을 띠는 것도 마음에 들었다. "실례합니다, 아가씨." 남자가 말했다. "그 책, 제가 새로 사드리고 싶습니다."

그는 베아를 지하철역에서 두 블록 떨어진 서점으로 데려갔다. 함께 걷는 동안 두 사람은 가볍게 말을 주고받았고, 베아는 그의 이름이 마빈 도너번이라는 것과 군 복무를 마치고 돌아온 뒤 가족이 운영하는 헌책방에서 일하고 있다는 사실을 알게 되었다.

베아는 북랜드에 들어서는 순간, 그 서점과 자신을 그곳으로 데려온 젊은 남자 모두에게 단숨에 마음을 빼앗겼다. 끝없이 늘어선 책장 앞에서 그녀는 정신이 몽롱해졌고, 눈앞의 책들을 전부 품에 끌어안고 싶어졌다. 마빈, 그러니까 마브는 고전 문학 코너에서 《폭풍의 언덕》한 권을 꺼냈다. 나중에 그는 자신도 그 소설을 가장 좋아해서 책 위치를 정확히 알고 있었다고 말했다. 베아가 책값 10센트를 내밀었지만, 그는 끝내 받지 않았다.

그날 베아는 출근 시간에 한참 늦었고, 몇 주 사이 벌써 세 번째 지각이었다. 결국 김벨스에서는 그녀에게 다시 나오지 말라고 했다. 하지만 상관없었다. 여섯 달 뒤 마브와 결혼식을 올렸고, 그녀는 북랜드에서 일하게 되었으니까. 그곳은 베아가 꿈에 그리던 직장이었고, 마브는 꿈에 그리던 남편이었다.

두 사람은 좋을 때도 나쁠 때도 서점을 지켜냈다. 책이 날개 돋친 듯 팔리던 날도 있었고, 하루 종일 단 한 권도 팔지 못한 날도 있었다. 문을 닫지 않으려고 자랑스럽지 못한 선택을 해야 했던 순간도 한두 번이 아니었다.

그 이야기는 나중에 따로 하겠다.

마브가 베아에게 《폭풍의 언덕》을 건네준 지도 50년이 훌쩍 넘었다. 베아는 그 책을 늘 침대 옆 서랍에 넣어두곤 했다. 그러던 어느 날, 마브는 북랜드 스포츠 코너에서 책을 정리하다가 가슴 한가운데를 짓누르는 듯한 통증을 느꼈다. 그는 그 자리에서 쓰러졌고, 베아가 딸과 점심을 먹고 돌아왔을 때는 이미 차갑게 식어 있었다.

그로부터 얼마 지나지 않아 손녀 캐시 도너번이 베아를 돕기 위해 서점에서 일하기 시작했다. 수많은 자식과 손주들 가운데 북랜드를 베아와 마브만큼 사랑하는 사람은 캐시뿐이었다. 캐시는 일하는 내내 막 남편을 잃은 베아를 위로하려 애썼지만, 베아에게는 위로가 필요하지 않았다.

"마브는 아직 여기 있어." 베아가 말했다. "그 사람 유령이 나랑 같이 여기 있단 말이야. 《폭풍의 언덕》에서 캐서린의 유령이 히스클리프 곁으로 돌아온 것처럼."

그 뒤로 베아는 마빈 도너번의 유령이 북랜드에 머문다고 계속 주장했다. 펜이 바닥으로 굴러떨어지기라도 하면, 베아는 곧바로 "말썽 좀 그만 부려요, 마브!" 하고 소리쳤다. 한 번은 캐시가 자기 눈으로 직접 본 적도 있었다. 아이의 배낭이 책장을 툭 치며 책 한 권을 떨어뜨렸는데도, 베아는 아랑곳하지 않고 한참 동안 "재고 건드리지 말아요"라며 마브를 꾸짖었다.

묘하게도 그 모습은 다정했다. 베아는《폭풍의 언덕》이 세상에서 가장 위대한 사랑 이야기라고 믿었지만, 캐시는 알고 있었다. 정말로 가장 위대한 사랑 이야기는 베아트리체 뮐러와 마빈 도너번 사이에 있었다는 걸. 그리고 마브가 죽은 지 5년 뒤, 거의 똑같은 자리에서 베아가 심정지로 쓰러졌을 때, 캐시의 확신은 더 단단해졌다. 조부모의 사랑만큼 강한 사랑은 앞으로도 없을 거라는 생각이 들었다.

베아와 마브의 로맨스는 누구든 쉽게 견주기 어려웠다. 그래서 캐시는 터무니없을 만큼 오랫동안 연애를 하지 않았다.

하지만 오늘 밤 캐시는 조엘과 데이트 약속이 있었다. 왠지 모든 게 잘될 것만 같았다. 다만 너무 오랜만이라 데이트의 '규칙'이 뭔지조차 확신이 없었다. 청바지에 단정한 블라우스면 되는지, 원피스를 입어야 하는지, 화장은 어느 정도가 적당한지. 그리고 왜 이런 것까지 신경을 써야 하는지도 이해되지 않았다.

"화장 더 해야 돼." 조엘이 데리러 올 시간이 가까워지자 조이가 단호하게 말했다. 오늘 마감은 조이가 맡기로 했다. 이유는 간단했다. 이상하게도 저녁 내내 손님이 끊이지 않았고, 그래서 일찍 문을 닫을 수가 없었다. 가게가 버텨 내려면 지금은 무엇보다 돈이 필요했다.

캐시는 조이를 보며 미간을 찌푸렸다. 조이는 '화장이 과한 사람'의 전형이었다. 잉크처럼 짙은 마스카라 위로 아이라인이 두껍게 얹혀 있었고, 끝은 보랏빛으로 번져 있었다. 눈매가 또렷해지긴 했지만, 동시에 어딘가 얻어맞은 사람처럼 보이기도 했다.

"조금만." 캐시가 마지못해 말했다. 이런 걸 신경 쓰고 있는 자신이 못마땅했다. 데이트 때문에 옷장 속 몇 안 되는 '섹시한' 원피스를 꺼내 억지로 몸을 끼워 넣은 것도 싫었다. 지금 집중해야 할 건 북랜드였다. 잘생긴 의사 따위가 아니라.

"알았어." 조이가 말했다.

캐시의 가방은 계산대 뒤 의자에 걸려 있었다. 그녀는 그 안을 뒤적여 립스틱 하나를 꺼냈다.

"아니, 그건 안 돼." 조이는 캐시가 입술에 바르려는 걸 보고 코를 찡그렸다. "제발 그 색은 쓰지 마."

"왜?"

"입술 색이랑 똑같은 립스틱이잖아. 그럴 거면 뭐 하러 발라?"

"자연스럽잖아."

"아, 제발." 조이가 눈을 굴렸다. "섹시해 보이고 싶은 거야, 아닌 거야?"

캐시는 '아니'라고 말하고 싶었다. 오늘은 그냥 자기 모습 그대로 나가고 싶었다. 다른 사람처럼 보이려고 애쓰고 싶지도 않았다. 조엘이 어딘가에서 화장을 하고 있을 리도 없는데, 왜 자기만 이래야 하냐고 따지고 싶을 만큼 억울하기까지 했다. 그런데 조엘의 손가락이 스쳤을 때 온몸을 타고 번져 갔던 그 찌릿한 감각이 떠올랐다. "…알겠어."

마침 손님이 잠시 뜸해지자, 조이는 재빨리 캐시의 화장을 손봤다. 15분 후 조이가 작은 거울을 들어 보여 주는 순간, 캐시는 솔직히 겁이 났다. 거울 속에서 낯선 얼굴이 튀어나올까 봐. 그런데 생각보다 훨씬 괜찮았다. 아니, 괜찮은 정도가 아니었다. 조이는 놀라울 만큼 잘해냈다. 캐시는 좋은 의미로 완전히 다른 사람처럼 보였다. 분명 자기 얼굴인데, 더 예뻐진 모습이었다.

조이는 만족한 듯 환하게 웃었다. "진짜 괜찮지?"

"응." 캐시는 인정할 수밖에 없었다. "잘했어."

조이는 마스카라로 턱을 톡톡 두드렸다. "이 정도면 서비스로 해야 하는 거 아냐? 책 사는 사람들한테 메이크업도 해 주는 거지. 가게에 메이크업 코너를 여는 거야."

캐시는 친구를 빤히 바라봤다. "메이크업 코너?"

"그래." 조이는 씩 웃었다. "여자들이 책을 샀다고 남자들이 관심 갖는 건 아니잖아. 대신 손님들 중엔 가볍게 이미지 변신하고 싶은 사람도 많을걸? 책 한 권에 이미지 변신까지. 완벽하지."

캐시는 말 없이 고개만 저었다.

조엘은 정확히 7시에 나타났다. 수술복을 벗은 모습이 잠깐 낯설었지만, 카키색 슬랙스와 흰 셔츠 차림도 충분히 매력적이었다. 그는 눈동자 색을 더 또렷하게 드러내는 짙은 파란 넥타이까지 매고 있었다. 나 때문에 넥타이를 맨 거겠지. 데이트에 넥타이를 매고 오는 남자라니. 요즘엔 정말 드물었다. 그래서 아침에 원피스를 고르길 잘했다고 캐시는 속으로 안도했다.

"캐시." 조엘은 그녀를 보자마자 환하게 웃었다. "준비됐어요?"

그러고는 등 뒤에서 장미 한 송이를 꺼냈다. 진짜 장미였다. 이런 건 처음이었다. 요즘 이십 대 중반 남자들 중에 첫 데이트에 장미를 들고 오는 사람은 거의 없으니까. 그래서 더 놀랐다. "아…" 캐시는 숨을 들이켰다.

그가 꽃을 건네는 순간, 두 사람의 손가락이 다시 스쳤다. 캐시의 몸 어딘가에 또다시 미묘한 전율이 일었다. "어떤 꽃을 좋아하시는지 몰라서요."

"장미 좋아해요." 캐시가 말했다. 마브 할아버지는 결혼 생활 내내 매주 빠짐없이 신선한 꽃을 베아 할머니에게 건넸고, 할머니는 그 꽃을 늘 서점 창가에 꽂아 두곤 했다. 하지만 할아버지가 떠난 뒤로는 서점에 꽃이 놓인 적이 없었다. "감사해요. 시간 딱 맞춰 오셨네요."

조엘은 고개를 끄덕였다. "조금 일찍 도착했는데, 아직 일하고 계실 것 같아서 근처를 계속 돌고 있었어요." 그는 목덜미를 문질렀다. "이 얘긴 안 했어야 했는데."

캐시는 웃었다. "못 들은 걸로 할게요."

"그래 주실래요?"

캐시는 눈을 굴리는 조이를 힐끗 바라봤다. "마감 좀 부탁해, 조이. 내일 봐."

"둘이 잘 놀다 와." 조이는 의자에 기대어 활짝 웃었다. "그리고 내가 안 할 짓은 하지 말고. 진심이야. 내가 말릴 정도면, 그건 진짜로 나쁜 짓이니까."

캐시는 그 말이 사실이라는 데 조금의 의심도 없었다.

서점 밖으로 나오자 해가 막 지기 시작한 참이었다. 캐시는 가을의 이 시간을 좋아했다. 여름의 숨 막히는 더위와 습기가 드디어 물러났지만, 저녁에 재킷이 꼭 필요할 만큼 춥지도 않았다. 부드러운 바람이 목덜미의 검은 머리칼을 살짝 들어 올렸다. 둘은 나란히 길을 걸어 내려갔다. 목적지가 어딘지는 여전히 몰랐다. 문자를 몇 번 주고받을 때 조엘이 인도 음식을 언급하긴 했지만, 지금 생각하니 진하고 크리미한 인도 요리는 속을 더부룩하게 만들 것 같았다. 괜히 얼굴이 부어 보일 것 같기도 했다.

"어디로 가는 거예요?" 캐시가 물었다.

"펀자브 카페요. 바로 이 블록 아래에 있어요." 조엘이 말했다.

"저기….". 캐시는 잠시 망설이다가 말을 꺼냈다. "지오토스는 어때요? 시내 쪽으로 두 블록만 올라가면 있는 이탈리안 레스토랑이요."

조엘의 눈빛이 아주 잠깐 어두워졌다. 거의 티도 나지 않을 만큼. "이탈리안 음식은 별로 안 좋아해요."

"아…." 캐시는 맞장구치고 싶었지만, 머릿속에서 경고등이 켜졌다. 이탈리안 음식을 안 좋아한다고? 미국에서 그건 거의 '음식을 별로 안 좋아한다'는 말이나 다름없었다. "그럼 초밥은 어떠세요?"

조엘의 어깨가 안도하듯 내려앉았다. "그건 괜찮겠네요."

"대신 땅콩 들어간 건 안 돼요." 캐시가 말했다. "알레르기가 있어서요."

그는 한쪽 눈썹을 치켜올렸다. "가려운 발진 정도인가요? 아니면 응급차 타고 병원 가야 하는 수준인가요?"

"예전엔 응급차 수준이었어요." 캐시가 대답했다. "지금은 그렇게 심하진 않아요. 아주 조금이면 괜찮은데, 너무 많으면 목이 막혀요."

"에피펜(과민성 쇼크에 사용하는 일회용 자동 주사기 - 옮긴이)은 가지고 계세요?"

"네, 물론이죠." 캐시는 그렇게 말하면서도 속으로는 확신이 없었다. 아직 가방에 있었나? 과민성 쇼크를 겪은 지 너무 오래돼서 거의 잊고 지낸 셈이었다. 어쩌면 이제는 알레르기가 없어진 걸지도 모른다는 생각까지 스쳤다.

초밥집으로 걸어가는 동안 캐시는 저녁값 생각이 머릿속을 떠나지 않았다. 초밥은 감당하기 힘들었다. 라면도 겨우 사 먹는 형편이니까. 예전 데이트에서는 늘 계산서의 절반은 내겠다고 고집했었다. 자존심 문제였다. 하지만 제대로 된 초밥집이라면 금액이 얼마가 나올지 가늠조차 되지 않았다.

그런데 조엘이 그녀를 향해 미소를 지어 보이자, 캐시는 그 걱정을 잠시 접어 두기로 했다.

캐시가 작은 초밥집 안으로 들어서자마자 컨베이어 벨트를 따라 작은 접시들이 손님들 옆을 지나가는 모습이 보였다. 아늑한 부스 자리와 큰 테이블들 사이로 음식 접시들이 끊임없이 흘러갔다. 조이에게 근처에 회전 초밥집이 있다고 듣기는 했지만, 캐시는 이런 곳이 처음이었다. 그녀와 조엘은 벨트가 바로 옆을 스쳐 지나가는 부스에 자리를 잡았다. 유리 덮개 아래 숨겨진 캘리포니아롤과 초밥이 지나갈 때마다 시선이 절로 따라갔다. 캐시는 물이 나오기를 기다리며 접시들이 지나가는 모습을 멍하니 바라봤다.

"전 컨베이어 벨트라는 발상 자체가 너무 좋아요." 캐시가 말했다.

"저도요." 조엘이 고개를 끄덕였다. "모든 음식이 이렇게 나왔으면 좋겠어요."

"작은 치즈버거들이 벨트 타고 지나가고요…." 캐시는 상상하듯 말을 이었다.

"버팔로 윙 네 개."

"프렌치프라이 한 줌."

"어니언 링 여섯 개."

"저 그냥 서점 접고 이런 데나 열까 봐요." 캐시가 말했다. "컨베이어 벨트 뭐든지 레스토랑."

조엘이 그녀를 보며 웃었다. 그 미소 하나에 마음이 잠깐 흔들렸다. "천재적인데요."

캐시의 말은 반쯤 농담이었지만, 반쯤은 진심이었다. 정말로 그렇게 하면 돈을 더 벌지도 모른다는 생각이 들었다.

"연어 할인하네요." 캐시는 메뉴를 들여다봤다. "한 접시에 3달러밖에 안 해요. 괜찮은데요."

그때 웨이터가 다가와 물컵 두 개를 테이블 위에 내려놓고 갔다. 캐시는 조엘의 컵에 수상한 얼룩이 묻어 있는 걸 보고 생선의 신선도까지 괜히 의심됐다. 그래도 그냥 위험을 감수하기로 했다. 맨해튼에 살면서 아직 식중독에 걸린 적은 없었다. 어쩌면 이 도시의 음식점과 푸드 트럭에 서식하는 박테리아들엔 어느 정도 내성이 생겼을지도 모르겠다.

웨이터가 멀어지자 조엘의 미간이 살짝 좁혀졌다. "할인 메뉴 고르지 않으셔도 돼요. 드시고 싶은 걸로 고르세요."

"음." 캐시는 물을 한 모금 마셨다. "서점 주인 사정이 어떤지는… 잘 모르시잖아요."

"그건 그렇지만," 조엘은 앞에 놓인 냅킨을 손가락으로 만지작거렸다. "오늘 저녁은 제가 낼게요. 그러니까 원하시는 거 아무거나 고르세요."

캐시는 그의 시선을 마주했다. "보통은 제가 반은 내요."

"오늘은 안 돼요." 조엘은 고개를 저었다. "제가 데이트를 신청했잖아요. 그리고 저는 데이트 상대에게 저녁값을 반씩 내자고 하는 그런 사람은 아니에요."

"하지만…"

"협상 불가예요." 조엘의 입가에 미소가 스쳤다. "신경 쓰지 마세요. 저 핫 닥터잖아요. 저녁 한 번 대접할 정도는 돼요."

캐시는 이 논쟁에서 이길 수 없다는 걸 알았다. 그런데도 왜 이렇게까지 고집을 부렸는지 스스로도 잘 이해가 되지 않았다. 결국 그녀는 의자에 등을 기대며 항복했다. "알겠어요."

"그러니까 아까 말한 대로, 드시고 싶은 거 아무거나 고르세요. 제일 좋은 와인도 시키시고요."

캐시는 저도 모르게 웃음을 터뜨렸다. "컨베이어 벨트 와인이요?"

조엘이 웃었다. "그거 정말 좋은 아이디어네요."

캐시는 컨베이어 벨트 와인 가게를 연다면 조기 은퇴도 가능하겠다는 생각이 들었다.

초밥을 골라야 한다는 걸 알면서도, 캐시는 어느새 테이블 맞은편의 조엘만 보고 있었다. 그는 정말로 매력적이었다. 아까 느꼈던 전율이 이번에는 천천히, 더 깊게 온몸으로 번져 왔다. 조엘 역시 그녀를 바라보고 있었고, 입가에 걸린 미소는 어쩐지 그녀와 닮아 있었다. 캐시는 오늘 밤이 끝날 때 그가 자신에게 키스할지 궁금해졌다.

그러길 바랐다.

아니, 사실은 지금 당장 해 줬으면 했다. 데이트 끝에 키스해야 한다는 규칙은 대체 누가 만든 걸까. 정말 말도 안 되는 규칙이었다. 그녀의 머릿속은 온통 키스 생각뿐이었다. 이런 상태로 어떻게 음식을 고르라는 말인가. 키스가 먼저여야 했다.

이 생각을 조엘에게 말해 줘야겠다고 캐시는 잠시 진지하게 생각했다. 이런 건 공유할 가치가 있었다.

"조엘!"

캐시는 화들짝 놀라 고개를 들었다. 헐렁한 청바지에 티셔츠를 입고, 머리를 말끔히 민 다부진 체격의 남자가 활짝 웃으며 다가오고 있었다. 그는 테이블 앞까지 오더니 조엘의 등을 툭 치며 반갑게 말했다.

"잘 지냈냐, 조엘?" 남자가 말했다. "우리 얼마 만이지? 1년? 2년?"

조엘은 웃었지만, 턱이 눈에 띄게 굳어 있었다. "그래, 롭. 오랜만이다."

"아직도 병원에 있어?" 롭이 물었다.

"똑같지." 조엘은 어깨를 으쓱했다. "넌 아직도 클리닉?"

"응, 근데 너무 싫어." 롭은 툴툴댔다. "다른 거 알아보는 중이야." 그러다 롭의 시선이 캐시에게 꽂혔다. 입가에 의미심장한 미소가 번졌다. "아, 이분이시구나. 드디어 뵙네요. 조엘이 당신 얘기를 얼마나 많이 했는지 알아요? 얼마나 대단한지, 완벽한 여자라고요. 자기는 이미 사랑에 빠졌다는 둥… 오죽하면 적당히 좀 하라고 했다니까요."

조엘의 얼굴에서 핏기가 빠져나갔다. "롭…."

"둘이 이제 곧 결혼하는 거죠?" 롭은 낄낄 웃었다. "미안, 내가 오지랖 부리는 걸 수도 있는데, 이렇게 아름다운 분을 만나고 있으면 반지는 빨리 준비해야죠. 들은 바로는 이미 충분히 기다리게 했다고 하던데. 맞죠, 프란체스카?"

프란체스카?

대체 프란체스카가 누구지?

5

전 여자친구

우울할 때도, 불안할 때도, 화가 날 때도, 심지어 기분이 좋을 때도 나는 요리를 했다. 내가 가장 좋아하는 일이었기 때문이다.

요리에 관해 내가 아는 건 전부 내 할머니, 안젤라 마스콜로에게서 배웠다. 나는 평생 할머니를 '논나(Nonna, 이탈리아어로 할머니라는 뜻 – 옮긴이)'라고 불렀다. 이탈리아 시칠리아에서 태어난 논나는, 조리대에 머리조차 닿지 않을 만큼 어렸을 때부터 증조할머니에게 완벽한 이탈리아식 미트볼을 만들기 위해 버터밀크를 넣는 것 같은 비법들을 배웠다고 했다. 논나는 요리에 대한 사랑을 자신의 딸, 그러니까 내 엄마에게도 전해 주려 했지만, 엄마는 그런 데 전혀 관심이 없었다. 나는 부모님보다 논나와 훨씬 더 가까웠고, 조엘이 떠난 뒤에는 논나의 부엌에서 시간을 보내며 미친 듯이 요리를 해 댔다.

끔찍했던 오늘 하루는 라자냐를 만들기에 충분한 이유가 됐다. 엉망인 아파트들을 둘러보는 일로 시작해 지갑을 도둑맞고 경찰에 신고하는 걸로 끝난 하루였으니까. 나는 이탈리안 소시지로 미트소스를 만들었다. 라자냐에는 다진 소고기보다 소시지로 만든 소스가 훨씬 잘 어울렸다. 게다가 논나는 동네 작은 이탈리안 식료품점에서 신선한 모차렐라 치즈를 거의 공짜나 다름없는 값에 사 오곤 했다. 신선한 모차렐라 치즈가 아니면 라자냐를 만들 이유가 없었다.

물론 아까 봤던 그 초소형 아파트에 들어가게 된다면 라자냐는 아예 못 만들겠지만. 전자레인지용 라자냐 말고는. 논나의 부엌은 작아도 그럭저럭 쓸 만한 오븐이 있었고, 손만 대면 감전될 것 같은 냉장고가 아니라 제대로 된 냉장고도 있었다.

논나는 내 요리를 구경하러 부엌으로 들어왔다. 내가 아주 어렸을 때 논나는 지금의 나처럼 짙은 머리색에 회색 머리가 아주 조금 섞여 있었다. 지금은 완전히 백발이 되었지만 머리를 여전히 길게 길러 뒤에서 느슨하게 틀어 올리고 있었다. 논나는 렌즈가 유난히 큰 안경을 늘 코끝에 걸치고 다녔는데, 그걸 쓰지 않은 모습은 상상도 할 수 없을 정도였다. 논나는 이제 아흔에 가까운 나이지만 여전히 기운이 넘쳤다. 길이 얼은 날만 아니면 매일 도시를 3킬로미터씩 당당하게 걸었다. 게다가 팔은 얼마나 탄탄한지. 나무통만큼은 아니어도 키친타월 심지 정도는 된다.

"냄새가 정말 끝내주는구나, 파타티나." 논나는 토마토와 소시지, 바질, 마늘, 오레가노 향이 뒤섞인 공기에 미소 지으며 말했다. 파타티나는 논나가 어릴 때부터 나를 부르던 애칭으로, '작은 감자'라는 뜻이었다. 솔직히 예쁜 별명은 아니었지만, 이탈리아어로 들으면 그나마 나쁘지 않았다. 요즘 논나는 거의 이탈리아어만 썼다. 내가 어릴 때는 영어로만 말했는데, 나이가 들수록 다시 모국어로 돌아간 것이다. 나는 이탈리아어에 능숙했지만, 창피할 정도로 미국식 억양이 강하다는 말을 자주 들었다.

"고마워요." 나는 중얼거렸다. 정말로 냄새가 좋았다. 이렇게 향

긋한 소스를 만들 줄 아는 내가 왜 조엘에게는 부족했던 걸까? 이게 그립지도 않은 걸까? 내가 그립지는 않더라도, 적어도 내 음식은 생각나지 않을까?

"조엘은… 멍청한 놈이야." 논나는 마치 내 생각을 읽기라도 한 듯 단언했다. 그녀는 늘 그의 이름을 '조-엘레'라고 발음했다. 조엘은 그걸 싫어했다. 논나가 자길 여자라고 착각하는 것 같다고 투덜대곤 했다. 그 기억이 떠올라 나도 모르게 웃음이 났다. "너는 완벽한 여자야. 너보다 더 좋은 여자를 어떻게 찾겠니?"

나는 한숨을 내쉬었다. "네, 뭐…"

논나의 얼굴이 환해졌다. "내가 너한테 딱 맞는 남자를 알고 있단다!"

아, 맙소사. 논나는 늘 끔찍한 남자들을 줄줄이 소개해 주려 했다. 하나같이 이전 사람보다 더 별로였다. "사양할게요."

"독서 모임의 에스텔 있지? 그분 아들이야." 논나는 모차렐라 덩어리를 집어 들어 코앞에 대고 킁킁거렸다. "이름은 로버트래. 일도 안 해서 요일 상관없이 언제든 시간 난대."

환상적이네. "패스할게요."

논나는 모차렐라를 내려놓았다. 합격이라는 뜻이었다. "오늘은 새 아파트 좀 알아봤니?"

"아직요." 나는 숟가락으로 소시지 덩어리를 잘게 부수며 말했다. "딱히 마음에 드는 데가 없어요. 맨해튼 안은 정말 답이 없고 맨해튼 밖은 그나마 낫긴 한데, 출퇴근이 끔찍해질 거예요."

논나는 잠시 말없이 나를 바라보았다. "그럼 여기서 살면 되잖니."

나는 하마터면 숟가락을 냄비 안에 떨어뜨릴 뻔했다. "여기요?"

"그래. 안 될 건 뭐야?" 논나는 자기 집을 둘러보며 손짓했다. "넓은 데다 네 일터에서도 그렇게 멀지 않잖아."

논나의 아파트는 브루클린 벤슨허스트에 있었다. 지하철을 타면 시내까지 한 번에 들어갈 수 있었다. 지금 사는 곳보다는 이동 시간이 조금 더 늘겠지만, 퀸즈에서 봤던 아파트들에 비하면 꿈같은 조건이었다. "그럼 저는 어디서 자요?"

"빈방 있잖아!"

논나는 재봉 도구를 쌓아 둔 작은 방을 가리켰다. 나는 그 방을 '논나의 재봉실'이라고 불렀다. 침대 하나가 겨우 들어갈 만한 크기였지만, 그래도 그 방을 빼앗고 싶지는 않았다. 논나는 옷을 전부 손수 만들어 입었다. 솔직히 누가 봐도 '할머니가 직접 만든 옷'처럼 보이긴 했지만, 논나는 옷을 만드는 걸 정말로 좋아했다. 그 방은 논나에게 꽤 중요한 공간이었다.

"그 방은 논나한테 꼭 필요하잖아요." 나는 고집을 부렸다.

논나는 손을 내저었다. "관절염 때문에 이제는 예전처럼 많이 못 해. 내가 필요한 건 네가 여기 있는 거야, 파타티나. 내가 넘어져서 엉덩이뼈라도 부러지면 누가 나를 구해 주겠니?"

"저보다 매일 더 많이 걸으시잖아요."

"그럼 반대로 네가 넘어져서 엉덩이뼈가 부러질지도 모르지. 그때는 내가 너를 구해 줘야 하잖아."

나는 소스를 한 번 더 저었다. "알겠어요. 그래도 돈은 낼게요."

"절대 안 돼!" 논나는 고개를 세차게 저었다. "내 집은 네 집이야! 대신 쓰레기 좀 버려 주고, 장도 보고, 설거지만 좀 해 줘. 그거면 충분해."

솔직히 마음이 흔들렸다. 여기서 사는 건 그 어떤 초소형 원룸보다 훨씬 나을 것이다. 논나도 나이가 있으니 누군가 곁에서 도와주면 좋을 것 같았다. 혼자 두는 게 늘 마음에 걸렸으니까. 게다가 여기라면 전자레인지와 전기포트만 붙들고 살 필요도 없다. 제대로 된 부엌이 있었다.

물론 할머니와 함께 사는 게 인생에서 '도약'처럼 느껴지진 않았다. 하지만 내게는 선택지가 많지 않았다. 이미 신용카드 빚도 있었고 앞으로 몇 달 안에 수입이 확 늘 것 같지도 않았다. 언젠가는 그럴지도 모르겠지만, 적어도 지금은 아니었다.

"생각해 봐, 파타티나." 논나가 말했다.

"그럴게요." 나는 약속했다.

논나는 천천히 부엌을 나갔다. 약간 절뚝거리고 있었다. 아주 미세한 정도였지만 나는 알아차렸다. 어쩌면 정말로 누군가 곁에 있어야 할지도 모른다는 생각이 스쳤다.

논나가 나가자 나는 가방에서 휴대폰을 꺼내 이메일이 왔는지 확인했다. 논나는 컴퓨터가 없어서 여기서는 늘 휴대폰에 의존해야 했다. 만약 이사 오게 된다면 인터넷을 설치해야 할 것 같다. 와이파이도. 집세를 내지 않아도 된다면 그 정도는 감당할 수 있었다.

확인할 만한 이메일은 없었다. 그런데도 나는 휴대폰을 쥔 채 위치 추적 앱을 누를까 말까 망설였다. 지워야 했다. 지금이 딱 그때였다.

지워. 조엘한테 그만 집착해.

그런데 삭제 대신, 나도 모르게 앱을 눌러 버렸다.

도시 지도가 화면을 가득 채웠다. GPS가 조엘의 위치로 빠르게 좁혀 들어갔다. 금요일 밤이었다. 그는 집에 없었다. 병원도 아니었다. 병원에서 멀지 않은 곳, 식당 같은 장소에 있었다.

친구들과 있을 수도 있다. 금요일 밤에 밖에 나와 있다고 해서 꼭 데이트 중이라는 뜻은 아니다. 섣불리 단정하면 안 된다.

설령 데이트 중이라 해도, 그게 뭐 어때서? 우리가 헤어진 지도 거의 여섯 달이었다. 그럴 자격은 충분하다. 그냥 데이트일 뿐이다. 결혼하는 것도 아니잖아.

그런데 나는 문득 궁금해졌다. 그 여자는 나보다 예쁠까. 나보다 어릴까. 조엘처럼 응급실에서 일하는 의사일까.

나는 다시 지도를 내려다봤다. 확실히 알아낼 수 있는 방법이 하나 있었다.

숨을 크게 들이마시고, 다음에 할 일을 머릿속으로 짚어 봤다. 조엘과 '우연히' 몇 번 마주치게 만든 것까지는 어떻게든 변명할 수 있었다. 하지만 전철을 타고 시내로 들어가 그의 데이트 상대를 엿보겠다는 건 완전히 다른 문제였다. 그건 선을 넘는 일이었다. 나는 미친 전 여자친구가 되고 싶지 않았다. 정말로.

그런데도⋯.

나는 가스레인지를 껐다. 휴대폰을 가방에 던져 넣고 옷장에서 얇은 스웨터를 집어 들었다. "논나!" 나는 소리쳤다. "잠깐 나갔다 올게요!"

6
새 여자친구

롭이라는 남자는 입을 다물 줄을 몰랐다.

"그 대단한 프란체스카를 드디어 만나게 되다니, 정말 감격이네요." 그가 말했다. "직접 보니까 왜 그렇게 난리였는지 알겠어요."

"롭," 조엘이 숨 막힌 목소리로 말했다. "그게 아니라….."

롭이 상황을 파악하는 동안 어색한 침묵이 흘렀다. 캐시는 프란체스카가 아니었다. 조엘이 완벽하고 아름답다고 생각하며 결혼하고 싶어 했던 그 여자가 아니었다. 그저 망해 가는 헌책방을 운영하는 여자일 뿐이었다.

"와." 롭이 말했다. "나 완전 헛소리했네, 그렇지?"

조엘은 말없이 고개만 저었다. "롭, 이쪽은 캐시야."

"아, 안녕하세요, 캐시." 롭이 어색한 미소를 지었다. "제가 착각했네요. 죄송해요. 두 분은 오래 만나셨어요?"

"오늘이 첫 데이트야." 조엘이 이를 악문 채 말했다.

"아… 와." 롭이 다시 말했다. "젠장, 조엘. 나 진짜 최악이다." 그는 캐시를 향해 미안하다는 듯 눈길을 보냈다. "프란체스카 얘기는 좀 과장한 거예요. 아시죠? 여자친구 앞에서 친구 좀 멋있어 보이게 하려고요."

"덕분에 아주 고맙다." 조엘이 중얼거렸다.

롭은 테이블을 손가락으로 톡톡 두드렸다. "그럼 두 분 즐거운 시간 보내세요. 괜히 저 때문에 분위기 망친 건 아니길 바라요."

그건… 두고 봐야 알 일이었다.

캐시는 원피스 자락을 꼭 쥔 채 가만히 앉아 있었다. 설명을 기다리면서도, 차라리 듣지 않는 편이 낫겠다는 생각이 들었다. 조엘이 최근에 긴 연애를 끝냈을지도 모른다고는 짐작하고 있었다. 하지만 짐작하는 것과 이렇게 대놓고 들이닥치는 건 전혀 다른 문제였다.

전 여자친구로 착각당하면서 시작된 연애가 위대한 사랑 이야기로 이어지는 경우가 과연 얼마나 될까.

"정말 미안해요." 조엘이 말했다. "진짜로… 정말 미안해요."

캐시는 전 여자친구로 착각당하는 일이 일상인 사람처럼 어깨를 으쓱했다. "당신 잘못은 아니잖아요."

"그래도…." 그는 짙은 머리칼 사이를 쓸어 넘겼다. "그냥 알아줬으면 해서요. 아까 롭이 한 말, 정말 많이 오버한 거예요."

캐시가 간신히 미소를 지어 보였다. "그럼 그 프란체스카라는 분은 인류 역사상 가장 완벽한 인간은 아니었던 거네요?"

"그래요." 그는 시선을 내리깔았다. "완벽하진 않았어요."

머릿속에 질문이 쉴 새 없이 떠올랐다. 언제 헤어졌을까? 저 남자가 아직 둘이 함께인 줄 알았을 정도라면, 그렇게 오래되진 않았을 텐데. 누가 끝내자고 했을까? 왠지 그 완벽한 관계에 마침표를 찍은 쪽이 프란체스카였을 것 같다는 생각이 들었다. …그녀를 많이 사랑했을까?

당연히 그랬겠지. 그의 표정만 봐도 알 수 있었다.

"프란체스카 얘긴 하고 싶지 않아요." 조엘이 그녀의 생각을 끊었다. 턱 근육이 미세하게 떨렸다. "그 얘긴… 정말 하기 싫어요. 그러니까 다른 얘기해요. 네?"

"알겠어요." 캐시는 고개를 끄덕였다. 비록 지금 그녀가 가장 하고 싶은 이야기는 바로 그거였지만. 조엘 말이 맞았다. 전 여자친구 이야기는 첫 데이트에 어울리는 주제가 아니었다. 아니, 어떤 데이트에도 어울리지 않았다.

그때 가게 안에 음악이 흘러나오기 시작했다. 남자 목소리였지만 캐시에게는 낯선 노래였다. 하지만 조엘은 귀를 쫑긋 세우더니 미소를 지었다. "이 노래 정말 좋아했었어요." 그가 말했다. "한동안 못 들었네요."

"저는 못 들어본 것 같아요."

조엘의 눈이 커졌다. "정말요? 이거 시스터 헤이즐인데요. 예전에 라디오에서 정말 많이 나왔던 노래예요." 그는 말을 하다 말고 캐시를 보며 미간을 찌푸렸다. "나이를 여쭤보는 건 실례일까요?"

캐시는 웃으며 말했다. "아뇨, 괜찮아요. 스물여섯이에요. 당신은요?"

그는 잠시 망설였다. "저는 좀 더 많아요."

"와, 너무하네요." 캐시는 그를 흘겨봤다. "전 솔직하게 말했는데, 당신 나이는 왜 말 안 해요?"

"그게…."

"그럼 제가 맞혀 볼게요." 캐시는 테이블 너머로 그를 유심히 살폈다. 주름이나 흰머리가 있는지. 관자놀이 근처에 아주 희미하게 흰머리 하나가 보이는 것 같기도 했다. 웃을 때는 눈가에 잔주름

62

이 생겼지만, 얼굴을 풀면 대부분 사라졌다. 서른 중반쯤. 하지만 지금은 그를 놀리고 싶은 기분이었다. "음… 쉰일곱?"

조엘의 입이 벌어졌다. "농담이죠?"

캐시는 눈을 깜빡였다. "제가 말한 것보다 많아요, 적어요?"

그는 씩 웃었다. "스물여섯인 사람이 쉰일곱이랑 데이트하겠다고 나온 게 더 문제 아닌가요?"

"어쩌겠어요." 캐시는 태연하게 말했다. "스폰서 해 줄 남자를 찾고 있었거든요."

"저녁값도 못 내게 하시려던 분이요?" 그가 웃으며 말했다.

전 여자친구로 착각한 그 멍청한 사건 때문에 깨졌던 분위기는 어느새 완전히 돌아와 있었다. 그들은 다시 서로를 바라봤다. 캐시는 초밥을 좋아했고, 정말 오랜만에 먹는 건데도 식사가 빨리 끝나기만을 바랐다. 그래야 밖으로 나가 그와 조금 더 가까이 걸을 수 있을 테니까. 그리고 어쩌면, 아까부터 계속 생각하던 그 키스도….

"서른여섯이에요." 조엘이 말했다.

"세상에, 너무 나이가 많으시네요." 캐시가 놀리듯 말했다.

"제 환자 절반 이상이 노인분들이라서 평소에 나이가 많다고 느낀 적이 없었어요." 그는 물을 한 모금 마셨다. "근데 지금은 스물여섯 살이랑 데이트 중이라 그런지… 확실히 좀 나이 든 기분이 들긴 하네요. 제가 고등학교에서 모의고사 볼 동안, 당신은 유치원에서 코나 흘리고 있었겠죠."

"저 코 흘린 적 없거든요?"

"저는 딱 보면 알아요."

캐시는 웃음을 터뜨렸다. 장난칠 때 그의 입가에 떠오르는 미소가 좋았다. 그는 정말로 매력적이었다. 그리고 바로 전까지 진지하게 사귀던 여자친구가 있었던 게 뭐 어때서. 누구나 과거는 있는 법이다.

7

전 여자친구

솔직히 말해 나도 내가 어떻게 여기까지 왔는지 모르겠다.

불과 조금 전까지만 해도 휴대폰 화면 속 조엘의 작은 아바타를 멍하니 바라보고 있었는데, 정신을 차리고 보니 지하철을 타고 맨해튼으로 향하고 있었다. 머릿속에 뚜렷한 계획이 있었던 건 아니었다. 정말로. 그저 나 자신을 안심시키고 싶었을 뿐이었다. 식당 안을 잠깐 들여다보고, 조엘이 친구들과 웃고 있는지 아니면 다른 사람을 만나기 시작한 건지 확인하고 싶었다.

하지만 그게 다 무슨 소용이 있을까? 조엘은 나를 다시 받아줄 생각이 없었다. 집세를 못 내겠으니 예전 아파트에서 나가 달라고 말하던 순간, 그 사실은 이미 분명해졌다. 그가 친구로 지내보자고 했던 말 정도가 내가 기대할 수 있는 전부였다.

그래도 거의 여섯 달이었다. 그리고 내가 듣기로는 그는 아직까지 누구와도 데이트를 하지 않았다. 그건 뭔가를 의미하는 게 아닐까 싶었다.

지하철에서 나왔을 때는 해가 이미 많이 기울어 있었다. 나는 어깨에 둘러두었던 스웨터를 걸쳤다. 조엘은 내가 추울 때마다 꼭 자기 재킷을 벗어 주곤 했다. 내가 덜덜 떨고 있으면 웃으면서 말하곤 했다. "재킷 좀 챙겨 다녀." 그러고는 자기 재킷을 내 어깨에 둘러 줬다. 따뜻하고 큼직했고, 그의 애프터셰이브 냄새가 났다. 가끔은 일부러 재킷을 안 챙기기도 했다. 그래야 그가 자기 걸 벗어 줄 테니까.

만약 그가 다른 여자에게도 그렇게 해 주는 걸 직접 봤다면, 나는 아마 견디지 못했을 거다. 완전히 망가져 버렸을지도 모른다. 그래서 우리는 친구로 지낼 수 없었다.

식당에 가까워질수록 심장이 쿵쾅거렸다. 빨리 걸어서 그런 건지, 아니면 곧 보게 될지도 모르는 장면이 두려워서인지는 알 수 없었다. 나는 최대한 눈에 띄지 않게 다가갔다. 그건 어렵지 않았다. 나는 원래 사람들의 시선을 끄는 타입이 아니니까.

유리창 너머로 식당 안을 훔쳐보며, 들키면 바로 몸을 숨길 준비를 했다. 제발 피트나 짐이랑 같이 있기를. 나는 테이블을 하나하나 훑었다.

그는 거기 없었다.

서둘러 휴대폰을 꺼내 위치 추적 앱을 열자, 조엘의 아바타는 식당을 벗어나 한 블록쯤 떨어진 곳에 찍혀 있었다.

집으로 돌아가야 했다. 어딘가에서 대충 한 끼를 때우고 벤슨허스트로 돌아가면 됐다. 아니면 리디아에게 문자를 보내서 만날 수도 있었다. 연락한 지 꽤 오래됐으니까. 그게 맞는 선택이었다.

그런데도 나는 조엘의 아바타가 있는 쪽으로 걸어가고 있었다.

모퉁이에 다다랐을 때 그들이 보였다. 조엘은 친구들과 있는 게 아니었다. 여자와 함께였다. 안심하려고 여기까지 왔는데, 나는 정확히 그 반대의 장면을 마주하고 있었다. 그리고 그 여자는 아름다웠다.

정말로. 멀리서 봐도 알 수 있을 만큼. 길게 뻗은 다리를 훤히 드러내는 원피스를 입고 있었고, 올리브빛 피부는 흠 하나 없이 매끈했다. 짙은 머리칼은 풀어 내린 채 등 뒤로 자연스럽게 흘러내리고 있었다. 그리고… 젊었다. 너무 젊었다. 생각하고 싶지 않을 정도로.

이상하게도 어딘가 나를 닮아 보였다. 다만 더 예쁘고, 더 젊은 버전의 나였다. 그게 위안이 되는지, 더 상처가 되는지조차 알 수 없었다.

둘이 얼마나 만났을까? 나는 그녀의 얼굴을 유심히 살폈다. 낯설었다. 조엘의 페이스북이나 다른 SNS에서 본 적이 없었다. 그렇다면 새로 시작한 관계일 것이다. 어쩌면 첫 데이트일지도 모른다.

그들은 이미 키스를 했을까. 그녀는 그의 아파트에 가 본 적이 있을까. 혹시… 함께 잤을까.

이쯤 되면 돌아서야 한다는 걸 알고 있었다. 질문에 대한 답은 이미 얻었다. 원하던 답은 아니었지만, 그래도 답은 답이었다. 그런데도 발이 떨어지지 않았다. 시선을 거둘 수도 없었다.

특히 그가 몸을 기울여 그녀에게 다가가 입술을 포개는 순간에는.

결혼하고 함께 평생을 보낼 거라 확신했던 남자가 다른 여자와 키스하는 모습을 보는 기분은 말로 설명할 수 없었다. 세상이 통째로 발밑에서 무너져 내리는 것 같은, 속이 뒤틀리는 느낌이었다. 그리고 그 키스는 끝날 줄을 몰랐다.

조엘이 처음으로 나에게 키스했던 날이 떠올랐다. 우리가 처음 만났던 바로 그날 밤이었다. 우리 둘 다 아는 친구가 연 크리스마스 파티에서였다. 그는 예상대로 수술복 차림이었고, 내가 도착했을 때 소파에 앉은 채 그대로 잠들어 있었다. 내가 옆에 앉는 바람에 소파가 흔들렸고, 그제야 그는 잠에서 깼다. 깨워서 미안하다고 하자, 그는 졸린 눈을 비비며 웃었다. 오히려 잘 됐다고 말했다.

그날 우리는 파티의 다른 사람들은 전부 잊은 채, 두 시간 넘게 이야기를 나눴다. 그는 의대 실습에서 겪은 일들을 들려줬고, 나는 언젠가 내 가게를 열고 싶다는 꿈을 털어놓았다. 술을 꽤 마신 그는 비틀거리며 일어나더니 내게 손을 내밀었다. "집까지 바래다 줘도 될까?"

내가 현관 앞에서 키스를 기대하고 있을 때, 문 위에 걸린 겨우살이 장식(서양에는 크리스마스에 겨우살이 장식 아래서 키스하는 풍습이 있다 – 옮긴이)이 눈에 들어왔다. 누가 먼저 발견했는지는 기억나지 않지만 그걸 보는 순간 알았다. 그가 뭘 할지. 그가 몸을 기울여 나에게 입을 맞췄을 때, 나는 확신했다. 이 사람이야말로 내가 평생을 함께할 사람이라고.

…적어도, 그때는 그렇게 믿었다.

지금 생각하면 말도 안 되는 일이었다.

그리고 지금, 그는 다른 여자와 키스하고 있었다. 이게 현실이라는 게 믿기지 않았다. 어쩌면 나는 빠져나올 수 없는 기묘할 정도로 정교한 꿈속에 갇힌 걸지도 모르겠다.

도대체 왜 이렇게 오래 키스하는 걸까? 세계 기록이라도 세우려는 건가 싶었다.

이 자리를 떠나야 한다. 여기서 걸음을 돌려야 한다. 조엘에 대해 전부 잊고 새롭게 시작해야 한다. 그런데도 나는 그들이 키스하는 모습을 멍하니 바라보고만 있었다.

그리고 그때, 내 안에서 무언가가 뚝 하고 부러졌다.

8

새 여자친구

결론부터 말하자면 저녁은 정말 훌륭했고 데이트도 마찬가지였다. 캐시가 몇 년 만에 경험한 최고의 데이트였다. 따지고 보면 지난 몇 년 동안 데이트 자체가 손에 꼽을 만큼 드물긴 했지만.

베아와 마브의 첫 데이트만큼 좋았을까? 그건 알 수 없었다. 캐시는 그 자리에 없었으니까. 다만 여섯 달 만에 결혼까지 했으니, 분명 꽤 괜찮은 데이트였을 거라고 짐작할 뿐이었다.

계산서가 도착하자 조엘은 캐시가 금액을 볼 틈도 주지 않았다. 그녀가 손을 뻗기도 전에 계산서를 재빨리 집어 들고 웨이터에게 건네며 카드까지 함께 내밀었다. 테이블에 쌓인 접시들과 둘이 와인을 두 잔씩 마셨다는 걸 떠올리자, 얼마가 나왔는지는 굳이 알고 싶지 않았다. 그는 먹고 싶은 걸 마음껏 고르라고 했지만, 캐시는 결국 연어를 골랐다. 뭐, 연어를 좋아하긴 하니까.

식당을 나설 무렵에는 해가 완전히 져 있었고 공기가 제법 차가워져 있었다. 아까까지만 해도 편했던 원피스가 이제는 영 믿음직하지 않았다. 팔에 소름이 돋는 게 느껴졌다.

"춥죠." 조엘이 말했다.

"괜찮아요." 캐시는 고집을 부렸다.

"재킷만 있었으면 벗어 줬을 텐데요."

“괜찮다니까요.” 그녀는 다시 말했지만, 어느새 이가 달달 부딪
히기 시작했다.

조엘은 그녀를 내려다봤다. 그는 캐시보다 대략 15센티쯤 더 컸
다. 캐시에게는 딱 좋은 키였다. 아니, 어쩌면 캐시가 그에게 딱 맞
는 키였을지도 모른다. 프란체스카처럼 완벽하진 않더라도.

“가요.” 그가 말했다.

조엘은 캐시의 팔을 잡아 이끌었다. 손을 잡은 건 아니었지만,
거의 그만큼 가까웠다. 그 순간 팔에 돋은 소름이 더 심해졌다. 캐
시는 그가 어디로 데려가는지도 모른 채 모퉁이에 있는 작은 기념
품 가게 안으로 따라 들어갔다. 이름이 새겨진 번호판, 자유의 여
신상이 든 스노우볼, 온갖 색의 야구 모자들이 팔꿈치를 스쳤고,
예상대로 후드티도 진열돼 있었다.

“이런 데서 비싼 후드티 살 형편은 아니에요.” 캐시는 고장 난
레코드처럼 같은 말을 반복하는 것 같아 신경이 쓰였지만, 할 말
은 해야 했다. 집에 멀쩡한 후드티가 얼마나 많은데.

“그래서 제가 사는 거죠.”

“조엘…”

“별거 아니에요.” 그는 진열대 맨 앞에 걸린 후드티 하나를 집어
들었다. “이건 어때요? ‘뉴욕 시티 걸’?”

“아, 제발요.” 캐시는 웃음을 터뜨렸다. “이런 거 입고 다니다간
바로 지갑 털릴걸요.”

그는 옆에 걸린 두 번째 후드티를 살폈다. “그럼 ‘뉴욕 맘’은요?”

“두 번째 데이트는 없다는 뜻인가요?”

조엘이 한 걸음 물러섰다. “알겠어요. 좋은 지적이네요. 그럼 어

떤 게 좋아요?"

캐시는 여기서 후드티를 사고 싶진 않았지만, 날이 너무 추웠고 조엘도 그냥 보낼 생각이 없어 보였다. 그녀는 진열대를 천천히 훑어보다가 결국 네이비색 양키스 후드티를 골랐다.

"그거 입으면 진짜 귀여울 것 같아요." 조엘이 계산하며 말했다.

"말도 안 돼요."

그리고 그 말이 맞았다. 후드티를 뒤집어쓰듯 입자마자 괜히 골랐다는 생각이 들었다. 크고 투박하고, 솔직히 예쁘지도 않았다. 하지만 조엘은 그녀를 보며 미소를 지었다. "봐요. 제 말이 맞잖아요. 귀엽다니까요."

캐시는 눈을 굴렸다. 그래도 따뜻하긴 했다.

둘은 그대로 동네를 천천히 걸었다. 조엘은 아이스크림을 먹자고 했지만, 캐시는 초밥을 너무 많이 먹어서 도저히 들어갈 것 같지 않았다. 그녀는 그를 집으로 초대해야 하나 고민했다. 요즘 데이트는 다 그렇게 하던가? 어떻게 하는 건지 도통 기억이 나질 않았다.

시트콤에서는 가끔 섹스를 오래 못 했다고 푸념하는 캐릭터들이 나오는데, 그 '공백기'라는 게 보통 길어야 다섯 달이나 여섯 달 정도였다. 캐시의 공백기는 무려 2년이었다. 마지막 남자친구의 이름은 해리였다. 친구들과 술을 마시러 나갔다가 만났고, 광고업계에서 일하고 있었다. 아니, 정확히 말하면 업계에 자리 잡으려고 애쓰는 중이었다. 그 과정에는 술이 필수인 것 같았는데, 퇴근 후에 만날 때마다 그는 늘 살짝 취해 있었다. 처음에는 다정했다. 공을 들여 다가오던 시기에는 특히 그랬다. 하지만 시간이 지날수록

72

그는 점점 예민해졌고 요구도 많아졌다. 술 때문인지 원래 성격인지는 알 수 없었다. 어느 순간부터는 저녁 한 끼를 평화롭게 넘기는 게 불가능해졌다.

어느 날 저녁, 해리와 함께 외식을 했을 때였다. 웨이터가 시끄러운 대학생들 무리 바로 옆 테이블로 안내하자 캐시가 조심스럽게 자리를 옮기자고 말했다. 하지만 해리는 그러는 대신 식사가 끝날 때까지 투덜거리며 불평을 늘어놓았다. 그날 밤은 완전히 엉망이 됐다. 그 순간 캐시는 깨달았다. 이건 베아와 마브 같은 위대한 사랑 이야기가 아니었다. 완전 호러였다. 아니면… 암울한 여성 소설이거나.

그날 밤, 그녀는 해리와 헤어졌다.

엉망인 연애가 끝난 뒤 혼자가 되는 건 생각보다 훨씬 큰 해방이었다. 캐시는 해리의 기분을 신경 쓰지 않고 밤을 보내는 자유를 만끽했다. 혼자인 게 좋았다. 해리 같은 사람과 함께 있는 것보다는 훨씬 나았다.

그런데 그렇게 지내다 보니, 그게 점점 위험한 습관이 됐다. 매력적인 남자가 다가올 때마다 캐시는 만족스럽지 못하고 때로는 끔찍하기까지 했던 해리와의 연애가 떠올랐다. 그러고는 고개를 저었다. 차라리 일에 집중하고 친구들과 즐겁게 지내는 편을 택했다.

하지만 이제는 그게 너무 오래된 것 같았다. 어떤 날에는 다른 사람의 손길이 너무 그리워 잠을 이루지 못할 정도였고, 또 어떤 날은 전혀 그렇지 않았다. 그리고 지금은 팔에 남아 있는 조엘의 손길이 자꾸 떠올랐다. 오늘 밤 키스라도 나누지 않으면 잠이 오지 않을 것 같았다.

캐시가 무심코 하품을 하자 조엘이 말했다. "같이 택시 타고 집에 갈래요?"

심장이 철렁 내려앉았다. "제… 집으로요?"

그의 입꼬리가 살짝 올라갔다. "같이 타고 가서 먼저 내려드릴게요. 그다음에 제가 내리면 되죠."

"아." 캐시는 안도한 건지, 실망한 건지 스스로도 알 수 없었다. 그래도 첫 데이트에 집에 오겠다고 밀어붙이지 않는 점은 마음에 들었다. "좋아요."

그런데 막상 보니 조엘의 집은 그녀와 정반대 방향이었다. 그는 잠시 계산을 해 보더니 말했다. "그럼 제가 택시를 잡아 드리고, 저는 따로 갈게요."

"괜찮아요." 캐시는 서둘러 말했다. "지하철 타고 갈게요."

"그런 농담은 하지도 마세요." 조엘이 말했다. "밤에 혼자 지하철 타고 가게 둘 수는 없어요."

"아직 그렇게 늦지도 않았어요."

"늦었어요."

캐시는 시계를 내려다봤다. 와. 정말 늦긴 했다. 식당에서 그렇게 오래 얘기했었나? 그래도 오늘은 금요일 밤이었다. 지하철이 텅 비어 있을 리는 없었다.

"제가 택시 불러 드릴게요." 그가 다시 말했다.

"이봐요." 캐시는 그의 가슴을 가볍게 툭 쳤다. "저 여기서 매일 밤 지하철 타고 집에 가요. 오늘은 금요일이고요. 사람 많을 거예요. 괜찮아요." 그녀는 후드티 모자를 조금 더 끌어당겼다. "게다가 따뜻한 후드티도 입었잖아요."

"그래도…."

"정말 괜찮아요." 캐시는 눈썹을 치켜올렸다. "저는 성인이고, 제 일은 제가 알아서 할 수 있어요. 그건 존중해 주시는 거죠?"

그는 잠시 그녀를 바라보다가, 이내 표정이 환하게 풀리며 웃었다. "네. 존중해요."

"좋아요." 캐시도 미소를 지었다. "안 그러면 굿나잇 키스 같은 건 없을 테니까요."

그의 얼굴에서 미소가 사라졌다. "그건 저도 정말 싫은데요. 아직 기회는 있는 거죠?"

캐시는 고개를 끄덕였다. "그런 것 같아요."

"다행이네요."

조엘은 선명한 눈빛으로 그녀를 바라봤고, 캐시는 후드티를 입고 있는데도 몸이 살짝 떨렸다. 그가 몸을 기울이자 그녀도 고개를 들어 그에게 맞췄다. 키 차이가 15센티쯤 나는 건 키스하기에 딱 좋았다. 그의 입술이 그녀의 입술에서 손가락 한 마디도 안 되는 거리까지 다가와 잠시 멈췄고, 그 틈을 먼저 메운 건 캐시였다. 그녀가 먼저 입을 맞췄다. 그의 숨결은 따뜻했고, 키스가 깊어질수록 캐시의 온몸은 그에게 기대어 녹아내렸다. 끝나지 않았으면 싶은, 그런 굿나잇 키스였다.

차라리… 집에 초대해 버릴까 하는 생각이 스쳤다.

하지만 아니었다. 그럴 시간은 앞으로 충분히 있을 테니까. 굳이 서두를 필요는 없었다.

마침내 서로 떨어졌을 때, 캐시는 자신이 숨을 가쁘게 몰아쉬고 있다는 걸 알아차렸다. 조엘도 마찬가지였다. 한순간, 지금 자신이 어디에 서 있는지조차 잊고 있었다.

"혹시…." 조엘이 침을 삼키는 소리가 들렸다. "지하철역까지 데려다줘도 될까요?"

조엘은 여전히 택시를 태우고 싶어 하는 눈치였지만, 캐시는 물러설 생각이 없었다. 아까 했던 말은 진심이었다. 이 지하철은 그녀가 매일 밤 타는 노선이었다. 괜찮을 거다.

조엘은 그녀를 지하철역까지 데려다주었다. 역에서 한 블록쯤 떨어진 곳에서 그는 손을 뻗어 그녀의 손을 잡았다. 그 순간 캐시의 심장이 덜컥 내려앉았다. 남자와 손을 잡아 본 게 정말 오랜만이었다. 그리고 진짜 마음이 가는 남자와 손을 잡아 본 건, 그보다도 훨씬 더 오래전이었다.

문득, 그가 마지막으로 손을 잡았던 여자가 프란체스카였을까 하는 생각이 스쳤다.

그는 캐시가 지하철역 안으로 내려가기 직전, 마지막으로 한 번 더 키스했다. 도시의 지하철역마다 배어 있는 특유의 오줌 냄새조차 그 키스를 망치지는 못했다. 더 붙잡고 싶었지만, 캐시는 꾹 참고 그를 보냈다.

지하철이 덜컹거리며 시내 쪽으로 달리는 동안 캐시는 계속 그 키스를 되감았다. 눈을 감고 다시 느끼고, 또다시 떠올렸다. 그럴 때마다 가슴이 두근거렸다. 어서 다시 그를 만나고 싶었다. 그는 내일 전화하겠다고 했고, 캐시는 그가 약속을 지킬 거라고 믿었다. 어쩌면 조엘은 정말로 그녀의 히스클리프, 그녀의 마브가 될지도 모른다.

캐시는 이 지하철을 수백 번도 넘게 탔지만, 보통은 지금보다 훨씬 이른 시간이었다. 인정하기 싫었지만 생각했던 것만큼 붐비지는 않았다. 그녀가 바랐던 만큼은 더더욱 아니었다. 캐시는 객차 안을 둘러봤다. 해진 코트를 입은 노숙자 한 명이 좌석 네 개를 차지한 채 뒤척이며 잠들어 있었고, 반대편 끝에는 십대 소년 셋이 모여 앉아 누군가를 험담하고 있었다. 그리고 다른 쪽 끝에는 서른쯤 되어 보이는 매력적인 여자가 앉아 있었다. 긴 검은 머리, 멍하니 창밖을 바라보는 얼굴.

당장 위협적으로 보이는 사람은 없었다. 그래도 캐시는 가방을 가슴 쪽으로 바짝 끌어안고 열차가 조금이라도 더 빨리 달려 주길 속으로 바랐다. 그제야 초밥집에 조엘이 사 준 장미를 두고 나온 게 떠올랐다. 이제 와서 되돌아갈 수는 없었다.

열차가 끽 소리를 내며 멈춰 섰고 십대 소년들이 자리에서 일어났다. 그들은 캐시가 있는 쪽 문으로 내렸고, 마지막으로 내리던 한 명이 그녀를 힐끔 보며 말했다. "우리랑 같이 갈래요?"

"사양할게요." 캐시는 눈을 굴렸다. 철없는 애들일 뿐이었다. 그런데도 객차 안에는 여전히 그녀를 불안하게 만드는 무언가가 남아 있었다.

캐시는 반대편 끝에 앉아 있는 여자를 다시 바라봤다. 같은 칸에 여자가 있다는 사실이 위안이 되어야 할 텐데, 이상하게도 전혀 그렇지 않았다. 그 여자는 여전히 멍하니 창밖만 보고 있었다.

열차가 마침내 캐시가 내릴 역에 도착하자, 그녀는 거의 튀어 오르듯 자리에서 일어났다. 차량과 플랫폼 사이의 틈을 확인하고 조심스럽게 발을 내디뎠다. 플랫폼에 발이 닿는 순간, 가슴을 조이던 답답함이 조금 풀리는 듯했다. 하지만 곧 깨달았다. 플랫폼은 열차 안보다 훨씬 더 텅 비어 있었다. 캐시는 계단을 향해 거의 달리다시피 걸었다.

열차가 다음 역을 향해 쏜살같이 떠나고 나서야, 방금까지 타고 있던 객차가 이제는 완전히 비어 있다는 걸 알아차렸다.

지하철역에서 집까지는 두 블록이었다. 평소라면 금방일 거리였지만, 지금 이 순간만큼은 끝없이 멀게 느껴졌다. 캐시는 양키스 후드티 안에서 몸을 떨며 두 팔로 몸을 꼭 끌어안았다. 왜 조엘이 택시를 잡아 주겠다는 걸 거절했을까. 쓸데없는 자존심이었다.

캐시는 길을 따라 걸으며 동물 보호소와 약국 그리고 은행을 지나쳤다. 모두 이미 문을 닫은 뒤였다. 그리고 블록의 절반쯤을 지났을 때, 무언가가 느껴졌다.

자신의 발소리마다 다른 발소리가 겹쳐 들렸다.

뒤에 누군가가 있었다.

금요일 밤인데, 뒤에 누군가 있다고 해서 이상할 게 뭐가 있을까. 이 시간에 길에 사람이 있는 게 당연했다.

그런데도 캐시의 배 속 깊은 곳에서 경고가 울렸다. 뒤따라오는 사람이 그저 밤거리의 행인만은 아니라는 감각. 설명할 수 없지만 분명한 불길함이 위장 속에서 서서히 뭉쳐 들었다. 누군가가 그녀를 따라오고 있었다.

베아 할머니가 살아 계셨을 때, 가끔 '조깅하러 나갔다가 사라진 여자' 같은 실종 사건 기사들을 소리 내어 읽어 주곤 했다. 캐시는 기억을 더듬어 자기 또래 여자가 실종됐다가 무사히 돌아온 사례가 있었는지 떠올려 보려 했지만 하나도 생각나지 않았다.

그때는 그런 이야기들이 무섭지 않았다. 자신이 충분히 똑똑해서 그런 일을 당할 리 없다고 믿었으니까. 새벽 다섯 시에 혼자 조깅을 나가는 사람이야말로 바보 아니겠는가. 그건 위험을 자초하는 일이었다.

그런데 왜….

왜 조엘이 택시를 잡아 주겠다는 걸 거절했을까?

바보 같았다. 진짜로.

지하철역에는 경찰이 한 명 있었다. 지금이라도 다시 뛰어 돌아가 도움을 청할까도 생각했다. 하지만 그러면 경찰은 그녀를 집까지 데려다주겠다고 할 것이다. 그건 곤란했다. 혹시라도 경찰이 그녀의 아파트 안을 보게 된다면, 그건… 문제가 될 수 있었다. 아주 큰 문제가.

캐시는 걸음을 재촉했다. 길을 건너는 순간부터는 아예 전력 질주였다. 아파트까지 한 블록만 더. 딱 한 블록. 그녀는 달리면서 가방 안으로 손을 넣어 열쇠를 더듬었다. 문을 열기 위해서였지만, 필요하다면 무기로도 쓸 수 있을 것 같았다.

건물 현관에 도착했을 때는 숨이 턱까지 차올라 있었다. 캐시는 가방에서 열쇠를 꺼냈지만, 손이 너무 떨려 자물쇠에 제대로 꽂히지 않았다. 지금이라도 누군가가 뒤에서 입을 틀어막을 것만 같았다. 두 번째 시도에서야 열쇠가 돌아갔다. 캐시는 미끄러지듯 안으로 들어가 문을 세게 닫았다.

자물쇠가 '찰칵' 하고 잠기는 소리를 들은 뒤에야 그녀는 비로소 뒤를 돌아볼 수 있었다. 현관 옆 작은 창문으로 밖을 내다보며 끝까지 자신을 따라왔던 발소리의 주인을 찾았다.

하지만 그곳엔 아무도 없었다.

9

전 여자친구

나는 그녀의 아파트 밖에 한 시간이나 서 있었다.

아마도 그쯤은 됐을 거다. 시간을 재고 있던 건 아니니까. 애초에 계획했던 일도 아니었다. 그녀를 집까지 따라갈 생각은 없었다. 그런데 그녀의 걸음이 점점 빨라지고 겁에 질렸다는 게 분명해지자, 묘하게 힘이 솟았다. 그녀가 무서워하길 바랐다. 조엘 브로더와 데이트하면 대가가 따른다는 걸 똑똑히 알았으면 했다.

물론 정말로 해칠 생각은 없었다. 무기라고 해 봤자 가방에 든 거의 비어 있는 호신용 페퍼 스프레이가 다였다. 누군가에게 실제로 써 본 적은 없었지만, 밤늦게 혼자 나갈 때면 연습 삼아 한 번씩 뿌려 보곤 했다. 그리고 무엇보다 나는 한밤중에 텅 빈 거리에서 젊은 여자를 공격하는 그런 사람이 아니었다.

그런데도 그녀가 겁먹은 걸 보는 건 솔직히 말해 즐거웠다. 조엘이 내 마음을 산산조각 냈는데 그 정도쯤이야 뭐.

하지만 날이 밝고 나니 내 행동이 부끄러워졌다. 나는 곧바로 휴대폰에서 위치 추적 앱을 삭제했다. 전 남자친구의 위치를 추적해서 얻을 게 뭐가 있을까. 그건 해선 안 되는 짓이었다.

물론 깨달음이라고 할 것도 없었다. '전 남자친구를 스토킹하는 건 나쁘다'라는 건 '하늘은 파랗다'나 '전자레인지에 금속을 넣지 마라'만큼이나 뻔한 상식이니까.

그렇게 일주일이 지났다. 그리고 조엘이 머릿속에서 조금은 멀어진 지금 나는 나만의 방식으로 윈도쇼핑을 즐기고 있었다. 엄밀히 말하면 윈도쇼핑이란 살 수 없는 물건을 창문 너머로 구경하는 거였지만, 그건 너무 재미없었다. 내 방식은 살 수 없는 옷을 입어보고, 살 수 없는 향수를 몸에 뿌려 보는 거였다.

대체로는 즐거웠다. 하지만 가끔은 정말 마음에 쏙 드는, 몸에 완벽하게 맞는 상의나 드레스를 발견하곤 했다. 그럴 때면 결국 사 버렸다. 신용카드를 내미는 건 너무 쉬웠고, 청구서는 미래의 내가 알아서 감당하면 되는 거니까.

지금 입고 있는 이 검은 칵테일드레스는 일종의 의지 싸움이었다. 입어 보자마자 너무 섹시했다. 깊게 파인 네크라인을 보는 순간, 나도 모르게 숨이 멎을 뻔했다. 이걸 입고 '우연히' 조엘을 마주친다면 올리브빛 피부의 그 여자와 키스하던 일쯤은 단번에 잊게 만들 수 있을지도 모른다. 물론 이제 위치 추적 앱을 지워 버렸으니 그런 만남을 일부러 만들 수는 없겠지만. 어쨌든 나는 조엘을 잊는 중이었다. 그는 이제 과거였다. 아주 먼 과거.

드레스에서 고개를 들자 매장 반대편에서 익숙한 얼굴이 보였다. 리디아 랜싱. 내 가장 친한 친구 중 하나.

그리고 동시에, 조엘의 절친인 피트의 아내이기도 했다.

리디아는 아름다운지 위압적인지 판단하기 어려운 부류의 여자였다. 솔직히 말하면 그건 표정에 따라 달라졌다. 기분이 좋을 때, 새하얀 금발 머리가 부드러운 웨이브를 그리며 섬세한 얼굴선을 감쌀 때는 정말 아름다웠다. 하지만 법정에서 머리를 단정한 번

스타일로 틀어 올리고, 파란 눈으로 증인을 꿰뚫어 보며 반대신문을 할 때는 끔찍했다.

리디아와 나는 한때 거의 매일 통화하거나 문자를 주고받았다. 그런데 마지막으로 대화를 나눈 게 언제였는지 도무지 떠오르지 않았다. 솔직히 조엘에게 차인 직후의 나는 누가 봐도 가까이 두기 부담스러운 상태였다. 그래도 몇 번은 아이스크림 한 통을 사이에 두고 같이 밤을 새운 적도 있었다. 아니면 더 센 걸 나눠 마시거나.

리디아는 드레스 진열대를 살펴보고 있었다. 변호사 월급에, 남편 피트도 조엘과 같은 응급실 의사였다. 그러니 그녀는 이 가게 옷을 '구경만' 하는 사람이 아니었다. 몇 분씩 들여다보다가 아쉬운 마음으로 다시 걸어 두는 대신 마음에 들면 그냥 샀다. 나는 인사할지 잠깐 망설였다가 내가 왜 이러나 싶었다. 리디아는 내 가장 친한 친구 중 하나였는데.

"리디아." 내가 말했다. "안녕."

그녀가 고개를 들었다. 눈을 한 번 깜빡였다. "아…."

그 순간, 차라리 아무 말도 하지 말 걸 그랬다는 생각이 들었다. 할 수만 있다면 조용히 가게를 빠져나가고 싶었다.

"바빠?" 내가 물었다. 물론 바쁠 리 없었다. 그냥 드레스를 보고 있을 뿐인데.

"아니." 하지만 그녀의 미소는 어딘가 굳어 있었다. "잘 지냈어? 좋아 보이네."

아, 안 돼. 이제야 기억이 났다. 마지막으로 리디아와 만났을 때 우리는 바에 갔다. 나는 술을 너무 많이 마셨고, 울었고, 결국 화장실에서 토했다. 그녀가 우버를 불러 나를 집까지 데려다줬다. 그러니 지금 그녀가 나를 정신과 환자 보듯 쳐다보는 것도 무리는 아니었다.

"잘 지내." 나는 억지로 자신감 있는 미소를 지었다. 리디아에게는 '좋아 보인다'고 말할 필요가 없었다. 비싼 드레스를 입고 흰 금발 머리를 느슨한 프렌치 트위스트로 올려 묶은 그녀는 스스로도 잘 알고 있을 테니까. 리디아는 그 머리를 늘 5초 만에 해냈다. 나도 따라 해 보려 했지만 루빅스 큐브보다 더 어려웠다. "넌?"

"아주 좋아." 리디아는 언제나 이렇게 격식 차리듯 말하곤 했다. 마치 왕실 만찬에라도 온 사람처럼. 남편도 모두가 '피트'라고 부르는데 혼자만 '피터'라고 불렀다. 예전엔 그게 매력적이었는데 지금은 거슬렸다. "그 드레스, 정말 잘 어울리겠다."

나는 아직 오른손에 들고 있던 검은 드레스를 내려다봤다. 진작에 다시 걸어 놨어야 했다. 나에게는 너무 비쌌다. 리디아도 그걸 알 것이다. 아니면 모를 수도 있고. 나는 늘 그녀에게 내 경제 사정을 숨겨 왔다. 조엘과 사귈 때는 쉬웠다. 리디아와 피트를 함께 볼 때는 늘 조엘이 계산을 했으니까. 하지만 마지막으로 리디아와 단둘이 저녁을 먹었을 때, 그녀는 근사한 프랑스 레스토랑을 제안했고 나는 거절할 핑계를 찾아야 했다. 내 프랑스 레스토랑 시절은 끝났다.

"글쎄." 나는 거짓말을 했다. "조금 너무…." 끔찍하게 비쌌다.

"짧아?"

"응." 나는 안도하며 말했다. "너무 짧아."

리디아는 고개를 끄덕였다. '너무 짧다'는 건 리디아가 이해할 수 있는 이유니까.

"그나저나," 내가 말했다. "최근에 조엘 본 적 있어?"

왜 그런 말을 했을까. 조엘 얘기를 꺼낼 생각은 전혀 없었다. 정말로. 머릿속에도 없었다. 그냥… 튀어나왔다. 그리고 이제 리디아는 묘한 눈빛으로 나를 보고 있었다.

"응." 리디아가 말했다. "봤지."

"아." 나는 전혀 신경 안 쓰는 사람처럼 어깨를 으쓱했다. "잘 지내고 있으면 좋겠네."

"잘 지내고 있어." 그녀가 짧게 말했다.

화제를 바꿔야 했다. 지금 당장.

"저기… 너한텐 말해둬야 할 것 같아서." 리디아가 말했다. "조엘, 요즘 데이트하고 있어. 다른 여자들이랑. 그중 한 명은… 꽤 진지해 보이고."

"그래?" 입술 끝에 웃음이 어색하게 걸렸다. "나도야."

리디아가 못 믿겠다는 눈빛으로 나를 봤다. 당연했다. 나는 단 한 번도 데이트한 적이 없었으니까. 조엘이 집을 나간 그날 이후로 단 한 번도.

"진짜야." 나는 고집을 부렸다. "만나는 남자가 하나 있는데…. 음, 이제 다섯 번째 데이트를 앞두고 있어. 정말 괜찮은 사람이야."

리디아의 표정이 바뀌지 않자, 나는 말을 멈추지 못하고 덧붙였다. "이름은 찰스고 영업 쪽이라 출장이 잦아."

이 정도면 그럴듯해 보일까? 모르겠다. 그리고 왜 이렇게까지 리디아에게 '나도 남자친구 있다'는 걸 믿게 만들고 싶은지도 모르겠다. 실제로는 전혀 없는데.

“커피라도 마실래?” 내가 물었다. 목소리가 괜히 높아져서 헛기침을 했다. “시간 되면…”

“음, 저기 그게…” 리디아는 손목시계를 내려다보더니 매장 안을 한번 둘러봤다.

설마 리디아도 나랑 거리를 두려는 건가?

“피트랑 조엘이 얼마나 친한지 알잖아.” 그녀가 고개를 저었다. “그래서 말인데… 피트가 나한테 한 얘기들을 너한테 말하기가 좀 그래.”

“물론이야.” 나는 서둘러 말했다. “조엘 얘기는 안 해도 돼.” 그리고 급히 덧붙였다. “아니, 하고 싶지도 않아. 진짜로. 난 다 잊었어. 완전히.”

리디아의 눈에 연민이 가득했다. 그게 무엇보다 견디기 힘들었다. 요즘은 다들 나를 그렇게 봤다. 심지어 우리 할머니까지도. “커피는… 좋은 생각이 아닌 것 같아.” 리디아가 말했다.

그녀는 나에게 선을 긋고 있었다.

조엘과 헤어지고 나서야 내가 얼마나 많은 친구를 ‘세트’로 잃게 됐는지 깨달았다. 조엘과 피트가 엄청 가깝다는 건 알았지만, 리디아와 나도 친하다고 생각했다. 내 생각일 뿐이었나 보다.

“그래도 새 아파트 구했다는 얘기는 들었어.” 리디아의 얼굴이 환해졌다. “빌리지 쪽이라면서?”

아, 맙소사. 조엘에게 했던 거짓말이 퍼지기 시작했다. “뭐, 그럴 수도 있고.” 나는 얼버무렸다. “아직 결정은 안 했어.”

실상은 브루클린에서 할머니랑 같이 살 예정이었다.

“집들이하면 꼭 불러줘.” 리디아가 말했다. “가고 싶어. 그리고 찰스라고 했나? 그분도 만나보고 싶고.”

동정이었다. 내게 남은 체면이 조금이라도 있었다면, 집들이엔 진짜 친구만 초대한다고, 상상의 남자친구까지 끌어들이진 않겠다고 말했을 거다. 하지만 집도 없는 마당에 그런 자존심이 무슨 소용일까.

“그럴게.” 나는 울컥한 걸 꾹 눌러 삼키며 약속했다.

그러는 동안에도 내 머릿속에는 계속 조엘이 사귀고 있다는 그 새로운 여자가 떠올랐다. 올리브빛 피부에 길고 검은 머리를 한 그 젊은 여자.

10

새 여자친구

캐시는 지하철역을 나오자마자 휴대폰 알림이 울리는 걸 느꼈다. 가방에서 폰을 꺼내 화면에 뜬 조엘의 이름을 보는 순간, 입가에 미소가 번졌다.

'한 입 사이즈 초콜릿에 관심 있어요? 환자가 줬는데, 멈출 수가 없어요.'

캐시는 피식 웃었다. 어젯밤 데이트하면서, 10월만 되면 미니 초콜릿 바가 여기저기 넘쳐나는 게 얼마나 즐거운지 얘기했었다. 그리고 일주일쯤 지나면 할로윈이 오기도 전에 질려 버린다는 말도 했었다. 조엘은 자기 건물엔 할로윈에 사탕 받으러 오는 아이들이 한 명도 없어서 늘 아쉽다고 했고, 그래서 캐시는 할로윈 밤에 자기 집으로 오라고 했다. 아이들에게 사탕을 나눠 주는 걸 번갈아 하자고. 그리고 그다음은….

그건 아직 미정이었다. 그다음은 그때 가서 생각하면 됐다. 조엘은 그동안 그녀의 아파트에 한 번 오긴 했지만, 밤을 보내진 않았다. 캐시는 그가 자고 가도 괜찮을 것 같았다. 조엘과 함께 보내는 시간이 늘어날수록 더 오래 같이 있고 싶어졌으니까.

조엘 브로더는 진짜였다. 아직 만난 지 얼마 되지는 않았지만, 그와는 지금까지 느껴 본 적 없는 무언가가 있었다.

'어떤 초콜릿인데요?' 캐시는 지하철역에서 북랜드까지 두 블록을 걸어가며 답장을 보냈다.

'트윅스. 밀키웨이. 땅콩 들어간 건 없음.'

'그럼 가져와요.'

캐시는 답장을 하다가 유모차를 밀며 지나가던 여자와 거의 부딪칠 뻔했다. 비틀거리며 넘어질 뻔했지만 간신히 중심을 잡았다. 유모차를 끌던 여자는 불쾌한 눈길을 한 번 던지고 지나갔다. 하지만 캐시의 귀에 더 선명하게 박힌 건 오른쪽에서 터져 나오는 웃음소리였다.

노숙자 모린이 캐시를 보며 웃고 있었다.

거의 이가 없는 입을 한껏 벌리고 머리를 뒤로 젖힌 채 호탕하게 웃었다. 웃음은 곧 기침으로 바뀌었고, 모린이 깔고 앉아 있던 골판지는 기침할 때마다 들썩거렸다. "앞 좀 보고 다녀, 아가씨!" 모린은 얼굴에 늘어진 더러운 회색 머리칼을 쓸어 올리며 깔깔거렸다.

캐시는 그 조롱에 대꾸할 가치도 없다고 생각했다. 지각하기 싫어서 서둘러 서점으로 향했다. 손님들이 문 앞에 줄을 설 리는 없었지만, 이건 자존심의 문제였다. 캐시는 한 번도 가게 문을 늦게 연 적이 없었고, 어젯밤 조엘과 늦게까지 놀고 술을 좀 많이 마셨다는 이유로 그 기록을 깨고 싶지도 않았다.

그런데 가게 앞에 다다른 순간, 캐시는 충격에 그대로 굳어 버렸다.

문이 온통 피로 뒤덮여 있었다. 문도, 유리창도 전부. 서점 입구 전체가 말라붙은 짙은 선혈로 흥건했다.

캐시는 한 걸음 뒤로 물러섰다. 온몸이 떨렸다. 누가 이런 짓을 한 걸까? 대체 왜? 원한 산 일도 없는데.

혹시….

아니야. 그건 아니야. 그걸 아는 사람은 아무도 없어.

캐시는 떨리는 손으로 가방 안을 더듬어 휴대폰을 꺼냈다. 경찰에 신고해야 했다. 너무나 명백하고, 너무나 당연한 선택이었다. 그런데도 번호를 누를 수가 없었다. 대체 언제부터 경찰이 이렇게 무서워졌지?

물론 답을 모르는 질문은 아니었다. 자신을 감옥에 넣을 수도 있는 사람들을 경계하게 된 게 언제부터인지, 그녀는 정확히 알고 있었다.

하지만 선택지는 없었다. 전화를 해야 했다.

괜찮을 거야. 분명 괜찮을 거야.

11

새 여자친구

"페인트네요."

캐시의 신고를 받고 나온 경찰관은 그다지 놀란 기색이 아니었다. 동정심 어린 표정이긴 했지만, 감탄이나 충격 같은 건 전혀 없었다. 사실 캐시는 그가 도착했을 때 거의 제정신이 아니었다. 가게 창문에 피가 묻어 있다며 흐느껴 울고 있었으니까. 하지만 맥닐 경관은 짙은 붉은 얼룩을 한 번 훑어보더니 곧바로 페인트라고 결론을 내렸다.

캐시는 미간을 찌푸렸다. "확실한가요?"

그는 망설임 없이 고개를 끄덕였다. "넵."

"아." 캐시는 괜히 얼굴이 달아오르는 걸 느꼈다. "전 분명히…."

지금 생각해 보면 그 말이 맞았다. 문에 들러붙은 붉은 물질은 확실히 페인트처럼 보였다. 냄새도 페인트 특유의 톡 쏘는 냄새였다. 그런데도 캐시는 보자마자 피라고 단정해 버렸다. 문득, 그게 바로 이 짓을 한 사람의 의도였을지도 모른다는 생각이 들었다. 어떤 색을 골라도 됐을 텐데, 군이 피처럼 보이는 색을 골랐으니까.

"이 동네에선 기물 파손이 흔해요." 맥닐 경관은 나이에 비해 지나치게 노련한 말투로 말했다. 캐시는 그의 짧게 민 머리와 앳된 얼굴을 보고, 자기보다 나이가 많을 리는 없겠다고 생각했다. 그런데 말투만 들으면 은퇴를 일주일 앞둔 베테랑 경찰 같았다. "이런 일이 처음이라니 오히려 놀랍네요."

"네…." 캐시는 웅얼거렸다.

"일단 보고서는 올려 두죠." 경관은 수첩을 들어 보였다. "하지만 이런 일은 종종 있어요. 그래도 뭐, 부서진 건 없잖아요. 그렇죠?"

그 말이 맞을지도 모른다. 정말로 그냥 지나가던 아이가 저지른 짓일 수도 있었다. 그런데도 캐시는 이 공격이 분명히 자신을 노린 것처럼 느껴졌다.

"저기 바로 밖에 있는 노숙자 여성 말이에요." 경관이 말했다. "뭔가 봤을 수도 있어요. 물어보셨어요?"

"아니요." 캐시는 짧게 답했다. 모린이 괜히 꺼림칙하다는 걸 인정하고 싶지 않았다. 애초에 다가갈 생각도 없었다.

"그럼 제가 가서 물어볼게요."

제발 그러지 말라고 말하고 싶었다. 맥닐 경관은 이미 보고서를 적었고, 캐시는 이제 그가 그냥 돌아가 주길 바랐다. 하지만 그는 고집스럽게도 그 노숙자에게 질문하겠다고 했다.

캐시는 경관의 뒤를 따라 가게를 나섰다. 모린이 자기 보금자리처럼 차지하고 있는 구석으로 향했다. 구겨진 더러운 골판지 조각들이 그녀가 앉은 자리 밑과 등 뒤에 흩어져 있었다. 날씨에 비해 턱없이 두꺼운 외투를 입고 있었고, 다리 위에도 외투 하나를 더 덮고 있었다. 오른쪽 보도 위에는 커피 컵이 세 개나 줄지어 있었다. 모린은 얼굴 주름 사이사이에 때가 긴 채로 경관을 올려다보며 찡그렸다. 길에서 사는 사람이라면 경찰을 경계하는 게 당연하다고, 캐시는 생각했다.

"실례합니다." 맥닐 경관이 말했다.

모린은 눈을 가늘게 뜨고 그를 봤다. "응?"

"어젯밤 여기서 기물 파손이 있었어요." 경관은 서점 문 쪽으로 손짓했다. "혹시 수상한 거 못 보셨나요? 페인트를 뿌린 사람이라든지요."

캐시는 오줌 냄새에 코를 찡그리며 한 걸음 물러섰다. 그래도 모린의 대답이 궁금해 근처에 머물렀다.

"아니요, 경관님!" 모린은 윗잇몸에 남은 이 하나를 드러내며 활짝 웃었다. "아무것도 못 봤어요! 진짜 아무것도요!"

경관은 그녀를 바라보며 미간을 좁혔다. "정말입니까?"

"아니!" 모린이 대답하더니 갑자기 웃음을 터뜨렸다. 아마도 머릿속 어딘가에서 튀어나온 생각 때문이었을 것이다.

역시나 별 도움이 되지 않았다.

맥닐 경관이 떠나고 나서야 캐시는 안도의 한숨을 내쉬었다. 서점 문을 열었지만 들어오려는 사람은 아무도 없었다. 덕분에 캐시는 마음껏 자기 연민에 빠진 채 유리창에 묻은 페인트를 지우는 방법을 검색할 수 있었다. 식초가 효과가 있는 모양이었다.

점심시간이 막 지난 뒤, 조이가 가게에 들어왔다. 코에 새 피어싱을 한 것 같았다. 오른쪽 콧방울이 살짝 부어 있었고, 작은 다이아몬드 스터드 주위로 붉은 기가 돌았다. 조이는 코트를 벗으며 문 쪽을 힐끔거렸다. "이 새로운 인테리어는 뭐야, 캐시?"

"새 인테리어 아니거든." 캐시는 눈을 굴렸다. "누가 문에 페인트를 뿌렸어. 네가 도와주면 식초로 지울 수 있을 것 같아."

"글쎄…." 조이는 입술을 오므렸다. "난 꽤 마음에 드는데? 가게에 색감도 좀 생기고."

"청소 도와주기 싫어서 그러는 거잖아."

"그럴 수도." 조이는 씨익 웃었다. 왼쪽 앞니 하나가 살짝 비뚤어진 게 캐시가 제일 좋아하는 조이의 매력이었다. "네 남자친구, 그 잘생긴 의사한테 부탁하는 건 어때? 분명 도와줄걸."

"그러긴 하겠지."

"장난해?" 조이는 계산대 뒤 스툴에 털썩 앉았다. "그 남자, 너한테 완전 빠졌어. 네가 부탁하면 칫솔로라도 박박 문질러줄걸?"

캐시는 웃었다. 물론 칫솔로까지 문지르진 않겠지만, 부탁하면 도와줄 건 분명했다. 그런데도 이상하게 이 일은 조엘에게 알리고 싶지 않았다.

"제발…." 캐시가 말했다.

"알겠어." 조이가 고개를 끄덕였다. "대신 샌드위치 하나."

"좋아."

조이는 가방에서 콤팩트를 꺼냈다. 하루에도 몇 번씩 화장을 고쳤다. "근데 여기서 샌드위치를 파는 거 어때?"

"샌드위치를… 쌓아 두라는 말이야?"

조이는 눈을 굴렸다. "아니, 만들어서 팔라는 거지. 서점 겸 샌드위치 가게."

"흠…." 캐시는 말끝을 흐렸다.

"좋은 아이디어야!" 조이는 물러서지 않았다. "사람들은 책 읽으면서 먹는 거 좋아하거든. 그게 다 돈이 된다니까. 너도 좀 벌어야지!"

캐시는 고개를 저었다. "사람들이 돈 주고 사 먹을 음식을 내가 만들 수 있을지 모르겠어."

"그게 뭐가 어려워?" 조이가 코웃음을 쳤다. "어제 카페에서 햄 샌드위치를 샀는데, 햄 몇 장에 스위스 치즈 한 장, 마요네즈가 전부였어. 진짜로. 그게 6달러야."

"글쎄." 캐시는 입술을 깨물었다. "별로 좋은 생각 같진 않아."

"그럼 더 나은 아이디어를 내든가." 조이는 마스카라 칠한 속눈썹 너머로 가게를 둘러봤다. "아니면 이 가게는 끝이야."

조이 말이 옳았다. 인정하기 싫었지만 정확했다. 그리고 이 사실을 진심으로 걱정하는 사람은 세상에 조이뿐이었다. 둘 다 졸업을 앞두고 있을 때였다. 캐시가 가게를 상속받게 됐다는 얘기를 하자 조이는 단번에 도와주겠다고 나섰다. 둘 다 책을 사랑했고, 문학 얘기로 밤을 새울 수도 있었다. 북랜드를 함께 운영하면 얼마나 재미있을지, 들뜬 계획을 잔뜩 세웠다.

현실은 그 상상만큼 좋지 않았다. 매출을 올리려던 아이디어들이 하나같이 실패하자, 조이는 바텐더로 투잡을 뛰기 시작했다. 온라인으로도 일을 하나 더 했는데 정확히 뭔지는 몰랐다. 제발 포르노 관련은 아니길 바랐다. 캐시는 조이에게 가게 일이나 금전적인 책임에서 빠져도 된다고 여러 번 말했지만 조이는 끝까지 남았다. "난 이곳을 믿어." 조이는 늘 그렇게 말했다. "우린 해낼 수 있어."

조이는 진실을 몰랐다. 서점이 아직까지 버티고 있는 데에는 딱 한 가지 이유가 있었다. 그리고 그건 결코 조이에게 말할 수 없는 일이었다.

북랜드의 문이 딸랑거리며 울렸다. 새 손님이 들어왔다는 신호였다. 캐시는 반가운 마음에 고개를 들었다. 오늘 손님은 이제 겨우 두 번째였다. 입구에 튄 짙은 붉은색 페인트가 손님들을 쫓아내고 있는 게 분명했다. 딱 지금 그녀에게 필요한 상황이었다. 조이가 가게를 봐 주는 동안 식초를 사러 나가도 될 것 같았다.

들어온 건 젊은 남자였다. 안 좋은 징조다. 젊은 남자들은 북랜드 손님의 1퍼센트도 차지하지 않았다. 그 또래 남자들이 책을 안 읽어서인지, 아니면 전자책만 읽어서인지는 모르겠지만. 어쨌든 그가 입을 열기도 전에, 캐시는 그가 무슨 말을 할지 알 수 있었다.

"실례합니다." 젊은 남자가 말했다. "네터의 《인체 해부학 아틀라스》 있나요?"

예상대로 의대생이었다.

"의학 서적은 취급하지 않아요." 조이가 아쉽다는 듯 말했다. "대신 마음에 드실 만한 다른 책을 보여 드릴 수는 있어요."

"아, 사실 제가 필요한 건…."

남자가 말을 끝내기도 전에 조이는 그의 팔을 잡고 가게 안쪽으로 이끌고 있었다. 그래서 캐시는 조이가 곁에 있어 주는 게 고마웠다. 부업을 두 개나 뛰어야 하는 상황이라 해도 말이다. 조이는 사람을 설득할 줄 알았다. 필요 없는 책 몇 권쯤은 결국 계산대로 들고 오게 만드는 재주가 있었다. 전화번호를 딸 수 있을지도 모른다는 기대를 살짝 던져 주고, 계산이 끝날 때까지 은근히 약을 올리면서 말이다. 조이가 없었다면 북랜드는 애초에 가망이 없었을 것이다.

조이가 손님과 함께 가게 뒤쪽으로 사라지자, 캐시는 다시 입구 쪽으로 시선을 돌렸다. 문과 유리창에 튄 짙은 붉은색 페인트. 맙소사, 아직도 피처럼 보였다. 이 짓을 한 사람들이 언제 와서 일을 벌였을지 궁금해졌다. 한밤중에 거리가 텅 비었을 때였을까? 아니면 저녁 무렵 문을 잠그는 순간을 노리고 지켜보다가 행동에 나선 걸까?

인정하기 싫었지만, 캐시는 조엘과의 첫 데이트 이후로, 아직도 가끔 누군가가 자신을 따라오고 있다는 느낌을 받았다. 등골을 타고 서늘하게 올라오는 감각이었고, 대부분 혼자 있을 때만 나타났다. 분명 발소리가 들린다고 느낄 때도 있었다. 하지만 용기를 내 뒤돌아보면 늘 아무도 없었다.

정말 누군가가 몰래 따라오고 있는 걸까? 아니면… 그냥 내가 점점 미쳐 가는 걸까?

하지만 누가 왜 그녀를 따라다닌단 말인가. 캐시는 누구한테 원한 살 일도 없었고, 삶은 지독할 만큼 단조로웠다. 하는 일이라곤 가게에서 일하고 조엘과 데이트하는 게 전부였다. 그녀는 그 삶이 만족스러웠지만, 남이 보기엔 흥미로울 게 하나도 없었을 것이다.

그렇지만 누군가 그녀의 가게 문에 페인트를 뿌렸다면 그건 단순한 장난은 아니었다.

캐시는 고개를 저었다. 경찰관은 흔히 있는 기물 파손이라고 했고, 아마 그 말이 맞을 것이다. 가장 단순한 설명이 대개 정답이니까.

미행이라니 당치도 않은 일이다.

12

전 여자친구

정말 한심하게도, 나는 또 그녀를 따라다니고 있었다.

위치 추적 앱은 분명 삭제했었다. 정말로. 맹세컨대 그랬었다. 그런데 그 멍청한 앱을 정말로 지우는 건 생각보다 힘들었다. 결국 다시 설치하고 말았다. 그래도 조엘에 관한 정보는 다 지워졌을 거라고 생각했는데 아니었다. 앱을 여는 순간 그의 아바타가 떴다. 도시 지도 위에 박힌 아주 작은 사진 하나가 그의 위치를 정확히 콕 집어 보여 주고 있었다.

그래서 나는 그곳으로 갔다.

그리고 그는 또다시 그 올리브빛 피부의 여자와 함께였다. 그날 밤 그가 키스했던 바로 그 여자였다. 리디아는 조엘이 여러 명과 데이트를 한다고 했지만, 아무래도 상대는 그 여자 하나뿐인 것 같았다.

지금쯤이면 그는 그 여자를 '여자친구'라고 생각하고 있을 것이다.

아직 이름을 알아내지 못해서 나는 그녀를 '올리브'라고 불렀다. 이름 말고도 알아낸 건 많았다. 그녀는 가게를 하나 운영하고 있었는데, 드나드는 손님 수를 보면 장사가 썩 잘되는 것 같지는 않았다. 스키니진을 즐겨 입었고, 그걸 입을 만한 다리를 가졌다. 거의 매일 두 시쯤이면 가게를 나와 블록 아래 델리에 들러 커피를 한 잔 샀다.

그녀가 집으로 돌아가는 길에 지하철역까지 따라간 적도 여러 번이었다. 올리브는 내가 거기 있다는 걸 전혀 몰랐다. 일부러 가까이 붙지는 않았다. 소셜 미디어에서 내 얼굴을 봤을 수도 있고, 무엇보다 내가 그녀를 미행한다는 사실이 조엘에게 들어가면 끝장이었으니까. 올리브는 나를 붙잡고 따질 타입은 아닌 것 같았다. 대신 분명 조엘에게 말할 것 같은 사람이었다.

리디아가 더 이상 나를 만나 주지 않아서 오히려 다행이었다. 그렇지 않았다면 나는 분명 무너져서 조엘의 새 여자친구를 따라다니고 있다는 걸 털어놨을 것이다. 그러면 리디아는 피트에게 말했을 테고, 피트는 결국 조엘에게 전했겠지.

이게 얼마나 잘못된 일인지는 알고 있었다. 나는 내 커리어에 집중해야 했다. 새로운 남자도 만나야 했다. 전 남자친구와 그의 새 여자친구를 쫓아다니는 일 말고, 뭐든지 해야 했다.

그런데도 올리브를 뒤쫓는 걸 멈출 수가 없었다. 거의 중독이었다.

…물론, 단순히 뒤쫓기만 한 건 아니었지만.

"냄새가 정말 좋구나, 파타티나."

논나가 부엌으로 들어왔다. 나는 가스레인지 불을 두 개나 켜 놓고 있었다. 기분이 나쁠수록 음식은 점점 더 거창해졌다. "뭘 만들고 있니?"

"치킨 카차토레요." 팬에서는 고기가 천천히 끓고 있었고, 옆 냄비의 물은 금방이라도 끓어오를 참이었다. 파스타를 넣을 준비도 끝나 있었다. 참고로 말하자면 이 파스타는 수제였다. 논나에게 파스타 기계가 있었고, 그걸 돌리는 시간은 이상하리만치 마음을 가라앉혀 줬다.

치킨 카차토레는 조엘이 특히 좋아하던 음식이었다. 그가 힘든 한 주를 보냈다고 하면 나는 일주일 치 메뉴를 적어 놓고 하루하루 먹고 싶은 걸 고르게 하곤 했다. '여긴 내가 제일 좋아하는 레스토랑이야.' 그는 늘 그렇게 말하며 웃었다.

"참 요리를 잘해." 논나가 중얼거리듯 말하더니 이마를 찌푸렸다. "그런데 여기 있으면 안 돼! 나가야지… 남자랑!"

"전 괜찮아요."

"아니." 논나는 고개를 저었다. "안 괜찮아. 너한테 딱 맞는 남자가 있어. 내 친구 글로리아의 막내 손자야."

막내 손자? 나는 눈썹을 번쩍 치켜올렸다. "몇 살인데요?"

"걱정 마. 열여덟이야! 합법적인 나이지."

"논나, 저 열여덟 살이랑은 안 사귀어요!"

"내가 사귀라고 했니?" 그녀는 손을 내저었다. "그냥 재미로 만나봐. 무슨 말인지 알잖아."

나는 입을 벌린 채 굳어 버렸다. 시칠리아에서 태어나 엄격한 가톨릭 어머니 밑에서 자란 아흔 살 논나가 방금 그런 말을 했다고? "논나! 어떻게 그런 말씀을 하세요?"

"그게 인생이라는 거야, 파타티나." 논나는 어깨를 으쓱했다. "그 남자가 싫으면 인터넷을 해. 요즘은 거기서 남자를 만나는 거야. 그런 사이트가 얼마나 많은데!"

"논나…."

"사실이잖아!" 논나는 물러서지 않았다. "괜찮아 보이는 남자는 오른쪽으로 넘기고, 마음에 안 들면 스냅챗을 보내는 거 맞지?"

"그건… 뭔가 잘못 알고 계신 것 같은데요."

"어쨌든, 이제 조-엘레 생각 좀 그만하라는 거야." 논나는 내가 만든 파스타 한 가닥을 집어 들어 손끝으로 만지작거리며 탄력을 살폈다. "그렇게 대단한 남자도 아니잖아."

나는 부엌 조리대 위에 놓인 휴대폰을 집어 들었다. 아무 생각 없이 위치 추적 앱을 눌렀고, 화면에는 즉시 조엘의 아바타가 떴다.

이 앱을 지워야 한다. 이번에는 정말로, 다시는 되돌릴 수 없게. 혹시 마음이 약해지더라도 다시 설치할 수 없게.

삭제할 거다.

지금 당장.

13
새 여자친구

"마지막으로 동물원에 간 게 언제였는지 기억도 안 나요." 캐시는 센트럴 파크 동물원 매표 줄에서 조엘과 나란히 서서 말했다. 날씨는 그냥 숨만 쉬어도 기분이 좋아질 만큼 완벽했다. 앞뒤로 줄 서 있는 가족들 쪽에서는 아이들 소리가 끊이지 않았고, 그중 한 아이가 든 풍선이 자꾸 캐시 얼굴을 툭툭 건드렸지만.

"나도 그래." 조엘이 그녀의 손을 꼭 쥐었다. "재밌을 거야."

그렇다. 둘은 손을 잡고 있었다. 요즘은 늘 그랬다. 길을 걷기만 해도 조엘은 자연스럽게 그녀의 손을 찾았다. 캐시는 그게 얼마나 좋은지 인정하고 싶지 않았다. 오늘 조엘은 특히 더 멋져 보였다. 청바지에 후드티 차림에, 바람에 살짝 흐트러진 갈색 머리까지 힘준 티 하나 없이 좋았다.

입장권은 터무니없이 비쌌다. 캐시가 마지막으로 동물원에 온 게 언제였는지 기억이 안 나는 데에는 아마 그것도 한몫했을 것이다. 그녀는 돈을 내겠다고 제안하는 것도 이제 그만두었다. 조엘은 늘 손사래를 쳤고, 솔직히 둘이 함께하는 일들 중 그녀가 감당할 수 있는 게 거의 없었으니까.

"제일 먼저 뭐 보고 싶어?" 조엘이 물었다.

캐시는 동물 특유의 냄새를 들이마시며 말했다. "전 원래 펭귄이 제일 좋았어요. 당신은요?"

"난 북극곰."

캐시의 가게에는 펭귄에 관한 책이 한 권 있었다. 어린이 코너에 있는 책으로, 불과 일주일 전에 들어온 신간이었다. 그녀는 새 책이 들어오면 늘 그렇듯 그 책도 한 번 훑어봤다. 아기 펭귄들이 너무 귀여워서 한 마리쯤 안아 들고 집으로 데려가 키우고 싶을 정도였다.

"조엘? 조엘!"

조엘이 고개를 획 돌렸다. 눈이 커지더니 입가에 미소가 번졌다. 하지만 캐시는 이제 그 미소가 억지라는 걸 알아볼 만큼은 그를 알고 있었다.

캐시는 그의 시선을 따라 목소리가 들려온 쪽을 바라봤다. 다섯 살쯤 되어 보이는 금발 아이를 가운데 두고, 두 쌍의 커플이 그들 쪽으로 걸어오고 있었다. 그중 한 남자가 손을 흔들며 반갑게 인사했고, 조엘은 살짝 인상을 찌푸렸다.

"아는 사람들이에요?" 캐시가 목소리를 낮춰 물었다.

"내 이름 부른 건 피트야." 조엘도 조용히 답했다. "내 베스트 프렌드."

아, 이런. 아무런 준비도 없이 그의 친구들을 만나게 생겼다. 캐시는 스키니진과 후드티 차림을 내려다봤다. 첫 만남에 입고 싶었던 옷은 아니었지만, 이제 와 어쩔 수는 없었다.

소개는 조엘이 맡았다. 지저분하게 헝클어진 금발 머리에 뉴욕대학교 로고가 박힌 후드티를 입은 키 큰 남자가 그의 절친 피트였고, 도자기처럼 흰 피부를 가진 눈부시게 아름다운 금발 여자가 그의 아내 리디아였다. 아이는 그들의 딸 바이올렛으로, 실용성과는 거리가 먼 벨벳 원피스에 반짝이는 검은 구두를 신고 있었다. 그 구두값만 해도 캐시의 옷장에 있는 옷을 모두 합한 것보다 비쌀 것 같았다. 다른 한 커플은 안나와 콘이었다. 안나는 세련된 줄무늬 상의 아래로 배가 눈에 띄게 불러 있었고, 임신 중인 게 분명했다. 두 여자 모두 패션 잡지에서 막 튀어나온 것 같은 모습이었다.

조엘의 절친에게는 이미 딸이 있었고, 또 다른 가까운 친구의 아내는 임신 중이었다. 캐시는 괜히 불안해졌다. 조엘은 서른여섯이었다. 그 나이면 결혼이나 아이를 가까운 미래로 생각하고 있을지도 모른다. 머지않아 자신도 임신할지 모른다는 생각만으로도 캐시는 속이 울렁거렸다. 지금 그녀의 삶은 아이를 맞이할 준비가 전혀 되어 있지 않았다. 하지만 조엘은 아직 결혼 이야기를 꺼낸 적도 없었고, 그녀가 불편해질 만큼 서두른 적도 없었다. 그러니 괜히 앞서 나가 과민 반응할 필요는 없었다.

조엘이 친구들을 캐시에게 소개하고 나자, 이제 그녀 차례였다. 조엘은 캐시의 어깨에 팔을 두르고 말했다. "이쪽은 캐시야."

"엄마." 바이올렛이 리디아의 팔을 잡아당겼다. "프란체스카랑 닮았어."

조엘의 얼굴에서 핏기가 싹 가셨다. 첫 데이트 이후로 그들은 한 달 내내 조엘의 전 여자친구 이야기를 꺼내지 않고 지내 왔다. 캐시는 몇 번이고 슬쩍 운을 띄워 보려 했지만, 조엘은 매번 능숙하게 화제를 돌렸다. 프란체스카는 그가 가장 입에 올리고 싶지 않은 주제인 게 분명했다. 그럴수록 캐시의 호기심은 더 커져만 갔다.

그리고 지금,

최악의 방식으로 그 이름이 튀어나왔다.

"그건 아니야, 바이올렛." 리디아가 말했다. "이쪽이 훨씬 어리잖아. 프란체스카보다."

아, 세상에.

"그게 아니라…." 조엘의 얼굴에는 다시 핏기가 돌았고, 이내 붉어지기 시작했다. "그러니까 닮았다기보다는…."

리디아는 재미있다는 표정이었다. "취향이 있는 건 괜찮아, 조엘. 그냥 인정해."

조엘은 캐시를 힐끗 봤다가 다시 운동화 끝을 내려다봤다. 캐시는 아직도 악명 높은 프란체스카의 사진을 본 적이 없었다. 물론 조엘의 아파트에 갔을 때 어떻게든 찾아보려고 애쓰긴 했다. 책장에 놓인 사진들을 서둘러 훑어봤지만 거기엔 그의 부모님과 형제뿐이었다.

하지만 화장실에 들어갔을 때 캐시는 분명 낯선 향수 냄새를 맡았다. 프란체스카의 잔향이었을까? 그렇다고 물어볼 수도 없었다.

"이제 막 온 거야, 아니면 가려던 참이야?" 조엘이 친구들에게 물었다. 그가 바라는 대답이 뭔지는 너무 분명했다. 캐시와 둘이 있고 싶다는 것.

"방금 도착했어." 피트가 말했다.

조엘의 얼굴이 눈에 띄게 굳어졌다. 그 모습이 리디아에게는 꽤 재미있어 보이는 듯했다. "불쌍하기도 하지." 리디아가 말했다.

피트는 아내의 옆구리를 쿡 찔렀다. "같이 다닐 거지, 조엘? 네 새 여자를 꼭 만나보고 싶었거든."

"여자친구라고 해." 리디아가 작은 목소리로 고쳐 말했지만, 모두가 못 들은 척했다.

"어…." 조엘이 망설였다.

피트는 캐시를 향해 해맑게 웃었다. 그 멍한 미소는 아내의 차가운 시선과 극명하게 대비됐다. "괜찮죠, 캐시? 우리 그렇게 나쁜 사람들 아니에요."

캐시와 조엘은 잠시 눈을 마주쳤다. "물론이죠." 캐시가 말했다. "같이 다녀요."

사실상 선택의 여지가 없었다.

만약 둘만 있었다면 캐시와 조엘은 손을 맞잡고 느긋하게 공원을 거닐었을 것이다. 하지만 지금 조엘은 그녀와 딱 두 발짝 거리를 두고 걸었다. 큰 소리로 말해야 겨우 닿을 만큼의 거리였다. 친구들이 나타난 게 그만큼 그를 당황하게 만든 게 분명했다. 혹시 조엘은 자기보다 열 살이나 어린 여자와 사귀는 게 부끄러운 걸까? 동물원에 갈 때조차 《보그》 화보에서 막 걸어 나온 것처럼 보이는 여자가 아니라서?

아니면, 새 여자친구가 전 여자친구와 너무 닮았다는 사실이 창피한 걸까?

…어쩌면 그 이유는 모르는 편이 나을지도 몰랐다.

바이올렛은 놀라울 만큼 얌전한 아이였다. 반면 리디아는 거의 1분마다 지시를 쏟아냈다.

"바이올렛, 거북이 조형물은 이제 충분히 탔잖아."

"바이올렛, 유리 만질 거면 손부터 소독해야지."

"바이올렛, 조금만 더 빨리 걸어. 지금은 어른들이랑 다니는 거야."

캐시는 리디아와 친구가 되는 건 도저히 상상할 수 없었다. 반면 안나는 거의 들러붙다시피 하며, 마치 '좋은 엄마'가 되는 법을 배우기라도 하듯 리디아의 눈치를 살폈다. 두 사람은 몇 분에 한 번씩 고개를 맞대고 속삭였다.

캐시는 그들의 대화 주제가 분명 자기일 거라고 생각했다.

한 시간이 지나자 캐시는 당장이라도 집에 가고 싶어졌다. 그녀는 조엘에게 '이제 그만 가자'는 신호를 계속 보냈다. 시계를 다섯 번도 넘게 힐끗거렸고, 하품도 두 번이나 크게 했다. 이 정도면 조엘이 알아채고 집에 가자고 할 줄 알았다. 대신 조엘은 이렇게 말했다. "저기… 점심 먹을래?"

거절할 수 있을 리가 없었다.

그들은 동물원 내에 있는 카페를 찾았다. 터무니없이 비싼 동물원 매점 음식만 파는 곳이었다. 캐시는 입맛이 전혀 없었지만, 마지못해 조엘에게 핫도그를 하나 사 달라고 했다. 세 남자는 바이올렛을 데리고 음식을 사러 갔고, 여자 셋은 자리를 맡아 두기로 했다. 캐시는 남자들과 함께 줄을 서고 싶었지만, 리디아가 팔짱을 끼더니 거의 끌다시피 테이블로 데려갔다.

리디아가 일부러 조엘과 떼어놓으려는 것 같다는 불길한 예감이 들었다.

안나가 자리에 앉으며 배 위에 손을 얹더니 눈을 크게 떴다. "어머, 방금 엄청 세게 찼어요!"

리디아가 웃었다. "앞으로 더 심해질 거야, 자기야."

"몇 개월 됐어요?" 캐시는 자기 얘기가 아닌 화제로 넘어갈 수 있다는 사실에 오히려 안도하며 물었다.

안나는 환하게 웃었다. "5개월이요."

"캐시는 어때요?" 리디아의 시선이 레이저처럼 캐시에게 꽂혔다. "미래에 아이 가질 생각 있어요?"

"저는, 음…." 캐시는 침을 삼켰다. "아직 잘 모르겠어요."

"조엘은 아이 좋아해요." 리디아가 말했다. "확실히요. 그것도 많이."

안나가 미소 지었다. "그러게요. 전 벌써 몇 명쯤 있을 줄 알았어요."

캐시의 머릿속이 어지러워졌다. 조엘이 그렇게 아이를 원했다면, 왜 프란체스카와 결혼해서 아이를 낳지 않았을까? 프란체스카는 아이를 원하지 않았던 걸까? 그게 둘이 헤어진 이유였을까? 그런데 조엘은 왜 프란체스카 얘기를 끝까지 피하려는 걸까?

"아무튼." 리디아가 손을 휘저었다. "결정할 시간은 충분해요. 아직 너무 젊잖아요." 그녀는 눈을 가늘게 뜨며 덧붙였다. "실례가 안 된다면, 몇 살이죠?"

"스물… 일곱이요." 완전히 거짓말은 아니었다. 생일이… 뭐, 아홉 달쯤 남았으니까. 금방이었다.

사실 굳이 거짓말을 할 필요도 없었다. 리디아는 웃음을 터뜨리며 안나와 눈빛을 주고받았다. 세상에, 그렇다고 그렇게 어린 나이도 아니잖아. 열여섯도 아니고.

캐시는 음식 줄 쪽을 힐끗 보며 제발 빨리 줄이 줄어들길 속으로 빌었다. "왜 이렇게 오래 걸리지…." 캐시는 억지로 웃으며 말했다. "저 핫도그쯤은 집에서 직접 구워 먹고도 남겠어요."

리디아가 눈썹을 치켜올렸다. "요리해요?"

그 질문에 대한 대답은 단호한 '아니요'였다. 캐시는 요리를 하긴 했지만, 상자에서 꺼내 데우는 음식뿐이었다. "아뇨, 딱히요."

리디아는 한숨을 내쉬었다. "지금 프란체스카가 만든 이탈리아식 미트볼 하나만 있어도 좋겠네요."

캐시는 첫 데이트 때를 떠올렸다. 이탈리안 음식을 먹자고 했을 때 조엘의 반응이 묘하게 이상했던 이유가 혹시 이것 때문이었을까. "아… 그분이 요리를 잘했어요?"

리디아는 말도 안 된다는 표정을 지었다. "식당을 하면서 요리를 안 할 수가 있나요?"

프란체스카가 식당을 한다고?

다음 질문이 캐시의 입에서 거의 반사적으로 튀어나왔다. "어디에 있어요, 그 식당?"

리디아와 안나는 다시 한번 눈빛을 주고받았다. 캐시는 질문을 던지자마자 후회했다. 프란체스카가 어디서 일하는지 알 필요는 없었다. 차라리 모르는 편이 나았다.

하지만 동시에, 그 완벽한 프란체스카에 대해 뭐라도 더 알고 싶어 미칠 것 같았다. 조엘은 단 한마디도 하지 않으니까.

"빌리지에 있어요." 안나가 말했다. 리디아를 힐끗 보며 덧붙였다. "이름은 안젤라스 리스토란테."

"음식이 정말 끝내줘요." 리디아가 말했다. "전 이탈리아를 세 번이나 다녀왔거든요. 그러니까 얼마나 정통인지 알죠. 나폴리에 있는 식당에 온 것 같은 기분이에요.”

이탈리아를 세 번이나? 캐시는 다른 나라에 딱 한 번 가봤다. 그것도 캐나다였다.

그 완벽한 프란체스카는 해외여행을 몇 번이나 다녔을지 문득 궁금해졌다. 아니, 이것도 모르는 편이 나을지도 몰랐다.

안젤라스 리스토란테. 캐시는 체크무늬 식탁보와 테이블마다 놓인 촛불을 떠올렸다. 가죽 표지에 화려한 서체로 적힌 메뉴판, 웨이터가 일일이 설명해 줘야 할 이탈리안 요리 이름들. 매일 밤 바뀌는 오늘의 메뉴.

“물론,” 리디아가 말을 이었다. “이제는 안젤라스 리스토란테도 예전 같지는 않지만요, 이제—”

“지금 무슨 얘기 하는 거야?” 조엘이 어느새 그들 곁에 서 있었다. 양손에 핫도그 두 개와 햄버거 하나, 그리고 음료까지 아슬아슬하게 들고 있었다. 입가에는 미소가 걸려 있었지만 눈은 전혀 웃고 있지 않았다. 무슨 이야기가 오가고 있었는지 정확히 알고 있는 게 분명했다. 전 여자친구 얘기가 나온다는 사실 자체가 못마땅해 보였다.

“아무것도 아니야.” 리디아가 모호하게 말했다. “네 새 여자친구랑 조금 알아가는 중이었어. 그게 다야.”

“그렇다면 다행이네.” 조엘은 그렇게 말하며 음식을 테이블 위에 내려놓았다.

캐시는 앞에 놓인 통통한 핫도그를 내려다봤다. 갑자기 속이 울렁거렸다. 입맛은 완전히 사라져 있었다. 그래도 한 입쯤은 억지로 먹어야 할 것 같았다.

"바이올렛이 주문한 땅콩버터 샌드위치랑은 따로 달라고 했어."
조엘이 말했다. "그러니까 먹어도 괜찮아."

"땅콩 알레르기가 있어요?" 피트가 바이올렛 옆에 앉으며 물었
다.

케시가 대답하기도 전에 조엘이 먼저 말했다. "응. 몇 주 전에 에
피펜 있는지 보자고 했더니 못 찾더라고."

피트가 인상을 찌푸렸다. "이런."

케시는 얼굴이 화끈거렸다. 몇 주 전, 조엘이 에피펜을 보여 달
라고 했을 때 가방에 없다는 걸 알아차렸던 순간이 떠올랐다. 어
딘가에서 꺼내 놓고 다시 넣는 걸 잊은 게 분명했다. 조엘은 그녀
가 병원에서 새 에피펜을 처방받을 때까지 잔소리를 멈추지 않았
다. 약값이 얼마나 비싼지 듣고 약국을 그냥 나올 뻔했다는 사실
은 차마 말할 수 없었다.

"새로 산 건 가지고 있지?" 조엘이 물었다.

"있어요." 조엘이 굳이 보여달라고 하지도 않았는데 케시는 가방
을 뒤져 주사기를 꺼내 보여줬다. "여기요."

하지만 고개를 들자, 조엘의 친구들이 그녀를 평가하고 있다는
게 얼굴에 그대로 드러나 있었다. 특히 리디아는 생명을 위협하는
땅콩 알레르기가 있으면서 에피펜을 안 들고 다닌 걸 도저히 이해
할 수 없다는 듯 고개를 저었다. 물론 어리석었던 건 맞았다. 하지
만 굳이 이런 이야기를 친구들 앞에서 꺼낼 필요는 없었다. 아마
모두들 속으로 생각하고 있을 것이다. 완벽한 프란체스카라면 절
대 그런 실수는 하지 않았을 거라고.

조엘의 친구들 사이에 끼어 있는 이 상황이 갑자기 숨 막힐 정

도로 답답하게 느껴졌다. 당장이라도 자리를 뜨고 싶었다. 하지만 갑자기 사라져 버리면 그들이 그녀를 좋게 볼 리 없었다. 버티는 수밖에 없었다.

조금만 참자. 곧 끝날 거야. 해가 지고 동물원이 문을 닫으면.

캐시는 조엘과 단둘이 얘기하고 싶었지만, 점심이 끝날 때까지 그럴 틈이 없었다. 그들이 원숭이 우리 쪽으로 향할 때 캐시는 조엘의 팔을 붙잡고 잠깐 멈춰 세웠다. 다른 사람들은 먼저 안으로 들어갔고 둘만 뒤에 남았다.

마침내 둘만의 시간이었다.

"조엘." 캐시가 말했다. "전… 이만 가야 할 것 같아요."

조엘의 눈이 커졌다. "뭐? 왜? 즐거운 시간 보내고 있는 줄 알았는데."

"그냥…." 캐시는 말을 골랐다. "몸이 좀 안 좋아요."

조엘의 미간이 찌푸려졌다. "무슨 일 있어?"

캐시는 고개를 저었다.

그는 원숭이 우리 쪽을 한 번 바라봤다가 다시 그녀를 바라봤다. "리디아가 뭐라고 했어?"

그는 바로 알아챘다. 리디아를 아주 잘 아는 게 분명했다.

"내가 정말로 프란체스카랑 그렇게 닮았어요?" 캐시가 불쑥 물었다.

조엘은 숨을 들이켰다. "세상에, 아니야. 전혀." 그는 급히 말을 이었다. "그러니까… 머리색이랑 눈동자 색이 비슷하긴 한데, 그건 이 도시 여자들 열에 여덟은 그래."

캐시는 그 말을 곧이곧대로 믿어도 될지 확신이 서지 않았다.

바이올렛이 그녀가 프란체스카를 닮았다고 했으니까. 아이들은 잔인할 정도로 솔직했다. "프란체스카 사진은 없어요?"

"전 여자친구 사진을 들고 다니냐고 묻는 거야?" 조엘은 코웃음을 쳤다. "당연히 없어. 아마 리디아는 하나쯤 가지고 있을걸." 그는 눈을 굴렸다. "둘이 셀카를 엄청 찍었거든."

리디아에게 다가가 조엘의 전 여자친구 사진을 보여 달라고 하는 건 상상조차 할 수 없었다. 하지만 프란체스카가 어떻게 생겼는지는 꼭 알고 싶었다. 특히 이제 프란체스카가 어디에서 일하는지도 알게 되었으니까.

아니다. 그 식당에 찾아가는 건 분명 실수다.

"그리고," 캐시가 말을 이었다. "리디아가 당신이 아이를 정말 갖고 싶어 한다고 했어요. 그래서 좀 놀랐어요."

조엘은 갑자기 사레가 들린 것처럼 기침하기 시작했다. 아무것도 먹거나 마시고 있지 않았는데도 한참을 콜록거렸다. "세상에. 그런 말을 했어?"

캐시는 고개를 끄덕였다.

"캐시." 조엘은 고개를 저었다. "우리 만난 지 한 달 됐어. 난 당장 아이 같은 건 생각도 안 해." 그는 머리를 쓸어 넘겼다. "언젠가는, 그래. 언젠가는 아이를 갖고 싶지. 하지만 너랑 시간을 보내면서 그걸 생각하고 있지는 않아. 정말이야."

조엘이 손을 뻗어 캐시의 손을 잡았다. 캐시는 그 손길을 받아들였다. 불과 몇 분 전까지만 해도 그녀를 짓누르던 분노와 불안이 서서히 가라앉았다. 조엘 말이 맞았다. 그는 한 번도 아이 이야기를 꺼낸 적이 없었고, 그녀에게 부담을 준 적도 없었다.

"자." 조엘이 말했다. "이제 원숭이 보러 가도 될까?"

캐시는 고개를 끄덕였다. 오늘 하루를 최대한 즐기고, 조엘의 친구들에게도 가능한 한 좋은 인상을 남기기로 했다. 프란체스카에 대해서는 더는 생각하지 않기로 마음먹었다. 적어도 지금은.

14
전 여자친구

오늘은 날씨가 참 좋았다.

가을에 남은 마지막 좋은 날일지도 모른다는 생각이 들어서 나는 하루를 온전히 밖에서 보내기로 했다. 센트럴 파크는 이맘때가 가장 아름다웠다. 공원이 내려다보이는 아파트에 살지는 않지만, 이렇게 공원 안에 직접 들어와 있는 편이 오히려 더 좋다. 구불구불 이어진 산책로를 따라 걷기만 해도 머리가 맑아졌다. 어쩐지 숨통이 트이는 기분이었다. 숨을 쉴 때마다 영혼에 쌓인 독소가 빠져나가는 것 같았다.

사실 그냥 해 본 소리다. 내가 여기 나온 건, 조엘 때문이었다.

요즘 들어 그의 아바타가 공원 근처에 자주 떠 있었다. 가을이 저물어 가는 중이라 조엘과 올리브는 겨울이 본격적으로 시작되기 전, 남은 날씨를 실컷 즐기고 있는 게 분명했다. 2주 전에는 포크 음악 축제가 열리던 바로 그 구역에 그의 아바타가 떠 있었고, 지난 주말에는 센트럴 파크 동물원으로 표시된 울퉁불퉁한 네모 위에 한참 머물러 있었다. 그리고 오늘, 그는 또다시 여기였다.

공원 안에서 그를 따라다니는 건 어렵지 않았다. 넓고 탁 트인 공간이지만 나무와 관목이 많아서 마음만 먹으면 금세 몸을 숨길 수 있다. 나는 점점 미행에 능숙해지고 있었다. 어쩌면 사설탐정으로 밥벌이를 해도 되겠다는 생각이 들 정도였다.

내가 왜 이러는지 모르겠다. 왜 조엘이 올리브와 함께 있는 모습을 보며 스스로를 괴롭히고, 그가 그녀를 얼마나 좋아하는지 따져 보고 있는 걸까? 당연히 좋아하겠지. 사귄 지 오래되지도 않았는데 둘은 늘 함께 다녔다. 손을 잡고 다정한 눈빛으로 서로를 바라봤다. 그는 이미 앞으로 나아갔다. 나도 그래야 했다.

그런데도 올리브가 조엘에게 어울리지 않는다는 느낌이 지워지지 않았다. 그녀는 좋은 사람처럼 보이지 않았다. 물론 직접 대화를 나눈 적은 없었지만, 보기만 해도 알 수 있었다. 만난 적도 없는데 나는 그녀에 대해 많은 걸 알고 있었다. 그녀의 가게를 지켜봤고, 손님들을 대하는 방식도 봤다. 감당하기 힘들 만큼 비싼 아파트로 돌아가는 모습도 봤다. 이 여자에겐 뭔가가 잘못되어 있었다. 본능적인 감각이었다.

조엘은 실수하고 있었다. 그녀는 그를 행복하게 해 주지 못할 것이다. 적어도 나만큼은.

오늘은 다행히 조엘과 올리브를 보지 않아도 됐다. 조엘은 남자 친구들과 함께였다. 잔디밭에서 미식축구공을 던지며 패스가 짧거나 쉬운 공을 놓칠 때마다 웃음을 터뜨렸다. 피트와 내가 처음 보는 또 다른 남자 한 명. 그들은 정말 즐거워 보였다. 예전에 조엘이 친구들과 하루를 보내고 집에 돌아왔을 때의 모습이 떠올랐다. 볼이 붉어지고 행복이 묻어나던 그 표정.

그때 가방 속에서 휴대폰이 울렸다. 꺼내 보니 화면에 논나의 이름이 떠 있었다. 괜히 혼날 것 같은 예감이 들어서 한순간 망설였다. 그래도 혹시 넘어져 다친 건 아닐까 하는 걱정이 더 컸다. 논나는 나이가 아주 많으니까. 결국 전화를 받았다.

"여보세요?"

"어디 있니?" 논나가 다짜고짜 물었다. 적어도 아파트 바닥에 쓰러져 엉덩이뼈가 부러진 건 아닌 듯했다.

"시내에서 산책 중이에요."

"아니!" 그녀가 쏘아붙였다. "너 그 조-엘레라는 애 따라다니고 있지!"

젠장. 어떻게 알았지? "안 따라다녀요."

"데이트가 필요하면," 논나가 말했다. "독서 모임 친구 티나가 자기 아들 안토니오 얘길 해줬는데…"

"논나."

"엄청난 사람이래! 티나 말로는 클럽 주인들이 전부 그 애한테 돈을 낸다더라."

나는 휴대폰을 내려다보며 찡그렸다. "설마… 마피아라는 거예요?"

잠시 침묵이 흘렀다. "아. 그게 그런 뜻이니?"

머리가 아파왔다. "그만 끊어요."

"파타티나." 논나의 목소리가 한결 부드러워졌다. "너는 정말 아름다운 아이야. 이런 짓 그만해."

"그냥 산책 중이에요, 논나."

"그래. 그럼 카놀리(이탈리아 시칠리아 지방의 디저트 - 옮긴이) 좀 사 와. 그 바보 따라다닐 거면 카놀리라도 꼭 사 와야 해."

"알겠어요." 그 정도는 치를 만한 대가였다.

조엘과 친구들이 잠시 쉬는 동안, 내가 모르는 그 남자가 핫도

그 카트 쪽으로 걸어갔다. 조엘의 친구들은 다 안다고 생각했는데, 이 남자는 처음 보는 얼굴이었다. 나와 비슷한 짙은 머리와 눈, 비슷한 피부색. 하지만 나처럼 이탈리아인은 아닌 것 같았다. 같은 이탈리아계는 멀리서도 알아보는 법이니까. 그리스계일까? 정신을 차리기도 전에 나는 핫도그 카트로 다가가 그의 뒤에 줄을 섰다.

"머스터드만요." 남자가 말했다. 나도 핫도그는 그렇게 먹었다. "물 한 병도요."

핫도그가 익어 가며 풍기는 냄새에 속이 울렁거렸다. 오늘 점심을 거른 탓이었다. 요즘은 자주 끼니를 거르고 있었다. 아무리 음식을 잔뜩 만들어도 잘 넘어가질 않았다. 다행히 논나는 살이 좀 붙었다. 전에는 너무 말랐으니까.

"10달러입니다." 상인이 말했다.

남자의 눈이 커졌다. 당연했다. 핫도그 하나와 물 한 병에 10달러라니.

"10달러요?"

상인이 고개를 끄덕였다.

조엘의 친구는 가격표를 찾는 사람처럼 카트를 훑어봤다. 하지만 그런 건 보이지 않았다. "좀 비싼 것 같은데요."

상인은 어깨를 으쓱했다. "가격이 그래요, 손님."

이 남자는 확실히 뉴요커가 아니었다. 보통이라면 이런 말도 안 되는 가격엔 바로 따졌을 텐데, 그는 순순히 지갑을 꺼내 10달러 지폐를 집어 들었다. 핫도그 하나와 물 한 병에 10달러를 낼 생각이었다. 더는 보고 있을 수 없었다.

"핫도그랑 물에 10달러는 너무하죠." 내가 끼어들었다. 팔짱을

긴 채 상인을 노려봤다. "4달러면 충분해요."

상인은 눈을 가늘게 떴다. "5달러."

"4달러." 나는 턱을 살짝 치켜들었다. "아니면 가격표 안 붙였다고 신고할 거예요."

상인은 당장이라도 내 목을 조를 듯한 표정으로 나를 노려봤다. 그도 결국 내 말이 맞다는 걸 모를 리 없었다. "알았어요. 4달러." 그는 마지못해 말했다.

그제야 그 남자가 나를 바라봤다. 입가에 미소를 머금은 채였다. 가까이서 보니 잔디밭 건너편에서 봤을 때보다 훨씬 더 잘생겨 보였다. 웃을 때 왼쪽 볼에 보조개가 파였다. "그리고 이 아가씨가 원하는 건 뭐든 제가 낼게요." 그가 덧붙였다.

볼이 화끈거렸다. "전 아무것도 필요 없어요."

"그럴 리가요." 그가 말했다. "줄 서 있었잖아요."

그저 그를 더 가까이서 보고 싶어서 줄에 섰다고 말할 수는 없었다. "아니, 그러니까… 그러실 필요 없어요."

"그래도 그쪽 덕분에 6달러나 아꼈잖아요."

"뭐 드실 건가요, 말 건가요?" 상인이 퉁명스럽게 재촉했다.

두 사람이 동시에 나를 보고 있어서, 나는 거의 웅얼거리듯 말했다. "그냥 물만요."

마지못해 물병을 받아 들었다. 조엘이 나를 보기 전에 얼른 빠져나가야 했다. 그가 내가 따라다니고 있다는 걸 알아채면 안 됐다. 들키는 순간 끝이었다. 최소한 조엘의 휴대폰에서 위치 추적 앱이 바로 삭제될 테니까.

"딘이에요." 내가 자리를 뜨기 전에 그가 말했다. 매력적인 보조개를 드러내며 웃고 있었다. 조엘도 예전엔 나를 그런 눈으로 바라보곤 했다.

"아." 그 말밖에 나오지 않았다.

그는 내가 이름을 말해 주길 기다리는 듯했다. 하지만 이름을 알려주면 그는 분명 조엘에게 전할 것이다. 그러면 조엘은 내가 왜 하필 그날, 그 시간에, 그 공원에 있었는지 의심하게 될 테고.

뭐라고 둘러대야 할지 고민하는 사이, 딘이 손가락을 튕기며 말했다. "소피아 로렌."

나는 그를 멀뚱히 바라봤다. "네?"

딘은 핫도그를 든 손으로 어색하게 허공을 휘저었다. "미안해요. 누굴 닮았나 생각하고 있었거든요. 제가 고전 영화를 정말 좋아해서요. 소피아 로렌 아시죠? 이탈리아의 전설 같은 배우요."

"소피아 로렌이 누군지는 알아요." 나도 고전 영화를 좋아했다. 소피아 로렌이 나온 〈이탈리아식 결혼〉은 논나가 가장 좋아하는 영화 중 하나였고, 몇 년 전에 DVD를 사 드리기도 했다. "제가 닮았다는 건 동의 못 하겠네요."

"전 그렇게 생각 안 하는데요." 딘은 웃고 있었지만 눈빛만큼은 진지했다. "정말 똑같아요."

"고마워요." 사실이 아니라는 걸 알면서도 나는 그렇게 말했다.

그의 미소가 더 커졌다. "오늘은 최고의 날이에요. 제가 제일 좋아하는 배우랑 똑같이 생긴 여자를 만났고, 그 여자가 핫도그랑 물값을 6달러나 깎아줬으니까요."

"하지만 그중 2달러는 저한테 물 사 주느라 다시 쓰셨잖아요."

"그럴 만한 가치가 있었죠." 그는 눈썹을 치켜올렸다. "그런데 이

하루를 진짜 최고의 날로 만들어 줄 게 뭔지 아세요?"

듣고 싶지 않았다. "그 여자가 전화번호를 주는 거죠."

나는 침을 삼켰다. 딘은 내 취향이 아니었다. 설령 그랬다 해도, 조엘의 친구인 남자에게 번호를 줄 수는 없었다. 애초에 내가 왜 이 남자와 이렇게 오래 이야기를 나누고 있는지도 모르겠다.

딘은 핫도그를 한 입 베어 물며 내 대답을 기다렸다. 그제야 나는 그의 속눈썹이 남자치고는 유난히 길다는 걸 알아챘다. 그래서 눈빛이 더 짙어 보였다. 열기 어린 시선이었다.

"안 돼요." 나는 겨우 입을 열었다.

처음엔 그가 더 캐물을 줄 알았지만 그러지 않았다. "알겠어요." 그가 말했다. "이해해요. 그럼 이름만이라도요?"

나는 고개를 저었다.

그는 물병을 쥔 손으로 가슴을 움켜쥐는 시늉을 했다. "으윽."

"미안해요." 나는 중얼거렸다. "개인적인 감정은 아니고요, 그냥…."

"남자친구가 있군요."

"아니요." 왜 솔직하게 말했는지 나도 모르겠다. 키 193센티에 네이비 실 출신 남자친구가 있다고 할 걸 그랬다. 그랬으면 그는 바로 물러났을 텐데. "그런 이유는 아니에요."

"그럼…." 그는 다시 웃었다. 보조개가 또렷이 패였다. "제가 너무 못생겼다는 건가요?"

"아니요." 나도 모르게 아주 작은 미소가 새어 나왔다. "전혀 아니에요."

"다행이네요."

"복잡해요." 나는 웅얼거렸다. "믿어 주세요."

그는 한숨을 쉬며 고개를 저었다. "이름도 안 되나요?"

나는 다시 고개를 저었다. "그럼 이니셜이라도요. 아니면 음절 하나." 그가 말했다. "첫음절일 필요도 없어요. 하나면 돼요."

그는 귀여웠다. 이런 남자를 거절하고 있다니, 내가 미친 게 분명했다. "미안해요."

그의 미소가 살짝 흐려졌다. "알겠어요. 그럼 오늘 소피아 로렌의 도플갱어를 실제로 봤다는 사실로 만족해야겠네요."

"저 소피아 로렌 안 닮았어요." 그렇게 말했지만, 그는 듣지 못한 것 같았다.

딘은 핫도그를 마지막으로 한 입 베어 물고, 장난스러운 손짓으로 인사했다. 나는 그가 친구들 쪽으로 달려가는 걸 지켜보다가, 조엘이 나를 알아보기 전에 얼른 몸을 숨겼다.

15

새 여자친구

리디아가 캐시를 조엘의 전 여자친구와 비교하며 못마땅해하던 일이 있은 지도 벌써 2주가 지났다. 그 일은 생각보다 쉽게 잊혔다. 특히 지금처럼 다운타운의 어둑한 코미디 클럽에서 조엘과 나란히 앉아 있을 때라면 더더욱 그랬다. 둥근 테이블에 바짝 붙어 앉아 차가운 맥주를 홀짝이는 동안, 조엘은 왼팔로 캐시의 어깨를 감싸고 있었다. 그 온기에 캐시의 긴장이 조금 풀렸다. 그는 크고 따뜻했고, 그녀는 그의 가슴 아래에 느껴지는 단단한 근육이 좋았다.

캐시는 자신이 사랑에 빠지고 있는지도 모른다고 생각했다. 아주 조금씩, 서서히.

하지만 곧 베아 할머니와 마브 할아버지가 떠올랐다. 지하철 플랫폼에서 우연히 만났다는 달콤하고도 낭만적인 이야기. 거의 50년 가까운 세월을 함께한 사랑. 그 사랑이 얼마나 깊었는지, 베아는 마브가 자신을 외롭게 두지 않으려고 서점에 유령이 되어 돌아왔다고까지 믿었다. 그 생각을 바꿀 수 있는 사람은 아무도 없었다.

캐시는 조엘에게 그런 감정까지는 느끼지 못했다. 만약 그가 죽는다면, 유령이 되어 돌아와 달라고 부탁하지는 않을 것이다. 오히려 그 반대였다. 지금 그녀에게 가장 필요 없는 건 죽은 남자의 유령에게 쫓기는 일이었다. 아직 시작하는 단계였지만 언젠가는 조엘에게 그런 마음이 생길 수 있을지 문득 궁금해졌다. 훗날 손주들이 "조엘 할아버지와 캐시 할머니의 이야기는 세상에서 가장 위대한 사랑 이야기야."라고 말하게 될까.

지금으로서는 전혀 그려지지 않았다.

그녀는 조엘을 더 알아가야 했다. 둘의 관계는 다음 단계로 나아가야 했다. 그러기 위한 아주 확실한 방법이 하나 떠올랐다.

캐시는 조엘에게 마지막으로 섹스를 한 게 언제인지 정확히 말한 적은 없었지만, 꽤 오래됐다는 건 넌지시 드러냈다. 그는 서두르지 않았다. 캐시는 그가 신호를 기다리고 있다는 걸 알고 있었다. 몇 주를 더 끌면, 그도 슬슬 밀어붙이기 시작할지도 모른다. 솔직히 말하면 이제는 무엇을 기다리고 있는지도 잘 모르겠다는 생각이 들었다.

그녀는 준비가 됐다.

무대 위에서 스탠드업 코미디언이 던진 농담에 조엘이 웃음을 터뜨렸다. 코미디언은 맨 앞자리에 앉은 커플을 놀리고 있었는데, 여자 쪽이 남자보다 훨씬 어려 보인다는 내용이었다. '도둑놈'이라는 말도 나왔고, 그보다 더 노골적인 표현들도 이어졌다. 캐시는 그들이 맨 뒤에 앉아 있어서 다행이라고 생각했다. 조엘의 데이트 상대가 얼마나 어려 보이는지 코미디언이 알아차리지 않기를 바랐다. 공개적으로 해부당하고 싶지는 않았다.

"저기." 그녀가 속삭였다.

"응." 그도 속삭이며 답했다.

그의 숨결에서는 마시고 있던 코로나 맥주 냄새가 났다. 캐시는 몸을 앞으로 기울여 그의 입술에 자신의 입술을 눌렀다. 그는 잠깐 놀란 듯했지만, 이내 키스에 몸을 맡겼다. 그는 키스를 아주 잘했다. 캐시는 자신이 키스를 잘하는지는 알 수 없었지만, 적어도 그는 그녀와의 키스를 즐기는 것처럼 보였다.

"오늘 밤… 자고 가도 돼요?" 숨을 고르며 그녀가 물었다.

그는 숨을 들이켰다. "그럼. 물론이지."

"북랜드는 열 시에 열거든요." 그녀가 말했다. "집에 가서 옷 갈아입을 시간은 있어요. 내일 일찍 출근해요?"

"여덟 시." 그는 씩 웃었다. "다섯 시라도 상관없어."

캐시는 미소로 답했다. "좋아요, 그럼."

둘은 약간 취기가 오른 채 우버에 올랐고, 15분쯤 뒤 그의 아파트에 도착했다. 혼자 사는 집치고는 제법 넓었다. 침실이 두 개나 있었다. 캐시는 프란체스카가 여기서 함께 산 적이 있었는지 문득 궁금해졌다. 분명한 건 이 집 어디에도 여자의 손길이 느껴지지 않는다는 점이었다. 가구는 최소한만 놓여 있었고 책장은 의학 서적으로 가득 차 있었다. 눈에 띄는 사치라곤 거실에 놓인 크고 선명한 고화질 TV 정도였다.

"마실 거 줄까?" 조엘이 불을 켜며 물었다.

캐시는 바닥에 아무렇게나 벗어 둔 낡은 운동화를 발로 밀어냈다. 병원에서 신는 신발일 거라는 생각이 들자, 끈에서 세균과 바이러스가 피어오르는 장면이 머릿속에 떠올랐다.

"미안." 그가 쑥스러운 듯 웃었다. "손님 올 줄 알았으면 좀 치워 뒀을 텐데."

"괜찮아요." 캐시가 말했다. 이런 약간의 무질서가 마음에 들었다. 조엘은 가끔 너무 완벽하고 정돈된 사람처럼 느껴졌으니까. 이렇게 어질러진 모습을 보니 오히려 숨이 트였다.

"그래서, 마실 건…?"

그녀는 웃으며 고개를 저었다. "사양할게요."

그는 잠깐 망설이더니 그녀를 벽으로 부드럽게 밀어붙이고 키스했다. 침실까지 가기 전에 일이 시작될 거라는 예감은 있었지만, 그는 더는 기다릴 수 없었던 모양이었다.

키스하는 동안, 캐시는 창문에 달린 블라인드가 열려 있다는 걸 알아챘다. 거실 불이 아주 밝은 편은 아니었지만, 바깥의 어둠에 비하면 충분히 눈에 띄었다. 밖에 있는 누구라도 안을 들여다볼 수 있을 것 같았다.

"조엘." 캐시는 몸을 떼어냈다. "불 좀 꺼요."

그는 숨을 고르며 얼굴이 달아오른 채 물었다. "뭐라고?"

"그냥…." 그녀는 전등 스위치 쪽으로 손을 뻗었다. "불을 끄고 싶어요."

"난 널 보고 싶은데…."

"그건 그렇지만…." 그녀는 창문 쪽을 힐끗 봤다. "여기, 너무 훤히 드러난 것 같아서요."

조엘이 웃었다. "누가 우릴 훔쳐보고 있을 것 같아?"

캐시는 웃지 않았다. 누군가 자신을 지켜보고 있다는, 그 지워지지 않는 느낌을 어떻게 설명할 수 있을까. 그에게 말하면 분명 그녀가 예민하다고 생각할 것이다.

하지만 그녀의 표정을 보자 그의 눈빛이 부드러워졌다. "블라인드 내릴게. 그럼 괜찮지?”

“네.” 그녀는 고개를 끄덕였다.

거실에 있는 세 개의 블라인드가 모두 내려지고 바깥세상이 완전히 차단되고 나서야 캐시는 비로소 마음이 놓였다.

16

전 여자친구

그들이 안으로 들어간 지도 벌써 세 시간이 지났다.

그 사실을 알고 있다는 것부터가 싫었다. 조엘의 아파트 건물 바로 맞은편의 24시간 식당에 앉아 있다는 것도 싫었고, 현관문이 훤히 보이는 자리를 일부러 골랐다는 것도 싫었다. 커피를 홀짝이며 문만 바라보고, 그녀가 혹시 내려오지 않을까 기다리고 있다는 사실은 더더욱 견디기 힘들었다.

나오지 않을 걸 알면서도 기다렸다.

오늘 밤, 조엘과 올리브빛 피부의 여자친구는 함께 자는 게 분명했다.

어쩌다 여기까지 오게 됐는지 스스로도 이해할 수 없었다. 조금 전까지만 해도 나는 어퍼 웨스트사이드에서 친구와 꽤 즐거운 저녁 시간을 보내고 있었다. 문제는 그 친구가 나를 '나'로 기억하는 게 아니라 늘 '조엘과 함께였던 나'로 기억한다는 점이었다. 게다가 요즘 일도 잘 풀리지 않았고, 나는 여전히 할머니와 함께 살고 있었다. 내 얘기라고 해봐야 하나같이 사람들이 불편해할 이야기뿐이었다. 그래서 우리는 TV에서 뭐가 재밌는지 같은, 아무 의미 없는 얘기만 잔뜩 나눴다.

식사가 끝난 뒤 나도 모르게 위치 추적 앱을 눌렀다. 조엘은 집에 없었다. 그래서 충동적으로 그의 아파트 건물로 향했다. 돌이켜 보면, 그때 내가 뭘 바랐는지는 잘 모르겠다. 그날은 머리도 유난히 잘 됐고, 매끈한 검은 코트에 가죽 부츠까지 신은 내가 꽤 괜찮아 보였으니까. 혹시 그가 나를 보게 된다면….

하지만 올리브를 보는 순간, 그런 생각은 전부 사라졌다.

두 사람은 너무나 행복해 보였다. 그리고 그녀는 아무리 내가 가장 괜찮아 보이는 날이라 해도 비교가 되지 않았다. 그의 팔은 그녀의 어깨를 감싸고 있었고, 둘은 농담을 주고받으며 웃고 있었다. 내가 다가가기만 해도 그들의 밤을 망쳐버릴 것이다. 그래서 정말로 그러고 싶어질 뻔했다.

그러는 대신, 나는 그들이 안으로 들어가는 걸 지켜봤다.

그리고 여기서 기다렸다. 잠깐만 있다가 내려와 그녀를 택시에 태워 보내겠지, 그렇게 스스로를 속였다. 하지만 그녀는 내려오지 않았다. 오늘 밤은 여기서 자는 게 분명했다.

"커피 더 드릴까요, 사모님?"

고개를 들자 웨이터가 내 앞에 서 있었다. 어려 보였다. 많아야 20대 초반. 한때는 스물셋도 어른 같았는데, 이제는 스무 살 남자에게서 '사모님' 소리를 듣고 있었다. 이 밤이 여기서 더 엉망이 될 수가 있을까.

웨이터는 걱정스러운 표정으로 눈썹을 치켜올렸다. 귀여운 얼굴이었다. 대학 시절이었다면 한 번쯤 사귀어 봤을 법한 타입. 그래, 젊긴 했지만 그렇게까지 어린 건 아니었다. 내가 스무 살이나 더 많은 것도 아니고. 게다가 어린 남자들은 연상 여자를 좋아하지 않던가.

논나 말이 맞을지도 모른다. 아무 생각 없이 보내는 가벼운 하룻밤이, 지금의 나에게는 오히려 필요할지도.

"한 잔만 더 주세요." 내가 말했다.

그는 고개를 끄덕이며 커피포트를 가지러 서둘러 갔다. 공손하고 적극적이었다. 피어싱 하나 없는 단정한 모습. 그리고 무엇보다, 그 미소가 마음에 들었다. 조엘의 친구 딘만큼 잘생긴 건 아니었지만, 나름의 매력은 있었다.

그가 다시 돌아와 뜨거운 블랙커피를 잔에 따라 주며 몸을 기울였다. 이걸 마시면 잠들기는 힘들겠지만, 이 남자와 함께 집에 가게 된다면 오히려 그게 나을지도 모른다는 생각이 들었다.

"고마워요." 내가 중얼거렸다.

"천만에요."

나는 그의 눈을 마주쳤다. 가슴에 달린 금색 이름표를 훑어봤다. 루크. 얼굴이랑 잘 어울리는 이름이었다.

"저기요." 루크가 말했다. "20분 뒤면 근무 끝나요."

나는 숨을 들이켰다. 방금 내가 상상하던 바로 그걸 그가 먼저 제안한 걸까? 머릿속으로는 이미 그와 함께 있는 장면을 상상하고 있었지만, 막상 현실이 되자 겁이 났다. 이렇게 어린 남자와 집에 갈 수 있을까? 혹시 날 털기 위한 수작은 아닐까?

물론 내가 그의 일터를 알고 있다는 걸 생각하면 그리 영리한 계획은 아닐 테지만.

"고마워요." 나는 조용히 말했다. "계산서 주세요."

그는 눈썹을 치켜올렸다. "정말 괜찮겠어요?"

정말 그럴까. 이 남자와 하룻밤을 보내면 조엘을 잊는 데 도움이 될지도 모른다. 하지만 아침에 눈을 뜨는 순간 지금보다 더 기분이 엉망일 것 같았다. 이건 답이 아니다. 답이 뭔지는 아직 모르겠지만, 적어도 이건 아니었다.

"계산서만 주세요."

루크의 얼굴이 잠시 굳었다가 곧 아무 일도 없었던 것처럼 돌아왔다. "알겠습니다, 사모님."

또 '사모님'이었다. 거절하길 잘했다. 이 아이 앞에서는 내가 백 살쯤 먹은 사람처럼 느껴졌다. 나는 더 이상 젊지 않았다. 처음 조엘을 만났을 때처럼은.

여기 앉아서 더 괴로워할 이유는 없었다. 올리브를 어떻게든 치워버리든지, 아니면 이 모든 걸 완전히 잊어버리든지. 이제는 정말 둘 중 하나였다.

17
새 여자친구

조금 민망한 아침 귀가였다.

캐시는 계획에 없던 하룻밤을 남자친구의 아파트에서 보내고, 어젯밤에 입었던 차림 그대로 지하철을 타고 집으로 돌아가는 중이었다. 그래도 부끄럽지는 않았다. 어젯밤은 정말 좋았다. 적어도 조엘이 블라인드를 내린 뒤로는. 그는… 세 번이나 할 만큼 기대 이상이었다. 지하철 안에서 졸고 있는 회사원과 코뚜레 같은 피어싱을 한 여자 사이에 끼어 앉아 가면서도 캐시는 괜히 기분이 환해졌다.

조엘은 근무 때문에 일찍 나갔지만 그녀의 휴대폰 아래에 쪽지를 끼워 두고 갔다. "오늘 저녁 같이 먹을까? 그리고 택시 타고 가." 그 밑에는 20달러짜리 지폐 한 장이 놓여 있었다. 캐시는 그 돈을 그대로 두고 나왔다. 그의 돈을 받는 게 불편했고, 남자와 잠자리를 가진 뒤에 돈이 남겨져 있는 상황은 더더욱 싫었다. 조엘은 그녀의 형편이 얼마나 심각한지 전혀 몰랐다. 굳이 꺼내고 싶은 이야기도 아니었다. 캐시는 조엘이 자신을 바라보는 눈빛이 좋았고, 모든 걸 알게 되면 그 눈빛이 달라질까 봐 두려웠다.

45분 뒤, 캐시는 자신의 아파트 건물 앞에 도착했다. 낡은 초록색 차양이 달린 회백색 건물은 조엘이 사는 곳만큼 근사하진 않았지만, 조이가 사는 빈민가 건물보다는 훨씬 나았다. 이 아늑한 아파트는 베아 할머니의 유언으로 그녀에게 남겨진 것이었다. 이제는 대출 하나 없이 온전히 그녀의 소유였다.

베아 할머니와 마브 할아버지는 자식들이 모두 독립한 뒤 이 아파트를 샀다. 두 사람의 은퇴 후 보금자리였다. 캐시의 엄마는 늘 이렇게 말하곤 했다. '너무 좁은 거 아니에요? 아주 둘이 부딪히겠어요.' 하지만 베아와 마브는 서로에게 걸리적거린 적이 없었다. 그들은 이 작고 아늑한 공간을 사랑했다. 캐시가 방문할 때면 마브는 거실에서 책을 읽고 있었고, 베아는 부엌에서 뭔가를 굽고 있었다. 지금도 이 아파트에는 초콜릿 칩 쿠키 냄새가 배어 있는 것 같았다.

캐시는 이 아파트와, 이곳에 깃든 모든 추억을 사랑했다. 하지만 내년쯤이면 이 집을 팔 수밖에 없을 것이다. 진작 팔았어야 했지만 어리석게도 놓지 못하고 있었다. 이곳은 그녀의 집이었다. 고등학생 때부터 입던 재킷을 계속 입고 매일 밤 라면을 먹게 되더라도, 집만큼은 포기하고 싶지 않았다.

하지만 팔지 않으면 집을 빼앗길 것이다.

아니면, 그보다 더 끔찍한 일이 벌어질지도 모른다.

건물 안으로 들어가자마자 캐시는 먼저 우편함으로 향했다. 열 살 무렵엔 우편을 받는 게 즐거웠다. 이제는 금속 우편함을 열 때마다 숨을 죽였다. 삐걱거리며 열리는 소리에 조건 반사처럼 심장이 덜컥 내려앉곤 했다. 하지만 오늘은 광고 전단 몇 장과 전기요금 고지서 하나가 전부였다. 어젯밤의 들뜬 기분을 망칠 만한 건 아무것도 없었다.

리처즈 부인이 엘리베이터 문을 잡아 주었고, 캐시는 문이 닫히기 직전에 가방을 가슴에 꼭 끌어안은 채 서둘러 안으로 들어갔다. 리처즈 부인은 상냥한 미소를 지었고 이야기를 나누고 싶어 하는 기색이 역력했다. 그녀는 베아 할머니와 친한 사이였다.

"잘 지내니, 캐시?" 리처즈 부인이 물었다.

"네." 캐시는 머리를 한 번 쓸어 넘겼다. 남자친구 아파트에서 밤을 보냈다는 걸 들키지 않기를 바라면서. 리처즈 부인이 그걸 곱게 볼 리 없었다. "잘 지내셨어요?"

"늘 그렇지." 그녀가 눈을 굴렸다. 그 모습에 문득 베아 할머니가 떠올랐다. "허리가 또 말썽이야. 그러니까 넌 늙지 마. 절대."

캐시는 웃었지만 마음 한구석이 불편해졌다. 늙지 말라니. 어떻게 늙지 않을 수 있단 말인가. 누구나 늙는다. 결국 늙지 않는 유일한 방법은 젊어서 죽는 것뿐이다.

엘리베이터는 늘 그렇듯 2층에서 덜컥거렸다. 처음 이사 왔을 때 캐시는 이 엘리베이터에서 공황 발작을 겪곤 했다. 머리 위에서 기어가 맞물려 돌아갈 때마다 삐걱대고 신음하는 소리가 났고, 크기는 고작 관짝만 했다. 이렇게 좁은 공간에서 리처즈 부인과 함께 서 있자 캐시의 맥박은 저절로 빨라졌다.

반면 리처즈 부인은 이 엘리베이터가 죽음의 덫이 될 수도 있다는 가능성 따위는 전혀 의식하지 못하는 듯했다. "애인은 있니?" 그녀가 물었다.

캐시는 억지로 미소를 지었다. "네, 있어요."

"잘됐네." 리처즈 부인은 고개를 끄덕였다. "곧 결혼도 하겠구나?"

캐시는 코웃음을 쳤다. 웃을 일은 아니었는데도. 조엘은 아직 결혼이나 아이에 대해 생각할 단계는 아니라고 했지만, 주변 친구들이 다 그쯤에 와 있다면 아예 생각이 없을 리도 없었다. "두고 봐야죠." 그녀가 말했다.

두 사람은 5층에서 함께 내렸다. 캐시는 엘리베이터를 벗어날 때마다 늘 그렇듯 안도의 숨을 내쉬었다. 리처즈 부인의 집은 그녀의 집에서 두 집 건너라, 둘은 캐시의 아파트 앞을 함께 지나야 했다. 그런데 집 앞에 도착하자, 캐시의 현관문에 선명한 진홍색으로 글자가 적혀 있었다.

'걸레.'

캐시는 몸이 굳은 채 그 단어를 바라봤다. 리처즈 부인은 손으로 입을 가린 채 중얼거렸다. "세상에…." 뭐라도 해야 한다는 건 알았다. 하지만 뭘 해야 할지 떠오르지 않았다. 누군가가 그녀의 집 문에 '걸레'라고 써 놓았다. 그녀가 누구인지 알고, 어디에 사는지 알고, 이 건물 안으로 들어올 수 있는 누군가가.

더 끔찍한 건, 그 글씨가 그녀의 가게 문에 칠해졌던 것과 똑같은 색의 페인트라는 사실이었다.

"너무 끔찍하네." 리처즈 부인이 말했다. "대체 누가 이런 짓을…."

이해할 수 없었다. 어젯밤 전까지 2년 넘게 섹스를 하지 않았는데 '걸레'라니, 우스웠다. 그런데 문득, 이걸 써 놓은 사람이 어젯밤 일을 알고 있는 건 아닐까 하는 생각이 스쳤다. 그리고 그게 마음에 들지 않았던 건 아닐까. 그렇게 느낄 만한 사람은 딱 한 명뿐이었다.

프란체스카.

얼굴은 한 번도 본 적 없지만, 조엘의 마음을 자신보다 먼저 차지했던 여자. 요리를 기막히게 하고, 그의 친구들에게도 더 사랑받는 여자. 완벽한 여자, 프란체스카.

리처즈 부인의 시선이 미묘하게 달라져 있었다. 아직 이른 아침인데도 캐시가 밤에 외출할 때 입는 차림이라는 걸 이제야 알아차린 모양이었다. 그녀는 캐시가 어젯밤 외박을 하고 돌아왔다는 걸 눈치챘다. 순간, 캐시는 난생처음으로 수치심을 느꼈다.

"경찰에 신고하는 게 좋겠어." 리처즈 부인이 말했다.

캐시는 고개를 끄덕였다. 경찰에 전화해야 했다. 당연히 그래야 했다.

하지만 경찰이 오면 그녀의 아파트 안으로 들어올 것이다. 설마 문 앞에 서서 몇 마디 적고 돌아가진 않겠지. 그리고 안으로 들어오면 마브 할아버지가 남겨둔 그것을 발견할지도 모른다.

그러면 캐시는 대답할 수 없는 질문을 받게 될 것이다.

어차피 경찰은 예전에 그녀의 가게 문에 페인트를 던진 범인도 잡지 못했다. 그렇다면 이번 일을 해결할 가능성이 얼마나 될까? 솔직히 말하면 이건 조엘에게 전화하는 게 맞았다. 특히 프란체스카가 이 모든 일의 배후일지도 모른다는 의심이 들기 시작한 지금은 더더욱.

캐시는 휴대폰을 꺼내 들었다. 조엘에게 전화할 생각이었다. 자신이 품기 시작한 의심을 털어놓을 생각이었다. 하지만 통화 버튼을 누르기 직전에 그녀는 손을 멈췄다. 갑자기 그에게 이런 말을 꺼내고 싶지 않았다.

헤어진 사이라고 해도 프란체스카가 여전히 조엘의 마음속에서 큰 자리를 차지하고 있다는 건 캐시도 알고 있었다. 그는 이상할 만큼 프란체스카를 감쌌다. 캐시가 그녀 이야기를 조금만 꺼내도 그는 재빨리 화제를 돌렸다. 그렇다고 조엘이 전 여자친구를 험담하길 바란 건 아니었다. 캐시는 전 연인을 깎아내리는 사람을 싫어했다. 하지만 누군가 프란체스카의 이름을 말할 때마다 조엘의 눈빛이 달라지는 건 견딜 수 없었다. 그의 마음 한구석엔 아직도 프란체스카를 그리워하는 부분이 분명히 남아 있을 거라고 캐시는 장담할 수 있었다. 그리고 만약 이 이야기 속에 '위대한 사랑'이 하나 있다면, 그건 자신과 조엘이 아니라 조엘과 프란체스카의 이야기일지도 모른다는 생각이 들어 두려웠다.

그래서 캐시는 휴대폰을 다시 가방에 넣었다. 경찰에도 전화하지 않았다. 조엘에게도 전화하지 않았다. 그녀는 누구에게도 말하지 않았다.

18

전 여자친구

어젯밤 일은 후회로 가득했다. 카페를 나선 뒤 곧장 집으로 가지 않고 바에 들른 것도, 술을 지나치게 마신 것도 전부 후회스러웠다.

내가 어떻게 올리브의 아파트 앞까지 가게 됐는지는 정확히 기억나지 않았다. 한순간에는 버번 샷을 단숨에 들이켰고, 다음 순간에는 그녀의 현관문 앞에 서 있었다. 머릿속 어딘가에서 지금이라도 집에 가야 한다는 목소리가 울렸다. 더 후회할 일을 저지르기 전에.

그런데 또 한편으로는, 전혀 후회하지 않는 마음도 있었다. 어젯밤 나는 선택을 해야 했다. 조엘을 잊든가 아니면 올리브를 어떻게든 치워버리든가. 그리고 나는 선택했다.

다만 오늘 아침 눈을 떴을 때 머리가 깨질 듯이 아팠다. 하루 종일 물을 들이부었지만 퇴근할 때까지도 오른쪽 관자놀이가 욱신거렸다. 나는 더 이상 스무 살이 아니었다. 술을 마시면 다음 날 대가를 치러야 했다. 지금 내가 바라는 건 집에 곧장 가 뜨거운 물을 받아 목욕을 하는 것뿐이었다. 논나도 오늘만큼은 나를 내버려 두겠지.

"와, 이게 누구야. 소피아 로렌 아니세요?"

바로 등 뒤에서 들려온 목소리에 나는 홱 돌아섰다. 어딘가 익숙한 목소리였다. 얼굴을 보고 나서야 퍼즐이 맞춰졌다. 공원에서 만났던 그 남자, 딘이었다. 조엘의 친구.

그가 웃으며 보조개를 드러냈다. "세상에, 이런 우연이 다 있네요."

"그러게요." 나는 집에서 기다리고 있을 뜨거운 욕조를 떠올리며 건성으로 대답했다.

딘이 눈썹을 치켜올렸다. "운명이 우리를 다시 만나게 하는 걸지도 모르죠."

"글쎄요. 전 그런 거 잘 모르겠는데요."

딘이 한 걸음 다가왔다. 재킷을 걸치고 있었고, 안에는 꽤 비싸 보이는 슬랙스를 입고 있었다. 셔츠 깃 사이로 넥타이가 살짝 보였다. 적어도 병원 가운 차림은 아니었다. 이 사람이 무슨 일을 하는지 문득 궁금해졌다.

"솔직히 말할게요." 딘이 말했다. "그날 이후로 계속 당신 생각이 났어요."

나도 모르게 웃음이 새어 나왔다. "곧 잊으실 거예요."

"글쎄요. 그건 잘 모르겠는데요."

"전 알아요."

"그러니까…." 그가 고개를 저으며 말했다. "저 좀 불쌍하게 봐주세요. 저랑 저녁 한 번만 먹어요."

"저, 음…." 나는 손을 내려다보며 말을 흐렸다. "미안해요."

그는 얼굴을 찡그렸다가, 금세 어깨를 으쓱했다. "알겠어요. 그래도 시도는 해 봐야죠, 안 그래요?"

딘은 내 눈을 똑바로 바라보고 있었다. 눈빛이 유난히 짙고 강렬했다. 그와 저녁을 먹고 싶은 마음은 없었지만, 쉽게 물러서지 않는 집요함만큼은 인정하지 않을 수 없었다.

"그럼 땅콩은 어때요?" 그가 말했다.

나는 눈을 깜박였다. "땅콩이요?"

그는 몇 걸음 떨어진 곳에 있는 땅콩 노점 쪽으로 고개를 까딱했다. "땅콩 좀 사 줄게요. 저녁 말고, 그냥 땅콩."

나는 망설였다. 냄새는 정말 좋았다. 냄새만큼 맛있는 경우는 드물다는 걸 알면서도.

"에이." 딘은 내 망설임을 놓치지 않았다. "별거 아니잖아요. 진짜 그냥 땅콩이에요."

"알겠어요." 생각할 틈도 없이 튀어나온 말에 나 스스로도 놀랐다.

"정말요?" 그가 뜻밖이라는 듯 눈을 크게 떴다. "좋아요. 마음 바뀌기 전에 얼른 사 올게요."

그는 기름기 가득한 큼직한 봉지를 하나 사 왔다. 우리는 근처 건물 계단에 나란히 앉아 땅콩을 나눠 먹었다. 처음 앉았을 때 계단은 차가웠지만, 봉지 속 땅콩은 따뜻했다.

"봐요." 딘이 말했다. "괜찮지 않아요?"

"나쁘진 않네요." 나는 마지못해 인정했다.

다시 봉지에 손을 넣는 순간, 딘의 손이 내 손을 스쳤다. 가느다란 전율이 팔을 타고 올라왔다. 고개를 들자 그는 웃고 있었다. 솔직히 말해 꽤 귀여웠다.

"땅콩 맛이 어때요, 로렌 양?" 딘이 말했다.

“괜찮아요.” 나는 겨우 대답했다.

“길거리 음식 중엔 땅콩이 최고죠.”

“프레첼은요?”

“아니요. 땅콩이 이겨요. 길거리 프레첼은 너무 짜요.”

“전 그렇게 짜다고 생각 안 하는데요.”

그가 웃었다. “정말요? 전혀요?”

“네. 딱 좋은 정도예요.”

“이런.” 딘이 고개를 저었다. “그럼 입맛이 참 독특하네요. 대단한 요리사라면서요.”

나는 고개를 번쩍 들었다. “뭐라고요? 그걸 누가 말했어요?”

딘의 얼굴에서 웃음기가 싹 가셨다. “아….”

나는 바지에 묻은 땅콩 가루를 털었다. “전 이만 가 볼게요.”

“아니, 잠깐만요!” 딘이 손을 뻗어 내 팔을 붙잡았다. “미안해요. 제발 가지 말아요. 설명할게요.”

짜증이 치밀었지만, 그보다 이 이야기가 어떻게 이어질지 알고 싶은 마음이 더 컸다. 그래서 나는 그대로 계단에 앉아 그를 똑바로 바라봤다. “좋아요.” 내가 말했다. “설명해 봐요.”

“그날 공원에서 당신을 본 뒤에요.” 딘이 셔츠 깃을 만지작거리며 넥타이를 다시 드러냈다. “조엘한테 멋진 여자를 만났다고 말했어요. 그러다 조엘이 당신을 봤고… 음, 당신이 누군지 말해 줬죠.”

아, 맙소사. 조엘이 나에 대해 무슨 말을 했을지 상상하고 싶지 않았다.

“좋은 얘기였어요.” 딘이 급히 덧붙였다. “정말 멋진 사람이라고 했어요. 다만 자기랑은 맞지 않았다고요. 그리고 당신이 어디서 일하는지도 말해 줬고요. 나더러 한 번쯤….”

나는 숨을 들이켰다. “그럼 우연은 아니었던 거네요?”

딘은 고개를 숙였다. “네. 여기서 거의 삼십 분은 기다렸어요. 혹시라도 당신이 지나갈까 싶어서.”

“그러니까 정리하자면, 날 미행하고, 거짓말하고, 속여서 저녁을 같이 먹으려 했다는 거죠?”

딘이 머쓱하게 웃었다. “그렇게 말하니까 진짜 나쁜 사람 같네요.” 그는 한숨을 쉬었다. “그냥… 다시 한번 보고 싶었어요. 그게 그렇게 나쁜가요? 원래는 저녁 먹으면서 솔직히 말하려고 했어요. 그리고 같이 웃고 싶었고요.”

나도 모르게 한숨이 나왔다. 더 몰아붙이기도 애매했다. “미안해요.” 결국 내가 말했다. “당신이 나쁜 사람이라는 뜻은 아니에요. 그냥 지금 제 상황이 좀 복잡해요. 요즘 제 인생이… 솔직히 말하면 엉망이에요.”

딘은 미간을 찌푸렸다. 한동안 말없이 나를 보다가, 조심스럽게 입을 열었다. “내가 그 사람 잊게 해 줄 수 있어요.”

나는 헛기침을 했다. “뭐라고요?”

“기회를 한 번만 주면요.” 그가 말했다. “조엘을 완전히 잊게 해 줄 수 있어요. 오해는 하지 마요. 조엘은 괜찮은 사람이에요. 다만… 당신한텐 아니에요. 당신을 행복하게 해 줄 사람은 아니었을 거예요.”

그의 짙은 눈이 내 눈을 곧게 붙들었다. “나는 가능해요. 한 시간만 주세요. 그러면 ‘조엘이 누구였지?’하고 말하게 될 겁니다.”

나는 코웃음을 쳤다. "정말요?"

"정말이에요."

뭐라고 대답해야 할지 몰랐다. 그런데도 딘이 그렇게 바라보니 나도 모르게 그 말을 믿고 싶어졌다.

"이거 받아요." 그는 뒷주머니에서 지갑을 꺼냈다. 코트 안쪽에서 펜을 꺼내 작은 흰 카드 뒷면에 뭔가를 적었다. "명함이에요. 뒤에 제 휴대폰 번호도 써 놨어요. 더는 당신을 따라다니지 않을게요. 대신 이걸 길가 쓰레기통에 바로 버리지만 말아 줘요."

나도 모르게 미소가 새어 나왔다. "집에 가서 버리면요?"

"그건 괜찮죠." 딘이 어깨를 으쓱했다. "어차피 당신 집 쓰레기통이잖아요. 새벽 두 시에 갑자기 저한테 전화하고 싶어지면, 다시 꺼낼 수도 있고요."

나는 명함을 만지작거렸다. 제일 먼저 눈에 들어온 건 그의 성이었다. 푸라키스. 역시 그리스인이었다. 그리고 그 옆에 붙은 '의사'라는 두 글자가 눈에 들어왔다.

"의사시군요." 내가 말했다.

그는 고개를 끄덕였다. "조엘이랑 대학 때 같이 의대 준비했어요. 얼마 전에 시카고에서 여기로 옮겨 왔고요. 그래서 핫도그값도 제대로 몰랐죠. 솔직히 말하면 당신 같은 토박이 뉴요커가 옆에서 구해 주지 않았으면 노점상들이 나한테 얼마나 더 바가지를 씌웠을지 상상도 안 돼요."

나는 명함을 뒤집어 번호를 다시 확인했다. 숫자들을 잠시 들여다보다가 물었다. "마지막 숫자요. 5예요, 6이에요?"

딘의 얼굴이 환해졌다. "6이요."

“알겠어요.” 나는 계단에서 일어섰다. “다시 만나서 반가웠어요, 푸라키스 박사님.”

딘도 따라 일어나 고개를 살짝 숙였다. “영광이었습니다, 로렌 양.”

나는 명함을 코트 주머니에 넣었다. 딘 푸라키스는 좋은 사람이었다. 나를 속이긴 했지만, 적어도 악의는 없었다. 어쩌면 그에게 전화를 하면 정말로 조엘을 잊게 될지도 모른다. 하지만 걸어가면서 나는 이미 알고 있었다. 그에게 전화하지 않을 거라는 걸.

19

새 여자친구

문에 쓰여있던 '걸레'라는 단어를 페인트로 덮어 버린 지 사흘째 되던 날, 캐시는 퇴근길에 프란체스카의 레스토랑 앞에 서 있었다. 일부러 경치 좋은 길로 돌아가는 거라고 스스로를 속였지만, 다른 지하철 노선을 타고 집에서 3킬로미터나 떨어진 곳으로 왔다는 사실이 그 변명을 무색하게 했다. 캐시는 프란체스카를 한 번이라도 보기 위해 여기까지 온 거였다.

안젤라스 리스토란테는 작고 허름한 구멍가게 같은 곳이었다. 커다란 가게들 틈에 끼어 있는 모습이 어쩐지 북랜드를 떠올리게 했다. 이탈리아 국기를 연상시키는 초록, 하양, 빨강 색 차양이 길게 튀어나와 있었고, 날씨가 좋으면 테이블 몇 개쯤 놓였을 야외 공간에는 아무것도 없었다.

캐시는 최대한 가까이 다가가 유리창 너머를 들여다봤다. 내부도 밖에서 보이던 것처럼 작았다. 아늑하고 어둡고, 은근히 낭만적인 분위기였다. 창턱에는 화분이 줄지어 놓여 있었고, 무성한 초록 잎이 내부를 거의 가리고 있었다. 캐시는 눈을 가늘게 뜨고 긴 검은 머리를 한 아름다운 여자를 찾으려 애썼다.

하지만 설령 프란체스카가 눈앞에 나타난다 해도 캐시가 뭘 할 수 있을까? 다가가서 문에 그런 말을 써 놓지 말라고 따질까? 아니면 조엘은 이제 내 남자친구니까 그만하라고 할까?

생각해 봐야 소용없었다. 프란체스카가 안에 있다 해도 지금은 보이지 않았다. 아마 주방에 있을 것이다.

캐시는 레스토랑을, 아니 리스토란테를 마지막으로 한 번 더 훑어보고는 등을 돌려 걸음을 옮겼다. 애초에 오지 말았어야 했다. 우스운 짓이었다. 그럼에도 집 문에 적힌 '걸레'라는 단어가 그녀를 흔들어 놓았다. 물론 그 짓을 프란체스카가 했다는 증거는 없었다. 캐시는 자신에게 원한을 품을 이유가 있는 사람이 한둘이 아니라는 것도 잘 알고 있었다.

그런데 블록 모퉁이를 도는 순간, 캐시는 누군가와 거의 부딪칠 뻔했다. 이곳에서 마주칠 거라곤 상상도 못 했던 사람과.

조엘이었다.

"아… 안녕!" 갑자기 숨이 막히는 것 같았다. "나… 난 그냥…."

조엘은 신기루라도 본 듯 파란 눈을 한 번 깜빡였다. "캐시?"

캐시는 침을 삼켰다. 여기서 뭘 하고 있었는지 들키고 싶지 않았다. 전 여자친구를 염탐하러 왔다는 걸 들키면 끝장이었다. 정상적인 행동이 아니니까. "난 그냥… 쇼핑 중이었어요."

조엘이 눈을 가늘게 떴다. "쇼핑?"

알아챈 건가. 설마 알고 있는 건가. 이 동네엔 딱히 쇼핑할 만한 곳이 없었다. 그래도 뉴욕이면 가게는 어디에나 있겠지. 분명 뭔가 있을 거다. "여기 괜찮은 신발 가게가 있거든요."

제발, 가게 이름은 묻지 말아 줘.

"아." 조엘의 얼굴이 조금 풀어졌다. "그래."

잠깐 안도했다가, 곧 다른 생각이 머리를 스쳤다. 그럼 조엘은 여기서 뭘 하고 있는 걸까? 그는 이 근처에서 일하지도, 살지도 않는다. 수상한 건 나만이 아니었다. 조엘도 마찬가지였다.

혹시 프란체스카를 보러 온 걸까? 그렇다면, 왜?

어쩌면 그 이유는 모르는 게 나을지도 몰랐다.

"여긴 어쩐 일이에요?" 캐시는 최대한 아무렇지 않게 물었다.

조엘의 눈이 커졌다. 그는 턱을 문지르며 더듬듯 말했다. "나도… 쇼핑."

"아." 캐시는 짧게 답했다.

누가 봐도 거짓말이었다. 조엘은 프란체스카의 레스토랑이 어디 있는지 누구보다 잘 알고 있을 테니까. 분명 그녀를 보러 온 거였다. 하지만 그걸 따질 수는 없었다. 따지는 순간, 캐시가 왜 여기 있는지도 들통날 게 뻔했다. 그러면 모든 게 끝이다. 그녀가 할 수 있는 건 그 일이 일어나지 않게 막는 것뿐이었다.

"같이 저녁 먹을래요?" 캐시가 물었다.

조엘의 얼굴에 잠깐, 아주 슬픈 표정이 스쳤다. 그는 시선을 떨궜다. "그래."

"혹시…" 캐시는 헛기침을 했다. "이 근처에 괜찮은 식당 아는 데 있어요?"

그는 바로 고개를 저었다. "아니, 없어."

캐시는 그 말에 잠시 말문이 막혔다. 하지만 조엘이 아직도 프란체스카에게 마음이 남아 있을지도 모른다는 작은 의심이, 방금 그 대답으로 충분히 확인된 셈이었다.

20

전 여자친구

엄마와 통화하고 나면 나는 늘 기분이 엉망이 됐다.

논나는 대체로 내 편이었지만, 엄마는 정반대였다. 스타벅스 구석 자리에 앉아 전화를 받자마자 우리는 20분 내내 동생 이야기만 했다. 아이를 가져보겠다고 마음먹었다는 얘기였다. 동생이 행복하다니 기뻤지만, 동시에 마음이 가라앉았다. 내가 아이를 생각할 단계와 얼마나 멀리 떨어져 있는지 새삼 실감했기 때문이었다.

조엘은 아이를 원했었다. 셋이나. 나는 둘이면 충분하다고 생각했고, 그 문제로 가끔 의견이 엇갈리곤 했다. 다만 그는 나만큼 심각하게 받아들이지는 않는 것 같았다. 어쩌면 나와 아이를 가질 일은 없을 거라는 걸 이미 알고 있었기 때문일지도 모른다.

결국 엄마의 관심사는 내게로 돌아왔다. 정확히는 내 연애사였다. 아니, 연애가 없다는 사실이었다.

"논나 말로는 네가 데이트를 전혀 안 한다던데." 엄마가 말했다.

왜 논나는 꼭 그런 얘길 하는 걸까. "아니에요. 가끔 해요."

"그래? 언제?"

한 번도 없었다. 꿈에서조차.

"너 점점 나이 드는 거 알지?" 엄마가 말했다.

"정말요? 저는 제가 거꾸로 늙는 줄 알았는데요."

"말대꾸하지 말고. 혼자 늙어 죽고 싶니?"

나는 입술을 깨물었다. "저 괜찮아요, 엄마."

"조엘은 이제 잊어야지. 끝났잖아. 앞으로 나아가야 해."

맞는 말이었다. 나도 안다. 잊어야 한다는 걸. 그런데 왜 이렇게 안 되는 걸까?

조엘과 나는 너무 오래 함께했다. 그는 내 삶 그 자체였다. 앞으로도 그럴 줄 알았다. 우리가 서로 사랑했던 시간을 아예 없었던 일처럼 지워버릴 수는 없었다.

"이만 끊어야 해요." 내가 말했다.

"그래. 대신 다음에 통화할 때까지 데이트 한 번은 꼭 해. 약속해."

"약속할게요."

"거짓말이지?"

"엄마! 진짜 끊어요."

"그래, 알았어. 사랑해."

"저도 사랑해요."

전화를 끊었지만 사실 갈 데가 있어서 끊은 건 아니었다. 나는 갈 곳이 없었다.

그때, 그녀가 들어왔다.

올리브였다. 마침내 실물로 마주한 올리브였다. 추위에 달아오른 뺨에는 옅은 분홍기가 돌았고, 풀어 내린 검은 머리카락은 눈부시게 아름다웠다. 마치 나의 영화배우 버전 같았다. 누군가 내 인생을 영화로 만든다면, 나 대신 그녀가 캐스팅될 것만 같았다.

그녀가 코트를 벗자 가게 안에 있던 남자 몇 명이 동시에 고개를 들었다. 올리브는 그런 식으로 시선을 끄는 사람이었다. 본인은 전혀 의식하지 못하는 듯했지만, 어쩌면 이미 익숙한 걸지도 모른다. 나는 그녀가 음료를 주문하고 다시 자리로 돌아가 가방을 의자 등받이에 툭 걸어 두는 모습을 지켜봤다.

이렇게 가까이에서 올리브를 보는 건 처음이었다. 혹시 나를 알아볼까? 조엘이 내 사진을 보여 준 적이 있을까? 아마 없을 거다. 조엘은 내가 사진을 찍자고 할 때마다 시큰둥했으니까. 셀카는 늘 내가 찍었다. 내 휴대폰엔 사진이 수두룩했다. 조엘과 나, 동생과 나, 리디아와 나. 논나까지 끼워 넣어 찍은 것도 있었다. 지금 생각하면 다 우스웠다.

나는 자리에서 일어났다. 조금만 더 가까이 가 보고 싶었다.

올리브는 고개를 들지 않았다. 시선은 온통 음료와 휴대폰에만 가 있었다. 조엘에게 문자를 보내는 걸까? 나는 그녀의 휴대폰 화면을 슬쩍 볼 수 있기를 바라며 더 다가갔지만 각도가 나오지 않았다.

대신 시선이 의자에 걸린 케이트 스페이드 가방으로 옮겨 갔다. 정품은 아닐 것이다. 그래도 꽤 그럴듯한 짝퉁이었다. 가방은 열려 있었고, 지갑이 반쯤 튀어나와 있었다. 대체 어떤 뉴요커가 이렇게 가방을 방치해 둘까? 더 놀라운 건 지갑뿐 아니라 열쇠까지 맨 위에 그대로 놓여 있다는 것이었다. 누가 집어 가도 모를 정도였다.

누구라도.

…잠깐만.

설마 내가 이런 생각을 하고 있는 건 아니겠지? 정말로 올리브의 가방에서 열쇠를 훔칠 생각을? 내가 그녀에게 할 수 있는 짓은 많았지만, 이건 그중에서도 가장 불쾌한 쪽에 속했다. 열쇠고리에는 열쇠가 여러 개 달려 있었다. 가게 열쇠도, 집 열쇠도 있을 것이다. 이걸 가져가면 그녀는 완전히 곤란해질 거다.

나는 주위를 훑었다. 사람들은 전부 휴대폰이나 노트북에 정신이 팔려 있었다. 아무도 나를 보고 있지 않았다.

생각할 틈도 없이 나는 올리브의 가방 옆을 스치듯 지나가며 열쇠를 낚아챘다. 티 안 나게 코트 주머니에 재빨리 넣었다. 그리고 누가 눈치채기 전에 스타벅스를 빠져나왔다. 너무 쉬웠다. 어처구니없을 정도로.

내가 방금 무슨 짓을 한 거지? 심장이 쿵쾅거렸다. 흥분이 온몸을 휘감았다. 가게에서 완전히 벗어나자 나는 주머니에서 열쇠고리를 꺼내 들여다봤다. 이제 이걸 어떻게 하지? 쓰레기통에 버릴까? 하수구에 던져 버릴까?

그때 블록 끝의 철물점이 눈에 들어왔다. 창문에 네온사인이 켜져 있었다. '열쇠 복사합니다.'

그냥 버리면 올리브는 자물쇠를 전부 바꾸고 새 열쇠를 맞출 것이다. 하지만 열쇠를 복사해 원래대로 가방에 슬쩍 넣어 두면….

아니, 설마 내가 여기까지 생각하고 있는 건 아니겠지? 그래, 올리브에게 꽤 못된 짓을 하긴 했지만 이건 선을 넘는 일이었다.

그런데도 나는 어느새 철물점 쪽으로 걸어가고 있었다.

문을 여는 순간 숨이 턱 막혔다. 발이 제멋대로 움직이고 있었다. 이건 명백한 불법이었다. 열쇠를 훔친 것도 모자라, 이제 복사까지. 대체 왜 이러는지 나도 몰랐다. 혹시 내가 열쇠를 집어 가는 걸 누가 봤을까? 지금 신고 중인 건 아닐까? 그렇다면 범행 현장 근처에 오래 머물면 안 된다.

"열쇠 복사하시나요, 아가씨?" 카운터 뒤에 서 있던 남자가 물었다. 내 아버지 또래쯤이었다. 정수리는 훤했고, 코끝에 걸친 안경은 바람만 불어도 툭 떨어질 것 같았다.

"어…" 나는 손에 쥔 열쇠를 내려다봤다. 정말 이걸 하겠다는 건가? "네."

그래. 아무래도 그럴 모양이었다.

"어느 열쇠요?"

나는 찌푸린 얼굴로 열쇠들을 훑었다. 어느 게 집 열쇠지? 표시라도 되어 있나?

"아니면 전부 복사해 드릴까요?"

"네, 전부요." 내가 말했다. "시간은 얼마나 걸리죠?"

"2분이면 될 것 같은데요." 그는 누렇게 변한 이를 드러내며 웃었다. "시간 재 보실래요?"

"아뇨, 괜찮아요." 나는 열쇠를 카운터 위로 밀어 놓았다. "충분히 잘하시겠죠."

그가 열쇠를 절단기에 끼워 넣는 동안 심장이 더 세차게 뛰었다. 손놀림은 빠른데도, 이상하게 모든 게 슬로 모션처럼 느껴졌다. 세 번째 열쇠를 깎고 있을 때였다. 가게 입구에서 종소리가 울렸고, 나는 고개를 들었다.

경찰관 한 명이 막 가게 안으로 들어오고 있었다.

아까도 심장이 뛰고 있었지만, 이제는 박자가 엉망으로 흐트러졌다. 이제 끝이다. 열쇠를 훔친 걸 들킨 거다. 체포될 거다. 조엘은 내가 완전히 미친 사람이라고 생각하겠지.

경찰관은 날 선 눈으로 나를 바라보며 모자를 고쳐 썼다. 나는 몸을 조금 움츠렸다. 분명 죄인처럼 보일 것이다. 한눈에 봐도 내가 뭔가 저질렀다는 걸 알아차렸을 게 틀림없다. 실제로 저지르고 있었다. 바로 지금 이 순간에도. 경찰관 바로 앞에서.

"실례합니다, 아가씨."

맙소사. 감옥에 가게 생겼다. 수갑을 채워 끌고 갈 것이다. 엄마는 올 크리스마스에 친척들에게 뭐라고 말할까?

"네?" 나는 간신히 소리를 냈다.

지금이라도 열쇠를 돌려주고 진심으로 사과하면 넘어갈 수 있을까?

"아까 저쪽에서 모자를 떨어뜨리신 것 같아서요."

나는 가게 입구 바로 옆 바닥에 떨어져 있는 짙은 붉은색 모자를 바라봤다. 내 모자가 맞았다. "아…."

"제가 가져다드릴게요."

경찰관은 금세 밖으로 나가 내 모자를 집어 들었다. 나는 그사이 심장마비로 쓰러질 뻔했다. 모자를 건네받으며 멍하니 감사 인사를 했고, 그는 다시 가게 안쪽으로 들어갔다.

손 떨림이 멈추질 않았다. 점원이 새로 복사된 열쇠를 내게 건네는 동안에도, 떨림은 좀처럼 가라앉지 않았다. 열쇠는 깔끔하게 고리까지 끼워져 있었다. 이게 이렇게 쉬워도 되는 건가. 나는 열쇠 한 묶음을 통째로 훔쳐 복사했다. 원래 열쇠는 아무 일도 없었다는 듯 올리브의 가방에 다시 넣어 두면 된다. 그녀는 끝까지 눈치채지 못할 것이다.

그리고 이제 내 손에 그녀의 열쇠가 있었다.

21

새 여자친구

10월이 끝나기까지 딱 일주일 남았을 무렵, 캐시는 북랜드 계산대에 앉아 있다가 리디아에게서 이메일 한 통을 받았다.

'다음 주말에 우리 아파트에서 파티를 열 거예요. 코스튬은 필수고요.'

캐시는 이메일을 읽으며 얼굴을 찌푸렸다. 그동안 파티 초대는 수도 없이 받아 왔지만, 이건 왠지 파티 초대처럼 느껴지지 않았다. 마치 어릴 적 부모님이 파티를 열면 원하든 원하지 않든 꼭 참석해야 했던 그때 같았다. 코스튬이 필수인 것처럼, 이 파티 자체도 '필수 참석'처럼 느껴졌다.

"무슨 일이야?" 조이가 최신 소설에서 고개를 들며 물었다. 이번에도 표지에는 상반신을 훤히 드러낸 남자가 그려져 있었다. 왜 이렇게 셔츠 벗은 남자들이 많은 걸까? 가끔 캐시는 조이의 책을 향해 소리치고 싶어진다. 제발 옷 좀 입으라고.

"할로윈 파티에 초대받았어." 캐시가 말했다.

"와, 정말 끔찍하네. 너 인생 참 불쌍하다."

캐시는 눈을 굴렸다. "조엘 친구의 아내 있잖아. 내가 말해 준 그 성가신 여자. 그 사람이 여는 파티야. 왠지 안 가면 안 될 것 같아."

캐시는 휴대폰을 들어 조이에게 이메일을 보여 줬다. 조이는 고개를 뒤로 젖히며 크게 웃었다. 웃는 순간 입 안쪽에 박힌 은색 충전물이 훤히 보였다. 조이는 언젠가 금니나 은니를 하나쯤 갖고 싶다고 늘 말하곤 했다.

"정말 매력 넘치는 사람이네." 조이가 말했다. "조엘은 뭐래?"

캐시는 얼굴을 찡그렸다. "자기 제일 친한 친구들이잖아. 당연히 가고 싶겠지."

조이는 책을 덮어 카운터 위에 내려놓았다. "뭐, 그렇게 나쁘진 않잖아. 분장도 하고. 그건 재미있을 수도 있고."

"지금은 코스튬 살 돈이 없어."

"에이, 그런 소리 마. 섹시한 고양이로 가면 되잖아. 내가 레오타드 하나 빌려줄게."

"섹시한 고양이는 안 돼!"

"왜 안 돼?"

캐시는 굳이 설명할 기력도 없었다. 자기보다 열 살은 많은 사람들 사이에서 가장 야하고 가장 노출 많은 옷을 입고 나타나는 게 얼마나 어색해 보일지 말이다. "그냥… 그건 안 돼."

"그럼 뭐로 가고 싶은데?"

캐시는 입술을 깨물며 그동안 입었던 코스튬들을 떠올렸다. 섹시한 호박. 섹시한 경찰. 섹시한 원더우먼. 섹시한 고양이는 두 번이나 했다.

어느 하나 리디아의 파티에 어울릴 만한 건 없었다. 이번엔 훨씬 더 점잖아 보여야 했다. 하지만 뭘로?

몇 분을 고민한 끝에, 캐시는 결국 답장을 보냈다.

'저한테 어울릴 만한 코스튬 좀 추천해 주실래요?'

잠시 후 리디아의 답장이 화면에 떴다.

'클레오파트라는 어때요?'

"리디아가 클레오파트라는 어떻냐는데." 캐시가 말했다.

조이는 입술을 오므린 채 잠시 생각하더니 고개를 끄덕였다. "응, 괜찮다. 마음에 들어. 돈도 거의 안 들 거야. 나한테 흰 드레스가 하나 있는데 딱이야. 멋진 금색 벨트도 있고. 아, 그리고 내가 메이크업도 해 줄게!"

"좋아." 캐시는 점점 그 생각이 마음에 들기 시작했다. "그럼 클레오파트라로 갈게."

그때 가게 문에 달린 종이 울리며 손님이 들어왔다. 캐시는 본능적으로 미소를 지으며 업무용 얼굴을 장착했다. 하지만 곧 그 미소가 사라졌다. 경찰관이 가게 안으로 들어오고 있었기 때문이다. 순간 누군가 주먹으로 목을 움켜쥐는 것 같은 기분이 들었다.

혹시 페인트 사건 때문에 온 걸까?

경찰관은 서른쯤 되어 보였고, 검은 곱슬머리가 두피에 바짝 달라붙어 있었다. 그는 곧장 카운터로 다가왔고, 캐시는 반사적으로 한 발짝 물러섰다. 조이를 흘끗 보니 그녀는 책을 든 채 경찰관을 바라보고 있었다. 하지만 캐시와 달리 조이의 얼굴에는 두려움이 전혀 없었다. 조이는 겁낼 이유가 없었다.

'캐시 도노반. 당신을 체포합니다.' 이런 말이 나올까 두려웠다.

"안녕하세요, 두 분." 경찰관이 말했다.

"안녕하세요." 캐시는 간신히 목소리를 냈다.

"혹시 말이죠." 그가 말을 이었다. "주니 B. 존스 시리즈 있나요?

우리 딸이 그걸 정말 좋아해서요."

캐시의 어깨가 푹 내려앉았다. 체포하러 온 게 아니었다. 그냥 아이가 읽을 책을 사러 온 것뿐이었다. 그런데도 언젠가는 경찰관이 체포 영장을 들고 이곳에 나타날 거라는 예감은 좀처럼 사라지지 않았다.

22

전 여자친구

윈도 쇼핑은 내가 기대했던 만큼 잘 풀리지 않고 있었다.

원래 계획은 이랬다. 재미 삼아 옷을 입어보고, 아무것도 사지 않고 나오는 것. 그렇게 돈을 아껴서 적어도 신용카드 빚에서 허덕이는 신세를 벗어나기만 하면 할머니 집에서 나와 혼자 살겠다는 거였다. 하지만 막상 해 보니 생각보다 훨씬 어려웠다. 조금이라도 섹시한 옷을 입어 보는 순간, 그 옷을 입은 나를 바라보는 조엘의 얼굴이 떠올랐다. 그리고 정확히 1분 뒤 나는 계산대 앞에 서 있었다.

도대체 옷은 왜 이렇게 비싼 걸까? 눈 한번 깜빡이지 않고도 한 달 월세를 써 버릴 수 있을 것 같았다. 특히 신발까지 끼워 넣으면 더더욱. 드레스만 사 놓고 신발을 안 사는 건 말이 안 되니까.

그래서 오늘은 정말로 아무것도 사지 않을 생각이었다. 이 섹시한 초록색 드레스가 내 가슴을 얼마나 잘 살려 주든 상관없었다. 이 드레스에 어울리는 펌프스도 절대 안 살 거다. 그 신발이 내 짧은 다리를 아무리 길어 보이게 해 준다 해도 말이다.

초록색 드레스를 손에 든 채, 마음속으로 다시 걸어 두자고 필사적으로 다짐하던 순간, 어떤 여자가 나를 뚫어지게 바라보고 있다는 걸 알아차렸다. 그녀는 세련된 검은 가죽 코트를 입고 있었고 머리는 단정한 단발이었다. 한 손은 유모차에 얹고 있었는데, 그 안에는 너무나 사랑스러운 남자아이가 타고 있었다. 부드러운 금발 곱슬머리를 보는 순간, 배 속 어딘가가 본능적으로 움찔했다.

나는 조엘과 내가 아이를 낳으면 어떤 모습일지 자주 상상하곤 했다. 금발은 아닐 거다. 그의 파란 눈과 내 짙은 머리카락을 닮았겠지. 하지만 지금 내 처지를 생각하면 아이는커녕 결혼할 사람이나 제때 찾으면 다행이었다. 엄마가 되는 꿈은 이 터무니없이 비싼 드레스만큼이나 멀기만 했다.

그 여자는 미간을 찌푸린 채 계속 나를 바라보고 있었고 나는 점점 불편해졌다. 처음엔 왜 저러나 싶었는데 문득 오래전 기억 하나가 떠올랐다.

"혹시…." 여자가 말을 꺼냈다.

"안녕, 멜리사." 내가 말했다.

이제야 전부 기억났다. 멜리사는 조엘 의대 동기였던 그렉과 사귀고 있었다. 조엘과 내가 사귀기 시작한 시기와 거의 비슷했다. 하지만 조엘이 졸업하고 친구들이 뿔뿔이 흩어지면서 연락이 끊겼다. 멜리사와 나는 늘 호의적이었지만 친구라고 하긴 애매한 사이였다. 예전의 리디아와 나 같은 관계는 아니었다.

"너무 낯익다 싶었어!" 멜리사의 얼굴이 환해졌다. "세상에, 정말 오랜만이다. 너 정말 좋아 보인다."

"너도." 멜리사는 예전보다 7킬로쯤 살이 쪘지만, 그게 잘 어울렸다. 예쁘고 행복해 보였다. 반면 나는 요즘 요리를 그렇게 해 먹는데도 너무 말라 있었다. 광대뼈가 지나치게 도드라져서 누군가를 안아 주다가 실수로 다치게 할 수도 있을 것 같았다. 게다가 최근엔 입꼬리가 내려간 채로 굳어 버린 느낌이었다.

"요즘 뭐 해?" 내가 물었다. 양말을 벗느라 여념 없는 유모차 속 아이를 내려다보며 덧붙였다. "육아 같은 거 말고."

멜리사는 웃었다. "그렉 기억하지? 우린 몇 년 전에 결혼했고 작년에 오언이 태어났어." 그녀는 아이의 머리를 부드럽게 쓰다듬었다. 아이는 입으로 '푸르르' 소리를 냈고, 나도 모르게 마음이 한 번 더 흔들렸다. "너는? 예전부터 식당 차리는 게 꿈이라고 했잖아. 혹시 진짜 차렸어?"

나는 고개를 끄덕였다. "응. 차렸어. 작은 이탈리안 레스토랑이야."

"와, 대단하다!" 멜리사는 손뼉을 쳤다. "그럼 조엘은? 너희 아직도 함께야?"

가슴이 철렁 내려앉았다. 멜리사를 알아보자마자 이 가게를 나갔어야 했다. "응. 아직 함께야. 사실은⋯." 나는 침을 삼켰다. "얼마 전에 약혼했어!"

"정말?" 멜리사의 눈이 잠깐 반짝였다가 곧 아래로 떨어졌다. 그녀의 시선이 어디를 향하고 있는지 알아차리는 데는 오래 걸리지 않았다. 내 왼손이었다.

"반지 사이즈를 다시 맡겼어." 나는 재빨리 말하며 왼손을 꼭 쥐었다. "사실 끼고 다니기가 좀 무서워. 다이아가 너무 커서."

어차피 멜리사가 진실을 알 일은 없었다. 몇 년째 보지도 않았고, 앞으로도 그럴 가능성이 컸다. 없는 약혼 이야기를 누군가에게 한 번쯤 해 보는 것쯤이야. 지나치게 큰 다이아 반지에 대해 떠들어 보는 것쯤이야. 피해자 없는 거짓말일 뿐이었다.

"며칠 전에 그렉이 조엘 얘기를 하더라." 멜리사가 말했다. "우리 한번 만나야겠다. 너희도 초대할게." 그녀는 어느새 곤히 잠들어 버린 아이를 내려다봤다. "그렉한테 문자 보내라고 할게."

입 안이 갑자기 풀을 씹은 것처럼 텁텁해졌다. "좋다. 우리도 너무 좋지."

멜리사는 내 손에 들린 드레스를 힐끗 훑어봤다. "나 계산하러 가려는데, 그거 살 거야?"

안 돼. 정말 안 된다.

…에라, 모르겠다.

멜리사가 바지 두 벌 중에서 고민하는 동안, 내가 먼저 줄에 섰다. 그녀는 바지 하나를 들어 올리며 한숨을 쉬었다. "이건 좀 타이트한데, 살 빼는 동기부여가 되겠지?"

"살 뺄 필요 없어. 정말 예뻐."

그녀는 고개를 저었다. "아니야, 꼭 빼야 해. 너랑은 다르잖아. 세상에, 비결이 뭐야?"

차여서 입맛이 완전히 사라졌다고 말하고 싶었지만 입 밖으로 내진 않았다. "유전자가 좋은가 봐."

나는 터무니없이 비싼 드레스와 신발을 함께 계산대 위에 올려놓았다. 사면 안 된다는 건 알고 있었다. 하지만 너무 잘 어울렸다. 조엘이 이 드레스를 입은 나를 본다면 올리브 같은 건 단번에 잊어버릴 거라고 확신했다. 사랑에는 가격표를 매길 수 없으니까.

계산대에 서 있던 여자는 껌을 질겅질겅 씹으며 물건을 스캔했다. 나는 신용카드를 내밀었고, 그녀는 단말기 화면을 보며 눈썹을 찌푸렸다.

“죄송합니다, 마스콜로 씨.” 그녀가 말했다. “카드가 승인되지 않네요.”

입이 떡 벌어졌다. 요즘 좀 많이 긁긴 했지만, 이 정도는 아니지 않나?

…아닌가?

아무래도 사랑에도 가격표가 붙나 보다. 그리고 나는 그걸 감당할 수 없었다.

나는 뒤를 힐끗 돌아봤다. 혹시 멜리사가 못 듣지는 않았을까? 아니었다. 그녀는 너무 노골적으로 시선을 피하고 있었다.

“다른 결제 수단 있으세요?” 계산대 직원이 물었다.

“아… 다른 카드는 집에 두고 온 것 같아요.” 나는 웅얼거리며 되돌려 받은 카드를 만지작거렸다. “뭔가 착오가 있나 봐요. 이럴 리가 없는데.”

물론 이럴 리가 없진 않았다.

“죄송해요.” 직원은 다시 한번 어깨를 으쓱했다. “다른 결제 방법이 없으시면….”

“그렇죠.” 나는 쓸모없는 신용카드를 지갑에 쑤셔 넣었다. “카드 회사에 전화해서 어떻게 된 건지 알아봐야겠네요. 정말 불편하네요.” 마지막 말은 멜리사에게 들리라고 한 거였다. 멜리사는 기저귀 가방을 뒤적이며 몹시 바쁜 척하고 있었다.

“아무튼, 멜리사… 난 이제 가봐야 할 것 같아. 카드 회사에 전화해서 어떻게 된 일인지 알아봐야 해서.”

내가 너무 크게 말하고 있나? 굉장히 크게 말하고 있는 것 같은데 도무지 조절할 수가 없었다.

"그래, 어서 가봐." 멜리사가 조용히 말했다.

"조엘한테 말할게. 그렉한테 문자 보내라고." 내가 덧붙였다.

그녀는 고개를 끄덕였다. "응. 좋아."

하지만 그녀의 시선은 내 왼손에 머물러 있었다. 멜리사는 알고 있었다. 나와 조엘이 약혼하지 않았다는 걸. 내가 한 말이 전부 거짓이라는 걸. 그녀는 나를 다시 만날 생각이 전혀 없었다. 그녀가 느끼는 감정은 단 하나뿐이었다.

연민.

23

새 여자친구

"완전 끝내주게 섹시해." 조이는 캐시 얼굴에 화장을 마치고 한 발짝 물러서서 선언했다. "진짜 장난 아니야."

캐시는 욕실 화장대 거울에 비친 자기 모습을 바라봤다. 조이는 케이티 페리의 〈다크호스〉 뮤직비디오를 참고해 클레오파트라 메이크업을 해 줬다. 인정할 수밖에 없었다. 정말 멋지게 해냈다. 눈가는 검은 아이라이너로 또렷하게 잡혀 있었고, 눈두덩에는 반짝이는 보라색과 금색이 얹혀 있었다. 짙은 보라색 입술이 마지막을 완성했다.

"정말 잘했어." 캐시가 말했다.

"드레스도 너한테 딱이야."

캐시는 조이가 빌려준 흰 드레스를 다시 한번 살폈다. 분명 잘 맞긴 했다. 문제는 옆선이었다. 깊은 슬릿이 허벅지 위, 거의 엉덩이까지 올라가 있었다. 누가 봐도 '섹시한 클레오파트라' 코스튬이었다. 돈이 있었다면 캐시가 스스로 고르지는 않았을 스타일이었지만, 옷장에 있는 것들 중엔 이 파티에 어울릴 만한 게 하나도 없었다. 이 드레스를 안 입으면 남은 선택지는 섹시한 고양이뿐이었다.

조이의 눈이 반짝였다. "이거 보니까 서점에 대한 기막힌 아이디어가 떠올랐어."

"뭔데?"

"에로티카 코너!"

캐시는 거의 숨이 막힐 뻔했다. "에… 에로티카 코너?"

"그래! 사람들 완전 좋아할걸." 조이는 길게 기른 검은 손톱으로 세면대를 톡톡 두드렸다. "책 위주로 하고, 그림도 조금 놓는 거야. 그림은 내가 그려 줄 수도 있고."

캐시는 베아와 마브가 북랜드에 성인 문학 코너가 생긴 걸 알면 어떤 표정을 지을지 상상했다. 베아는 워낙 종잡을 수 없으니까 의외로 좋아했을지도 모른다. 어쨌든 북랜드를 살리기 위해 지금 까지 해 온 일들에 비하면, 그게 그렇게 최악은 아니었다.

캐시는 드레스 옆트임을 살짝 잡아당겼다. "이 드레스를 보고 네 가 처음 떠올린 게 에로티카라는 게 좀 신경 쓰인다."

"고리타분하긴." 조이가 웃었다. "아무튼 네 '핫 닥터' 남자친구 오기 전에 나도 슬슬 가야겠다. 그리고 기억해…"

"네가 안 할 짓은 하지 말라고."

"아니. 부자 속물들한테서 와인 한 병 슬쩍해 오라고 하려던 건 데. 레드로, 알겠지?"

조이가 떠난 뒤, 캐시는 전신거울 앞에서 마지막으로 코스튬을 점검했다. 옆트임이 조금 높긴 했지만 확실히 잘 어울리긴 했다. 할인 마트에서 산 저렴한 금색 왕관에 조이의 금색 벨트를 더하니 제법 그럴듯했다. 화장도 완벽했다. 찰랑거리는 짙은 머리카락까지 더해지자 정말 클레오파트라처럼 보였다.

인터폰이 울렸다. 조엘이었다. 캐시는 문을 열어 주고 머리를 한 번 더 다듬었다. 둘은 서로의 코스튬을 비밀로 하기로 했다. 깜짝 놀라게 해 주자는 생각에서였다. 조엘은 혹시 코스튬이 안 어울리면 어떡하냐며 농담 삼아 캐시를 떠보려 했지만, 그녀는 끝까지 버텼다. 돌이켜 보면 잘한 선택이었다.

조엘은 분명 넋을 잃을 거다.

초인종이 울렸고 캐시는 서둘러 문으로 달려갔다. 최대한 섹시한 클레오파트라 포즈를 취하듯 한 손을 엉덩이에 얹고 문을 활짝 열었다.

조엘은 인디아나 존스로 분장하고 있었다. 그동안은 해리슨 포드와 닮았다고 생각해 본 적이 없었는데, 갈색 모자와 채찍, 갈색 가죽 재킷, 하루 정도 자란 수염까지 더해지니 정말 인디 같았다. 말도 안 되게 섹시했다. 코스튬을 비밀로 한 게 다행이었다. 오늘 밤은 그를 가만두기 힘들 것 같았다. 조엘도 그녀의 코스튬이 마음에 들었으면 좋겠다고 생각했다.

조엘은 캐시의 모습을 보는 순간 눈을 크게 떴다. 처음엔 감탄한 줄 알았지만, 그의 얼굴에는 미소가 없었다. 그는 한 발짝 뒤로 비틀거리더니 한 음절만 내뱉었다. "아…."

"왜 그래요?" 캐시가 물었다.

그는 말을 하려다 말고 이마를 문질렀다. 얼굴에서 핏기가 싹 가셨다.

"조엘, 무슨 일이에요?"

"이게…." 그는 다시 이마를 쓸었다. "이럴 줄은 몰랐는데…."

캐시의 심장이 빠르게 뛰기 시작했다. "무슨 말이에요? 내 코스튬이 마음에 안 들어요?" 그녀는 미간을 찌푸렸다. "혹시 너무 과해요?"

"아니." 그는 갈색 부츠만 내려다봤다. "그건 아니야."

"그럼 뭐가 문제예요? 지금 와서 갈아입을 수도 없어요. 너무 늦었어요."

조이가 메이크업에 쏟은 시간만 해도 몇 시간이었다. 캐시는 오늘 클레오파트라였다. 조엘에게 정말 그럴듯한 이유가 있지 않는 한, 바꿀 생각은 없었다.

그는 길게 한숨을 쉬며 여전히 바닥만 바라봤다. "아무것도 아니야. 신경 쓰지 마."

아무것도 아니라는 건 분명 거짓말이었다. 캐시는 그가 속으로는 드레스가 너무 노출이 심하다고 생각하는 게 아닐까 걱정했다. 그래도 어쩔 수 없었다. 이미 이렇게 된 걸.

파티 장소로 가는 우버에 타 있을 때쯤엔, 캐시는 드레스 때문에 완전히 패닉 상태에 빠져 있었다. 에로틱한 그림을 그리는 조이한테 패션 조언을 구한 것부터가 실수였다. 이 드레스는 너무 과했다. 오늘은 대학생 파티가 아니었다. 열 살은 더 많은 전문직 사람들 사이에 끼는 자리였다. 클레오파트라는 집어치우고 그냥 사서로 갈 걸 그랬다. 섹시하지 않은 사서로.

어쩔 수 없었다. 너무 늦었다.

조엘은 이동하는 내내 캐시 쪽을 보지 않았다. 리디아와 피트의 아파트로 올라가는 엘리베이터 안에서 캐시가 그의 손을 잡으려 하자 그는 획 손을 빼 버렸다. 차라리 근처 옷 가게에 들러 다른 옷을 살까 하는 생각까지 들었다.

하지만 그러면 조엘은 그녀가 완전히 미쳤다고 생각할 것이다.

이 드레스가 그렇게까지 나쁜 건 아니었다. 그리고 리디아는 캐시가 자신의 코스튬 조언을 따른 걸 좋아할지도 모른다. 어쩌면 리디아와 새로운 절친이 될 수도 있지 않을까.

문을 활짝 열며 두 사람을 맞이하는 리디아의 미소를 보는 순간, 캐시는 지금까지의 걱정이 괜한 걱정이었구나 싶었다. 동물원에서 봤을 때와는 달리 리디아는 정말 반갑다는 표정이었다.

"조엘!" 리디아는 그를 보며 환하게 웃었다. 그러고는 캐시를 향해 훨씬 더 큰 미소를 지었다. "캐시! 와 줘서 정말 기뻐요."

리디아는 창백한 피부와 금발 머리에 잘 어울리는 아이스 블루 색상의 엘사 코스튬을 입고 있었다. 마치 그 옷을 입기 위해 태어난 사람 같았다. 얼음 여왕 리디아. 리디아는 캐시의 드레스를 훑어보더니 눈썹을 살짝 치켜올렸다.

"들어와요." 리디아가 말했다.

조엘은 자신이 가져온 와인을 거의 떠밀다시피 리디아의 손에 쥐여 주더니 곧장 술이 놓인 테이블로 향했다. 캐시가 아직 아파트 안으로 한 발짝 들어서기도 전에 그는 이미 잔을 따라 단숨에 들이켰다. 그리고 곧바로 두 번째 잔을 따랐다.

…왜 저러는 거야?

리디아는 캐시의 팔을 잡아끌며 아파트 안으로 데려갔다. "집 구경부터 시켜드릴게요." 그녀가 말했다.

조엘의 아파트도 괜찮았지만 리디아의 아파트는 차원이 달랐다. 넓고 탁 트인 공간에, 발코니에서는 숨이 막힐 만큼 멋진 도시 전경이 내려다보였다. 가구는 하나같이 아름다운 앤티크였다. 캐시는 바이올렛을 키우면서 이걸 어떻게 감당하는 건지 궁금해졌다.

하지만 집 안 곳곳에는 아이의 흔적이 분명히 남아 있었다. 테이블이며 선반이며 닿는 곳마다 아이의 사진이 놓여 있었고, 한쪽 책장은 어린이책들로 정갈하게 채워져 있었다. 방 한쪽 구석에는 캐시의 욕실만 한 크기의 거대한 인형의 집이 자리 잡고 있었다. 어릴 적의 캐시라면 저 인형의 집이나 책장 중 하나를 손에 넣기 위해 기꺼이 팔 하나쯤은 내놓았을 것이다.

"집이 정말 멋지네요." 캐시는 나직이 말했다.

"그렇죠?" 리디아는 환하게 웃었다. "완전 싸게 샀어요. 겨우 4백만 달러."

겨우 4백만? 맙소사.

피트가 비틀거리며 다가왔다. 그는 스타워즈 등장인물로 분장한 듯했는데, 오비완 케노비인 것 같았다. 캐시를 보자 그의 눈도 조엘이 그랬던 것처럼 커졌다. "와." 그가 말하더니 어색한 듯 웃었다.

뭐가 그렇게 웃긴 건지는 모르겠지만 캐시는 그처럼 무례하게 굴고 싶진 않았다. "안녕하세요, 피트."

그녀는 술 테이블을 힐끗 바라봤다. 조엘은 아직도 거기 있었다. 아직도 마시고 있었다. 오늘 도대체 왜 저러는 거지?

"오늘… 예쁘네요, 캐시." 피트는 살짝 혀가 꼬인 발음으로 말했다. 그는 이미 꽤 취해 있었다. 곧 조엘도 저 지경이 되겠지. "흥미로운 코스튬이군요."

"아… 고마워요." 캐시가 말했다.

리디아가 피트를 노려봤다. "피터, 내가 말했지. 세 잔까지만이라고. 그 이상은 안 돼."

"미안해요, 엄마." 피트는 흐느적거리며 말했다.

리디아는 못마땅한 눈길을 보냈지만 더 이상 말하진 않았다. 현명한 선택이었다. 캐시의 경험상 저 정도로 취한 남자와는 진지한 대화를 시도하는 게 아니었다. 피트는 이미 세 잔의 한계를 훌쩍 넘긴 상태였다.

집 구경이 끝나자 리디아는 캐시를 술 테이블로 데려갔다. 다행히 조엘은 자리를 비운 듯했다. 얼마나 마셨는지는 모르겠지만 분명 많이 마셨다. 캐시는 그를 업고 집에 갈 자신이 없었다.

콘의 아내 안나는 술 테이블 옆에 서서 술병들을 아쉬운 눈빛으로 바라보고 있었다. 그녀는 눈사람 모양의 드레스를 입고 있었는데, 상체에는 얼굴이 그려져 있고 불룩한 배가 눈사람의 몸통을 이루고 있었다. 안나는 캐시를 보고 미소를 지으려다, 캐시의 모습을 확인하자마자 표정이 굳었다.

"아." 안나가 말했다. "안녕하세요. 음, 캐시 맞죠?"

캐시는 그녀의 반응에 미간을 찌푸렸다. "네, 맞아요. 코스튬 귀엽네요."

"아…." 안나는 다시 한번 말하더니 배 위에 보호하듯 손을 얹었다. "고마워요."

캐시는 안나가 뭔가 칭찬을 해 주길 잠시 기다렸지만 아무 말도 돌아오지 않았다. "컨디션은 어때요?"

"괜찮아요." 안나는 머리카락을 어깨 뒤로 넘겼다. "저기… 잠깐만 실례해도 될까요?"

그러고는 캐시가 전염병이라도 되는 것처럼 서둘러 자리를 떠났다.

…이상한데.

캐시는 술병들을 하나하나 살폈다. 지금 당장 술이 필요했다. 리디아는 샴페인 병을 집어 들어 잔에 따르더니 캐시에게 건넸다.

"빌까르 살몽 샴페인이에요."

"네?"

"한 병에 3백 달러짜리죠." 리디아가 말했다.

3백 달러? 그러면 한 모금에 5달러는 되는 셈이었다.

"드라이한 편이고, 피니시가 강하면서 여운이 길어요." 리디아가 설명했다.

다른 언어를 쓰는 것 같았다. 캐시는 한 모금 마셨다. "아…."

"라즈베리랑 아몬드 향 느껴져요?" 리디아가 물었다.

캐시는 다시 한 모금 마셨다. 여태 마셔 본 샴페인과 다를 게 없었다. "음…."

리디아는 웃음을 터뜨렸다. "못 느끼시겠죠."

지금까지 줄곧 친절했던 리디아의 그 웃음이 캐시의 속을 서늘하게 할퀴었다. 3백 달러짜리 샴페인이 작년 새해에 마신 10달러짜리랑 똑같이 느껴지는 게 이렇게 무시당할 일인가? 모욕적이었다. 하지만 오늘 밤의 가장 큰 문제는 그게 아니었다.

진짜 문제는 조엘이 얼마나 마셨는지, 그리고 도대체 어디로 사라졌는지였다.

24

전 여자친구

오늘 밤은 리디아가 매년 여는 할로윈 파티가 있는 날이었다. 그걸 기념해서 나는 술에 취해 있었다.

소파에 앉아 텔레비전을 보며 머그잔에 담긴 보드카 오렌지 주스를 마셨다. 논나가 들이닥쳐도 독한 술을 마시고 있다는 걸 들키고 싶지 않았다. 논나는 이미 내가 엉망이라고 생각하고 있으니까.

리디아의 할로윈 파티는 악명이 높았다. 웃긴 건, 그녀는 한 번도 그걸 '할로윈 파티'라고 부르지 않는다는 점이었다. 늘 할로윈 바로 전 주말에 열면서도 그냥 '축하 파티'라고만 했다. 그래야 적당히 모호하니까. 확실한 건 비싼 핑거푸드가 잔뜩 나오고, 와인이 끝도 없이 흐른다는 것이었다. 정말로 끝도 없이.

그런데 올해는 초대장을 받지 못했다. 리디아가 우리 사이에 거리를 좀 두는 편이 낫겠다고 늘어놓긴 했지만, 그래도 초대는 해주겠지 싶었다. 하지만 우편함엔 아무것도 없었다.

나는 이런저런 변명을 지어냈다. 우편물 배달에 문제가 생겼을 수도 있고, 리디아가 새 주소를 헷갈렸을 수도 있다고. 하지만 말도 안 되는 소리였다. 리디아는 우리 둘 중 하나만 초대할 수 있다는 걸 알고 있었고, 조엘을 택했다. 그리고 그의 새 여자친구도.

올리브의 열쇠를 훔친 지도 벌써 2주가 지났다. 아직 아무 짓도 하진 않았다. 그녀의 아파트를 난장판으로 만들어 버리는 상상을 하긴 했지만, 정말 그럴 수 있을까? 그건 나답지 않았다. 하지만 지난 몇 달 동안 나답지 않은 짓을 이미 수도 없이 해 왔다.

솔직히 말하면 올리브를 떠올릴 때면, 그 예쁜 목을 비틀어 버리고 싶은 충동이 치밀었다.

논나가 분홍색 가운 차림에 털 슬리퍼를 질질 끌며 거실로 들어왔다. 발끝까지 주름투성이였다. 나도 언젠가는 저렇게 될 거라는 사실이 믿기지 않았다. "토요일 밤에 집에서 뭐 하는 거니?"

"매주 토요일마다 나갈 필요는 없잖아요."

"넌 토요일에 나간 적도 없잖아!"

문득 지갑 속에 꽂아 둔 딘의 명함이 떠올랐다. 집에 오면 버리려고 했는데 그러지 않았다. 그렇다고 그에게 전화한 것도 아니었다.

"너한테 딱 맞는 남자가 있어." 논나가 선언했다. "내 친구 에스터의 손자야."

나는 눈을 굴렸다. "어디가 문제인데요?"

"아무 문제도 없어. 왜 그렇게 말하니?" 논나는 잠시 망설이다가 덧붙였다. "음… 키가 조금 작은 편이긴 해. 그게 다야."

"얼마나 작은데요?"

"아주 조금."

"얼마나요, 논나?"

"됐어, 신경 쓰지 마." 논나가 한숨을 쉬었다. 즉, 키가 120센티쯤 된다는 뜻이었다. "파타티나, 넌 집 밖으로 좀 나가야 해. 매일 밤 이렇게 있는 건 건강에 안 좋아."

"알았어요." 나는 힘없이 중얼거렸다.

"오늘 밤에 어디 갈 데 없어?"

리디아의 파티에는 초대받지 못했으니 그건 선택지에서 제외였다. 가방을 집어 들고 안을 뒤적이다가 손가락에 열쇠 묶음이 걸리는 걸 느꼈다. 올리브의 열쇠였다.

어쩌면 오늘 밤은 다를지도 모른다.

25

새 여자친구

캐시는 조엘을 찾아보려 했다. 근처 어딘가에 있을 게 분명했다. 아무리 그래도 여긴 박물관이 아니라 아파트니까. 하지만 4백만 달러짜리 아파트의 널찍한 거실을 훑어봐도 조엘은 보이지 않았다. 침실로 들어가 버린 걸까? 직접 찾아 나서면 너무 애처롭게 보일까?

캐시는 대신 리디아와 피트의 사진들을 보기로 했다. 벽난로처럼 보이지만 설마 진짜일 리는 없는 그곳 위 선반에만도 사진이 열두 장은 놓여 있었다. 결혼식 날의 리디아와 피트였다. 웨딩드레스를 입은 리디아는 눈부시게 빛났고, 그 옆의 피트는 어딘가 어리둥절한 얼굴이었다. 그다음은 바이올렛을 임신한 리디아, 그리고 공원 같은 곳에서 갓난아기 바이올렛을 꼭 끌어안고 있는 사진이 이어졌다.

그런데 바이올렛은 어디 있는 거지? 캐시는 밤새 바이올렛을 한 번도 보지 못했다. 어딘가에 숨겨 둔 걸까? 리디아라면 아이를 방에 넣어 두고, 무슨 일이 있어도 나오지 말라고 단호하게 일렀을 게 틀림없었다. 바이올렛은 그대로 따랐을 것이다. 캐시는 그 아이만큼 얌전한 아이를 본 적이 없었다.

다음 사진에서 캐시의 시선이 멈췄다. 최근 할로윈 파티에서 찍은 듯한 단체 사진이었다. 리디아는 라푼젤 분장이었는데, 엘사만큼이나 잘 어울렸다. 리디아에게는 '아름다운 금발 공주'라고 부를 수밖에 없는 뭔가가 있었다. 피트는 한 솔로 복장이었다. 이 남자는 확실히 스타워즈에 진심인 모양이었다.

그리고 조엘. 그는 경찰 제복 차림으로 카메라를 향해 환하게 웃고 있었다. 캐시가 본 것 중 가장 행복해 보이는 얼굴이었다. 게다가 그의 팔은 아름다운 검은 머리 여자의 어깨를 감싸고 있었다. 여자는… 클레오파트라 복장을 하고 있었다.

캐시는 사진 속 클레오파트라를 보며 입을 벌린 채 굳어 버렸다. 그 여자는 눈이 부실 정도로 아름다웠다. 짙은 머리카락이 어깨로 흘러내렸고 완벽한 몸매는 있어야 할 곳에만 곡선이 잡혀 있었다. 목에는 금빛 목걸이가 걸려 있었고 카메라를 향해 웃는 치아까지 흠잡을 데가 없었다. 세상에서 가장 아름다운 클레오파트라였다. 엘리자베스 테일러도 울고 갈 정도로.

"프란체스카예요. 내 베스트 프렌드였죠."

캐시는 얼굴이 달아오르는 걸 느끼며 사진에서 한 걸음 물러났다. 당연히 리디아는 그 시선을 알아챘을 것이다. 어쩌면 일부러 눈에 띄는 자리에 둔 걸지도 몰랐다. 리디아의 입가에는 아주 작은 미소가 떠 있었다.

"저 목걸이, 내가 사 준 거예요." 리디아가 말했다. "프란체스카가 조엘이랑 사귈 때 늘 하고 다녔었죠."

캐시는 다시 사진을 봤다. 목을 감싸는 반짝이는 금목걸이. 끝에는 노란 장미 모양 장식이 달려 있었다. 아름다운 목걸이였다. 좋아할 만도 했다.

"프란체스카 사진, 한 번도 못 봤어요?" 리디아가 물었다.

"네, 저는 본 적이⋯." 캐시는 침을 삼키려 했지만 입 안이 너무 말라 넘어가지 않았다.

리디아는 어깨를 으쓱했다. "그럴 만도 하죠. 조엘이 다 치웠을 테니까요. 당신이 프란체스카만큼 안 예쁘다는 사실 때문에 기분 상할까 봐 그랬을 거예요."

캐시는 사진에서 시선을 떼고 입고 있던 코스튬을 내려다봤다. 사람들이 왜 그렇게 놀랐는지 이제야 이해가 됐다. 남자친구의 전 여자친구가 입었던 것과 똑같은 코스튬을 입고 파티에 나타나는 사람이 어디 있을까. 조엘이 자신을 봤을 때 무슨 생각을 했을지 상상조차 하기 싫었다.

캐시는 고개를 들고 리디아를 노려봤다. "당신이 클레오파트라로 하라고 했잖아요."

리디아는 눈썹을 살짝 치켜올렸다. "내가요? 그랬어요? 난 기억 안 나는데요."

"제가 뭐 입으면 좋을지 물어봤잖아요."

캐시는 화를 내고 있다고 생각했지만 목소리는 한없이 처량하게 떨릴 뿐이었다. "그때 클레오파트라라고 했잖아요!"

"그랬을 수도 있죠." 리디아는 어깨를 으쓱했다. "그래도 인정할 건 인정해야죠. 좋은 선택이었잖아요. 프란체스카는 정말 잘 어울렸거든요."

캐시는 뭐라고 대답해야 할지 몰랐다.

"하긴, 그녀는 워낙 예뻤으니까." 리디아의 입가에 미소가 스쳤다. "원하면 모델도 할 수 있었을 거예요. 그런데 요리가 자기 천직이라고 했죠. 나도 모르게 그 코스튬 입은 모습이 계속 떠올랐나 봐요. 너무 예뻤거든요. 정말 완벽한 선택이었어요.”

캐시는 시선이 신경 쓰여 드레스 옆트임을 슬쩍 끌어 내렸다. 고개를 들자 방 안에 있는 사람들이 전부 자신을 보고 있는 것 같았다. 수군거리는 소리도 들리는 듯했다. 조엘의 전 여자친구 프란체스카와 똑같은 복장을 하고 나타난 여자. 모르는 여자 둘이 캐시를 빤히 보더니 동시에 웃음을 터뜨렸다. 소파에 앉아 있던 안나와 콘은 믿을 수 없다는 듯 캐시를 바라보며 고개를 저었다.

다들 그녀가 미쳤다고 생각하는 게 분명했다.

“근데 그 드레스는 어디서 났어요?” 리디아의 입꼬리가 비웃듯 올라갔다. “참… 독특하네요.”

그제야 캐시는 깨달았다. 클레오파트라를 추천한 건 실수도, 우연도 아니었다. 리디아는 애초에 캐시가 이 자리에 있길 원하지 않았다. 프란체스카가 대신 와 있길 바랐던 거다. 캐시는 조엘에게도, 이들 무리에도 어울리지 않는 존재였다. 캐시와 조엘의 관계를 망치고 조엘에게 전 여자친구를 떠올리게 하려는 노골적인 의도가 있었다. 그리고 솔직히 말해 클레오파트라 복장은 프란체스카에게 훨씬 잘 어울렸다. 비교 자체가 잔인할 정도로.

캐시의 눈에 눈물이 차올랐다. 더 이상 조엘을 찾고 싶지도 않았다. 리디아 앞에서 우는 꼴은 절대 보이고 싶지 않았다. 캐시는 문을 세게 닫으며 아파트를 나섰다.

아래층에 도착하고 나서야 얼마나 초라하게 뛰쳐나왔는지 깨달았다. 조엘은 아직도 위에 남아 있을 것이다. 아마 술에 취해 있겠지. 그리고 이제 그는 리디아 말만 믿게 될 거다. 전 여자친구와 똑같은 코스튬을 입고 나타난 미친 여자친구가 갑자기 울더니 이유도 없이 파티에서 뛰쳐나갔다고. 게다가 코트도 두고 나왔다. 민소매에다 휴지처럼 얇은 드레스를 입고 이 추운 밤거리를 돌아다니기엔 밤공기가 너무 차가웠다.

젠장.

캐시는 로비 한가운데 서서 다음에 뭘 해야 할지 고민했다. 도어맨은 미간을 찌푸린 채 그녀를 보고 있었다. 지하철은 역까지 걸어가다 얼어 죽을 것 같아 탈 엄두가 나지 않았고, 택시나 우버를 부를 돈도 없었다. 결국 선택지는 하나였다. 조엘에게 문자를 보내고, 그가 내려와서 구해 주길 기다리는 것. 대체 그는 위에서 뭘 하고 있을까? 그사이 그들이 프란체스카를 부르면? 조엘과 프란체스카는 감격적인 재회를 하겠지.

"캐시?"

이름을 부르는 소리에 캐시는 획 돌아섰다. 가장 먼저 눈에 들어온 건 불룩한 배, 그리고 눈사람 얼굴이었다. 그제야 안나라는 걸 알아봤다. 지금 이 순간 가장 보고 싶지 않은 사람 중 하나였다. 사실 파티에 있는 사람들 대부분이 그랬다.

그런데 안나가 캐시의 코트를 들고 있었다.

"코트 두고 가셨어요." 안나가 코트를 내밀었다. 리디아가 곁에 없자 안나는 훨씬 덜 위협적으로 보였다. 하트 모양 얼굴에는 어딘가 순한 기운이 감돌았다. 임신 때문일지도 몰랐다. "감기 걸리면 안 되잖아요."

"고마워요." 캐시는 중얼거리듯 말하며 코트를 획 낚아챘다.

안나는 잠시 망설이다가 말했다. "코스튬 때문에 너무 상처받지 마세요. 그렇게 큰일은 아니잖아요.”

“아뇨.” 캐시는 낮게 내뱉었다. “큰일 맞아요.”

“그래요. 솔직히 좀 이상하긴 했죠. 저도 당신 보고 깜짝 놀랐어요. 근데… 뭐, 세상엔 별일이 다 있잖아요.”

“리디아가 클레오파트라로 분장하라고 했어요.”

안나는 눈을 깜빡였다. 처음 듣는다는 표정이었다. “아….”

“절 망신 주려고 한 거예요.”

“설마요. 그건 아닐 거예요.”

캐시는 시선을 내렸다. “글쎄요. 전 잘 모르겠어요.”

“이해해 주세요.” 안나는 둥글게 부른 배 위에 손을 올렸다. “리디아가 당신을 미워하는 건 아니에요. 그냥… 조엘이 프란체스카 말고 다른 사람이랑 있는 걸 못 봐요. 리디아는 자기가 아끼는 사람에게 엄청 충성스러운 편이거든요.”

“그러게요.” 캐시는 툭 내뱉었다.

“좋은 성격이죠.” 안나가 말했다. “그게 가끔 사람을 제정신 아니게 만들 때만 빼면요.”

캐시는 놀란 눈으로 안나를 봤다. 리디아와 안나가 엄청 친한 줄 알았고, 안나 입에서 이런 말이 나올 거라고는 생각도 못 했다. 그런데 이상하게도 그 한마디에 마음이 조금 풀렸다.

“어쨌든요,” 안나가 말을 이었다. “리디아한테 너무 마음 쓰지 마요. 세상이 리디아 중심으로 돌아가는 건 아니잖아요. 조엘은 당신 덕분에 행복해 보이던데요. 그럼 됐죠.”

캐시는 겨우 미소를 지었다. “고마워요. 그런데 조엘 못 보셨어요? 파티에 도착하자마자 어디론가 사라져 버려서요.”

안나는 고개를 젖히며 웃었다. "모르셨어요? 조엘이랑 피트가 파티가 지루하다고 침실로 들어갔어요. 풋볼 보려고요. 우리 남편도 아마 거기 있을걸요. 밤이 더 깊어지면 남자들 절반은 거기 모일 거예요."

"아…."

안나는 눈썹을 치켜올렸다. "제가 가서 불러 드릴까요?"

"아뇨, 괜찮아요."

"파티로 다시 올라가셔도 돼요." 안나가 말했다. "화장이랑 왕관만 빼면… 음, 갈색 머리 마릴린 먼로가 되겠네요."

캐시는 오늘 밤 처음으로 웃음이 났다. "진작 그럴 걸 그랬네요."

"가요." 안나가 말했다. "재밌을 거예요. 그리고 리디아한테도 말해 뒀어요. 그만 못되게 굴라고요. 이제 친절하게 굴 거예요. 그나마요." 안나는 어깨를 으쓱했다. "애초에 그 사람은 '친절'이 뭔지 잘 모르긴 하지만요. 전 그건 포기했어요."

"저는…." 캐시는 코트를 여미며 따뜻함에 안도했다. "그냥 집에 갈래요."

안나의 얼굴이 시무룩해졌다. "아… 그래요. 아쉽네요."

캐시는 안나를 보며 그 말이 진심이라는 걸 느꼈다.

"서점에서 일하신다고 했죠?" 안나가 물었다. "직접 운영하시나요?"

캐시는 고개를 끄덕였다. "중고서점이에요."

안나는 환하게 웃었다. "초보 임산부가 멘붕 왔을 때 볼만한 책도 있어요?"

“몇 권 있을 거예요.” 캐시는 웃었다. “원하시면 제가 따로 빼둘게요.”

“정말요?” 안나의 얼굴이 환해졌다. “조엘이 당신이랑 사귀기 시작해서 다행이에요. 프란체스카가 싫었던 건 아닌데… 뭐랄까, 우리 무리에 새 사람이 들어오는 것도 좋잖아요.”

안나는 잠깐 캐시의 팔을 가볍게 짚었다가 미소를 지으며 손을 뗐다. 캐시는 다시 파티로 돌아갈 생각은 전혀 없었다. 그래도 이 무리에서 적어도 한 명은 자기편이라는 사실만으로도 조금은 숨이 트였다.

26
새 여자친구

파티에서 돌아온 캐시는 밤새 뒤척이며 제대로 잠들지 못했다. 이리저리 몸을 뒤집으며 선잠만 잤다. 조엘에게 몸이 안 좋아서 먼저 집에 간다고 문자를 보냈고, 그는 전화를 걸어 괜찮은지 확인하긴 했다. 하지만 캐시는 그가 직접 와서 상태를 봐 주겠다고 하지 않은 게 못내 아쉬웠다. 요즘은 같이 밤을 보내는 날이 부쩍 늘었다. 함께 있지 않은 밤이면 유독 그가 그리웠다. 지난주엔 조엘이 서랍 하나를 비워 줬다. 그녀 물건을 넣어 두라고. 그래야 잠깐 머무는 사람처럼 느끼지 않을 거라고 했다.

물론 그 말을 듣는 순간, 캐시는 그 서랍이 예전에 프란체스카의 것이었을지도 모른다는 생각부터 했다.

아침 아홉 시, 캐시는 조이에게서 온 문자에 잠에서 깼다. 더듬거리며 휴대폰을 집어 들고 흐릿한 눈으로 화면을 들여다봤다. 한동안은 무슨 뜻인지 이해가 되지 않았다. 하지만 곧 정신이 번쩍 들었다.

'가게가 난장판이야. 당장 전화해.'

캐시는 심장이 쿵 내려앉은 채 침대 옆 탁자에서 휴대폰을 낚아채 조이에게 전화를 걸었다. 가게가 난장판이라니. 캐시가 직접 정리하고, 베아 할머니와 마브 할아버지도 함께 손을 보탰던 책들.

그 책들이 바닥에 흩어져 찢기고 망가진 모습이 머릿속에 떠올랐다.

"조이." 캐시는 숨을 몰아쉬며 말했다. "무슨 일이야?"

"엉망이야." 조이가 말했다. "책들이 전부 바닥에 널려 있고, 카펫엔 페인트가 잔뜩 묻어 있어. 경찰 불렀어."

"젠장…." 캐시는 숨을 내쉬었다. "어떻게 들어온 거야? 창문이라도 깬 거야?"

조이는 잠시 말을 멈췄다. "그게 이상해. 창문도 멀쩡하고 자물쇠도 손상된 데가 없어. 그냥… 들어왔어."

등줄기가 서늘해졌다. 예전에 집 현관문에서 그 글씨를 발견했을 때와 똑같은 기분이었다. 누군가 캐시를 노리고 있었다. 그녀가 어디서 일하는지도, 어디에 사는지도 안다. 그리고 이제는 가게 안으로까지 아무렇지 않게 들어올 수도 있다.

"지금 바로 갈게." 캐시는 조이에게 말했다.

당장 택시를 타고 달려가고 싶었지만, 가게를 정리하는 데 들어갈 비용이 떠올라 그럴 수 없었다. 지금 그녀에게 가장 필요 없는 건 예상치 못한 지출이었다.

가게에 도착하자마자 마주한 광경에 캐시는 속이 울렁거렸다. 조이가 말한 그대로였다. 책들이 사방에 널려 있었다. 가게에 있던 책의 절반 가까이가 선반에서 마구 끄집어내져 바닥에 흩어져 있었다. 페이지는 찢기고 구겨져 있었다. 캐시는 책더미 사이를 조심스레 지나 안쪽으로 들어갔다. 목이 점점 조여 왔다. 그리고 그 자리에 멈춰 섰다. 수년 전, 마브 할아버지가 심장마비로 쓰러졌던 바로 그 자리였다. 캐시는 고개를 들어 이제는 텅 비어 있는 책장

뒤편에 검은 잉크로 휘갈겨진 단어를 보았다.

'걸레'

또 그 단어였다.

캐시가 도착했을 때 조이는 로저스라는 경찰관에게 진술하고 있었다. 지난번 경찰관처럼 아직 수염도 제대로 나지 않았을 것 같은 앳된 얼굴이었다. 범인을 잡을 의지는 그만큼 없어 보였다.

"이 동네에 절도 사건이 워낙 많아요." 로저스 경관이 말했다.

조이는 분노로 얼굴이 벌겋게 달아올랐다. 몇 주 전에 머리에 넣은 핑크색 브릿지만큼이나 붉었다. 아니, 그래도 그 정도까지는 아니었다. "하지만 이건 절도가 아니에요." 조이가 쏘아붙였다. "강제로 들어온 흔적이 전혀 없잖아요."

로저스는 눈썹을 들어 올렸다. "문을 안 잠그신 건 아니고요?"

"절대 아니에요!" 조이가 발끈했다. 물론 솔직히 말하면 캐시가 아침에 와 보니 전날 밤 문을 안 잠그고 간 적도 두어 번 있긴 했다. "열쇠로 열고 들어온 거예요!"

"그럼 두 분 말고 열쇠를 갖고 있는 사람이 또 있나요?" 경찰관이 물었다.

"없어요." 캐시가 말했다. 그리고 조이를 바라봤다.

"없어요." 조이도 고개를 저었다. "우리 둘뿐이에요."

하지만 누군가는 분명히 갖고 있었다.

"그리고 이거 보세요!" 조이가 책장에 휘갈겨진 그 단어를 가리켰다. "이건 개인적인 공격이에요. 우리 성생활을 판단하는 거라고요."

캐시는 그 말에 경찰관 입가에 떠오른 아주 희미한 미소가 마

184

음에 들지 않았다.

"자, 필요한 정보는 다 받았습니다." 경찰관이 말했다. "최선을 다해 보죠. 다만 열쇠를 다른 사람에게 준 적이 없다면, 누가 어떻게 들어왔는지는 저도 확답을 못 드리겠네요. 제 조언은 자물쇠를 바꾸라는 겁니다."

"와, 정말 당연한 소리라," 조이가 중얼거렸다. "도움이 많이 되네요."

캐시는 고개를 들었다가, 서점 문 너머에서 안을 들여다보고 있는 여자를 발견했다. 노숙자 모린이었다. 더럽혀진 얼굴에는 도무지 읽을 수 없는 표정이 떠 있었다. 그저 그들을 가만히 바라보고 있었다.

캐시는 조이를 툭 쳤다. "저기… 모린이 우릴 보고 있어."

조이는 어깨 너머로 힐끗 보더니 말했다. "뭐야, 혹시 뭔가 본 거 아닐까?"

"그럴지도 모르지." 캐시는 얼른 시선을 돌렸다. "아니면….'

그녀는 끝내 말하지 않았다. 사실 캐시는 매일 아침 모린 옆을 지나칠 때마다 불편했다. 모린이 자신을 바라보는 시선도 가끔 이유 없이 웃는 모습도 싫었다. 정신 질환 때문일 수도 있었고 약물 때문일 수도 있었다. 하지만 이유가 뭐든 캐시는 불안했다.

조이는 로저스 경관에게 모린에 대해 설명했다. 로저스는 순순히 밖으로 나가 모린에게 말을 걸었다. 캐시는 가게 입구 근처에서 그 모습을 지켜봤다. 모린이 도움이 될 거라고는 거의 기대하지 않았지만, 그래도 혹시나 하는 마음이 들었다.

"어젯밤에 여기 계셨죠?" 로저스 경관이 물었다. "혹시 누가 서점에 들어오는 걸 보셨나요?”

모린은 거대한 코트를 몸에 더 바짝 끌어당겼다. “아니.” 그녀가 말했다. “아무도 못 봤어!”

그러고는 히스테릭하게 웃음을 터뜨렸다.

“그래도 밤새 여기 계셨잖아요.” 경찰관이 물고 늘어졌다. “뭔가는 보셨을 것 같은데요.”

“아무것도 못 봤다니까.” 모린은 히죽 웃었다.

로저스 경관도 나름 애를 쓰고는 있지만 이 사건이 오늘 안에 해결될 리도 없고 어쩌면 영영 해결되지 않을지도 모른다. 적어도 모린에게서 단서를 얻긴 글렀다. 로저스가 돌아가자, 캐시는 경찰이 가게를 나설 때마다 느끼는 익숙한 안도감이 다시 밀려오는 걸 느꼈다. 수갑을 채우지 않고 그냥 나갔다는 사실에 대한 안도감이었다. 아파트에서 있었던 일을 신고하지 않길 잘했다는 생각도 들었다. 어차피 경찰이 할 수 있는 일은 없었으니까.

캐시는 그날 오전 내내 가게 문을 닫아 둔 채 정리를 했다. 예전처럼 책을 완벽하게 되돌려 놓으려면 시간이 한참 걸리겠지만 적어도 섹션 정도는 맞춰 두려고 애썼다. ‘걸레’라는 단어는 조이가 유성 매직으로 덮어버렸지만 여전히 글자가 희미하게 비쳐 보였다.

“혹시 내 룸메이트 아닐까.” 조이는 지난달에 아랫입술에 새로 뚫은 피어싱을 만지작거리며 말했다. 보기만 해도 아파 보였지만 조이의 피어싱은 원래 늘 그런 식이었다. “린지가 내 열쇠 슬쩍해서 복사했을 수도 있잖아.”

캐시는 바닥에 떨어진 스포츠 연감을 집어 들었다. “나를 노린 것 같아.”

"너를?" 조이는 웃었다. "넌 그런 쪽이랑은 거리가 멀잖아. 오히려 수녀 수준이지. 적어도 조엘 만나기 전까지는."

캐시는 고개를 저었다. "전에 또 그런 일이 있었어. 우리 집에서."

조이의 입이 떡 벌어졌다. "진짜? 무슨 일이었는데?"

캐시는 집 현관문에 칠해졌던 페인트 이야기를 들려줬다. 그리고 얼마 전 가게 문에 묻어 있던 페인트도 똑같은 색이었다고. 조이의 눈이 점점 커졌다.

"세상에." 조이가 말했다. "대체 누가 너한테 이런 짓을 하는 거야?"

캐시는 잠시 망설였다. "생각나는 사람은 있는데… 조엘한테는 절대 말하면 안 돼."

"당연하지." 조이가 말했다.

캐시는 한숨을 쉬었다. "조엘의 전 여자친구일 수도 있을 것 같아."

"진짜?" 조이는 미묘한 표정을 지었다. "엄청 예쁘고 성공한 셰프라고 하지 않았어? 몇 달이나 지났는데 아직도 그 남자한테 집착한다고?"

"나도 잘 모르겠어. 근데…." 캐시는 입술을 깨물었다. "그 여자 이름만 꺼내도 조엘이 좀 이상해져. 괜히 의심부터 하는 것처럼 보이고 싶진 않아."

캐시는 진짜로 두려운 게 뭔지는 말하지 않았다. 조엘이 프란체스카 편을 들지도 모른다는 거였다.

조이가 뭐라고 더 말하려는 순간, 문을 두드리는 소리가 들렸다.

캐시는 오늘은 문을 닫았다고 말하려다가 유리 너머로 안을 들여다보는 조엘을 보고 말을 삼켰다. 그러고 보니 오늘 점심을 같이 먹기로 했었지. 원래는.

잠깐 망설인 뒤, 캐시는 문을 열어 줬다. 조엘은 가게 안의 난장판을 보고 순간 흠칫했다. "세상에, 대체 무슨 일이 있었던 거야?"

"누가 들어와서 난장판을 쳐 놨어요." 캐시가 말리기도 전에 조이가 먼저 말했다.

"와…." 조엘은 주변을 둘러봤다. "진짜 제대로 해놨네."

"그러게요." 캐시는 어깨를 축 늘어뜨렸다. "상황이 꽤 심각해요."

"이 동네가 원래 그렇잖아." 조엘이 말했다. "범죄도 많고. 가게 바로 옆에 노숙자도 살고 있고."

캐시의 뺨이 화끈거렸다. 그녀가 이 동네를 고른 것도 아닌데. 마브 할아버지의 부모님이 이 가게를 열었을 당시에는, 할아버지 말로는 '괜찮은 동네'였다고 했다. "그건 내가 어쩔 수 있는 문제가 아니에요."

"아, 아니." 조엘은 찡그린 얼굴로 덧붙였다. "그런 뜻은 아니었어."

"알아요." 캐시는 고개를 끄덕이며 마음을 다잡았다. "어쨌든 정리하려면 한참 걸릴 것 같아요."

조엘은 무언가를 뚫어지게 보고 있었다. 캐시는 그의 시선을 따라가다가 계산대를 보고서야 알아챘다. 아까는 왜 못 봤는지 모르겠지만 계산대 위에도 같은 검은 마커로 그 단어가 적혀 있었다. '걸레'

"젠장…." 조엘이 중얼거렸다.

"지울 거예요." 캐시는 눈물이 솟아오르는 걸 애써 눌렀다. "그래도 오늘 점심은 좀 힘들 것 같아요."

"아냐." 조엘이 말했다. "오전 내내 이런 일 겪었으면 잠깐이라도 쉬어야지."

캐시는 말 없이 그를 바라봤다.

"점심 먹으러 가자." 조엘이 말했다. "다녀와서 정리하는 것도 도와줄게."

"진짜요?"

"그럼." 조엘은 웃었다. "어차피 오늘 오후엔 별일 없어."

"캐시, 네 남자친구 너무 착한 거 아니야?" 조이가 말했다. "그 사람 말대로 해."

캐시는 여전히 바닥에 널린 책들을 둘러봤다. 잠깐이라도 숨을 돌리고 싶었다. 돌아와서 정리할 때 조엘이 곁에 있어 준다면 좋겠다 싶었다.

"알겠어요." 캐시가 말했다. "가요."

27

전 여자친구

'얘기 좀 해.'

나는 조엘 브로더에게서 온 문자 메시지를 한참 동안 멍하니 바라봤다. 스타벅스에서 일부러 꾸며 낸 그 '우연한 재회' 이후로 우리는 단 한마디도 주고받지 않았다. 그는 이미 올리브와 사귄 지도 꽤 됐고, 나는 그의 머릿속에서 진작 잊혔을 거라고 생각했다. 그런데 아닌 모양이었다.

나는 답을 보냈다. '그래. 언제, 어디서?'

그는 퇴근 후 내가 가기 편한 시내의 장소를 보내왔다. 바였다. 술 한잔하자는 뜻이었다. 몇 달 만에 나에게 술을 마시자고 하다니. 이건 분명 좋은 신호였다. 아주 좋은 신호.

나는 몇 시간을 들여 옷을 골랐다. 올리브만큼 예쁘지도, 그녀만큼 젊지도 않지만 그래도 꾸미면 봐줄 만했다. 다리가 예뻐 보이는 짙은 와인색 스커트를 고르고, 가장 좋아하는 원더브라를 입었다. 만나기 직전에 화장을 고칠 수 있도록 파우치에는 화장품을 잔뜩 챙겼다. 그러다 마지막 순간에 오른쪽 눈썹에서 흰 털 하나를 발견했다. 생각보다 훨씬 크게 당황했다. 두피에 슬슬 올라오기 시작한 흰머리는 염색으로 가려 왔지만 눈썹까지 염색해야 하는 단계가 온 건가?

일단은 족집게로 뽑아냈다. 하지만 눈썹에서 흰 털이 계속 나게 둘 수는 없다. 올리브랑 경쟁이라도 해 보려면 지금은 뭐든 완벽해야 했다.

문득 올리브에게 무슨 일이 생긴 건 아닐까 하는 생각이 들었다. 헤어졌나? 아니면 그냥 내가 너무 그리워해서 이렇게 슬쩍 떠보는 걸까?

도착해 보니 조엘은 이미 바에 앉아 있었다. 오른손에는 기네스 한 잔을 들고 있었다. 그가 제일 좋아하는 맥주였다. 나는 아직도 이런 사소한 것들을 다 기억하고 있었다. 좋아하는 맥주는 기네스. 좋아하는 노래는 케이크의 〈더 디스턴스The Distance〉. 좋아하는 디저트는 애플파이. 올리브는 이런 걸 알고 있을까? 아닐 거다.

조엘은 휴대폰을 내려다보며 무언가를 치고 있었고 입가에는 미소가 걸려 있었다. 정말 좋아 보였다. 올리브랑 사귀는 게 그에게 좋은 영향을 준다고 인정하고 싶진 않았지만, 어쨌든 뭔가가 그를 더 젊게 만들어 놓은 건 분명했다. 초록색 수술복에 머리는 헝클어져 있었는데도 예전보다 훨씬 생기가 돌았다. 몇 년은 젊어 보였다. 눈썹에 흰 털도 없고.

그는 너무 좋아 보였다. 가슴이 아플 정도로. 그래서 내가 다른 사람을 못 만났던 거다. 이 남자를 머릿속에서 지울 수가 없어서.

"안녕." 나는 반갑게 손을 흔들며 다가갔다. "잘 지냈어?"

조엘이 휴대폰에서 눈을 들었다. 입가의 미소가 순간 사라졌다가 다시 돌아왔다. 하지만 아까와는 달랐다. 무슨 생각을 하는지 알 수 없는 표정이었다. "안녕."

그가 자리에서 일어났고, 어느새 우리는 서로를 안고 있었다. 내

몸이 그의 몸에 밀착되고 얼굴은 그의 어깨에 파묻혔다. 그의 팔이 나를 감싸 왔다. 조엘을 이렇게 안은 게 얼마 만인지. 너무 좋았다. 지난 여덟 달이 한순간에 녹아내리는 느낌이었다. 이대로 매달려서 절대 놓고 싶지 않았다.

"다시 보니까 좋다." 나는 그의 어깨에 대고 속삭였다.

"응." 그가 짧게 숨을 내쉬었다.

포옹을 풀고 우리는 각자 자리에 앉았다. 그는 다시 그 알 수 없는 미소를 지었다. "그동안 어떻게 지냈어?"

"잘 지냈어." 나는 웨이터를 불렀다. "너는?"

"나도. 똑같지 뭐."

"병원은?"

"늘 그렇지."

"마스터슨은 아직도 노인들 붙잡고 성교육하고 있어?"

조엘이 지친 미소를 지었다. "여전히."

그와 이렇게 다시 얘기하는 게 너무 좋았다. 대화가 물 흐르듯 이어졌다. 마치 한 번도 떨어져 있던 적이 없었던 것처럼. 조엘과 올리브도 이렇게 잘 맞을 리 없었다. 그럴 리가 없다.

"이번 주말에 눈 온대." 내가 말했다.

"그래?" 조엘이 목뒤를 문질렀다. "신기하네."

"그치, 11월에 눈이라니."

"그러게…."

크리스마스쯤엔 다시 조엘과 같이 살고 있을지도 모른다는 생각이 스쳤다. 논나와 사는 것도 나쁘진 않았지만, 사랑하는 남자와 한 침대를 쓰는 것만 한 건 없었다. 그리고 이제는 확실히 알 수 있었다. 내가 아직도 조엘을 사랑한다는 걸.

웨이트리스가 내 맥주를 테이블에 내려놓았다. 길게 한 모금 들이켜자 온몸으로 따뜻한 기운이 퍼져 나갔다. 오늘 밤은 잊지 못할 밤이 될 거라고 확신했다.

"있잖아." 조엘이 테이블 위에 떨어진 맥주 방울을 손가락으로 문질렀다. "오늘 너 부른 이유 말이야…."

심장이 쿵 하고 뛰었다. 나는 그를 올려다봤다. 지금이다. 내가 그토록 기다렸던 말. "응…."

"이제 그만해야 해."

순간, 무슨 말인지 이해가 되지 않았다. "뭘… 그만해?"

조엘이 길게 한숨을 내쉬었다. "네가 하는 짓들. 네가 뭘 하고 있는지 다 알아. 어제 하루 종일 네가 벌여 놓은 거 치우느라 진이 다 빠졌어." 그는 잠시 말을 멈췄다. "네가 한 짓이라는 거 알아."

속이 철렁 내려앉았다. 이건 내가 상상했던 전개가 아니었다. 전혀. "조엘…."

"경찰도 불렀어." 그가 파란 눈을 들어 나를 봤다. 그 눈에는 더 이상 사랑이 없었다. 내가 또 왜 그랬을까. 그는 나를 되찾고 싶어서 부른 게 아니었다. 올리브가 있는데 그럴 리가 없지. "네 이름은 말 안 했어. 너한테 그렇게까지 하고 싶진 않았거든. 하지만 또 이런 일이 생기면…."

"그럼 날 감옥에 보내겠다는 거네."

조엘은 손끝으로 관자놀이를 문질렀다. "그런 뜻이 아니야. 그냥 멈춰 줘. 제발."

"그 여자 사랑해?"

묻지 말았어야 했다. 절대 하고 싶지 않았던 질문이었다. 하지만 이미 입 밖으로 나와 버렸다. 그리고 그의 표정을 보는 순간, 답은 굳이 듣지 않아도 알 수 있었다.

"아직 이르긴 하지만," 그가 말했다. "그래. 사랑하는 것 같아."

아마 올리브에게는 아직 말하지도 않았을 거다. 하지만 이제 나에게 말했으니 곧 그녀에게도 말하겠지. 내가 그들의 관계를 한 단계 끌어올려 준 셈이었다. 감사 인사는 됐어요, 올리브.

"미안해." 그가 부드럽게 말했다.

나는 아무 대답도 할 수 없었다. 목이 메어 숨이 제대로 쉬어지지 않았다.

"우린 여기까지야." 조엘이 조심스럽게 말했다. "우린 잘 안 맞았어. 이제 마음 정리해. 제발."

말은 참 쉽다. 그는 나처럼 나이 든 할머니 집에 들어가 살 필요도 없었고, 그의 인생은 앞으로도 계속 더 좋아지기만 할 테니까.

"네가 행복했으면 좋겠어." 그가 손을 뻗어 내 손을 잡으려다가 마지막 순간에 멈췄다. "진심이야. 하지만 나랑은 아니야."

"그래서 네 친구 시켜서 나한테 데이트 신청하게 한 거야?"

조엘이 눈을 몇 번 깜빡였다. "무슨 소리야?"

진심인 건지 연기를 기가 막히게 잘하는 건지 알 수 없었다. 그의 얼굴을 유심히 살폈다. 질투의 기색이라도 찾아보려고 했지만 아무것도 보이지 않았다.

"아무것도 아니야." 나는 중얼거렸다.

의자 뒤로 손을 뻗어 걸어 두었던 가방을 거칠게 낚아챘다. "앞으로 연락 안 할게." 내가 말했다. "다시는 귀찮게 하지 않을게."

조엘은 미간을 찌푸렸다. "화내지 마. 그냥… 저녁 먹고 가."

"동정은 필요 없어." 내가 벌떡 일어나자 의자가 거의 넘어질 뻔했다. "행복하게 잘 살아."

나는 그대로 돌아서서 걸어 나왔다. 등 뒤에서 그의 시선이 느껴졌다. 하지만 그는 내 이름을 부르지도, 붙잡지도 않았다. 애초에 기대하지도 않았다.

28

새 여자친구

크리스마스를 일주일 앞둔 지금, 헌책방은 연중 가장 바쁜 시기를 맞고 있었다. 장사는 잘됐고, 상황도 조금은 나아 보였다. 노숙자 모린마저 요즘은 한결 밝아 보일 정도였다. 헌책방이 선물 사러 오는 곳이라고는 선뜻 상상하기 어렵겠지만, 실제로 그런 손님들이 꽤 있었다. 캐시는 속으로 조이에게 박수를 보냈다. 기프트 카드 아이디어 덕분에 12월 한 달은 적자를 면했으니까.

물론 그렇다고 해서 전반적인 상황이 달라진 건 아니었다. 전혀.

캐시는 계산대 앞에 앉아 가게를 오가는 손님들을 바라보고 있었다. 그때 의자에 걸어 둔 코트 주머니에서 휴대폰이 울렸다. 꺼내 보니 낯선 번호였다. 그녀는 잠시 망설이다가 휴대폰을 다시 주머니에 넣었다.

북랜드 침입 사건 이후로 발신자 표시 제한으로 걸려 오는 전화가 계속됐다. 전화를 받으면 상대는 늘 침묵뿐이었다. 발신자 표시 제한이라 번호를 차단할 수도 없었다. 하루에 한 번은 꼭 왔고 어떤 날은 그보다 더 잦았다. 며칠 전에는 새벽 두 시에 울린 전화 때문에 잠에서 깼다. 캐시가 애플 스토어에 가서 상담까지 받아봤지만, 추적이 거의 불가능한 선불폰으로 거는 전화일 가능성이 크다는 답만 돌아왔다.

조이는 자기도 비슷한 전화를 받는다고 했지만, 캐시는 침입 사건과 이 전화가 연관돼 있다는 생각을 떨칠 수 없었다. 프란체스카가 이 모든 일의 배후라는 의심도 지워지지 않았다.

"저기요?" 여드름이 잔뜩 난 십대 소년이 계산대 앞에 서 있었다. "책 찾는 거 좀 도와주실 수 있나요?"

"그럼요!" 캐시는 누군가 도움을 청하는 걸 좋아했다. "어떤 책인데요?"

"학교에서 필요한 책이요."

"아, 그래요…."

소년은 턱을 긁적였다. "노란색이었던 것 같아요."

"소설이에요?"

"아마도요."

이건 쉽지 않겠는데. "내용은 기억나요?"

소년은 고개를 저었다. "선생님이 사 오라고 했어요." 그는 입술을 깨물었다. "제목에 채소가 들어갔던 것 같아요."

"채소요?"

소년이 미간을 찌푸렸다. "아니면 과일이었나…."

캐시는 머리를 쥐어짜며 과일이나 채소가 들어간 제목을 떠올렸다.

《제임스와 거대한 복숭아》, 《시계태엽 오렌지》, 《망고 스트리트》….

"아!" 소년이 외쳤다. "건포도였던 것 같아요!"

"《태양 속의 건포도》요?"

"아니에요, 그건 아닌 것 같아요."

젠장. 이번엔 확실하다고 생각했는데.

"뭔가 더 있었는데…." 소년은 이마를 찌푸렸다. "화난 건포도? 그런 책 있나요?"

캐시의 눈이 번쩍였다. 《분노의 포도》?"

"그거예요!"

캐시는 가게 뒤쪽에서 《분노의 포도》 한 권을 찾아주었고, 소년은 만족한 얼굴로 돌아갔다. 다시 계산대로 돌아가려던 순간, 익숙한 목소리가 들려왔다. "캐시?"

뒤돌아보니 안나가 서 있었다. 검은 니트 임부 원피스를 입고 있었고 만삭에 가까웠지만 여전히 세련돼 보였다. 지난 한 달 사이 배가 눈에 띄게 불러온 게 느껴졌다. 캐시는 파티가 있던 밤 안나가 얼마나 친절했는지 떠올렸다. 리디아는 별로였지만 안나는 친구가 되어도 좋겠다고 느껴지는 사람이었다.

"안녕하세요, 안나."

"곧 엄마가 되는 사람을 위한 책들 추천 좀 부탁드리려고요." 안나가 웃으며 말했다. "뭐가 있을까요?"

캐시는 그녀의 불룩한 배를 내려다봤다. "짧은 책이 좋겠어요. 시간이 별로 없어 보이셔서요."

안나는 웃음을 터뜨렸다. "생각보다 많아요. 그냥 제 배가 유난히 큰 것뿐이에요. 쌍둥이도 아닌데 말이죠."

캐시는 가게 뒤쪽의 작은 코너로 안나를 안내했다. 《임신한 당신이 알아야 할 모든 것》 같은 책들이 몇 권 모여 있는 곳이었다. 안나는 몇 권을 대충 훑어보더니 썩 흥미롭지 않다는 표정으로 말했다. "그냥 다 살게요."

"네, 좋아요." 세 권이나 팔렸다. 그것도 가격이 만만치 않은 임신·출산 서적이었다. 오늘은 정말 장사가 잘되는 날이었다. "계산해 드릴게요."

안나는 골드 카드로 책값을 계산했다. 캐시는 안나의 남편 콘이 조엘의 친구들처럼 의사라는 걸 떠올렸다. 안나가 무슨 일을 하는지는 정확히 기억나지 않았다. 미용사였던가? 어쨌든 옷차림이나 카드만 봐도 돈 때문에 고민할 처지는 아니라는 게 분명했다. 읽지 않을지도 모를 책 세 권쯤은 아무렇지 않게 사는 사람이었다.

"참," 캐시는 계산을 마치고 카드를 돌려주며 말했다. "지난달 파티에서 친절하게 대해 주셔서 고마웠어요. 저한테는 정말 큰 도움이 됐거든요."

안나는 눈을 굴렸다. "고마워할 것까지야. 리디아가 너무 유난이었잖아요."

"그랬죠?"

"프란체스카 사진도 분명히 당신 보라고 올려 뒀을 거예요." 안나가 말했다. "적어도 저는 그 사진을 거기 둔 건 처음 봤거든요."

캐시는 그 사진을 떠올리며 미간을 찌푸렸다. 프란체스카의 흠 하나 없는 피부, 완벽한 몸매, 목에 걸린 금빛 장미 목걸이. "그 사진 속 프란체스카는 정말 아름다웠어요."

안나는 잠시 말이 없었다. "네… 예쁘긴 했죠."

캐시의 가슴이 철렁 내려앉았다. 각도 때문이라든지, 실제로 보면 별로라든지 같은 말을 은근히 기대하고 있었다. 하지만 아니었다. 애초에 그런 기대를 품은 것 자체가 바보 같았다.

"조엘이 프란체스카 얘기 많이 하나요?" 캐시는 참지 못하고 불쑥 물었다. "그러니까… 제가 없을 때요."

안나의 눈에 연민이 비쳤다. "이제는 아니에요. 다 지난 일이에요."

"그래도요." 캐시는 물러서지 않았다. "그렇게 완벽한 사람이랑 어떻게 경쟁을 해요?"

"글쎄요, 어쨌든 조엘이 헤어지자고 했던 거니까…."

캐시는 눈을 들었다. 그동안 프란체스카가 관계를 끝냈다고만 생각하고 있었다. "그건 몰랐어요." 그녀는 목소리를 낮췄다. "혹시 왜 헤어진 건지 들으셨어요?"

안나는 배 위에 손을 얹었다. "아니요. 그건 둘 사이의 일이죠. 조엘은 자세한 얘기는 안 했어요." 그녀는 잠깐 망설이더니 말을 이었다. "그런데 프란체스카가 어떤 부분에서 솔직하지 않았다고 했어요. 숨긴 게 있었다고요. 그게 많이 힘들었다고 했어요."

숨긴 게 있었다….

조엘이 캐시가 숨기고 있는 걸 알게 되면, 뭐라고 생각할까.

캐시는 한숨을 내쉬었다. "죄송해요. 제가 너무 캐묻고 있는 거죠?"

"조금은요." 안나는 가볍게 웃었다. "그래도 이해해요." 그녀는 잠시 말을 멈추고 배 위에 올린 손바닥을 가만히 눌렀다. "이런 말을 해도 될지 모르겠지만… 사실 저는 프란체스카를 별로 좋아하지 않았어요."

캐시의 심장이 빨라졌다. 시야 한쪽에서 손님이 도움을 청하는 게 보였지만, 캐시는 지금 이 얘기를 더 들어야 했다. 지금 당장. "왜요? 왜 안 좋아하셨어요?"

안나는 망설였다. "말하면 안 될 것 같긴 한데…" 그녀는 입술을 깨물며 주위를 둘러봤다. "그냥… 뭔가 찜찜했어요. 솔직히 말하면 좀 이상했어요."

계속 전화를 했다가 아무 말도 안 하고 끊어버리는… 그런 사람일까?

캐시는 갑자기 안나에게 모든 걸 털어놓고 싶어졌다. 문에 칠해진 붉은 페인트, 검은 글씨로 적힌 욕설, 헌책방에 들이닥친 도둑까지 전부. 안나라면 어떻게 해야 할지 알 것 같았다. 아니면 조엘에게 뭐라고 말해야 할지 조언이라도 해 줄지 모른다.

"저는 예전부터 조금 수상하다고 생각했어요." 안나가 말했다. "그녀가 그러기 전부터…."

"저기요, 여기 좀 도와줘요!" 노부인이 무시당한 게 못마땅한 듯 계산대 앞으로 다가와 말했다. 하필 조이는 점심시간이었다.

"아, 네, 물론이죠." 캐시는 황급히 대답했다. 이제 막 장사가 잘되기 시작했는데 손님을 불편하게 할 수는 없었다. "잠시만요."

"저도 이만 가 볼게요." 안나가 말했다. "나중에 봐요, 캐시. 책고마워요."

캐시는 안나가 나가는 모습을 보며 속으로 욕을 했다. 지난 몇 달 동안 캐시가 들은 프란체스카 이야기는 온통 칭찬뿐이었다. 안나는 처음으로 그녀에 대해 부정적인 말을 한 사람이었다. 하지만 곧 아이를 낳을 사람이 커피 마실 여유가 있을 리는 없었다.

그때 캐시의 휴대폰이 다시 울렸다. 화면을 확인하지 않아도 알수 있었다.

발신자 표시 제한으로 걸려 온 전화였다.

29

전 여자친구

금요일 저녁이었다. 나는 소파에 앉아 논나와 함께 치킨 파르미지아나를 먹으며 뉴스를 보고 있었다.

좋은 소식부터 말하자면 치킨 파르미지아나는 완벽했다. 튀김옷은 바삭했고 닭고기는 촉촉했다.

나쁜 소식은 굳이 말 안 해도 뻔했다. 이 나이에 매일 저녁 할머니와 닭이나 굽고 있을 때가 아니라는 거다.

"저 ABC 뉴스 앵커, 참 잘생기지 않았니?" 논나가 갑자기 말했다.

나는 화면을 바라봤다. 금발 머리에 하얗게 빛나는 치아를 가진 남자가 브롱크스에서 일어난 5중 추돌 사고 소식을 전하고 있었다.

"그런 것 같네요."

논나는 TV를 턱으로 가리켰다. "저 사람이랑 데이트해 보면 좋겠구나."

나는 믿을 수 없다는 듯 논나를 바라봤다. "저 사람이요? ABC 뉴스 앵커요?"

"그래. 왜 안 되니?"

"음… 일단 제가 저 사람을 모르잖아요."

"방송국 앞에서 나올 때까지 기다리면 되지." 논나는 명치 쪽을 문지르며 말했다. "옛날엔 다들 그렇게 했어. 아무 문제 없어. 아니면 남편을 어떻게 찾겠니?"

나는 이미 올리브의 스토커로 오해받아서 경찰이 올 뻔한 적이 있었다. 거기에 뉴스 앵커까지 보태고 싶진 않았다.

"사양할게요." 나는 중얼거렸다.

논나는 다시 가슴을 문질렀다. "내 말은, 내가 너보다 훨씬 재밌게 살고 있다는 거야."

반박할 수 없었다. 논나는 은퇴 후 온갖 동호회에 가입해 사람들을 만나고 있었고 어디서든 늘 인기가 많았다. "요즘은 연애 좀 쉬고 있어요. 그게 뭐 문제예요?"

"내일 밤엔 뜨개질 모임에서 만난 메리랑, 그 아들도 부를 거야."

"그럼 전 집에 없을게요."

논나는 또다시 가슴을 문질렀다. "고집은."

나는 미간을 찌푸렸다. "근데 왜 계속 가슴을 문지르세요?"

"안 문지르고 있어."

"문지르고 계세요."

그녀는 눈을 굴렸다. "네가 해 준 맛있는 저녁 때문에 속이 좀 쓰린 것뿐이야. 걱정할 거 없어."

나는 자세를 고쳐 앉았다. 조엘이 응급실 얘기를 할 때마다 귀에 못이 박히도록 하던 말이 있었다. 여자들은 증상이 티 나지 않는 경우가 많아 더 알아채기 어렵다는 거였다.

"숨 가쁘세요?" 내가 물었다.

"아니."

"왼쪽 팔로 통증이 내려가요?"

논나는 나를 빤히 쳐다봤다. "그냥 속쓰림이야. 걱정 좀 그만해."

그런데 그녀는 또 가슴을 문질렀다. 그리고 얼굴을 찡그렸다.

"병원에 한 번 가 보는 게 좋겠어요." 내가 말했다. "다니는 병원에 야간 연락처 같은 거 없어요?"

"다니는 병원?"

나는 그녀를 멍하니 바라봤다. 엄마가 논나는 병원 가는 걸 싫어한다고 말하긴 했지만, 다니는 병원도 아예 없을 줄은 몰랐다. 어떻게 주치의도 없이 이렇게 오래 살 수 있지?

"논나! 다니는 병원도 없어요?"

논나는 손을 내저었다. "그런 건 필요 없어. 병원 없이도 이만큼 살았어. 의사들은 약만 줘서 사람을 더 아프게 만들어."

"그건 의사의 역할이랑 정반대예요."

"그건 네 생각이고."

하지만 그녀는 다시 얼굴을 찡그렸다. 숨도 조금 가빠 보였다. 기분 탓일까? 어떻게 해야 할지 알 수 없었다. 논나는 정말 고집불통이었다. 내 눈앞에서 심장마비가 와도 병원에 가자는 말은 끝까지 버틸 사람이었다.

"911에 전화할게요." 나는 커피 테이블 위의 휴대폰을 집어 들었다.

논나는 코웃음을 쳤다. "구급대원이 우리 집에 들어오면 프라이팬으로 한 대 후려칠 거야."

정말 그럴 것 같았다.

만약 아직도 조엘과 사귀고 있었다면 그에게 전화해서 한 번 봐

달라고 했을 거다. 남자친구니까 논나도 허락했을 테고. 하지만 이제 그럴 순 없었다. 지난달, 그가 나를 자기 여자친구를 괴롭히는 사람 취급한 이후로는 친구로서조차 연락할 수 없었다. 특히 금요일 밤이니 분명 올리브와 함께 있을 것이다.

하지만 올 수 있을지도 모르는 사람이 한 명 있었다.

나는 지갑에서 하얀 명함을 꺼냈다. 뒷면에 전화번호가 적혀 있는 딘의 명함이었다. 결국 버리지 못했다. 이쯤 되면 그는 내가 연락하지 않을 거라고 생각했을 것이다. 게다가 금요일 밤이다. 분명 바쁠 텐데.

나는 논나를 올려다봤다. 여전히 가슴을 문지르고 있었다. 얼굴이 좀 달아오른 것 같기도 했다.

에라, 모르겠다. 딘에게 전화하자.

번호를 누르는 순간 심장이 쿵 하고 뛰었다. 신호가 한 번, 두 번, 세 번… 포기하려는 찰나 수화기 너머로 익숙한 목소리가 들렸다. "여보세요?"

아, 너무 어색했다. 전화하지 말았어야 했다. 나를 기억도 못 할 게 뻔했다.

"어… 그러니까… 기억 못 하실 것 같지만요. 몇 달 전에 공원에서 만났었어요. 핫도그를 사고 계셨는데, 제가…"

"소피아 로렌!" 그는 완전히 들뜬 목소리였다. "설마 당신일 줄은 몰랐어요! 거의 포기하고 있었는데."

"네, 뭐…" 나는 헛기침을 했다. "그게 말이죠…"

"계속 내 생각만 나서 지금 당장 내가 달려와 주길 바라는 거죠?"

"아니에요." 나는 기침을 하며 논나를 힐끗 봤다. "죄송해요. 좀 이상한 부탁인 건 아는데요, 저희 할머니가 가슴 통증이 있으세요. 그런데 다니는 병원도 없고, 911에 전화하면 구급대원 머리를 프라이팬으로 후려칠 거라고 하셔서요."

논나는 내가 통화하는 내내 아무 말 없이 보고 있다가 자기 이야기가 나오자마자 바로 끼어들었다. "누구한테 전화하는 거야? 누구야?"

"잠깐만요, 논나." 나는 이를 악물고 속삭였다.

"의사는 안 돼." 그녀가 단호하게 말했다.

"알겠어요!" 나는 한숨을 쉬고 다시 딘에게 말했다. "아무튼 그래서요. 혹시 가능하시면…."

"내가 당신 집으로 가서 논나를 좀 봐주길 바라는 거죠?"

얼굴이 화끈거렸다. "바쁘실 텐데 죄송해요. 이런 부탁드리면 안 되는 건 아는데…."

"전혀요." 그가 말했다. "15분 안에 갈게요. 어디 사세요?"

"벤슨허스트요."

그는 신음했다. "좋아요. 그럼 30분."

나는 딘에게 주소를 알려 주고 전화를 끊었다. 논나는 여전히 나를 빤히 보고 있었지만, 내가 전화를 끊을 때까지 아무 말도 하지 않았다.

"누구였니?" 마침내 그녀가 물었다.

"친구요."

"의사 친구?"

나는 잠시 망설였다. "네."

논나는 곰곰이 생각하더니 물었다. "잘생겼니?"

이번엔 망설일 필요가 없었다. "네."

"그럼 다행이네." 그녀가 고개를 끄덕였다. "아니면 프라이팬으로 후려쳤을 테니까."

31분 뒤 초인종이 울렸다. 논나 걱정하느라 정신이 팔려 잘생긴 의사를 맞이하려고 꾸밀 생각조차 못 했다. 솔직히 그럴 여유도 없었다. 그를 부른 건 할머니가 심장마비로 쓰러질까 봐서지, 꼬시려던 게 아니었으니까.

…그래도 하필 트레이닝 바지에 민소매라니.

내 차림이 어쨌든, 아니 어쩌면 그 덕분에 딘은 나를 보자 환하게 웃었다. "로렌 양." 그가 말했다. "언제나 반갑네요."

"들어오세요." 나는 그의 눈을 피하며 중얼거렸다.

"논나는 어디 계세요?"

나는 고개를 거실 쪽으로 까딱했다. "저기요. 괜찮아 보이긴 하는데 계속 가슴을 문지르세요. 정말 걱정돼요."

"푸라키스 박사가 한 번 볼게요."

딘은 나를 지나 거실로 성큼 걸어갔다. 논나는 여전히 의자에 앉아 있었다. 아직 쓰러지진 않았다. 그새 부엌에서 프라이팬을 하나 가져와 의자 옆에 떡하니 올려 두기까지 했다. 딘이 다가가자 논나는 고개를 들었고 이런 상황에서도 얼굴에 미소가 번졌다. "알겠어." 그녀가 말했다. "머리는 안 때릴게."

딘은 고개를 갸웃했다. "마스콜로 부인?"

"맞아."

"저는 딘입니다." 그는 논나 옆 소파에 앉았다. "손녀분이 걱정된다고 저를 불렀어요.”

“저 애는 걱정이 너무 많아.”

“그럴 수도 있죠. 하지만 가슴 통증은 걱정하는 게 맞습니다.”

논나는 딘을 머리부터 발끝까지 훑어봤다. “이탈리아 사람이니?”

“그리스 사람이에요.”

논나가 웃었다. “집에서는 디노라고 부르지?”

딘도 웃음을 터뜨렸다. “가끔요. 아주 가끔. 원하시면 그렇게 부르셔도 돼요. 대신 가슴이 어떠신지 좀 알려주시겠어요?”

“타는 것 같아. 그냥 속쓰림이야. 말했잖아. 걱정할 거 없다고.”

딘은 몇 가지 질문을 더 했고, 놀랍게도 논나는 꽤 협조적으로 대답했다. 아마 딘이 마음에 든 모양이었다. 나는 딘의 얼굴을 유심히 살피며 이 상황을 얼마나 심각하게 보고 있는지 가늠하려 했다. 그때 딘이 검은 가방에서 청진기를 꺼냈다.

“청진을 좀 해 봐도 될까요?” 그가 물었다.

논나는 우리 둘을 번갈아 보더니 말했다. “내일 밤에 우리 손녀랑 데이트 약속부터 잡으면 해 보게 해 줄게.”

딘은 웃었고 나는 시선을 피했다. “이미 몇 번이나 물어봤는데요, 손녀분이 계속 거절하신다니까요.”

“그럼 안 되지. 청진을 하려면 데이트를 해야 돼.”

이제 딘과 논나, 두 사람 모두 나를 빤히 보고 있었다. 얼굴이 화끈거렸지만 나는 얼른 고개를 끄덕였다. 논나가 이 진찰에 협조만 해 준다면 뭐든 할 수 있었다.

딘은 논나의 가슴에 청진기를 대고 한참 동안 귀를 기울였다.

체감상 영원처럼 느껴질 정도였다. 마침내 딘은 청진기를 귀에서 빼며 웃었다. "마스콜로 부인, 아마 우리 모두보다 오래 사실 겁니다."

논나는 콧방귀를 뀌었다. "그걸 누가 원해?"

"맞는 말이네요." 그는 청진기를 가방에 다시 넣었다. "다만 가슴 통증이 단순한 속쓰림일 수도 있지만, 검사 없이는 확신할 수 없어요."

"검사는 안 해."

"마스콜로 부인…."

"검사 안 한다니까, 디노 박사."

딘은 한숨을 쉬었다. "그럼 이렇게 하죠. 월요일 아침에 제 병원으로 오세요. 심전도만 한 번 찍어볼게요. 심장 상태를 스냅사진처럼 보는 거예요. 아프지도 않고, 5분도 안 걸려요. 어때요?"

논나는 고개를 들어 나를 봤다. "그럼 너는 이 사람이랑 데이트할 거고?"

"할게요, 논나. 그러니까 제발 그냥 가요."

"좋아." 논나는 고개를 끄덕였다. "그럼 월요일 아침에 보지, 디노 박사."

두 사람은 월요일 약속에 대한 자잘한 얘기를 조금 더 나누고는 악수까지 하며 일정을 확인했다. 딘은 논나를 진료해 주려고 일부러 출근을 앞당길 생각인 것 같았다. 왜 이제 막 만난 노인에게 이렇게까지 친절한지는 모르겠지만, 논나 앞에서의 그는 매력 덩어리였다. 내가 데이트를 거절하면 논나가 대신 승낙해 줄 기세였다.

나는 딘을 배웅하며 아파트 밖 계단 쪽까지 함께 나왔다. 트레이닝 바지에 보송보송한 슬리퍼 차림인 건 이제 신경 안 쓰기로 했다. 어쩔 수 없잖아.

계단참에 도착하자 딘이 씩 웃으며 말했다. 한쪽 볼에 보조개가 쏙 패였다. "제 생각에도 그냥 속쓰림 같아요. 그래도 확인은 해야 죠."

"이렇게 바로 와 주셔서 정말 감사해요." 내가 말했다. "진짜로 요. 너무 무서웠거든요."

"이래서 심장 전문의를 알아두면 좋은 거죠."

나는 미간을 찌푸렸다. "심장 전문의세요?"

그가 웃었다. "명함에 적혀 있는데요."

나는 그걸 못 봤다. 이름만 기억했을 뿐이었다. "아무튼 다시 한 번 감사드려요."

딘이 다시 데이트 신청을 하면 무조건 승낙하라고 했던 논나의 말이 떠올랐다. 그땐 진찰에 협조하게 만들려고 고개를 끄덕였을 뿐이었다. 그런데 지금 딘이 데이트 신청을 한다면 나도 모르게 그러겠다고 해 버릴 것 같았다. 이런 남자라면 흔들리는 게 당연한데, 나는 왜 끝내 한 발을 못 내딛는 걸까.

"빚진 거 없어요." 딘이 불쑥 말했다.

나는 눈을 몇 번 깜빡였다. "네?"

그가 헛기침을 했다. "그러니까… 할머니가 시켜서 억지로 데이트할 필요는 없다는 말이에요. 오늘 도와줬다고 미안해할 필요도 없고요."

"아." 실망이 가슴을 콕 찔렀다. "그럼 저랑 데이트하고 싶지 않다는 뜻이에요?"

트레이닝 바지 때문인가.

그는 피식 웃었다. "농담하시는 거죠? 제가 마음에도 없는 여자 때문에 굳이 금요일 밤에 브루클린까지 오겠어요? 저가 착하긴 해도, 그 정도는 아니에요."

"그럼…."

"하지만 눈나가 억지로 등 떠밀어서 데이트할 필요는 없어요." 그는 긴 속눈썹 아래의 짙은 갈색 눈으로 나를 똑바로 봤다. "협박 말고도 충분히 당신 마음을 얻을 수 있으니까요."

나는 간신히 웃었다. "자신감이 대단하시네요, 박사님."

"완전요." 그가 웃으며 말했다. "제가 얼마나 괜찮은 사람인지 깨닫게 되면 전화하세요. 알겠죠?"

"알겠어요."

그가 문을 열고 계단을 내려가려는 순간, 이유 모를 아쉬움이 밀려왔다. 붙잡아야 했다. 내일 당장 데이트하고 싶다고 말했어야 했다. 눈나 때문이 아니라, 내 마음이 그렇다고. 지금 이 벤슨허스트의 오래된 아파트 복도에서 그에게 키스해 달라고 말했어야 했다.

하지만 그러지 않았다.

조엘은 나를 망쳐 놨다.

나는 대신 딘이 떠나는 모습을 바라봤다. 계단을 뛰어 내려가던 그는 돌아보더니 손을 흔들며 외쳤다. "월요일에 눈나 꼭 오시게 하세요!"

30

새 여자친구

2주 전, 조엘의 친구 안나와 콘이 앤드루를 낳았다는 소식이 들려왔다. 그 얘길 전하려고 캐시에게 전화를 걸었을 때 조엘은 정작 새 부모들보다 더 들뜬 목소리였다.

그게 캐시를 불안하게 만들었다. 처음 아이 얘기를 꺼냈을 때만 해도 조엘은 그녀가 괜히 앞서 나간다는 듯 반응했다. 사귄 지 한 달밖에 안 됐으니 그럴 수도 있었다. 하지만 이제는 거의 여섯 달이 되어 가고 있었다. 게다가 조엘은 예전에 아무렇지 않게 "마흔이 되기 전에는 아빠가 되고 싶다"고 말한 적도 있었다. 문제는 그가 지금 서른일곱이라는 점이었다. 그러면 앞으로 3년 안에 약혼을 하고, 결혼을 하고, 아내가 임신을 하고, 9개월을 기다린 뒤 아이를 낳아야 한다는 계산이 나온다. 거꾸로 따지면 약혼은….

지금쯤이어야 했다.

뭐, 마흔이라는 기준에 그렇게까지 엄격한 건 아닐지도 모르지만.

지금 그들은 콘과 안나의 아파트에 아기를 보러 와 있었다. 캐시는 이 집이 리디아와 피트의 4백만 달러짜리 아파트보다 훨씬 마음에 들었다. 더 아늑했고 가구도 '건드리면 큰일 날 것 같은' 분위기가 아니었다. 안나는 몹시 피곤해 보였다. 늘 단정하고 완벽해 보이던 사람이라 끈 민소매와 레깅스 차림인 것부터가 낯설었다. 블라우스와 소파에는 모유 얼룩이 여기저기 번져 있었고, 눈 밑에는 보랏빛 다크서클이 내려앉아 있었다. 헝클어진 포니테일 사이로는 새하얀 머리카락이 몇 가닥 섞여 보였다.

"좀 어때요?" 캐시가 물었다. "잠은 좀 자요?"

"아기가 잘 때 조금씩 자요." 안나는 반쯤 체념한 듯 말했다.

조엘이 씩 웃었다. "내가 잠깐 안아 봐도 될까?"

안나는 말없이 아기를 건넸다. 조엘은 조심스러운 손길로 아기를 안아 소파에 앉더니 작디작은 얼굴을 내려다봤다. "봐, 캐시. 진짜 작다."

안나는 킥킥 웃었다. "드디어 애가 갖고 싶어진 거야?"

맙소사, 그건 너무 앞서갔다.

콘이 팝콘이 담긴 그릇과 음료를 들고나왔다. 그는 아내의 어깨에 손을 얹으며 말했다. "안나, 좀 자고 싶으면 들어가. 내가 캐시랑 조엘이랑 있을게."

안나는 하품을 했다. "괜찮겠어?"

"그럼. 앤드루 때문에 새벽 네 시부터 깨어 있었잖아. 이제 내 차례야."

안나가 방으로 들어가기 직전 콘은 그녀의 손을 잡았다. 두 사람은 잠깐 서로의 손을 꼭 쥔 채 눈을 마주 봤다. 그 순간 오가는 무언의 교감은 캐시가 어릴 적 조부모 사이에서 보았던 사랑을 떠올리게 했다. 리디아와 피트는 늘 티격태격했지만, 안나와 콘은 그런 적이 없었다. 두 사람은 언제나 세상에 둘만 남은 것처럼 서로를 바라봤다. 꼭 《폭풍의 언덕》 같은 사랑이었다.

캐시는 조엘을 흘끗 봤다. 나도 조엘에게 저런 감정을 느끼고 있을까?

모르겠다. 머릿속에 떠오른 건 수박만 한 아기가 귤만 한 구멍을 뚫고 나오는 장면뿐이었다.

"안나는 좀 자야 돼." 안나가 방으로 들어간 뒤 콘이 말했다. "앤드루가 밤에는 거의 안 자거든. 한 번 자도 길어야 한 시간 남짓이고. 나는 낮에 일하니까 안나가 대부분 도맡아 왔어."

"야간 도우미를 쓰는 건 어때?" 조엘이 말했다.

"나도 그렇게 말했지." 콘은 인상을 찌푸렸다. "계속 설득했는데 안나는 혼자 다 해 보고 싶대. 그래도 지금 잠깐이라도 자서 다행이야."

캐시는 앤드루 앞에서 한껏 호들갑을 떨었다. 솔직히 말해 정말 귀여웠다. 책임질 필요 없이 아기를 안아 보는 건 순수하게 즐거웠다. 기저귀에 볼일을 봐도 콘에게 넘기기만 하면 그는 능숙하게 처리하고 새 기저귀를 채워 다시 돌려줬다. 완벽한 시간이었다. 초인종이 울리기 전까지는. 콘이 문을 열러 가자 복도에서 리디아의 목소리가 들려왔다.

아, 망했다.

"리디아 온다는 말 안 했잖아요." 캐시는 조엘에게 이를 악물고 속삭였다. 품에 안은 아기를 내려다보며, 갑자기 누구에게든 넘겨주고 당장 여기서 벗어나고 싶어졌다.

휴대폰을 만지작거리던 조엘이 고개를 들고 어깨를 으쓱했다. "나도 몰랐어."

어색하다는 말로는 부족했다. 그 끔찍한 할로윈 파티 이후로 캐시는 리디아와 딱 한 번 더 마주쳤고, 그때도 서로 눈길조차 주지 않았다. 하이힐 소리가 점점 가까워지자 캐시는 저도 모르게 몸을 움츠렸다.

리디아 역시 캐시와 조엘이 거실에 앉아 있는 걸 보고 놀란 눈치였다. 바이올렛의 손을 잡고 들어오며 캐시를 훑어보더니 말했다. "아… 당신이네요."

이 정도면 최선이었다.

"안녕하세요, 리디아." 캐시는 딱딱하게 말했다.

"안녕, 프란체스카." 바이올렛이 말했다.

아, 제발.

"아니야, 바이올렛." 리디아가 말했다. "이 사람은 캐시야. 프란체스카 아니고. 절대 아니야. 비교도 안 돼."

친절도 하셔라.

리디아는 날카로운 눈으로 캐시를 훑어봤다. "지금 뭐 하는 거예요?"

캐시는 당황해서 주위를 둘러봤다. 뭘 하긴. 앤드루를 안고 있었다. 다리 하나로 거꾸로 들고 있는 것도 아니고, 맥주를 먹이고 있는 것도 아니었다.

"아기 머리를 받쳐줘야죠." 리디아가 쏘아붙였다. "아기 안아 본 적도 없어요?"

캐시는 콘을 찾아 시선을 돌렸지만 그는 보이지 않았다. 아마 안나 옆에서 잠깐 쉬러 간 모양이었다. 둘 다 잠이 한참 부족해 보였으니까.

리디아는 한숨을 내쉬며 고개를 저었다. "자, 이리 줘요. 진짜 다

치기 전에."

리디아는 캐시 옆에 앉더니 거의 낚아채다시피 앤드루를 품에서 빼앗아 갔다. 캐시는 꼭 아기를 계속 안고 싶었던 건 아니었지만, 그 말에 담긴 뉘앙스는 달갑지 않았다. 하필 조엘 앞이어서 더 그랬다. 캐시는 분명 아기의 머리를 받치고 있었다. 콘도 그녀가 아기를 안는 걸 보고 아무 말도 하지 않았다.

조금 전까지 캐시 품에서 칭얼대던 앤드루는 리디아에게 안기자 금세 조용해졌다. 리디아는 테이블 위에 놓인 공갈 젖꼭지를 집어 아기의 입에 물려줬다. "자, 됐지?" 그녀는 부드럽게 말했다. "이제 괜찮지?"

캐시의 뺨이 화끈거렸다. "괜찮은 줄 알았어요."

"신경 쓰지 마요." 리디아가 말했다. "모든 사람이 모성애가 넘치는 건 아니니까."

바이올렛이 엄마 옆에 앉아 리디아의 가느다란 팔에 몸을 붙인 채 아기를 내려다봤다. 오늘도 어김없이 예쁘지만 실용성이라고는 전혀 없는 드레스를 입고 있었다. 그런데도 불편해하는 기색은 없었다. 가렵다고 칭얼대지도, 옷자락을 잡아당기지도 않았다. "엄마," 바이올렛이 말했다. "내가 안아 봐도 돼?"

"물론이지." 리디아가 부드럽게 말했다. "대신 아주 조심해야 해. 할 수 있겠니?"

바이올렛은 진지하게 고개를 끄덕였다.

리디아는 조심스럽게 아기를 바이올렛에게 건넸다. 바이올렛은 마치 성물이라도 다루듯 경건하게 앤드루를 품에 안았다.

"정말 잘하고 있어, 바이올렛." 리디아는 달래듯 말했다. "머리도 완벽하게 받치고 있네."

그 말을 하며 리디아는 캐시를 향해 뾰족한 눈길을 던졌다. 다섯 살 아이조차 캐시보다 아기를 더 잘 안고 있다는 걸 굳이 보여주려는 듯했다.

캐시는 조엘을 흘끗 봤다. 리디아의 비아냥을 그도 들었을까. 하지만 그는 여전히 휴대폰만 들여다보고 있었다. 누군가와 문자를 주고받는 듯했다. 메시지가 도착해 휴대폰이 진동하자 그의 입가에 미소가 스쳤다.

…프란체스카랑 문자하는 걸까?

왜 그런 생각이 드는지 모르겠다. 그 이름이 자꾸 머릿속에 들러붙었다. 조엘 친구 집에서조차 프란체스카로 오해받았으니까.

하지만 조엘은 그녀와 끝난 지 오래였다.

…그렇지?

31

전 여자친구

나는 지금 대가족 지옥에 빠져 있었다.

논나가 오늘 저녁 자기 여동생을 초대했다. 여동생은 자식 둘을 데려왔는데, 둘 다 우리 부모님 또래였다. 거기에 그들의 자식들까지 줄줄이 따라왔다. 이 모든 일에 대해 나는 단 한 번도 동의한 적이 없었다. 논나는 오늘 아침 그냥 "오늘 다들 온다"고 통보했다. 솔직히 말해 꽤 짜증이 났다. 논나가 사교적인 사람이라고 해서 나까지 그럴 필요는 없잖아? 왜 나를 그냥 외롭고 비참한 채로 혼자 있게 두질 않는 거지?

…어쨌든 여긴 논나 집이다. 내가 뭐라 할 처지가 아니다.

나는 오후 내내 요리를 했다. 가스레인지 위에 냄비가 세 개나 동시에 끓는 와중에 사촌 닉은 쉴 새 없이 떠들어 대며 거들고, 아니, 방해하고 있었다.

"위대한 셰프님이 일하는 모습 좀 보자고." 닉이 말했다.

나는 그를 노려봤다. "보통은 관객 두고 요리 안 해."

"아, 그러니까 더 좋잖아?"

닉은 나보다 두 살쯤 어렸다. 기름기 도는 짧은 검은 머리, 늘 덥수룩한 턱수염, 그리고 나보다 몇 배는 더 진한 뉴욕 억양. 몇 년간 경찰로 일했지만, 마스콜로 집안 소문에 따르면 얼마 전에 일을 그만뒀다고 했다.

"근데 냄새는 끝내준다." 닉이 말했다. "네 남자친구 진짜 복 받았네."

나는 빨간 소스가 끓고 있는 냄비를 내려다봤다. "남자친구 없어."

"어? 조… 어쩌고 하는 사람이랑 사귀지 않았어? 그 의사?"

"조엘이야." 나는 중얼거렸다. "그리고 헤어졌어."

"아, 젠장. 그랬구나. 몰랐어." 닉이 얼굴을 찡그렸다. "나도 몇 달 전에 여자한테 차였거든. 근데 있잖아. 누굴 잊으려면 새로운 사람 만나는 게 제일 빨라. 안 그래?"

"글쎄." 나는 한숨을 쉬었다.

나는 아직도 딘에게 전화를 못 했다. 그의 명함을 수십 번은 집어 들었지만 번호를 누른 적은 한 번도 없었다. 이제는 시간이 너무 흘러서 그가 이미 다른 사람을 만나고 있을지도 모른다는 생각까지 들었다. 그런 남자가 오래 혼자일 리 없으니까.

그래도 그는 논나를 잘 돌봐주고 있었다. 몇 번 진료도 받았고 논나가 만나는 의사는 사실상 딘뿐이었다. 그가 설득해서 혈압약도 겨우 먹기 시작했다.

나 진짜 왜 이러는 걸까.

"…그래서 일은 조금씩 늘고 있긴 한데, 대부분은 입소문이지 뭐." 닉은 계속 말하고 있었다.

나는 고개를 들었다. "어?"

닉이 말을 멈추고 웃었다. "괜찮아? 좀 멍해 보이네."

"아, 괜찮아. 미안."

"그러니까 내 말은," 닉이 다시 말을 이었다. "사설탐정 일은 의뢰만 있으면 꽤 괜찮아. 근데 아직은 좀 한가하거든. 혹시 캐낼 사람이라도 있으면…."

심장이 덜컥 뛰었다. "사람 뒷조사도 해?"

그는 금니를 번쩍이며 웃었다. 참… 고급스럽다. "조사할 사람 있어, 사촌?"

나는 입술을 깨물었다. 올리브를 처음 본 순간부터 마음 한구석이 계속 걸렸다. 뭔가 이상하다는 느낌뿐이었고 증거는 없었다. 그런데도 그 찜찜함이 좀처럼 가시지 않았다. 분명 뭔가가 있었다. 내가 혼자 상상하는 게 아니었다.

게다가 올리브를 조사해 보고 아무 문제 없다는 게 밝혀지면, 나도 이제 정말로 모든 걸 정리할 수 있을지도 모른다.

"있긴 한데 돈이 없어서…." 내가 말했다.

"우린 가족이잖아." 닉이 손을 들었다. "돈 받을 생각 없어. 대신 내가 잘하면 주변에 소문 좀 내줘. 어때?"

나는 고개를 끄덕였다. "좋아."

"그래서 조사할 여자가 누구야?"

"여자인지 어떻게 알았어?"

"그냥 느낌이 그랬어. 맞지?"

"맞아."

그리고 나는 닉에게 전부 털어놓았다. 닉이 세상에서 제일 섬세한 인간은 아니어서 말하기가 쉽진 않았지만 도와주려면 모든 걸 알아야 했다.

의외로 그는 아주 프로페셔널했다. 재킷에서 작은 메모장을 꺼

220

내더니 내가 말하는 정보를 하나하나 적어 내려갔다. 웃지도 않았고 쓸데없는 농담도 하지 않았다. 문득 꼬마 니코가 그동안 정말 많이 컸다는 생각이 들었다.

이야기를 거의 마무리하려는 순간 논나가 부엌으로 들어왔다.

"뭐 하는 거니?" 논나가 따져 물었다. "둘이 무슨 얘기 하는 거야?"

나는 고개를 숙였다. "아무것도 아니에요."

"조-엘레랑 그 말도 안 되는 여자 얘기니?"

"아니에요." 나는 급하게 부인했지만, 닉의 표정이 이미 모든 걸 말해 주고 있었다.

"정말 너무한다!" 논나가 소리 질렀다. 내 앞까지 성큼 다가와 주름진 손가락으로 나를 가리켰다. "그 훌륭한 디노 박사는 너랑 데이트하고 싶어 하는데, 넌 아직도 조-엘레만 붙잡고 있잖아. 이제 정말 그만 좀 해!" 그녀는 냉장고 옆에서 움츠러든 채 서 있는 닉을 노려봤다. "그리고 넌 부추기지 마. 애는 이제 정리하고 새로 시작해야 해!"

그 말을 남기고 논나는 등을 돌려 부엌을 박차고 나갔다. 남은 건 어색한 침묵뿐이었다.

"어…." 닉이 조심스럽게 입을 열었다.

"미안해." 나는 중얼거렸다.

"더한 것도 많이 봤어. 걱정 마."

"논나 말이 맞을지도 몰라." 나는 소스가 타지 않게 불을 줄였다. "아까 말한 거 전부 그냥 잊어줘. 나도 이제 정리해야지."

"진짜?" 닉이 씩 웃었다. "그래도 해 줄 수 있는데. 난 안젤라 할머니 안 무섭거든."

나는 조리대에 기대 그의 제안을 곱씹었다. 올리브 문제로 내가 너무 예민해진 걸지도 몰랐다. 그녀가 별문제 없다는 말만 들으면 오히려 마음이 정리될 것 같았다. 이번만큼은 논나가 틀렸을지도 모른다.

"좋아." 내가 말했다. "조사해 줘."

32

새 여자친구

"진짜 어디 가는지 안 알려줄 거예요?"

조엘은 캐시를 어디로 데려가는지 끝까지 비밀로 했다. 그는 북랜드 앞으로 그녀를 데리러 왔고, 기막힌 아이디어가 있다며 의미심장하게 웃기만 할 뿐 정작 뭔지는 말해 주지 않았다. 처음엔 그게 달콤하고 로맨틱하게 느껴졌다. 하지만 열 블록쯤 지나자 슬슬 짜증이 나기 시작했다.

조엘이 그녀의 손을 꼭 쥐었다. "한 블록만 더 가면 돼."

"좀 전에도 그렇게 말했잖아요."

"아, 한 블록 착각했어. 근데 진짜 다음 블록이야."

"아니기만 해요. 가만 안 둘 거예요."

그때 캐시의 가방에서 휴대폰이 울렸다. 조엘은 그녀가 가방을 뒤적이며 전화를 찾는 동안 아무 말도 하지 않았다. 화면에 '발신자 표시 제한'이 뜨는 걸 보자 속이 철렁 내려앉았다.

한동안은 끝난 줄 알았다. 거의 2주 동안 아무 연락도 없었으니까. 그러다 다시 시작됐다. 이번엔 더 집요하게.

수화기 너머의 침묵만으로도 충분히 불쾌했는데, 며칠 전부터는 상황이 달라졌다. 전화를 받으면 쉰 여자 목소리가 귓가에 바짝 붙어 속삭였다. '창녀.'

전화번호를 바꿔야 한다는 걸 알고 있었지만 그럴 여유가 없었다. 이미 서점 문 자물쇠를 바꾸는 데 돈을 꽤 써버린 뒤였다.

"누구야?" 조엘이 물었다.

"별로 중요한 사람 아니에요." 캐시는 전화를 끊고 급히 가방에 넣었다.

조이는 이 전화 이야기를 조엘에게 하라고 했다. 프란체스카에 대한 의심도 함께. 조엘이라면 직접 프란체스카에게 얘기해서 그만두게 할 수도 있을 거라고 했다. 하지만 캐시는 그럴 수 없었다. 프란체스카의 식당 근처에 갔을 때 조엘의 표정을 봤으니까. 그 이름만 나와도 그가 어떻게 달라지는지 캐시는 이미 알고 있었다.

"자!" 조엘이 말했다. "도착했어!"

그리고 그곳은….

철물점이었다.

"철물점엔 왜 온 거예요?" 캐시는 도무지 이해가 되지 않았다. 뭘 만들자는 건가? 커피 테이블? 아니면 개집? 대체 여기서 뭘 하자는 거지?

조엘이 그녀의 손을 잡아끌었다. "일단 들어와."

캐시는 완전히 어리둥절한 채로 그를 따라 안으로 들어갔다. 톱밥 냄새가 확 끼쳐 와 재채기가 터져 나왔다. 그리고 가게 안쪽, 계산대 위에 붙은 팻말을 보고서야 조엘의 의도가 보이기 시작했다. '열쇠 복사합니다.'

잠깐만….

"조엘?" 심장이 쿵 하고 내려앉았다. "설마?"

그는 환하게 웃었다.

"내 집 열쇠를 주고 싶어." 조엘은 잠깐 말을 멈췄다가 덧붙였다. "왜냐면… 널 사랑하니까."

그는 방금 사랑한다고 말했다. 지금까지 캐시에게 그런 말을 한 남자는 아무도 없었다. 그리고 캐시는 그 말을 이런 식으로 듣게 될 거라고는 상상도 못 했다. 톱밥 냄새가 코를 찌르는 철물점 한가운데에서라니.

며칠 전 안나의 아기를 보러 다녀온 뒤부터 캐시는 조엘이 이 관계를 한 단계 더 끌어올리고 싶어 한다는 걸 느끼고 있었다. 아무리 부인해도 그는 결혼을 원하고 있었다. 아이도 갖고 싶은 게 분명했다. 올해나 내년은 아닐지 몰라도 머지않아. 마흔이 되기 전에는. 그리고 조엘은 서른일곱이었다.

그런데 그녀는 준비가 된 걸까? 그리고 조엘이 그 삶을 함께하고 싶은 상대일까?

캐시는 조엘을 정말 좋아했다. 아니, 사랑이라고 해도 틀리진 않을 거다. 아마도.

그녀의 표정을 본 조엘의 미소가 흔들렸다.

"같이 살자는 건 아니야." 그가 황급히 말했다. "네가 원한다면 그럴 수도 있지만… 아무튼 그런 얘기가 아니라 그냥 내 열쇠를 네가 갖고 있었으면 좋겠어. 왜냐면…."

'사랑하니까.'

그는 캐시가 같은 말을 해 주기 전에는 그 말을 다시 꺼내지 못할 것이다. 하지만 메시지는 분명했다. 그는 이 관계가 앞으로 나아가길 원하고 있었다. 이제 캐시가 결정해야 할 차례였다.

"저도 사랑해요."

조엘의 얼굴에 안도감이 번졌다. 그는 그녀를 끌어안고 키스했다. "네가 우리 집에 자주 오긴 하지만, 난 더 많이 같이 있고 싶어."

캐시의 입가에 미소가 번졌다. "그럼 제 열쇠도 하나 줘야겠네요."

"네가 그렇게 하고 싶으면."

"네. 그러고 싶어요."

생각해 보면 꽤 설레는 일이었다. 전에도 열쇠를 준 적은 있었다. 보통은 조이 같은 친구에게 혹시 문이 잠겼을 때를 대비해 맡겨 두는 정도였다. 조엘과 함께 사는 건 아직 두려웠지만, 이 정도면 딱 알맞은 거리감이었다. 너무 빠르지도 느리지도 않게 앞으로 가는 느낌. 사랑한다고 해서 당장 아기를 갖겠다는 건 아니니까.

잠시 후 캐시는 조엘의 열쇠 복사본을 손에 쥐고 있었다. 가방에서 자신의 열쇠고리를 꺼내려다 문 쪽으로 시선이 흘렀다.

문 앞에 노숙자 모린이 서 있었다. 두꺼운 외투에 목도리를 두 장이나 두른 채로, 늘 보던 모습 그대로였다. 얼굴은 거의 유리에 붙을 정도로 가까웠다.

캐시는 흠칫 놀라 한 걸음 뒤로 물러났다. 나무 진열대 뒤로 몸을 숨겼다. 심장이 빠르게 뛰었다. 이곳은 서점에서 꽤 떨어진 곳이었다. 모린이 늘 있던 구역도 아닌데, 왜 여기 있는 거지?

그리고 왜 철물점 안을 그렇게 들여다보고 있는 걸까?

"괜찮아?" 조엘이 그녀를 내려다보며 물었다. "혹시 마음이 바뀐 건 아니지?"

"아니에요, 그냥…" 캐시는 조심스럽게 문 쪽을 다시 봤다. 모린은 사라지고 없었다. "아무것도 아니에요. 신경 쓰지 마세요."

캐시는 가방에서 열쇠를 꺼내며 스스로를 다독였다. 괜히 상상력이 과해진 거다. 모린도 동네를 돌아다닐 수 있다. 최근에 있었던 일들 때문에 자신이 예민해진 것뿐이라고 캐시는 스스로에게 몇 번이고 되뇌었다.

33

전 여자친구

여기 왜 온 건지 모르겠다.

실수였다. 유리문을 밀고 들어가 딘 푸라키스 박사가 근무하는 심장내과 진료소 안으로 발을 들이는 순간부터 잘못 왔다는 예감이 들었다. 너무 시간을 끌었다. 딘은 나를 보고 싶어 하지 않을 것이다. 최소한 전화라도 했어야 했다. 이렇게 불쑥 찾아올 생각을 왜 했는지 나조차 알 수 없었다.

계획했던 건 아니었다. 예전에 논나를 데리고 한 번 왔던 병원 앞을 지나가다가 갑자기 딘이 보고 싶다는 충동이 밀려왔다. 그리고 접수대 앞에 서서 나보다 열 살은 어려 보이고 훨씬 예쁜 금발 여자가 컴퓨터 앞에 앉아 있는 걸 보는 순간, 나는 완전히 기가 꺾였다.

"죄송하지만 오늘은 진료 시간이 끝났어요." 그녀가 말했다.

"아, 전 환자는 아니고요…" 나는 헛기침을 했다. 갑자기 뺨이 뜨거워졌다. "그런데 진료가 끝났으면…"

나는 텅 빈 대기실을 힐끗 둘러봤다. 의자들이 여기저기 밀려 있고 잡지들이 군데군데 흩어져 있는 걸 보니, 길고 피곤한 하루가 끝났다는 게 분명했다. 그래도 심장내과답게 공간 전체에 군더더기 없이 깔끔한 분위기가 감돌고 있었다.

"어이쿠, 이게 누구신가. 로렌 양 아니신가요."

나는 깜짝 놀라 고개를 들었다. 딘이 안쪽 문 앞에 서 있었다. 하얀 셔츠에 짙은 파란색 넥타이를 매고 있었는데, 너무 잘생겨서 다리에 힘이 풀릴 것 같았다. 나는 무의식적으로 코트를 더 바짝 여몄다. "안녕하세요, 푸라키스 박사님."

딘은 몇 걸음 다가와 내 얼굴을 바라봤다. 활짝 웃고 있진 않았 지만 그렇다고 불쾌해 보이지도 않았다. "어쩐 일로 여기까지 오셨 어요?"

예쁜 접수 직원이 우리를 번갈아 보며 내가 뭐라고 할지 기다리 고 있었다. 병원 안이 갑자기 조용해졌다.

"할머니가 안경을 잃어버리셨어요." 나는 불쑥 말했다.

그의 눈썹이 올라갔다.

"그러니까… 어제 진료 오셨을 때요." 나는 급히 덧붙였다. 논나 의 안경은 지금 이 순간에도 코 위에 떡하니 올라가 있을 가능성 이 매우 높았지만. "집에선 아무리 찾아도 없다고 하셔서 혹시 여 기 두고 가신 게 아닐까 해서요."

"그렇군요." 딘이 금발 여자를 바라봤다. "테일러, 어제 안경 나 온 거 있었어요?"

테일러는 책상 아래에서 종이 상자를 꺼냈다. 분실물 보관함이 었다. 그 안에는 스카프 하나, 짝이 맞지 않는 장갑 몇 개, 팔찌, 보 청기, 그리고 안경이 다섯 개나 들어 있었다. 이쯤 되자 하나쯤 골 라 논나 거라고 우겨볼까 싶은 마음이 들었지만, 나중에 진짜 주 인이 찾으러 왔는데 없으면 양심에 찔릴 것 같았다.

"진료실도 한번 둘러볼래요?" 딘이 물었다.

아, 제발. 이 어설픈 연극을 더 이어가고 싶진 않았다. 하지만 안 본다고 하면 이게 다 거짓말이라는 걸 딘도 알아챌 게 분명했다. 나는 억지로 웃으며 고맙다는 듯 고개를 끄덕이고 딘을 따라 안쪽으로 들어갔다.

딘은 자기가 주로 쓰는 첫 번째 진료실로 나를 데려갔다. 밝고 깔끔한 공간이었고 그의 애프터셰이브 향이 은은하게 났다. 나는 진료대 옆에 쪼그려 앉아 '잃어버린' 안경을 찾는 척했고, 딘은 그런 나를 가만히 지켜보고 있었다.

"논나가 정말로 안경을 잃어버렸어요?" 그가 물었다.

나는 몸을 일으켰다. 다행히 내 피부 톤은 얼굴이 빨개져도 잘 티가 나지 않았다. "네? 그럼 제가 전부 지어냈다고 생각하세요?"

"조금은요." 딘이 고개를 끄덕였다.

뭐 이런 사람이 다 있지? 비록 백 퍼센트 맞는 말이긴 했지만. "제가 왜 잃어버리지도 않은 안경을 찾겠다고 여기까지 와서 이러고 있겠어요?"

"미쳤거나," 그가 장난스러운 미소를 지었다. 보조개가 쏙 들어 갔다. "아니면 제 생각이 너무 많이 나서 다시 보고 싶었거나."

"말도 안 돼요." 나는 코웃음을 쳤다.

"참고로" 딘이 말했다. "전 오늘 저녁 시간 비어 있는데…"

심장이 살짝 뛰었다. "그래요?"

그 말에 그는 활짝 웃었다. "관심 있나 보네요?"

나는 어깨를 으쓱했다. "뭐, 딱히 할 일도 없고 해서요."

"사실은," 딘이 손가락을 튕겼다. "오늘 저녁에 약속이 있긴 해 요."

나는 그를 노려봤다. 일부러 그런 게 분명했다. 씩 웃고 있는 표
정이 증거였다. "그럼 됐어요."

"같이 갈래요?"

나는 눈을 가늘게 떴다. "어디를요?"

"댄스 수업."

…뭐라고?

"여동생이 몇 달 뒤에 결혼하거든요." 딘이 설명했다. "그리고 제
춤 실력이 아주 처참하다는 평가를 받았죠. 그래서 여동생이 친절
하게도 사교댄스 수업을 등록해 주고 안 가면 어떻게 될지 친절하
게 협박까지 해줬어요."

나는 웃음을 터뜨렸다. "여동생한테 휘둘리는 타입이세요?"

"그 애 결혼식이잖아요." 그는 넥타이를 바로잡았다. "내 형편없
는 춤 때문에 망치고 싶진 않거든요. 어때요? 같이 갈래요?"

"저 같은 사람도 갑자기 끼워줘요?"

"그럼요. 당연하죠."

나는 잠깐 망설였다.

"에이." 딘이 말했다. "논나 안경 찾는 척하느라 쓴 시간이 전부
헛수고로 끝나게 할 순 없잖아요?"

듣고 보니 그럴듯했다.

한 시간 뒤, 딘과 나는 미드타운에 있는 댄스 스튜디오에 도착
해 있었다. 그는 내가 수업에 참여할 수 있게 해달라며 제법 입심
을 발휘해야 했다. 원래 딘에게는 이미 프로 파트너가 배정돼 있었
다. 하지만 그가 테이블 위로 지폐 몇 장을 슬쩍 밀어주자 상대방

도 금세 기분이 풀린 듯했다. 나를 수업에 끼워주는 데 아무런 문제가 없었다.

"말 잘하시네요." 댄스 연습실로 들어서며 내가 낮게 말했다. 반대편 벽에는 커다란 거울이 설치돼 있어서 우리가 얼마나 엉망으로 추고 있는지가 훤히 비치고 있었다.

"제가 춤추는 걸 보면 생각이 달라질걸요."

강사는 옥사나라는 이름의 여자였다. 동유럽 억양이 강했고 몸에 딱 붙는 검은 상의와 짧은 치마를 입고 있었다. 작고 완벽한 몸매였다. 딘이 넋을 놓고 쳐다봤어도 이해했을 텐데, 그는 그러지 않았다. 우리가 마주 선 채 다음 지시를 기다리는 동안 그의 시선은 줄곧 나에게만 머물러 있었다.

"자, 숙녀분들!" 옥사나가 쩌렁쩌렁한 목소리로 외쳤다. 저 작은 몸에서 저런 소리가 나올 줄이야. "왼손은 파트너의 어깨에 올리고, 오른손은 파트너의 손을 잡으세요."

나는 딘 쪽으로 한 걸음 다가갔다. 세상에. 향이 너무 좋았다. 게다가 그의 미소 때문에 숨 쉬는 게 조금 힘들어졌다. 왼손을 그의 어깨 위에 얹자 손바닥 아래로 단단한 근육이 느껴졌다. 분명 꾸준히 운동하는 몸이었다. 오른손은 자연스럽게 그의 손 안으로 들어갔다. 크고 따뜻한 손. 그와 닿아 있는 것만으로도 심장이 빨라졌다.

"남성분들!" 옥사나가 말했다. "오른손은 파트너의 등에."

이제 그의 손이 내 등에 닿았다. 얇은 셔츠 너머로 전해지는 온기. 우리는 너무 가까웠다. 그의 턱에 난 짙은 수염 자국이 또렷이 보였다. 잠깐 시선이 마주쳤고, 그는 나에게 윙크를 했다.

…정말 섹시했다.

옥사나는 스테레오 쪽으로 성큼성큼 걸어가 음악을 틀었다. 바비 다린의 '드림 러버'가 흘러나왔다. '매일 밤 나는 바라고 또 바라요. 꿈속의 연인이 내 앞에 나타나 주기를….'

"자," 옥사나가 선언했다. "이제 차차차를 배워볼 거예요."

딘은 농담한 게 아니었다. 그는 춤을 잘 추는 편이 아니었다. 리듬감이 타고난 사람은 아니었지만, 대신 정말 열심히 했다. 그는 음악에 맞춰 박자를 세고 있었다. 그런데도 이상하게 우리는 꽤 즐거웠다. 사교댄스 수업이 이렇게 재미있을 줄은 몰랐다.

"하나… 둘… 셋…." 그가 박자를 맞추며 중얼거렸다.

나는 웃음을 터뜨렸다. "완전 너드 같아요."

"당연하죠." 그가 말했다. "저 심장 전문의예요. 다들 너드죠. 그래도 전 좀 멋진 너드예요."

"뭐가 멋진데요?"

딘이 팔을 뻗어 나를 빙글 돌렸다. "힙합 좋아해요. 이 정도면 쿨하죠?"

"전혀요."

"트위터 계정도 있어요. 비밀번호는 까먹었지만."

"여전히 아니에요."

"문신도 있고요."

나는 고개를 젖혀 그의 얼굴을 올려다봤다. "진짜요?"

"그럴 수도 있고 아닐 수도 있고."

"어디요?"

"아." 딘이 웃었다. "그건 비밀이에요. 나랑 다시 데이트하면 알려

줄게요."

"그럼 아쉽네요." 내가 말했다. "아직은 멋지다고 확신이 안 들어서요."

"이건 어때요?" 그가 살짝 몸을 기울였다. 민트향이 느껴졌다. "키스는 진짜 잘해요."

"그건 본인 주장 아닌가요."

"신에게 맹세코." 그는 시선을 떼지 않은 채 나를 바라봤다. "원하면 직접 증명해 줄 수도 있어요."

"글쎄요." 나는 일부러 모호하게 대답했다. 그는 다시 한번 윙크했다.

그날 수업이 끝날 때까지 내 머릿속은 온통 키스 생각뿐이었다. 그가 나를 보는 눈빛을 보니, 아마 그도 마찬가지였을 것이다. 우리는 남은 20분을 허둥대며 마무리했고, 수업이 끝나자 딘이 밥을 먹으러 가자고 했다.

"너무 좋아요." 내가 말했다. "배고파 죽겠어요."

"뭐 먹고 싶은 거 있어요?"

"아무거나요."

…그런데 밖으로 나오고 나서야 깨달았다.

두 시간짜리 댄스 수업에 완전히 잘못된 신발을 신고 왔다는 걸. 발가락에 물집이 잡혀서 한 발짝 한 발짝이 고통스러웠다. 그래도 약해 보이고 싶진 않아서 아무 말도 하지 않았다. 이 정도 고통은 참을 만했다.

"괜찮아요?" 첫 번째 블록 끝에서 딘이 나를 힐끗 보며 물었다.

"네, 괜찮아요."

234

"다리를 절고 있잖아요."

들켰다. "발이 좀 아파요." 나는 인정했다. "그래도 같이 가서 먹고 싶어요."

그는 한 걸음 물러서서 나를 가만히 훑어봤다. 그러더니 돌아서서 등을 내밀었다. "자, 올라타요."

나는 웃었다. "네?"

"발 아프다면서요. 여기서 식당까지 세 블록은 더 가야 해요."

"업어 주실 필요까진 없어요!"

"그러고 싶어요."

"저, 가볍지 않은데요."

"내가 당신을 업을 힘도 없을 것 같아요?"

그의 셔츠 너머로 느껴졌던 단단한 근육의 감촉이 떠올랐다. 팔에 손을 얹었을 때 느꼈던 그 감각. 딘이라면 충분히 나를 업을 수 있었다. "…알겠어요."

그가 정말로 나를 업고 식당까지 가는 동안 나는 그의 등에 조용히 몸을 맡겼다. 그는 나를 업고도 한 번도 힘들다는 기색을 보이지 않았다. 어느 순간 나는 자연스럽게 그의 등에 이마를 기댔다. 그날 밤은, 내가 여태껏 보낸 밤들 중 가장 좋은 밤이었을지도 모른다.

식당에 도착하자 딘은 조심스럽게 나를 내려놓았다. 발이 바닥에 닿는 순간 욱신거렸지만, 참을 만했다. 더 이상 걷지만 않으면 괜찮을 것 같았다.

"고마워요." 내가 말했다.

"천만에요." 그가 웃으며 답했다.

34

새 여자친구

캐시는 리디아와 피트와 함께 저녁을 먹으러 가는 게 내키지 않았다. 정말이지 죽도록 싫었다. 그녀는 여러 번 조엘에게 리디아가 불편하다는 뜻을 내비쳤다. 하지만 오히려 그게 이 저녁 약속을 하게 된 이유 같았다. 피트는 조엘의 절친이었고, 조엘은 네 사람이 모두 잘 지내길 바라는 모양이었다.

말도 안 되는 소리였지만 그래도 노력은 해 보기로 했다.

식당은 리디아가 골랐다. 웨스트사이드의 프렌치 레스토랑이었다. 캐시는 태어나서 프랑스 음식을 한 번도 먹어본 적이 없었다. 프렌치프라이를 빼면 말이다. 물론 그건 프랑스 요리로 치지도 않는 것 같았지만. 미리 온라인으로 메뉴를 찾아봤는데, 가격을 보는 순간 심장이 덜컥 내려앉았다. 계산하겠다고 나서는 척조차 못할 것 같았다.

"저기요, 조엘⋯." 식당으로 가는 택시 안에서 캐시는 코를 문지르며 일부러 훌쩍였다. "나 몸이 좀 안 좋은 것 같아요. 그냥 안 가는 게 낫지 않을까요? 괜히 옮기기라도 하면 안 되잖아요."

조엘은 눈을 굴렸다. "그만 좀 해, 캐시. 안 통해. 그렇게 나쁘진 않을 거야."

캐시는 대답 대신 치마를 슬쩍 잡아당겼다. 검은색 치마였고 무룹 아래까지 내려왔지만, 그래도 왠지 너무 짧은 것 같았다. 리디아라면 분명 이것만으로도 트집을 잡을 것이다. 사실 완벽한 옷을 입고 갔다고 해도 리디아는 어차피 흠을 찾아냈겠지만.

그 레스토랑은 위치를 정확히 알고 가지 않으면 그냥 지나칠 법한 작은 곳이었다. 택시는 가게 바로 앞에 그들을 내려주었고, 캐시는 마치 사형장으로 걸어가는 기분으로 문을 향해 발걸음을 옮겼다. 조엘이 손을 잡아 줬지만 큰 위로는 되지 않았다.

안으로 들어가 보니 리디아와 피트는 이미 안쪽 테이블에 앉아 있었다. 가게 안이 워낙 어두워서 처음엔 잘 보이지도 않았다. 조명이라고는 대부분 촛불뿐이었고, 그들의 테이블에는 높이가 다른 초 세 개가 놓여 있었다. 리디아의 옅은 하늘색 드레스가 눈에 확 들어왔다. 피부 톤에 완벽하게 어울리는 눈부실 정도로 아름다운 드레스였다.

피트는 헝클어진 금발 머리를 손으로 쓸어 넘기며 한쪽 입꼬리를 올렸다. 셔츠는 윗단추 두 개가 풀려 있었는데 리디아가 질색할 만한 모습이었다. "오랜만이네요, 캐시."

캐시는 저 꼴로 나온 피트를 리디아가 그냥 두는 게 신기했다. "안녕하세요, 피트." 그리고 덧붙였다. "리디아."

리디아는 고개만 까딱하더니 와인 잔을 들어 한 모금 마셨다.

테이블 위에는 이미 와인 한 병이 놓여 있었다. 리디아가 미리 주문해 둔 모양이었다. 캐시는 잔을 들어 거의 가득 따랐다. 오늘 밤을 버티려면 이게 필요했다. 메뉴를 집어 들고 훑어보니 온라인에서 봤던 것보다 가격이 더 비싸 보였다. 스테이크 옆에 적힌 금액을 보고 그녀는 숨을 들이켰다.

"여기 푸아그라 무스 전채요리가 정말 끝내준대." 리디아가 날카로운 눈으로 메뉴를 훑으며 말했다. "테이블용으로 하나 시킬까?"

푸아그라? 어딘가에서 들어본 것 같긴 했다. 정확히 뭔지는 모르겠지만. 그래도 무스는 좋아했다. 그리고 까다로운 사람처럼 보이고 싶지 않았다. "좋을 것 같아요." 캐시가 말했다.

리디아의 눈썹이 살짝 올라갔다. "푸아그라 좋아해요, 캐시?"

캐시는 몸을 움찔했다. "네…?"

리디아의 입가에 미소가 번졌다. "그게 뭔지는 알고요?"

테이블 위로 끔찍한 침묵이 내려앉았다. 캐시는 푸아그라가 뭔지 전혀 몰랐다. 짐작조차 할 수 없었다. 과일일 수도 있고, 달팽이일 수도 있고, 프랑스에만 사는 듣도 보도 못한 어떤 동물일 수도 있었다. 그녀는 조엘을 힐끗 바라봤다. 제발 대신 대답해 주길 바라면서. 하지만 조엘은 메뉴만 뚫어져라 쳐다보고 있었다.

다행히도 피트가 침묵을 깼다. "오리 간이에요. 전 그거 딱 질색이에요."

"그건 당신 취향이 덜 세련돼서 그래." 리디아가 콧방귀를 뀌듯 말했다.

"말 좀 좋게 해, 리디아."

리디아의 까칠함이 잠시 다른 데로 향한 건 다행이었지만, 리디아와 피트가 서로 쏘아붙이는 걸 듣는 것도 만만치 않게 괴로웠다. 두 사람은 안나의 아기를 보러 갔을 때도 내내 저랬다.

그때 캐시의 가방 안에서 휴대폰이 짧게 울렸다. 그녀는 눈치를 보며 슬쩍 화면을 확인했다. 오늘 오후 북랜드에서 이 끔찍한 약속 얘길 한바탕 털어놓은 뒤, 조이가 위로의 메시지를 보내온 거였다.

"참 신기하네요." 리디아가 말했다. "어떤 사람들은 식사 한 끼도 휴대폰 없이 못 넘기잖아요."

캐시는 가방에서 시선을 떼며 얼굴이 확 달아오르는 걸 느꼈다. "그게 아니라…."

"신경 쓰지 마요." 리디아는 어깨를 으쓱했다. "계속 휴대폰 보셔도 돼요."

아, 제발.

"그런데 말이야, 피터." 리디아가 말을 이었다. "내일 레슨에 바이올렛 좀 데려다줄 수 있어? 나 야근해야 해서."

피트가 신음을 흘렸다. "그 애 레슨이 너무 많아. 아직 다섯 살이잖아! 내일은 또 뭐야?"

"바이올린."

캐시는 웃음을 간신히 참았다. "바이올렛이 바이올린을 배워요?"

리디아는 메뉴판을 내려놓고 테이블 너머로 캐시를 노려봤다. "뭐가 웃기죠?"

"아니, 그게… 이름이랑 좀 비슷해서요." 캐시는 말끝을 흐렸다.

하지만 조엘은 피식 웃었고 피트는 배를 잡고 웃음을 터뜨렸다. "웃기긴 하지." 피트가 맞장구쳤다. "바이올렛. 바이올린. 바이올렛 바이올린."

이번엔 리디아가 남편을 노려봤다. 아직 주문도 하지 않았는데 이 저녁은 이미 견딜 수 없을 만큼 불편해지고 있었다. 이 자리에 자신을 끌고 온 조엘을 두고두고 원망하게 될 것 같았다.

"바이올린은 바이올렛이 태어났을 때 받은 선물이었어." 리디아가 말했다. "프란체스카가 준 거니까."

또 프란체스카였다. 리디아랑 대화를 하면 결국 프란체스카 얘기로 흘러갔다.

"신생아한테 그렇게 복잡한 악기를 주는 사람이 어딨어." 피트가 중얼거렸다.

캐시는 그의 발음이 살짝 흐려진 걸 알아차렸다. 와인 병을 힐끗 보니 어느새 거의 비어 있었다.

"그건 우리가 받은 선물 중에서 가장 뜻깊은 거였어요." 리디아는 이번엔 캐시를 똑바로 보며 말했다. "옷이랑 장난감은 잔뜩 받았지만, 그건 달랐죠. 그 바이올린은 원래 프란체스카 거였거든요."

캐시는 조엘과 눈을 마주치려 했지만, 그는 짙은 파란색 테이블보만 내려다보고 있었다. "아…." 캐시는 더 할 말을 찾지 못했다.

"그 바이올린이 결정적이었어요." 리디아가 말했다. "그렇게 사려 깊은 선물 덕분에 우리는 프란체스카를 바이올렛의 대모로 삼았어요."

프란체스카가… 바이올렛의 뭐라고?

35

전 여자친구

딘이 나를 업어서 데려온 곳은 그리스 음식을 파는 식당이었다. 내가 상상했던 것처럼 어둡고 촛불이 은은한 곳은 아니었다. 천장에는 형광등이 번쩍거렸고 부스 테이블은 친밀한 대화를 나누기엔 지나치게 넓었다. 그래도 딘은 마음에 드는 눈치였다. 문을 들어선 지 30초도 채 안 돼서 그는 주인과 그리스인끼리의 공감대를 금세 형성했다. 두 사람은 악수를 나누며 내가 알아듣지 못하는 그리스어로 몇 마디 주고받았고, 이내 주인은 우리를 안쪽 테이블로 안내했다. 돌아서기 전 그는 딘을 한 번 더 힐끗 보더니 윙크를 하며 말했다. "오모르포 코리치(예쁜 여자라는 뜻 – 옮긴이)."

"무슨 뜻이에요?" 내가 딘에게 물었다.

"음식에 침 안 뱉겠다고 약속한 거예요."

나는 눈을 굴렸다. "그리스어 유창하세요?"

딘은 고개를 갸웃했다. "아뇨, 딱히요. 우리 엄마 말로는 유치원생 수준이래요. 그래도 대충은 알아들어요."

"그리스엔 가 본 적 있어요?"

그는 고개를 끄덕였다. "조부모님이 알렉산드루폴리에 사셨어요."

"알렉산…?"

"알렉산드루폴리." 그가 환하게 웃으며 하얀 이를 드러냈다. 딘은 치아가 참 예뻤다. 입에 딱 맞는 크기였고 인위적으로 하얗지도 않으면서 잘 관리된 느낌이었다. 나는 치아 관리 잘하는 남자에게는 늘 호감이 갔다. "뉴욕에 비하면 작은 도시예요. 바닷가에 붙어 있고 원래는 어촌이었죠. 정말 아름다운 곳이에요."

"이제는 안 가세요?"

그의 검은 눈동자가 잠시 멀어졌다. "대학 다닐 때 조부모님이 돌아가신 후로는 못 갔어요. 가끔 그리워요."

나는 문득 딘과 함께 그리스의 작은 도시로 여행을 가는 미래를 상상해 버렸다. 푸르고 반짝이는 바다를 나란히 바라보는 모습을. …말도 안 돼. 이건 첫 데이트잖아. 내가 왜 벌써 그리스 여행을 상상하고 있는 거지?

그때 웨이터가 물컵을 내려놓았고 딘이 나를 보며 물었다. "당신은요? 이탈리아어 잘해요?"

"시(Si, '네'라는 뜻의 이탈리아어 - 옮긴이)." 나는 고개를 끄덕였다. "논나는 영어보다 이탈리아어를 더 잘하세요. 전 어릴 때 할머니랑 보내는 시간이 많았거든요. 요리도 다 할머니한테 배웠고요."

"아, 맞다." 딘이 말했다. "전설의 셰프. 솔직히 말하면 당신이 만든 음식이 좀 궁금해요."

내 입가에 미소가 번졌다. "기회 되면 해드릴게요."

"뭐가 제일 자신 있어요?"

"제일 자신 있는 거요?" 나는 냅킨을 만지작거리며 잠시 생각했다. 테이블 아래에서 딘의 신발이 내 신발에 닿았다. 우연일까, 일부러일까? "파스타 에 파졸리요."

"그게 뭐예요?"

"파스타랑 콩요." 나는 웃었다. "서민 음식이에요. 고기도 안 들어가고요. 근데 할머니 방식대로 만들면 웬만한 레스토랑 음식보다 훨씬 맛있어요. 제 최고의 소울 푸드죠." 나는 잠깐 망설이다 말했다. "다음에 해드릴 수도 있고요."

딘이 눈썹을 치켜올렸다. "그럼 다음이 있다는 거네요?"

이제는 분명했다. 그의 발이 일부러 내 발에 닿고 있었다. "네. 그런 것 같아요."

"좋아요." 그가 다시 그 멋진 미소를 짓자 보조개가 쏙 들어갔다. "참, 그리고 저 뉴욕 좀 안내해 줘요. 토박이 뉴요커 맞죠?"

나는 고개를 끄덕였다. "시카고에서 왔다고 하셨죠?"

"맞아요. 바람의 도시." 그는 더 할 말이 있는 듯했지만, 대신 이렇게 말했다. "변화가 필요했거든요."

생각하기도 전에 말이 튀어나왔다. "안 좋게 헤어졌어요?"

그는 눈을 몇 번 깜빡였다. 내가 그의 진료실에 처음 나타났을 때 이후로 처음 보는 당황한 표정이었다. "들켰네요."

물론 자세한 내용이 궁금했다. 시카고에 있는 그 정체불명의 여자는 어떤 사람이었을까. 딘 같은 남자를 놓치다니. 아니면 그가 먼저 끝낸 걸까? 그는 아직도 그녀를 생각할까? 휴대폰 화면을 바라보며 전화할까 말까 망설이기도 할까?

하지만 그런 말은 할 수 없었다. 대신 나는 조용히 말했다. "저도… 공감해요."

딘이 물컵을 들어 올렸다. "이제는 좀 나아지겠죠?"

나는 그의 컵에 내 컵을 살짝 부딪쳤다. "네. 그러길 바라요."

36

새 여자친구

프란체스카가 바이올렛의 대모라는 사실이 드러난 뒤로 저녁 식사는 최악에서 더 최악으로 굴러갔다. 피트와 리디아는 입만 열면 싸웠고 와인을 한 병 더 시켰다. 그러더니 피트는 점점 더 취해 갔다. 한 번은 분위기가 너무 심해져서 조엘이 테이블 아래로 캐시의 손을 살짝 힘주어 잡아 줬다. 캐시가 얼마나 힘들어하는지 그에게도 다 보였던 거다.

게다가 처음 먹어본 푸아그라 무스도 입에 맞지 않았다. 냅킨에 뱉어 버리지 않으려고 이를 악물고 버텼다.

식사가 끝나갈 무렵, 리디아의 휴대폰이 울렸다. 아까 캐시가 휴대폰을 꺼냈다고 빈정대던 그녀는 정작 자기 폰이 울리자 아무렇지 않게 전화를 받았다.

"응, 루시." 리디아가 전화기에 대고 말했다. "바이올렛은 괜찮아?" 잠깐 듣더니 말을 이었다. "그럼 잠자리 동화는?" 또 잠깐 침묵이 흘렀고 리디아는 혀를 찼다. "아니. 바이올렛이 스스로 읽어야지. 걔 글자 읽을 줄 알아!"

리디아는 테이블을 향해 과장되게 눈을 굴렸다. "바이올렛 바꿔. 내가 얘기할게."

그 말만 남기고 리디아는 자리에서 벌떡 일어나 식당 앞쪽으로 걸어갔다. 우리 셋이 빤히 처다보는 가운데 딸과 통화하긴 싫었겠지. 리디아가 사라지자 숨통이 트였다. 팽팽하던 공기가 눈에 띄게 풀렸다.

"바이올렛이 벌써 글을 읽는다니 대단하네요." 캐시가 일부러 밝게 말했다.

그 말에 피트가 조금 정신을 차린 듯했다. "네, 뭐… 리디아가 가르쳤어요. 진짜 열심히 했죠."

리디아는 잘나가는 변호사였고 그 자체로 대단한 사람이었지만, 정작 자기 커리어 얘기는 거의 하지 않았다. 리디아 인생에서 가장 큰 자부심은 결국 어린 딸인 것 같았다.

"아무튼," 피트가 말했다. "오늘 리디아가 좀 심했죠. 미안해요."

"피트." 조엘이 캐시를 힐끗 보더니 낮게 말했다. "됐어. 별일 아니었어."

"아니, 별일 맞아." 피트는 두 손바닥으로 얼굴을 박박 문질렀다. "우리 부모님 이혼이 진짜 지독했거든요. 난 우리 아이한테 그런 걸 겪게 하고 싶지 않았어요. 근데…"

캐시는 그제야 피트가 무슨 말을 하려는지 알 것 같았다. 바이올렛 때문에 어떻게든 버텨 왔지만, 이제 더는 못 버틴다는 뜻이었다. 느긋하고 장난치기 좋아하는 피트가 리디아 같은 여자와 결혼 생활을 지속할 수 있을 리 없었다. 둘은 결국 갈라서서 바이올렛을 함께 키우게 될 것이다. 캐시는 피트가 안쓰러웠다. 그래도 다시는 이런 어색한 저녁 자리를 견디지 않아도 된다는 사실이 조금은 다행처럼 느껴졌다.

식사가 끝난 뒤 조엘은 캐시를 집까지 데려다줬다. 프렌치 레스토랑에서 그녀의 아파트까지는 꽤 멀었지만, 음식이 워낙 기름지고 무거워서 걷는 편이 오히려 좋았다. 밤공기는 차갑긴 했지만 살을 에일 정도는 아니었고, 캐시의 가죽 부츠는 발걸음마다 얇게 쌓인 눈 위에서 사각거리는 소리를 냈다.

"리디아랑 피트 같은 사람들이 어떻게 같이 살게 된 거죠?" 캐시가 혼잣말처럼 말했다.

"나도 둘이 어울린다고 생각한 적은 없어." 조엘이 말했다. "근데 피트가 리디아한테 푹 빠져 있었거든. 물론 리디아한테 좋은 점도 많지. 똑똑하고, 성공했고, 예쁘고. 근데 성격이 너무 안 맞아."

"그건 확실히 그래요."

"난 바이올렛이 제일 불쌍해." 조엘이 한숨을 쉬었다. "이혼이 깔끔하게 끝날 리 없을 거야. 둘 다 그 애를 죽도록 사랑하니까. 어떻게든 잘 해결할 방법을 찾았으면 좋겠는데."

캐시는 검은 코트에 초록 모자를 쓰고 목에 스카프를 단단히 감은 조엘을 바라봤다. 지금까지는 조엘과 자신 사이에 결혼과 아이 같은 미래가 있을지 스스로에게 묻곤 했다. 그런데 처음으로 캐시는 조엘과 헤어지게 된다면 어떤 모습일지 떠올렸다. 그는 잔인해질까? 상상이 되지 않았다. 하지만 사람은 화가 나면 달라진다. 캐시는 조엘이 정말 화내는 모습을 본 적이 없었다.

곧 보게 될지도 모른다는 생각이 들었다. 그가 만약 자신의 비밀을 알게 된다면 어떤 반응을 보일까. 안나가 했던 말이 기억났다. 조엘이 프란체스카와 헤어진 이유.

그녀가 뭔가를 숨겼고, 조엘이 그 일로 정말 괴로워했다고 했다.

그러니 진실은 절대 들켜서는 안 된다.

37

전 여자친구

"죄송하지만 10분 뒤에 문을 닫습니다."

직원이 미안한 기색이 역력한 목소리로 우리 테이블에 와서 그렇게 말했다. 나는 깜짝 놀라 손목시계를 내려다봤다. 세상에, 거의 자정이었다. 어떻게 이렇게 오래 얘기를 한 거지? 대체 무슨 얘기를 했는지도 잘 기억이 나지 않았다.

말하지 않을 때는 그저 서로를 가만히 바라보고 있었을 뿐인데.

"이렇게 늦은 줄 몰랐어요. 이제 집에 가야겠네요."

"데려다줄게요." 그가 말했다.

"괜찮아요. 지하철 타면 바로 가요."

"지하철이요?" 그의 입이 벌어졌다. "이 시간에? 말도 안 돼요. 제가 차로 데려다줄게요."

"안 그러셔도…."

"당연히 그래야죠." 그가 코웃음을 쳤다. "밤늦게 데이트 상대 집에 데려다주려고 차가 있는 거지, 뭐 하려고 한 달에 주차비를 5백 달러씩 내겠어요?"

말은 안 했지만 나도 이 시간에 지하철을 타는 게 썩 내키지는 않았다. 그렇다고 벤슨허스트까지 택시를 탈 여유도 없었다. 그래서 예의상 한 번은 사양했으니 이제는 그가 데려다주게 두기로 했다.

딘은 계산서를 보여 주지도 않은 채 바로 결제했고 우리는 다시 댄스 스튜디오 앞에 세워 둔 그의 초록색 도요타 캠리로 향했다. 포르셰나 페라리 같은 과시용 차가 아니라서 왠지 마음이 놓였다. 분명 그런 차도 충분히 살 수 있을 텐데 말이다. 발도 이제는 한결 나아졌고, 나는 그와 바짝 붙어 걸었다. 어깨가 거의 닿을 만큼. 거리는 어둡고 한산했지만, 딘이 옆에 있으니 이상하게도 안전하다는 느낌이 들었다.

"댄스 레슨은 더 받을 거예요?" 내가 물었다.

"아뇨." 그가 잠시 생각하다가 말했다. "오늘 하루로 망신은 충분히 당한 것 같은데요?"

"그 정도는 아니었어요."

"거짓말."

"조금만 더 연습하면 될 것 같아요."

그가 갑자기 길 한복판에서 멈추자, 나도 따라서 멈춰 섰다. 그는 아주 가까이 서 있었다. 함께 춤추던 그때만큼. "내가 못 하는 건 이제 봤으니까…." 그가 눈썹을 치켜올렸다. "이번엔 잘하는 걸 보여줘도 될까요?"

나는 고개를 들어 그를 올려다봤다. "자신감 넘치네요."

"내가 잘하는 일에 대해서는 그래요." 그는 한 발짝 더 다가왔다. "난 정말 실력 있는 의사고, 키스도 잘해요. 춤은 엉망이지만."

"그건 인정이네요."

"그럼… 괜찮은 거죠?"

나는 아주 잠깐 망설이다가 고개를 끄덕이며 입술을 살짝 들어

올렸다. 거의 눈에 띄지도 않을 정도의 신호였지만 그는 알아챘다. 그는 내 입술 바로 앞까지 다가왔다가 머리카락 한 올 간격을 남기고 멈췄다. 그리고 이번엔 내가 고개를 조금 더 들어 그 틈을 메웠다.

그가 과장한 게 아닐까 잠깐 생각했지만, 전혀 아니었다. 그는 한 손으로 내 등을 끌어당겼고 다른 손은 내 머리칼 사이로 파고들었다. 그의 입술은 정말 말도 안 되게 좋았다. 지금까지 해 본 것 중 최고의 키스였다. 아니, 그 말로도 부족했다. 평생 다시는 없을지도 모를 완벽에 가까운 키스였다. 이제껏 내가 키스라고 믿어 왔던 것들이 전부 흐릿해질 만큼.

입술이 떨어지자 나는 온몸이 떨렸다. 무릎에 힘이 풀려 제대로 서 있기도 힘들었다. 딘의 얼굴을 보자 그 역시 나와 똑같은 표정을 짓고 있었다. "와…." 그가 숨을 내쉬듯 말했다.

"네…." 간신히 대답이 나왔다.

"방금 그건…."

"네…."

그는 내 귀 옆으로 고개를 기울여 낮게 속삭였다. "내가 정말 잘하는 게 하나 더 있어요. 언젠가 꼭 보여 주고 싶은데."

나도 정말 보고 싶었다. 다만 방금 키스를 생각하면… 감당이 될지 모르겠다는 게 문제였다.

다음 날 아침 눈을 떴을 때 딘이 내 침대에 함께 있어도 이상하지 않았겠지만, 그는 끝까지 신사였고 그런 얘기는 꺼내지도 않았다. 대신 차에서 내리기 전에 믿을 수 없을 만큼 멋진 키스를 한 번 더 남겼다. 그의 옷깃을 붙잡고 그대로 위층으로 끌고 올라가지 않으려고 자제력을 총동원해야 했다. 논나라면 분명 등을 떠밀어 줬을 텐데.

"내일 문자할게요." 그가 말했다.

"꼭 해요."

그리고 눈을 비비며 기지개를 켜는 지금, 어젯밤은 그저 달콤한 기억으로 남아 있었다. 침대 옆 빈자리를 바라보며 거기에 딘이 있었으면 좋겠다고 생각했다. 잠에 헝클어진 검은 머리, 얇은 시트 아래로 어렴풋이 드러나는 단단한 가슴, 그리고 어디에 있는지는 모르겠지만 그 문신까지.

…이런. 찬물 샤워가 필요했다.

나는 침대에서 일어나 협탁 위에 둔 휴대폰을 집어 들었다. 아직 이른 시간이었지만 혹시나 딘에게서 문자가 와 있지 않을까 기대했다. 어젯밤 그가 했던 말이 떠올랐다. 자긴 밀당 같은 건 안 한다고. 마음에 드는 여자가 있으면 사흘씩 기다리느라 시간 낭비하지 않는다고, 그건 말도 안 되는 소리라며 웃었다. 그 점이 정말 마음에 들었다.

물론 그 말은 약속한 문자가 오지 않는다면 관심이 없다는 뜻이기도 했다.

딘과 다시 못 만나게 될까 봐 배 속이 서늘해졌다. 하지만 이내 고개를 저었다. 그는 문자를 보낼 거다. 분명 그렇게 말했고, 어젯밤 나를 바라보던 눈빛도 확실했다. 그 키스는 일방적인 게 아니었다.

더 고민할 틈도 없이 휴대폰이 진동했다. 딘에게서 온 메시지였다.

'언제 다시 볼 수 있을까요?'

아직 아침 아홉 시도 안 됐다. 나만큼이나 다시 보고 싶은 게 분명했다. 그 생각만으로도 입술이 간질거렸다.

나는 바로 답장을 할지 잠시 망설였다. 너무 들뜬 사람처럼 보이고 싶진 않았다. 딘은 밀당 같은 건 안 한다고 했지만, 그렇다고 나까지 아무 생각 없이 굴 수는 없었다.

샤워하고 옷 입고 나서 답장하는 것 정도는 괜찮겠지.

블라우스 단추를 채우고 있는데 휴대폰이 울렸다. 순간 심장이 두근거렸다. 딘일 거라 생각하며 전화를 집어 들었지만, 화면에 뜬 이름은 사촌인 닉 마스콜로였다.

닉이 왜 이 시간에 전화를 하지?

나는 통화 버튼을 눌렀다. "닉?"

"어, 안녕! 혹시 지금 바쁜 거 아니지?"

나는 손목시계를 내려다봤다. "응, 괜찮아. 무슨 일이야?"

"아침부터 전화해서 미안." 그가 말했다. "근데 그 여자 말이야. 네 전 남친 새 여자친구."

"그 여자가 왜?"

"이거 들어봐." 닉이 말했다. "진짜 상상도 못 했을 거야."

38
새 여자친구

캐시는 스타벅스 줄에 서서 커피 한 잔을 기다리고 있었다. 휴대폰을 만지작거리며 멍하니 서 있는데, 익숙한 목소리가 생각을 뚫고 들어왔다.

"카푸치노 하나요. 컵 가득 채워 주세요. 테이크아웃 컵으로요. 그리고 거품은 꼭 제대로 해 주세요. 거품이 별로면 다시 만들어 달라고 할 거니까요."

리디아였다. 카운터에서 주문을 하고 있었다. 캐시는 그녀 바로 뒤쪽, 두 사람쯤 떨어진 곳에 서 있었다. 줄에서 빠질까 고민했지만 그러지 않았다. 리디아 때문에 스타벅스까지 포기할 순 없었다. 라테가 마시고 싶으면 그냥 라테를 마시면 됐다.

"그리고 레이즌 브랜 머핀도 하나 주세요." 리디아는 이미 주문이 잘못됐다는 듯 날 선 목소리로 덧붙였다. "살짝 데워주세요. 전자레인지에 정확히 15초."

직원은 애써 미소를 지으며 물었다. "더 필요하신 건 없으세요?"

"주문 다시 불러주세요." 리디아가 명령하듯 말했다.

"테이크아웃 카푸치노 하나랑…."

"컵 가득 채운 카푸치노요. 거품 제대로 해서."

"컵 가득 채운 카푸치노." 직원이 성실하게 되풀이했다. "그리고 레이즌 브랜 머핀."

"전자레인지에 15초."

직원은 고개를 끄덕였다. 인내심이 한계에 다다른 게 훤히 보였다. "전자레인지에 15초요."

리디아는 운이 좋은 편이었다. 음료를 바로 앞에서 만들고 있으니까. 안 그랬으면 누가 컵에 침이라도 뱉었을지 몰랐다.

캐시 차례가 됐을 때도 리디아는 계산대 옆에 서 있었다. 캐시는 리디아가 자신을 알아보고 한마디 할 거라고 생각했지만 리디아는 휴대폰에 완전히 빠져 있었다.

리디아가 아직 눈치채지 못했다는 걸 확인하자 캐시는 잠깐 그녀를 바라봤다. 멀리서 봐도 숨 막히게 비싸 보이는 정장 차림이었다. 금발 머리는 매섭게 당겨 올린 프렌치 번으로 단정히 묶여 있었고, 날카로운 눈은 휴대폰 화면을 훑고 있었다. 리디아는 분명히 아름다운 여자였다. 프란체스카만큼은 아니었지만 그걸로 질투할 사람은 아닌 듯했다. 리디아는 외모에 집착하는 타입은 아니었다. 반면 프란체스카는 자기 외모를 완성하는 데 꽤 많은 시간을 쓰는 사람처럼 느껴졌다.

프란체스카. 왜 자꾸 그 여자가 떠오르는 걸까.

"리디아 님?"

자기 이름이 불리자 리디아는 고개를 휙 들었다. 카운터 위에 놓인 음료와 머핀이 보였다. 그녀는 손끝으로 머핀을 살짝 눌러 보더니 쏘아붙였다. "아직 차가운데요."

주문을 가져온 직원이 미간을 찌푸렸다. "전자레인지에 15초 돌렸어요.”

“그럼 잘못 돌린 거죠. 아직 차가우니까.”

직원은 고개를 저었다. “전자레인지를 ‘잘못’ 돌리는 건 불가능해요.”

“어쨌든 그렇게 하신 거잖아요.” 리디아는 접시를 카운터 쪽으로 밀어냈다. “다시 15초 돌려주세요.”

캐시 생각엔 그 직원이 머핀을 리디아 얼굴에 던져도 이상할 게 없었다. 하지만 그녀는 아무 말 없이 다시 전자레인지로 가 머핀을 한 번 더 데운 뒤 리디아 앞에 내려놓았다.

“이제 괜찮으세요?” 직원이 물었다.

리디아는 또 손끝으로 머핀을 만져 보았다. “네.”

“죄송합니다.”

리디아는 어깨를 으쓱했다. “이런 거 하나 똑바로 못해요?”

직원의 입이 딱 벌어졌다. 처음엔 그냥 참는 듯했지만, 아침부터 까다로운 손님을 너무 많이 상대했던 모양이었다. 그녀는 카운터 위에 있던 머핀을 집어 들어 바닥에 내던지더니 리디아를 똑바로 보며 말했다. “나가세요.”

리디아는 그녀를 노려봤다. “지금 뭐라고 했어요?”

“들어오실 때부터 계속 무례하셨어요. 저희는 더 이상 손님으로 모시고 싶지 않습니다.” 그녀는 계산대를 열고 몇 달러를 꺼내 내밀었다. “머핀은 환불해 드릴게요.”

리디아의 창백한 속눈썹이 파르르 떨렸다. “매니저를 불러주세요.”

“제가 매니저예요.” 그녀가 말했다. “지금 당장 나가 주세요.”

254

"좋아요." 리디아는 이를 갈 듯 내뱉었다. "이 일, 점장한테 다 얘기할 거예요. 두고 보세요."

그녀는 카푸치노를 거칠게 집어 들고 나가면서 커다란 가방으로 의자 하나를 넘어뜨렸다. 캐시는 믿기지 않는다는 듯 그 모습을 지켜봤다. 저 정도는 스타벅스에선 흔한 일일지도 모른다. 그런데 리디아는 묘하게 사람 신경을 건드리는 구석이 있었다.

적어도 캐시에게는 그랬다.

캐시는 주문한 라테를 집어 들고 서점으로 돌아가기 위해 밖으로 나왔다. 가게를 나서고 나서야 조이에게도 음료를 하나 사다 줄 걸 그랬나 싶었다. 뭐, 어쩔 수 없지.

모퉁이를 막 도는 순간, 휴대폰에 정신이 팔린 여자와 거의 부딪칠 뻔했다. 고개를 들어 보니 또 리디아였다. 이번에는 리디아도 캐시를 알아봤다. 피할 수 없었다.

"아." 리디아가 마침내 말했다. "당신이군요. 안녕하세요, 캣시."

'캣시'라니.

리디아는 캐시와 여러 번 식사를 했고 할로윈 파티에서 공개적으로 망신을 줬고 남편과 싸우는 모습도 그녀 앞에서 보여줬다. 그런데도 여전히 이름조차 제대로 부르지 않았다.

"캐시예요." 캐시는 굳이 정정했다.

"그래요." 리디아는 시선을 내렸다. 그제야 캐시는 그녀의 눈가가 붉게 달아오른 걸 알아봤다. 울었던 것처럼. "잘 지냈어요?"

리디아에 대한 짜증이 조금 가라앉는 게 느껴졌다. "괜찮으세요?"

"물론 괜찮죠." 리디아가 날카롭게 받아쳤다.

"아까 그 스타벅스 직원들, 많이 예민해 보이던데요." 캐시는 최대한 부드럽게 말했다.

리디아는 눈을 굴렸다. "내가 그 일로 상처라도 받은 것 같아요?"

"저 같으면 그럴 것 같아서요. 제 말은… 같은 상황이면요."

물론 캐시는 스타벅스 직원에게 무례하게 굴다 쫓겨날 일은 없겠지만. 그래도.

"그딴 건 전혀 상관없어요." 리디아는 손등으로 눈가를 휙 문질렀다. "진짜로요."

"아." 캐시는 입술을 깨물었다. "그래도 혹시 이야기하고 싶으시면…."

제발 아니라고 해. 제발.

리디아는 잠시 캐시를 바라봤다. 제안을 저울질하는 것처럼. 잠깐 망설이는 사이 그녀의 눈빛이 조금씩 가라앉았다. "아니요." 리디아가 결국 말했다. "그래도… 고마워요."

"언제든지요." 캐시가 말했다.

캐시는 서둘러 서점으로 돌아갔지만, 리디아 생각이 계속 머릿속을 맴돌았다. 늘 모든 걸 통제하고 있는 사람처럼 보였는데 방금은 어딘가 금이 간 것처럼 보였다. 물론 리디아에게 캐시의 도움이 필요할 리 없었다. 그녀에게는 프란체스카도 있고 안나도 있으니까. 그런데도 그 순간만큼은 세상에 혼자 남은 사람처럼 보였다.

서점으로 돌아왔을 때 조이는 문가에 걸터앉아 있었다. 코트는 이미 입고 있었고, 챙이 달린 이상한 분홍색 모자도 쓰고 있었다. 지난주에 중고 가게에서 통째로 맞춘 차림이었다. 조이가 같이 사러 가자고 했었지만 캐시는 여유가 없었다. 중고 가게에서 쓸 돈조차도.

"나 일찍 점심 먹고 와도 돼?" 조이가 물었다.

"그래." 캐시가 말했다. "손님도 없는데 뭐."

조이의 눈이 갑자기 반짝였다. "손님 끌 방법이 뭔지 알아?"

캐시는 얼굴을 찌푸렸다. "에로티카는 안 돼." 그 얘기는 이미 여러 번 나왔고, 캐시는 물러설 생각이 없었다.

"아니, 그것보다 훨씬 좋은 생각이 있어." 조이는 일부러 뜸을 들였다. 캐시는 본능적으로 긴장했다. "체험형 동물원을 여는 거야."

캐시의 입이 벌어졌다. "동… 동물원?"

"아주 작게 말이야." 조이가 재빨리 덧붙였다. "토끼 몇 마리랑, 닭 한 마리… 아니면 작은 염소 하나."

"염소?"

"물론 염소한테 기저귀는 채워야지." 조이는 눈을 굴렸다. 당연하다는 듯이.

"조이." 캐시는 페이지를 접어 표시해 두고 책을 내려놓았다. "서점에 염소는 안 돼. 난장판 날 거야."

"안 나." 조이가 말했다. "그래서 기저귀를 채우자는 거잖아."

캐시는 뭐라고 답해야 할지 몰랐다. "서점에서 체험형 동물원은 안 해. 말도 안 되는 아이디어야."

"알았어." 조이는 코를 훌쩍였다. "그래도 난 아이디어라도 내잖아. 넌 거기 앉아서 책만 읽고 있고…" 그녀는 캐시가 읽고 있던 페이퍼백 표지를 힐끗 봤다. "《폭풍의 언덕》? 세상에, 그 책을 몇 번이나 읽는 거야?"

"내가 제일 좋아하는 책이거든." 캐시가 말했다. "역대 최고의 사랑 이야기야."

조이는 코를 찡그렸다. "무슨 내용인데?"

"히스클리프라는 남자가 나오는데," 캐시가 말했다. "어릴 때 캐서린이라는 여자애를 사랑하게 돼. 근데 둘은 결국 못 이어져. 그래서 자길 깔보고 둘을 갈라놓은 사람들한테 평생 복수하며 살아가. 그리고 캐서린이 죽고 나서는 그녀가 어떤 모습이든, 자기를 괴롭히고 미치게 하더라도 상관없으니, 그녀의 영혼이라도 이 세상에 남아 주기를 간절히 빌어."

조이는 기저귀 찬 염소 얘기를 들었을 때의 캐시만큼이나 경악한 표정이었다. "그게 역대 최고의 사랑 이야기라고? 집착하는 사이코 얘기 같은데. 내 전 남친 잭이랑 똑같아."

"읽어 보면 알아." 캐시가 말했다.

조이는 어깨를 으쓱했다. "그럼 난 잭이 술집에서 여자 화장실까지 따라온 얘기나 소설로 써야겠다. 차세대 최고의 사랑 이야기가 될 수도 있겠네."

캐시는 눈을 굴리고 더 설득하려 들지 않았다. 조이는 이해하지 못했다. 지하철 플랫폼에서 우연히 만난 베아와 마브가 잃어버린 《폭풍의 언덕》 한 권으로 이어졌다는 이야기 같은 걸. 그런 사랑이 있다는 사실을 조이는 몰랐다.

캐시도 아직 그런 사랑을 겪어본 적은 없었다. 하지만 분명 어딘가에 있다고 믿었다. 그리고 갈망하고 있었다.

조이가 점심을 먹으러 나간 뒤에도 캐시는 더 이상 책에 집중할 수가 없었다. 조엘 생각이 났다. 누군가 그들의 연애를 이야기로 쓴다면 과연 '역대 최고의 사랑 이야기'라고 부를 수 있을까? 그는 그녀에게서 《폭풍의 언덕》을 샀다. 어머니 선물로. 그리고 데이트를 신청했고, 서로에게 끌렸다. 섹스도 잘 맞았다. 열쇠도 교환했다. 그는 핫한 의사였다. 다정했고 유머 감각도 있었고, 책임감도 강했고 똑똑했다. 체크리스트는 전부 채웠다.

그런데도 아니었다. 이건 결코 위대한 사랑 이야기가 아니었다. 둘 사이에는 사람 마음을 뒤흔드는 그런 로맨틱한 순간이 없었다. 베아 할머니와 마브 할아버지를 이어 준 그 '역대 최고의 사랑 이야기'와는 전혀 달랐다. 그래도 둘은 잘 지내고 있었다. 서로에게 "사랑해"라고 말했다. 하지만 캐시는 그 말을 할 때마다 그게 정말 진심인지 확신이 없었다.

가게 안은 고요했다. 손님이 한 명도 없었다. 그게 바로 문제였다. 그리고 지금 캐시는 선택지가 거의 없는 곤란한 상황에 놓여 있었다.

"어떻게 해야 할까요." 캐시는 텅 빈 서점에 대고 속삭였다. "베아 할머니?" 잠시 멈췄다가 덧붙였다. "마브 할아버지?"

아무 대답도 없었다. 책장이 갑자기 입을 벌리고 인생의 지혜를 쏟아낼 리도 없었다. 캐시는 여전히 대체 뭘 해야 할지 알 수 없었다.

"저기요? 사장님?"

손님이 들어온 줄도 몰랐다. 캐시는 청바지에 손을 훔치고 가장 친절한 미소를 지어 보였다. 뭐든 하나라도 팔아야 했다. 무언가를 팔기만 해도 기분이 조금은 나아질 것 같았다. 새해가 된 이후로 상황은 최악이었다. 12월엔 그렇게 좋은 생각처럼 보였던 기프트 카드 때문에, 요즘은 사람들이 책을 들고 나가면서도 현금을 한 푼도 내지 않았다.

"도와드릴까요?" 캐시는 문 앞에 선 젊은 남자에게 물었다.

그는 빨갛게 얼어 있는 코를 문질렀다. "그랬으면 좋겠네요. 혹시 《리핀코트 미생물학》 있나요?"

눈치챘어야 했다. 그를 보는 순간 또 다른 의대생이 교재를 찾으러 온 거라는 걸 짐작했어야 했다.

"여기가 의학 서점으로 보여요?" 캐시는 퉁명스럽게 쏘아붙였다.

"어…." 그는 주변을 둘러봤다. "서점처럼 보이긴 하는데요."

캐시는 노려봤다. "그럼 책다운 책은 안 찾으세요?"

그는 한 발짝 물러섰다. "아마 아닌 것 같네요."

그 남자는 아무것도 사지 않은 채 서점을 나갔다. 오늘의 유일한 손님이었는데 캐시는 결국 그에게 소리를 질러 버렸다. 잘하는 짓이다.

그리고 그때 캐시의 휴대폰이 울렸다. 가방에서 폰을 꺼내 번호를 확인하는 순간, 심장이 미친 듯이 뛰기 시작했다. 받으면 안 된다. 절대 받아서는 안 된다. 이건 농담이 아니다. 자칫하면 감옥에 갈 수도 있다. 하지만 다른 선택지가 있을까? 이걸 밀어붙이지 않으면 이 가게는 끝이다.

캐시는 통화 버튼을 눌렀다.

39

전 여자친구

"그 여자 얘기야. 네 전 남친의 새 여자친구."

닉이 무슨 말을 하는 건지 잠깐 이해가 안 됐다. 올리브에게 뭔가 수상한 구석이 있다는 생각은 예전부터 해왔지만, 그가 진짜로 뭔가를 찾아낼 거라고는 기대하지 않았다. 솔직히 반쯤은 농담으로 맡긴 일이었다. 게다가 딘과의 관계가 막 시작되던 참이라 이제는 그만 잊자고 말할까 고민하던 중이었다. 과거는 접고 앞으로 나아가야 했으니까.

그런데 이건 정말 예상 밖이었다.

"무슨 얘긴데?" 내가 물었다.

"듣고 쓰러지지 마." 닉이 말했다.

대체 무슨 일이지? 설마 올리브가 사실 남자이기라도 한 건가? 나는 혼자 멋대로 그런 쪽으로 상상하고 있었다. 그게 아니라면 대체 뭐가 그렇게 충격적이라는 걸까. "닉. 그냥 말해!"

"알았어, 알았어." 그가 낮게 웃었다. "그 여자, 가게 하는 건 알지?"

"응."

"장사가 딱히 잘되는 것 같진 않다는 건 너도 느꼈을 거고."

부인할 생각은 없었다. 조엘이 올리브를 만나기 시작한 뒤로 나는 그 가게 앞을 셀 수 없이 지나쳤다. 장사가 잘된다는 느낌은 단 한 번도 받은 적이 없었다.

"겉으로 보이는 것보다 훨씬 심각해." 닉이 말했다. "그 여자, 동네 은행마다 빚이 산더미야."

그건 분명 좋은 소식은 아니었다. 올리브가 조엘을 '인생 역전 카드'쯤으로 보고 있다는 내 의심을 더 굳혀 주기도 했다. 하지만 '듣고 쓰러질' 정도로 충격적인 얘기는 아니었다. 솔직히 조금 실망스러웠다. 올리브가 남자였다는 쪽이 오히려 더 충격적이었을 텐데.

"그게 다야?" 내가 물었다.

"아니, 절대 아니지." 닉이 말했다. "이렇게 뜸 들여 놓고 파산 신청할 거란 얘기나 하겠어? 그게 뭐가 대수라고."

나는 한숨을 내쉬었다. "그럼 뭔데?"

"그 여자, 모든 걸 잃을 상황이었어." 닉이 말했다. "근데 파산 신청하고 타격을 감수하는 대신, 더 깊이 발을 들였지. …좀 위험한 사람들한테 돈을 빌렸어."

"어떤 사람들인데?" 나는 거의 속삭이듯 물었다.

"돈 안 갚으면 무릎을 박살 내거나 얼굴에 총을 쏴버리는 그런 사람들."

세상에. 그건 정말 심각했다.

"올리브 같은 핫한 여자면 당장 없애버리진 않겠지." 닉이 말했다. "적어도 바로는. 대신 바짝 조이고 있을 거야. 시간을 벌려고 뭘 시키고 있을지는 신만 알겠지만."

나는 그 말이 뜻하는 바를 떠올리지 않으려고 애썼다.

“더 큰 문제는,” 닉이 말을 이었다. “그 여자가 아끼는 사람들이 위험해질 수 있다는 거야.”

다리에 힘이 풀려 나는 침대에 털썩 주저앉았다. “그게 무슨 말이야?”

“내 말은,” 닉이 말했다. “네가 전 남친을 아직 조금이라도 신경 쓴다면 경고해 주는 게 좋을 거란 거야. 조심하라고. 무슨 일이 벌어질지 모른다고.”

“알려줘서 고마워.” 나는 힘없이 중얼거렸다.

전화를 끊고 나서도 한동안 아무 감정도 느껴지지 않았다. 불과 몇 분 전까지만 해도 조엘은 내 머릿속에 없었다. 이제 정말로 잊을 준비가 됐다고 생각했는데. 어젯밤엔 인생 최고의 데이트까지 했는데 말이다. 판도라의 상자를 열지 말았어야 했다. 역시 논나가 옳았다.

하지만 이제 올리브의 비밀을 알게 된 이상 모른 척할 수는 없었다. 조엘의 목숨이 위험할지도 모른다. 내가 경고해 줘야 한다. 다만, 그가 내 말을 믿어 줄지는 확신할 수 없었다.

40

새 여자친구

캐시는 전화를 내려놓고 숨을 삼켰다. 심장이 쿵쿵 뛰었다. 엄청난 실수를 저질렀다는 확신이 들었다. 일은 이미 바닥까지 갔다. 대체 어떻게 여기까지 왔는지 알 수가 없었다. 너무 멍청했다. 그런데 문제는 지금부터였다. 모든 게 끝도 없이 더 나빠질 뿐이었다.

지금 그녀가 하고 싶은 건 딱 두 가지였다. 책상에 이마를 박고 엉엉 울어버리든가, 브루클린 브리지에서 뛰어내리든가. 울어봤자 아무것도 달라지지 않는다. 하지만 뛰어내리면 모든 게 끝이었다.

조이에게 솔직히 털어놓을까. 일이 얼마나 엉망이 됐는지, 어디까지 망가졌는지 전부 고백하는 거다. 하지만 조이가 뭘 해 줄 수 있을까. 조이도 사정이 빠듯하긴 마찬가지였다.

…아니, 꼭 그렇진 않았다. 조이는 가난하지만 빚은 없었다.

그때 문에 달린 종이 다시 딸랑 울렸다. 이번에는 흰머리가 솜처럼 부풀어 오른 노부인이 안경을 쓰고 카운터로 걸어왔다. 캐시는 어깨를 곧추세웠다. 왠지 뭔가 팔릴 것 같은 예감이 들었다. 적어도 이 사람은 의대 교재를 찾으러 온 건 아닐 테니까. 만약 그렇다면 캐시는 정말로 울음을 터뜨릴지도 몰랐다.

"안녕하세요, 아가씨." 노부인이 말했다. "혹시 중고책 매입도 하시나요?"

캐시는 잠깐 망설였다. 평소엔 매입도 했다. 하지만 지금은 쓸 돈이 없었다. 책값이 아주 싸지 않다면 답은 '아니요'였다.

"차에 상자 두 개가 있어요." 노부인이 말했다. "많이 받을 생각 없어요. 정말로요. 그냥… 좋은 주인을 만나면 좋겠어서요."

"네." 캐시는 결국 고개를 끄덕였다. 거절하는 건 원래도 어려웠다. "일단 볼게요."

캐시는 책이 '좋은 주인을 만난다'는 말이 좋았다. 그래서 북랜드가 문을 닫으면 이곳에 있는 책들은 어떻게 될까 하는 생각이 문득 들었다. 책장은 팔릴지 몰라도 책들은 아닐 것이다. 그게 지금 문제의 핵심이었다. 그럼 책들은 어디로 가는 거지? 어딘가 쓰레기통에 통째로 던져지는 걸까?

상상만으로도 몸서리가 쳐졌다.

그녀는 그 끔찍한 생각을 억지로 밀어내고 노부인을 따라 밖으로 나갔다. 모퉁이에 오래된 흰색 쉐보레가 세워져 있었다. 차도 거의 주인만큼이나 낡아 보였다. 노부인이 트렁크를 열어젖히는 동안 캐시는 조용히 기다렸다. 트렁크 안에는 책으로 꽉 찬 상자 두 개가 들어 있었다.

"한번 봐주세요." 노부인이 말했다.

캐시는 첫 번째 상자 위로 몸을 굽혔다. 몇 권만 대충 훑어보고 적당한 값을 부를 생각이었다. 그런데 첫 번째 책 제목을 보는 순간 입이 저절로 벌어졌다.

이건 그냥 책이 아니었다. 고급 가죽 양장본 책을 전문으로 내는 이스턴 프레스 출판사의 책이었다. 책 수집가들 사이에서는 '클래식카' 같은 취급을 받는다. 게다가 보관 상태도 믿기지 않을 만큼 좋았다. 캐시는 마치 새 책 같은 상태의 《허클베리 핀》 한 권을 조심스럽게 들어 올렸다. 최소 100달러는 나올 텐데…. 아니, 그 이상일지도.

"남편이 책을 수집하던 사람이었어요." 노부인이 설명했다. "6월에 세상을 떠났고, 저는 이제 롱아일랜드 집을 정리하고 노인 주거 단지로 이사하려고 해요. 그래서 책을 둘 곳이 없어요. 남편이라면 누군가가 이 책들을 가져가길 바랐을 거예요. 책을 정말 사랑했거든요."

"네…." 캐시는 숨을 내쉬었다. 가슴이 쿵쿵 울렸다.

"상자 두 개에 20달러면 어떨까요?" 노부인이 말했다. "너무 비싼가요?"

캐시는 믿기지 않았다. 이걸 온라인에 팔면 빚을 다 갚을 정도는 아니어도, 당장 급한 불은 끌 수 있을 것이다. 마치 누군가가 그녀의 기도를 들어준 것 같았다.

캐시는 노부인을 다시 바라봤다. 오래된 차, 군데군데 해진 코트, 찢어진 옷자락. 이 사람은 부자가 아니었다. 이 책들의 가치를 말하지 않고 가져가 버리면 캐시는 평생 스스로를 용서하지 못할 것 같았다.

"저…." 캐시의 목소리가 갈라졌다. 지금 사실대로 말하면 다시는 되돌릴 수 없다는 걸 알았다. 기회는 날아갈 것이다. "이 책들은… 값이 정말 많이 나가요."

노부인의 눈이 커졌다. "그냥 오래된 책들인데요?"

캐시는 이스턴 프레스의 책이 왜 값이 나가는지, 어떤 의미가 있는지 조심스럽게 설명했다. 노부인은 자기 손에 든 게 무엇인지 깨닫는 순간 얼굴이 환하게 밝아졌다. 캐시가 짐작한 대로 그녀도 빠듯한 형편이었다.

둘은 결국 타협점을 찾았다. 캐시는 책을 가져가 온라인에 대신 팔아 주고 판매 금액의 10퍼센트를 수수료로 받기로 했다. 캐시는 그마저도 받기 싫었지만, 노부인은 끝까지 우겼다.

10퍼센트 수수료는 분명 도움이 될 것이다. 하지만 캐시의 상황을 뒤집어 놓을 정도는 아니었다. 현실은 여전히 늘 그랬던 것처럼 엉망이었다.

그러니 결국 그 일을 해야만 했다.

41
전 여자친구

조엘은 내 전화를 받지 않았다.

놀랍진 않았다. 그래도 솔직히 조금은 당황했다. 화가 나 있다는 건 알았지만, 이 정도일 줄은 몰랐다. 음성메시지까지 남기며 제발 한 번만 연락해 달라고 매달렸는데도 끝끝내 답이 없었다.

그래서 어쩔 수 없이 위치 추적 앱을 열었다.

한동안 스타벅스에서 조엘을 '추적'한 적이 없었다. 그런데 오늘은 그렇게 했다. 퇴근 알림을 걸어 두고, 그의 아바타가 커피숍 쪽으로 움직이는 걸 화면으로 확인했다.

막 따라나서려던 순간, 휴대폰이 울렸다. 화면에 딘의 번호가 떴다.

그걸 보자 숨이 턱 막혔다. 딘과 데이트한 뒤로 머릿속은 계속 딘 생각뿐이었다. 그런데 닉의 전화를 받은 순간부터 모든 게 꼬였다. 올리브에 대한 진실을 알게 된 뒤로는 조엘에 대한 내 감정이 내가 생각했던 것보다 훨씬 복잡하다는 걸 깨달았으니까. 딘과 만나기 싫은 건 아니었다. 다만 지금은 너무 혼란스러웠다.

일단 이 상황부터 정리해야 했다. 전화를 받으면 딘은 분명 다시 만나자고 할 거였다. 그런데 나는 조엘 때문에 이렇게까지 신경이 곤두선 상태에서 딘을 만나는 게 맞는지 확신이 없었다.

그래서 딘의 문자와 전화를 계속 피했다. 그를 무시하려는 건 아니었다. 생각할 시간이 조금 더 필요했다.

스타벅스에 도착했을 때 조엘은 늘 앉던 뒤쪽 구석 테이블에 앉아 있었다. 초록색 수술복 차림으로 카페 모카를 마시고 있었다. 조엘이 제일 좋아하던 음료였다. 어떤 것들은 정말 변하지 않는다. 게다가 그는 여전히 보기 좋았다. 지금 그가 다가와 '네가 그리웠어'라고 말하며 다시 시작하자고 한다면 나는 선뜻 거절할 자신이 없었다.

물론 딘과 그날 밤 느꼈던 감정은 조엘에게선 한 번도 느껴 본적이 없긴 했지만.

아, 진짜 모르겠다.

하지만 오늘 여기 온 이유는 그게 아니었다. 나는 그가 걱정됐고 그의 여자친구에 대해 경고해야 했다. 정말로 그게 다였다.

"조엘?" 나는 그의 테이블 옆을 아무렇지 않게 지나가며 일부러 놀란 척했다. "안녕!"

조엘은 휴대폰에서 시선을 들었다. 입술이 딱딱하게 굳었다. "아. 안녕."

그가 나를 반가워할 리 없다는 건 알고 있었다. 그래도 저런 표정으로 나를 보는 건 순간 충격이었다. 우리는 예전엔….

아니, 됐다. 중요한 건 그게 아니었다. 이 정도로 물러설 생각은 없었다. "요즘 잘 지내?"

"그럭저럭…." 그는 숨을 한 번 내쉬더니 마지못해 말을 이었다. "너는?"

"나도." 내가 말했다. "저기… 잠깐 얘기할 수 있을까?"

조엘은 시선을 돌려 내 뒤쪽 쓰레기통을 흘끗 봤다. "별로 좋은 생각은 아닌 것 같은데."

"1분만."

그는 한숨을 길게 쉬며 어깨를 축 늘어뜨렸다. "그래."

자리에 앉으라고 하진 않았지만, 나는 앉았다. 맞은편에 앉자 문득 생각이 들었다. 불과 1년도 안 돼서 약혼한 거나 다름없던 우리가 어떻게 이렇게까지 됐을까.

"네 여자친구 얘기야." 내가 말했다.

조엘이 눈썹이 날카롭게 치켜 올라갔다. "그 얘긴 하기 싫어."

"나랑은 상관없는 얘기야." 나는 급히 말을 이었다.

"이해가 안 돼. 내 여자친구에 대해서 네가 무슨 할 얘기가 있는데?"

그의 말끝이 점점 거칠어졌다. 어쩌면 마음 한구석에서는 이미 뭔가를 감지하고 있는 걸지도 몰랐다.

"내 얘기 좀 들어 봐." 내가 말했다. "이런 얘길 꺼내야 해서 미안한데, 이건 그냥 넘어가면 안 돼. 그 여자, 너한테 숨기는 게 있어."

"나한테 숨기는 게 있다고?"

조엘이 자리를 박차고 나가기 전에 나는 서둘러 말을 쏟아냈다. 지금이라도 벌떡 일어나 나가 버릴 기세였다. "그 여자는 빚이 있어. 그것도 감당 못 할 만큼."

조엘은 미간을 찌푸리며 고개를 저었다. "그래서? 사업하는 사람이면 돈 좀 빌릴 수도 있지. 그게 뭐 어때서."

"은행에만 진 빚이 아니야." 내가 말을 끊었다. "그러니까… 위험한 사람들한테 진 거야. 갚을 수 없는 돈. 조엘, 너까지 휘말릴 수 있어."

그의 입이 벌어졌다. "뭐라고?"

"진짜 심각해." 내가 다시 말했다. "그 사람들이 너까지 건드릴 수도 있어."

조엘의 눈이 번뜩였다. "네가 지금까지 한 말 중에 제일 말도 안 되는 소리야. 너한테서 별소리를 다 들어봤다는 건 알지? 그걸 나보고 믿으라고? 너 지금 무슨 말 하는 건지 알기나 해?"

"진짜야!" 내가 다급하게 말했다. "맹세해."

"그래." 그는 팔짱을 꼈다. "그럼 물어보자. 넌 그걸 대체 어떻게 아는데?"

"그게…;" 나는 입술을 깨물었다. 이 얘기만은 하고 싶지 않았지만, 다른 방법이 없었다. "내 사촌 닉이 그 여자를 조사했어. 사설탐정이거든."

조엘의 눈이 툭 튀어나올 듯 커졌다. "네 사촌을 시켜서?"

아. 이 부분은 말하지 말 걸 그랬나.

"맙소사…." 그는 머리를 거칠게 쓸어 넘겼다. "네가 질투 때문에 힘들어하는 건 알고 있었지만 이건 선을 넘어도 한참 넘었어."

"그래도 사실이야."

"그래서 나한테 경고해 주려고 날 찾아다닌 거야?" 그가 무덤덤하게 말했다.

"아니, 그러니까 찾아다닌 건 아니고…"

"그럼 어떻게…." 그는 눈을 가늘게 뜨고 나를 노려봤다. 그러다 뭔가 번쩍 스친 듯 고개를 젖혔다. "내가 휴대폰에 깔아둔 그 멍청한 앱. 설마… 아직도 쓰고 있어?”

내가 대답하기도 전에 그는 주머니에서 휴대폰을 꺼내 앱을 열었다. 가슴이 쿡 내려앉았다. “조엘…”

“맞네.” 다시 고개를 들었을 때, 그의 얼굴에는 노골적인 혐오가 서려 있었다. “믿을 수가 없다. 이걸로 날 미행한 거야?”

“그런 거 아니야.”

그가 벌떡 일어서는 바람에 의자가 거의 넘어질 뻔했다. “지금 당장 지울 거야. 진작에 그랬어야 했는데.”

“알겠어….” 나는 거의 속삭이듯 말했다.

“그리고 너.” 그의 목소리에는 독기가 가득했다. “너 진짜 상담 받아야 해. 우린 헤어진 지 1년이야. 1년. 난 최대한 좋게 넘어가 보려고 했어. 근데 이제 진짜 끝이야. 그만해. 이제 좀 놓으라고.”

“이건 그런 문제가 아니야.” 나는 일어나 그의 팔을 붙잡으려 했지만, 그는 냉정하게 뿌리쳤다. “네가 걱정돼서 그래. 진짜로 위험할 수도 있어.”

“제발,” 그가 말했다. “나한테서 떨어져. 알겠지?”

그는 코트를 집어 들었다. 나는 그가 떠나는 모습을 멍하니 바라볼 수밖에 없었다. 내 말은 조금도 통하지 않았다. 그의 생명이 위험할지도 모른다는 걸 설득할 방법이 없었다.

“그럼 그녀에게 물어봐.” 나는 거의 애원하듯 말했다. “빚 얘기를 꺼내 봐. 그러면 너도 알게 될 거야. 거짓말하고 있다는 거.”

그는 고개를 저었다. 물어보지 않을 것이다. 그는 그녀에게 너무 깊이 빠져 있었다.

멀어져 가는 조엘의 모습을 보며 문득 깨달았다. 이게 내가 그를 마지막으로 보는 순간일지도 모른다는 걸.

내가 뭔가를 하지 않는다면.

42

새 여자친구

캐시는 아파트 문을 열며 오늘 저녁은 남은 음식으로 때워도 조엘이 괜찮아하길 바랐다. 점심시간에 갑작스러운 심부름까지 떠맡는 바람에 하루 종일 일에 치였고 완전히 녹초였다. 요리할 기운은 없었다. 어젯밤에 먹다 남은 중국 음식도 나쁘지 않았다. 어차피 중국 음식은 하루쯤 지나 먹는 게 더 맛있다는 말도 있으니까.

가방 안에서 휴대폰이 진동했다. 꺼내 보니 조엘에게서 온 메시지였다.

'지금 가는 중! 10분이면 도착해.'

캐시는 저도 모르게 미소를 지었다. 《폭풍의 언덕》에 나오는 히스클리프 같은 남자는 아니었지만, 조엘은 충분히 괜찮은 사람이었다. 그리고 그녀는 그를 꽤 좋아했다. 그거면 충분했다.

캐시는 현관 옆 탁자 위에 가방을 툭 던졌다. 일주일 내내 매일 밤 반복하던 행동이었다. 그런데 오늘은 달랐다. '쨍그랑!'

푸른색 도자기 화병이 탁자에서 떨어져 나무 바닥 위에서 산산조각이 나 있었다. 캐시는 얼굴을 찡그렸다. 이 난장판을 치울 생각을 하니 진이 빠졌다.

하지만 문제는 그게 아니었다.

캐시는 그 화병을 현관 탁자 위에 둔 적이 없었다. 화병은 늘 작은 책장 위에 올려 두었다. 거의 확실했다. 99퍼센트쯤. 게다가 이 집엔 같이 사는 사람도 없었다. 누가 옮겨 놓을 이유가 없었다.

그런데 왜 화병이 문 옆에 있었던 걸까?

캐시는 바닥에 흩어진 조각들을 내려다보며 미간을 찌푸렸다. 조엘이 옮겼을지도 모른다. 정식으로 같이 사는 건 아니었지만 워낙 자주 드나드는 사이니 거의 같이 사는 거나 다름없었다. 이유는 모르겠지만 그게 가장 그럴듯한 설명이었다. 그럴듯한 설명이 하나 더 있다면, 그건 훨씬 끔찍한 쪽이었다.

누군가 다른 사람이 들어왔다는 것.

숨이 턱 막혔다. 그게 가능할까? 정말 누군가 여기 있었던 걸까? 그렇다면 어떻게? 그리고 왜 하필 화병을 옮긴 거지?

조이도 이 아파트 열쇠를 갖고 있었다. 혹시 조이였을까. 남자랑 단둘이 시간을 보내려고 캐시의 집을 썼을지도 모른다. 불쾌하긴 해도 차라리 그게 낫다. 적어도 낯선 사람이 들어온 건 아닐 테니까.

캐시는 다시 휴대폰을 꺼내 조이에게 문자를 보냈다. '최근에 내 아파트에 온 적 있어? 화내진 않을게. 그냥 알고 싶어서.'

문자를 보내자마자 캐시는 고개를 홱 들었다. 방금⋯ 무슨 소리가 들린 것 같은데?

지금 이 안에 누군가 있는 걸까?

심장이 미친 듯이 뛰기 시작했다. 캐시는 휴대폰을 주머니에 쑤셔 넣고 부엌 쪽으로 물러나며 무기가 될 만한 걸 찾았다. 손에 잡힌 건 고기용 칼이었다. 자주 쓰지 않았으니 날은 아직 서 있을 것이다. 그런데 이걸로 뭘 해야 하지? 이론적으로는 사람을 찌를 수 있는 물건이었다. 하지만 실제로 누군가를 찌르는 자신의 모습은 도무지 상상할 수 없었다.

애초에 왜 칼을 들고 있는 거지? 정말 누군가가 집 안에 있는 것 같으면 당장 911에 전화하고 여기서 벗어나야 했다.

하지만 부끄러웠다. 경찰에게 뭐라고 말해야 할까? 화병이 원래 있던 자리에 없어서 무섭다고? 게다가 경찰이 집안을 샅샅이 뒤지는 것도 내키지 않았다.

침실이랑 욕실만 확인해 보자. 그러면 좀 진정될 거야.

캐시는 복도를 따라 침실과 욕실 쪽으로 살금살금 걸어갔다. 침실 문은 열려 있었다. 고개를 살짝 들이밀어 안을 훑어봤지만 아무도 없는 것 같았다. 그녀는 칼을 꼭 움켜쥔 채 천천히 옷장으로 다가갔다. 옷장 문은 살짝 열려 있었다. 용기가 사라지기 전에 캐시는 문을 확 열어젖혔다.

아침에 나왔을 때와 다를 바 없이 옷들이 걸려 있었다. 옷장 아래에는 마브 할아버지의 작은 서랍장이 그대로 놓여 있었다. 캐시는 서랍 하나를 열어 내용물을 확인한 뒤 안도의 한숨을 내쉬었다. 전부 그대로였다.

이제 욕실만 확인하면 됐다.

캐시는 욕실 문을 밀었다. 안은 비어 있었다. 다만 샤워 커튼이 쳐져 있었다. 아침에 저걸 쳐 두고 나왔던가? 기억이 나지 않았다. 하지만 그랬던 것 같지는 않았다. 캐시는 샤워 커튼이 쳐져 있는 걸 질색했다. 괜히 사람을 놀라게 하니까.

그때 주머니 속 휴대폰이 다시 진동했다. 떨리는 손으로 꺼내 보니 조이에게서 답장이 와 있었다.

‘아니. 요즘엔 한 번도 안 갔어.’

그렇다면 화병을 옮긴 건 조이가 아니었다. 다른 누군가였다.

그 순간, 샤워 커튼 뒤에서 바스락거리는 소리가 난 것 같았다.

캐시는 뒤로 물러섰다. 심장이 너무 세게 뛰어 가슴이 아플 정도였다. 샤워실 안에 누가 있을지도 모른다. 지금 당장 여기서 나가야 했다. 그런데 몸이 굳어 한 걸음도 움직일 수 없었다.

그때….

초인종이 울렸다.

갑작스러운 소리에 캐시는 거의 땅에서 뛰어 오를 뻔했다. 하지만 놀란 마음이 가라앉자 안도감이 밀려왔다. 조엘이었다. 조엘이 왔다. 다행이었다.

그녀는 조엘이 열쇠를 갖고 있다는 걸 알면서도 문으로 달려가 직접 열어 줬다. 늘 입던 초록색 수술복 차림으로 서 있는 조엘을 보자 캐시는 그대로 그의 품에 안겼다. 그는 웃으며 캐시를 끌어안았다.

“무슨 일이야?” 그가 물었다.

“집에… 누군가 있는 것 같아요.” 캐시는 속삭였다.

조엘은 몸을 떼어냈다. 그제야 캐시는 자기가 아직도 칼을 쥐고 있다는 걸 알아차렸다. 조엘의 눈이 커졌다. “뭐라고?”

“욕실에서 무슨 소리가 났어요. 바스락거리는 소리요.”

“맙소사.” 조엘이 말했다. “설마 누가 들어온 거야? 경찰엔 전화했어?”

캐시는 고개를 저었다. “괜히 호들갑 떨기 싫었어요. 쥐일 수도 있잖아요.”

조엘은 그녀 손에 들린 칼을 힐끗 봤다. "그거 나한테 줘. 내가 가서 볼게."

"정말 경찰 부르지 않아도 괜찮겠어요?"

그는 눈썹을 치켜올렸다. "너는 칼 들고 직접 확인하러 갈 생각은 하면서 내가 가는 건 무서워?"

흠. 맞는 말이었다.

조엘은 욕실 쪽으로 성큼성큼 걸어갔다. 거침없이 들어가는 걸 보니 안에 사람이 있을 거라곤 생각도 못 하는 것 같았다. 욕실에 도착했을 때도 샤워 커튼은 아까 그대로 쳐져 있었다. 달라진 건 아무것도 없어 보였다. 조엘은 아주 잠깐 망설이더니 커튼을 확 잡아당겼다.

아무도 없었다.

캐시는 다리에 힘이 풀릴 만큼 안도했다. "미안해요. 제가 좀 예민했나 봐요."

"괜찮아." 조엘은 칼을 내려놓고 다시 그녀를 끌어안았다. "근데 처음엔 왜 누가 있는 것 같다고 생각한 거야?"

"책장 위에 있던 화병이요," 캐시가 말했다. "그게 현관 옆 탁자 위로 옮겨져 있었어요. 내가 옮긴 게 아닌데."

조엘은 고개를 푹 숙였다. "아… 그거. 내가 옮겼어."

"당신이요?" 캐시는 미간을 찌푸렸다. "왜요?"

"책장에 두면 자꾸 부딪칠 것 같더라고." 그가 어깨를 으쓱했다. "깨질까 봐. 미안. 그렇게까지 큰일일 줄은 몰랐어."

"큰일은 아니에요." 캐시는 집에 들어온 뒤 처음으로 웃었다. "방금 내가 깨뜨렸을 뿐이지."

“젠장.” 조엘도 따라 웃었다. “미안. 치우는 거 도와줄게.”

둘은 15분 동안 바닥에 흩어진 화병 조각들을 함께 치웠다. 조각을 주워 담는 동안 하루가 어땠는지 이야기를 나눴고, 그 시간이 꽤 좋았다. 캐시는 조엘과 함께 있는 게 좋았다.《폭풍의 언덕》같은 대단한 사랑 이야기는 아닐지 몰라도, 그녀는 조엘을 사랑하고 있었다.

“저녁으로 남은 중국 음식 괜찮아요?” 마지막 도자기 조각을 치우며 그녀가 물었다.

“당연하지.” 조엘이 말했다. “하루 지나 먹는 게 더 맛있잖아.”

캐시는 브로콜리 치킨이 든 용기와 새우 볶음면이 담긴 용기를 꺼냈고 조엘은 접시를 꺼냈다. 그는 이미 그녀의 부엌에 익숙했다.

“오늘 자고 갈 수 있어요?” 캐시가 음식을 접시에 담으며 물었다.

조엘은 고개를 끄덕였다. “응. 근데 수술복을 좀 더 가져와야 해. 여기 있는 게 거의 마지막 한 벌이거든.”

“세탁해 줄까요?”

“아니, 그럴 필요는 없어.” 그는 살짝 찡그린 표정을 지었다. “저기… 부담 주려는 건 아닌데, 우리 계속 서로 집 오가며 지내는 거 좀 번거롭지 않아?”

캐시의 심장이 빨라졌다. 욕실에서 소리가 났을 때만큼은 아니었지만, 분명 빨랐다. “그렇긴 하죠.”

“그럼….” 조엘이 숨을 한 번 고르고 말했다. “나랑 같이 사는 건 어때?”

캐시는 치킨을 한 입 베어 물고 천천히 씹었다. 조엘과 함께 사는 건 합리적인 선택처럼 느껴졌다. 이 아파트를 팔면 당장 숨통이 트일 만큼 돈이 생길 것이다. 어쩌면 지금 찾고 있던 해답일지도 몰랐다. 조엘의 집은 워낙 좋으니 집세가 만만치 않을 것 같았지만, 터무니없는 금액을 요구하진 않을 것 같았다.

물론 같이 살게 된다면 그녀는 자신의 경제 사정을 솔직하게 털어놔야 했다. 진작 말했어야 했다. 숨기는 건 성미에 맞지 않았다. 조엘과 프란체스카의 관계가 망가진 것도 결국 그 때문이었으니까.

물론 그렇다고 모든 걸 다 말할 수는 없겠지만.

"천천히 생각해도 돼." 조엘이 덧붙이며 그녀의 손을 잡았다. "난 너랑 같이 살고 싶어."

캐시는 대답하려고 입을 열었지만 아무 말도 나오지 않았다. 문득 숨 쉬는 것 자체가 점점 힘들어지고 있다는 걸 깨달았다.

"갑작스러운 얘기인 건 알아." 그녀의 표정을 본 조엘이 서둘러 말했다. "전혀 부담 갖지 마. 싫으면 괜찮아."

캐시는 자신이 말을 못 하는 이유가 그의 제안 때문이 아니라고 말하고 싶었다. 하지만 입에서 나온 건 거친 숨소리뿐이었다. 목이 조여드는 느낌이 들었다. 이 감각은 정말 오랜만이었다. 마지막으로 이랬던 건….

땅콩.

설마. 음식에 땅콩이 들어간 건 아니겠지?

그럴 리가 없었다. 어젯밤에도 똑같은 걸 먹었다. 말이 안 됐다.

"캐시?" 조엘이 다급한 얼굴로 그녀를 봤다. "괜찮아?"

대답할 수가 없었다. 캐시는 숨을 헐떡이며 간신히 자리에서 일어났다. 현관 옆 탁자에 놓인 가방을 더듬어 끌어당겼다. 다행히 조엘이 늘 에피펜을 챙기라고 그녀에게 잔소리를 했었다. 그녀는 떨리는 손으로 가방 안을 뒤지기 시작했다.

그런데….

없었다.

상황이 순식간에 무너졌다. 숨을 들이쉬어도 공기가 거의 들어오지 않았다. 손이 덜덜 떨려 가방 안 물건들을 제대로 집을 수조차 없었다. 에피펜은 분명 여기 있어야 했다. 가방에 넣어뒀고, 꺼낸 적도 없었다.

더는 찾을 수 없었다. 숨이 점점 막혀 왔고 시야가 어두워졌다. 가방이 손에서 툭 떨어졌고, 캐시는 그대로 바닥에 주저앉았다. 조엘이 위에서 그녀를 붙잡고 버티라고 말하고 있었다. 마치 그게 가능하기라도 한 것처럼.

43

새 여자친구

의식이 돌아오자 조엘의 목소리가 또렷하게 들렸다. "캐시… 제발 눈 떠. 캐시, 제발…."

목은 여전히 꽉 막힌 느낌이었지만 정신을 잃기 직전만큼 심하진 않았다. 캐시는 공기를 삼키듯 크게 들이마셨다. 살아 있다는 감각이 느껴졌다. 눈을 몇 번 깜빡이자 그녀 위로 몸을 숙인 조엘의 얼굴이 보였다. 눈에는 걱정이 가득했다.

"조엘…." 캐시는 헐떡이며 말했다.

조엘은 안도의 숨을 내쉬었다. 긴장으로 굳어 있던 어깨가 툭 내려앉았다. "조금만 참아. 911에 전화했어. 구급차가 오고 있어."

불과 1분 전까지만 해도 '조금만 참는다'는 게 불가능하게 느껴졌다. 그런데 지금은 숨을 쉴 때마다 공기가 다시 들어왔다. 뭔가가 달라졌다. "내… 에피펜 찾았어요?" 캐시는 겨우 말을 뱉었다.

조엘은 고개를 저었다. "아니. 못 찾았어."

"그럼 어떻게…." 그녀는 기침을 했다.

조엘이 잠깐 망설였다. "내 걸 썼어. 내 에피펜."

"당신도 에피펜이 있어요?"

이번엔 머뭇거림이 더 길었다. "음… 그런 건 아니고. 네가 안 들고 다닌다고 했을 때 불안해서 의사한테 처방받아 뒀어. 혹시 몰라서."

캐시는 조엘이 자신을 믿지 않았다는 사실에 화가 날 수도 있었다. 그런데 이상하게도 그러고 싶지 않았다. 이 남자는 방금 그녀의 목숨을 구했다. 혹시 이런 일이 생길까 봐 에피펜을 챙겨 다녔고, 그게 없었다면 그는 며칠 뒤 그녀의 장례식에 앉아 있었을지도 모른다. 그는 그녀를 살렸다.

캐시가 상상할 수 있는 가장 로맨틱한 일이었다.《폭풍의 언덕》보다도. 마브와 베아보다도 더.

"사랑해요." 그녀가 속삭였다.

"나도 사랑해." 조엘도 속삭이듯 대답했다.

44

전 여자친구

조엘은 말했던 대로 위치 추적 앱을 꺼버렸다. 앱을 열어 보니 그의 위치는 '확인할 수 없음'으로 표시됐다. 이제는 나 대신 올리브가 이 앱으로 조엘의 위치를 확인할 수 있게 된 걸까?

조엘은 그녀에게 완전히 빠져 있었다. 눈만 봐도 알 수 있었다. 올리브에 대해 조금이라도 나쁜 말을 꺼내면, 그는 한쪽 귀로 듣고 그대로 흘려버렸다.

그 여자는 그를 죽게 만들지도 모른다.

현관문 자물쇠가 돌아가는 소리가 났다. 논나가 돌아왔다. 그녀는 아침보다 더 깊어진 주름을 얼굴에 새긴 채 거실로 들어왔다. 최근 몇 달 사이 논나는 눈에 띄게 느려졌다. 지팡이를 짚어야 하는 건 아닐까 하는 생각이 스쳤다. 조엘은 병원에서 고관절 골절로 실려 오는 노인 여성들 이야기를 종종 해 주곤 했다. 그리고 그 중 상당수는 결국 오래 버티지 못한다고도.

"논나, 오늘은 좀 어떠세요?" 내가 물었다.

"디노 박사님 진료를 받고 왔단다." 그녀가 말했다.

딘을 떠올리자 늘 그렇듯 가슴이 쿵 내려앉았다. 데이트 이후 사흘 내내 그의 문자와 전화가 끊이지 않았다. 나는 문자 몇 개에는 답을 했지만, 전화는 한 통도 받지 않았다. 그러다 연락은 점점 뜸해졌고 이제는 이틀째 아무 소식이 없었다. 모처럼 찾아온 기회를 내가 스스로 망치고 있다는 걸 알면서도 내 머릿속은 조엘과 올리브로 가득했다.

딘은 나보다 훨씬 나은 사람을 만날 자격이 있었다. 다른 남자에게 집착하는 여자가 아니라. 그는 정말 좋은 사람이었고, 나는 엉망진창이었다. 그는 왜 그걸 모르는 걸까.

"너한테 전화하라고 말했더니," 논나가 말했다. "네가 전화를 받지 않는다고 하더구나. 사실이니?"

뭐라고 대답해야 할지 몰랐다. "사정이 좀 복잡해서요."

"복잡하긴!" 논나가 너무 화가 나 보여서 나도 모르게 어깨가 움츠러들었다. "도대체 뭘 원하는 거니? 왜 그렇게 조엘한테 집착해? 그는 너를 원하지 않아! 디노 박사는 널 원해! 그 사람은 널 사랑하고 있어!"

"아니에요…." 나는 웅얼거렸다. "논나, 전 그 사람에 대해 아는 것도 거의 없어요."

"사람 마음은 금방 아는 거란다, 파타티나." 논나의 목소리가 부드러워졌다. "네 할아버지를 처음 봤을 때 난 바로 알았어. 우리가 결혼하고 아이를 낳고 평생을 함께할 거라는 걸. 그리고 실제로 그렇게 살았지."

"전 딘에게 그런 감정이 없어요."

"그럴 수도 있지." 논나의 짙은 눈이 날카롭게 나를 꿰뚫었다. "하지만 그는 너에게 그런 감정을 품고 있단다. 그러니 그 멋진 남자를 원하지 않는다면, 솔직하게 말해 줘야 해."

논나 말이 맞았다. 그 정도는 딘에게 해 줘야 했다.

45

새 여자친구

"뭐 하러 벌써 출근했어? 어제 병원이었잖아." 조이는 휴대용 거울을 들여다보며 립스틱을 한 번 더 덧발랐다. 굳이 덧바를 필요가 없을 정도로 멀쩡한데도.

"난 괜찮아." 캐시는 고집스럽게 말했다.

실제로도 괜찮았다. 조엘의 빠른 판단 덕분이었다. 구급대원들이 그녀를 병원으로 데려갔고, 캐시는 하룻밤을 병원에서 보냈다. 얼굴과 목의 부기는 완전히 가라앉았다. 다만 이번 일로 땅콩 알레르기가 사라진 게 아니라는 사실을 다시 한번 똑똑히 깨달았다. 이제 에피펜 없이 밖에 나가는 건 상상도 할 수 없었다. 언제나 조엘이 옆에서 목숨을 구해 줄 거라고 기대할 수도 없고.

만약 그가 거기 없었다면 어땠을까? 그날 혼자 남은 중국 음식을 먹었다면? 생각만 해도 등골이 서늘했다.

병원에서의 조엘은 정말 대단했다. 구급대가 도착했을 때 상황을 정리하며 주도권을 잡는 모습을 보고 캐시는 감탄했다. 솔직히 조금 설레기까지 했다. 그는 그녀 곁을 내내 지켰다. 다음 날 예정돼 있던 응급실 근무까지 바꿔 가며 곁에 있어 줬다.

그때 가방 속에서 휴대폰이 울렸다. 캐시는 당연히 조엘일 거라 생각하며 휴대폰을 꺼냈다. 곧 점심을 먹으러 데리러 올 예정이었고 거의 도착했을 시간이었다. 어제 입원 때문에 서점을 반나절이나 닫았던 터라 오늘은 자리를 오래 비우고 싶지 않았다. 하루라도 문을 닫을 여유가 없었다.

하지만 화면에 뜬 건 조엘의 번호가 아니었다. 발신자 표시 제한이라고 떠 있었다.

전화를 받자 아무 소리도 들리지 않았다. 그러다 곧 쉰 숨소리 같은 여자 목소리가 귓가를 긁었다. "걸레."

그 순간 캐시의 안에서 무언가가 뚝 끊어졌다. 이 와중에 프란체스카한테 괴롭힘까지 당할 이유가 있을까? 조엘은 그녀와 이미 헤어졌다. 그 사실을 아직도 받아들이지 못하는 걸까? 대체 이 여자는 뭐가 문제인 거지?

"잘 들어, 프란체스카." 캐시는 전화기에 대고 쏘아붙였다. "조엘은 이제 네 남자친구가 아니야. 그 사실부터 머리에 집어넣어. 그는 널 원하지 않아. 그리고 날 계속 괴롭히면 경찰에 신고할 거야. 네가 무슨 짓을 하고 있는지 전부 말해 버릴 거라고."

전화를 끊자 조이가 휘파람을 불며 박수를 쳤다. "와, 캐시. 브라보. 그런 말 할 줄은 몰랐는데."

캐시는 어깨를 으쓱했다. 스스로가 조금 자랑스럽기도 했다. 살면서 누군가에게 이렇게 소리를 지른 건 처음이었다. "조엘한테 얘기할 거야. 무슨 일이 있었는지 그 사람도 알아야 해."

예전 같았으면 조엘이 프란체스카를 직접 만나러 가는 게 두려웠을 것이다. 둘 사이에 옛 감정이 다시 살아날까 봐. 하지만 이제는 그렇지 않았다. 조엘의 마음에 대해 확신이 들었다. 그는 그녀를 사랑하고 있었다. 프란체스카에게 돌아갈 리 없었다. 헤어진 테에는 이유가 있었다.

한 시간쯤 뒤, 조엘이 캐시를 데리러 서점으로 들어왔다. 추위 때문인지 볼이 붉게 물들어 있었다. 그는 검정색 울 모자를 벗어 던지며 환하게 웃었다. "어때, 몸은 좀 괜찮아?"

"아주 좋아요." 캐시가 말했다. 사실이었다. 그 어느 때보다도 좋았다.

"점심 먹으러 갈 준비됐어?"

그녀는 고개를 끄덕였다. "네, 그런데…." 그녀는 조이를 힐끗 본 뒤, 가게 안쪽을 가리켰다. "잠깐만 얘기할 수 있을까요? 둘이서."

조엘의 이마가 살짝 찌푸려졌다. "물론이지."

그는 캐시를 따라 가게 뒤쪽으로 갔다. 몇 년 전 베아 할머니가 쓰러져 세상을 떠났던 고전 문학 코너였다. 조엘은 여전히 미간을 모은 채 그녀를 마주 보았다. "무슨 일 있어?"

"조금요." 캐시는 깊게 숨을 들이마셨다. "당신한테 할 얘기가 있어요."

조엘이 한 걸음 물러섰다. "어… 이런. 나 긴장해야 돼?"

"아뇨, 그런 건 아니고요…." 왜 이렇게 말이 안 나오는 거지? 잘못한 건 내가 아니다. 프란체스카다. 그 여자는 제정신이 아니었고, 조엘은 그 사실을 알아야 했다. "당신이 알아야 할 게 있어요. 그러니까… 그게…."

조엘이 눈썹을 치켜올렸다.

"당신 전 여자친구 프란체스카가 나를 괴롭히고 있어요."

조엘의 입이 벌어지고 얼굴에서 핏기가 빠져나갔다. "뭐라고?"

"지난번에 서점에 침입한 사람도 프란체스카였던 것 같아요." 캐시는 용기를 잃기 전에 말을 쏟아냈다. "문에 페인트를 뿌렸고, 우리 집 현관문에도 '걸레'라고 써 놨어요. 그리고 전화해서 아무 말 없이 끊어버리기도 했고요. 그것뿐만이 아니에요."

조엘은 입을 다문 채 한참 말을 잇지 못했다. "캐시…."

"이제 더는 못 참겠어요, 조엘." 눈가에 눈물이 맺혔다. "요즘 내가 얼마나 힘들었는지 알잖아요. 이제 그만해야 해요. 당신이 그녀한테 말해 줘요."

"캐시, 내 말 좀 들어봐." 그가 말했다. "그건 프란체스카가 한 짓이 아니야."

캐시의 뺨이 화끈거렸다. 지난 며칠 동안 겪은 일을 생각하면 이런 반응이 돌아올 줄은 몰랐다. 최소한 한 번쯤은 그녀 편을 들어줄 거라 생각했다. 그런데 그는 이유조차 설명하지 않았다. 프란체스카는 그런 짓 안 했어. 끝. 반박 불가. 역시 완벽한 프란체스카는 그런 일을 저지를 리가 없다는 거겠지.

"아직도 그녀한테 감정이 남아 있는 거 알아요." 캐시는 최대한 차분하게 말하려 애썼다. "하지만 정말이에요. 전부 다 그 여자가 한 짓이에요. 그 여자는… 좀 불안정해요."

"내가 말했잖아." 조엘의 목소리가 커졌다. 거의 화가 난 것처럼 들렸다. "프란체스카 짓이 아니라니까."

"왜요? 너무 완벽해서요?"

"아니." 그는 잠시 눈을 감았다가 다시 떴다. "이미 죽었으니까."

46

새 여자친구

프란체스카가… 죽었다고?

그게 무슨 소리지?

프란체스카는 예쁘고 완벽하고 젊고 요리도 잘했다. 그런 사람이 죽었다니. 말도 안 됐다. 그럴 리가 없었다. 그런 사람은 죽지 않는다고 캐시는 믿었다.

"확실해요?" 캐시가 불쑥 물었다.

조엘의 눈빛이 짙어졌다. "확실하냐고? 그래. 확실해."

"하지만…" 갑자기 입안이 바짝 말랐다. "아팠던 거예요?"

"아니." 그는 짧게 말했다.

머릿속이 어지러웠다. 캐시는 조엘과 사귀는 내내 프란체스카를 '예쁘지만 질투심 많은 전 여자친구' 정도로만 생각해 왔다. 그런데 갑자기 죽었다니. 도무지 납득이 되지 않았다. "전 당신이 그녀랑 헤어진 줄 알았어요."

"헤어진 건 맞아." 조엘은 눈을 내리깔았다. "헤어졌었어. 그게… 좀 복잡했어, 캐시."

캐시는 미간을 찌푸렸다. "어떻게 복잡했는데요?"

조엘은 고개를 저었다. "나도 그럴 줄 몰랐어…" 그는 떨리는 숨을 들이켰다. "우리가 헤어진 뒤에… 프란체스카가 스스로 목숨을 끊었어.”

캐시는 손으로 입을 틀어막았다. “세상에….”

“내가 발견했어.” 조엘은 침을 삼켰다. 목이 꿀렁였다. “욕조에서 손목을 그었어. 내가 갔을 땐… 이미 늦었더라.”

그는 다시 눈을 질끈 감았다. 몸이 살짝 휘청했다. 순간 캐시는 그가 쓰러질까 봐 손을 뻗을 뻔했다. 하지만 조엘은 곧 다시 눈을 떴다.

“그 뒤로 나도 한동안 엉망이었어.” 그가 한숨을 내쉬었다. “일도 쉬어야 했고. 그때는… 끔찍한 생각도 많이 했어. 전부 내 탓 같았거든.” 그는 관자놀이를 손가락으로 세게 문질렀다. “내가 헤어지자고 했어. 난 그녀한테 화가 나 있었어. 하지만 그렇게 영원히 끝날 줄은 몰랐어.” 조엘의 목소리가 갈라졌다. “너무 심하게 말한 게 마음에 걸려서 찾아갔었는데…”

“세상에….” 캐시가 숨죽여 말했다. “조엘, 미안해요. 정말.”

“처음부터 다 말했어야 했는데.” 조엘이 중얼거렸다. “근데 네가 프란체스카가 죽은 것도 모를 줄은 몰랐어. 난 당연히….”

그는 두 손으로 얼굴을 감싸 쥐었다. 이제야 많은 게 설명됐다. 프란체스카 얘기만 나오면 조엘이 늘 슬프고 멍한 눈을 했던 이유도. 그는 아직도 그녀를 사랑하는 게 아니라 그녀의 죽음이 자기 탓이라고 믿고 있었다.

그리고 어쩌면 아직도 조금은, 사랑하고 있을지도.

“미안해, 캐시.” 조엘은 그녀의 시선을 피했다. “지금 밥 먹을 기분이 아니야. 나중에 전화할게. 알겠지?”

하지만 캐시는 처음으로 그가 정말 전화를 할지 확신이 서지 않왔다.

그녀는 어깨를 잔뜩 웅크린 채 가게를 나가는 조엘의 뒷모습을 바라봤다. 아래를 내려다보니 손이 떨리고 있었다. 프란체스카는 죽었다.

프란체스카가 죽었다.

이제 모든 게 달라졌다.

좋은 소식이라면, 이제 그 이탈리아 미인이 그녀의 남자를 다시 빼앗아 갈까 봐 걱정하지 않아도 된다는 거였다. 나쁜 소식은 이제 캐시는 자신을 괴롭히는 사람이 누구인지 전혀 알 수 없게 됐다는 것이다. 그리고 그걸 어떻게 멈춰야 하는지도.

47

전 여자친구

퇴근해 나오다 길가에 서 있는 딘을 보는 순간 가슴이 반사적으로 뛰었다. 딘이 처음 이곳에 찾아왔던 날처럼 기분 좋은 설렘이 차올랐다가 그의 얼굴을 보는 순간 뚝 가라앉았다. 딘은 웃고 있지 않았다.

"어이쿠, 어이쿠, 어이쿠." 딘이 말했다. "이게 누구신가요. 로렌 양 아니십니까."

"딘…" 나는 숨을 들이켰다.

입이 떨어지지 않았다. 나는 그에게 정말 못되게 굴었다. 전화도 한 통도 받지 않았다. 그는 훨씬 더 나은 대우를 받을 자격이 있었다.

딘은 손을 들어 올렸다. "짧게 할게요."

"딘, 정말 미안해요…"

"그만." 그는 고개를 저었다. "난 당신을 스토킹하는 사람이 아니에요. 내가 싫다면 이해해요."

"아니, 그게 아니라…"

딘은 다시 고개를 저었다. 웃지 않으니 보조개는 흔적도 없었지만 여전히 잘생겼다. "그날 밤 정말 좋았어요. 우리 사이에 뭔가가 있다고 느꼈고요. 그래서 그 얘길 하고 싶었어요. 그런데 당신이 전화를 안 받았잖아요. 그래서 여기까지 온 거예요. 직접 말하려고.”

나는 울고 싶어졌다. 그날 밤은 내 인생에서 손에 꼽을 만큼 행복했다. 대체 내가 왜 이러는지 알 수가 없었다. 나는 엉망이었다. 딘은 나 같은 사람 없이 사는 편이 더 나을지도 몰랐다.

“내가 말했죠. 난 밀당 같은 거 안 한다고요.” 딘이 말했다. “난 당신이 좋아요. 그래서 말하는 거예요. 난 당신을 좋아해요. 많이.” 그가 잠깐 멈췄다. “내가 바보처럼 보일지도 모르지만요.”

“바보 아니에요.”

딘은 엷게 미소를 지었다. “글쎄요, 잘 모르겠네요.”

“제 입장도 좀 이해해 주세요. 저는….”

그는 다시 손을 들었다. “됐어요. 변명은 듣고 싶지 않아요. 마음이 있으면 전화해요. 아니면… 글쎄요, 잘 지내길 바랄게요.”

진심이었다. 내가 그에게 얼마나 엉망으로 굴었든 그는 나에게 악의를 품지 않았다. 그걸 보자 올리브에게 내가 했던 짓이 떠올랐다. 유치했고 못됐다. 스스로가 혐오스러웠다.

하지만 이제는 상황이 달랐다. 닉에게서 그 얘길 들은 이후로 나는 가만히 있을 수 없었다. 이건 단순히 모욕당한 데 대한 복수가 아니었다.

나는 딘에게 ‘전화할게요’라고 약속하지 않았다. 그는 그런 의미 없는 약속을 원하지 않을 거고, 나도 그에게 그런 짓은 하고 싶지 않았다. 딘이 등을 돌리고 멀어지는 걸 바라보며 나는 배 속이 꺼져 내리는 듯한 느낌을 받았다. 돌이킬 수 없는 실수를 저지르고 있는 것만 같았다.

48

새 여자친구

조엘은 서점을 떠난 뒤로 캐시에게 전혀 연락하지 않았다.

근무 중도 아닌데 오후 내내 아무 연락도 없다는 게 마음에 걸렸다. 캐시는 배 속에서 꿈틀거리는 불쾌한 감각을 애써 눌러 보려 했지만 잘되지 않았다. 프란체스카에게 무슨 일이 있었는지 떠올리면 조엘이 큰 충격을 받았을 거라는 걸 인정할 수밖에 없었다.

캐시가 열 번째로 휴대폰을 꺼내 혹시 놓친 문자가 없는지 확인하자 조이가 힐끗 보며 말했다. "그만 좀 해. 곧 전화 올 거야."

"조엘이 정말 많이 속상해 보였어."

"네 잘못이 아니야." 조이가 말했다.

"난 그의 죽은 여자친구가 날 스토킹하고 있다고 몰아붙였어."

조이는 짜증 섞인 숨을 내쉬었다. "자기 여자친구가 죽었다는 말도 안 한 게 문제지. 도대체 무슨 생각으로 그랬대?"

캐시는 혹시 프란체스카가 이미 세상을 떠났다는 '힌트'를 놓친 건 아닐지 머리를 쥐어짜며 떠올려 봤다. 그런데도 도무지 감이 오지 않았다. 함께 있지 않을 때조차 프란체스카는 늘 그들의 삶 속 어딘가에 존재하는 것처럼 느껴졌으니까. 그녀의 레스토랑도 여전히 문을 열고 있었다. 그런 사람이 죽었다니… 도무지 믿기지 않았다.

"집에 가." 조이가 말했다. "그 우울한 표정 때문에 오늘 매출 다 깎아 먹고 있어."

캐시는 코웃음을 쳤다. 오후 내내 가게에 들어온 손님은 고작 두 명뿐이었고, 그마저도 의료 서적을 찾는 사람들이었다. 이제 북랜드는 문을 닫을 때가 됐다. 이 상태로 계속 버틸 수는 없었다. 더 큰 문제를 피하려면 더더욱.

아직 저녁도 제대로 되지 않았는데 밖은 이미 어두웠다. 오늘 밤에 손님이 더 올 것 같지도 않았다. 아예 한 명도 안 올지도 몰랐다. 그래서 캐시는 조이 말대로 일찍 집에 가기로 했다.

두툼한 코트와 모자를 썼는데도 밖으로 나오는 순간 몸이 떨렸다. 차가운 공기가 얼굴을 세차게 때렸다. 하지만 피부를 스치고 지나간 그 오싹함이 단지 추위 때문인지 캐시는 확신할 수 없었다. 누군가가 그녀를 따라다니고 있었다. 누군가는 그녀의 가게와 아파트에 모욕적인 낙서를 남기고 있었다. 그리고 그 사람은 캐시가 확신하던 그 사람이 아니었다.

"춥지?"

고개를 들어 보니 늘 그 자리에 앉아 있던 노숙자 모린이 인도 위에서 씩 웃고 있었다. 모린은 두꺼운 겨울 코트에 목도리와 모자를 둘러쓰고 있었다. 사실 그녀의 옷차림은 사계절 내내 비슷했다. 한여름의 가장 더운 날에도 모린은 늘 그 코트를 입고 있었다.

캐시는 가슴 속에서 치밀어 오르는 짜증을 누르지 못한 채 모린을 노려봤다. "대체 뭘 본 거예요?" 캐시는 인도에 앉아 있는 여자를 향해 선 목소리로 말했다. "뭔가 봤잖아요! 분명 봤을 거예요!"

모린은 고개를 뒤로 젖히며 소름끼치는 웃음을 터뜨렸다. "난 아무것도 못 봤어!"

"봤잖아요!" 캐시가 외쳤다. "봤을 거예요! 바로 여기 있었잖아요!"

순간 모린의 얼굴에서 웃음기가 싹 사라졌다. 그러더니 멍하니 허공을 바라봤다. 턱은 힘없이 늘어졌고 눈은 텅 비어 있었다. 캐시는 철물점 창문 너머로 모린을 봤던 날이 떠올랐다. 그때도 소름이 끼쳤었다. 모린이 거기서 뭘 하고 있었는지는 끝내 알아내지 못했다.

"모린?" 캐시는 떨리는 목소리로 그녀를 불렀다.

노숙자 모린은 아무 말도 하지 않았다.

여기서 벗어나야 해.

캐시는 여전히 혼이 빠진 듯 앉아 있는 모린에게서 돌아섰다. 코트를 단단히 여미고 지하철역이 있는 방향으로 서둘러 걸음을 옮겼다.

그런데 이상하게도 그녀는 평소 이용하던 역이 아닌 다른 역으로 향하고 있었다. 그렇게 하기로 마음먹은 적은 없었다. 마치 발이 제멋대로 그녀를 끌고 가는 것 같았다. 그러다 문득 깨달았다. 그 역은 프란체스카의 레스토랑 쪽으로 가는 노선이었다.

왜 이러는지 알 수 없었다. 다만 그곳으로 가야 한다는 생각만은 또렷했다.

캐시는 지하철을 타고 안젤라스 리스토란테가 있는 역에서 내렸다. 해는 이미 하늘에서 사라져 있었고, 초록, 하양, 빨강 색 차양이 달린 작은 레스토랑을 향해 걸어가는 동안 인도 위에 흩어진 눈 조각들이 발밑에서 바스락거렸다.

캐시는 레스토랑 위에 걸린 간판을 올려다봤다. '안젤라'라는 이름이 아름다운 필기체로 적혀 있었다. 안젤라는 누구였을까? 프란체스카와 가까운 사람이었을까. 그녀가 사랑하거나 존경했던 가족? 아니면 단순히 마음에 든 이름이었을까?

그 질문에 대한 답은 끝내 알 수 없을 것 같았다. 프란체스카를 직접 만날 일은 없을 테니까.

차가운 바람이 모퉁이를 돌아 불어왔다. 캐시는 몸을 웅크리고 레스토랑 쪽으로 조금 더 다가갔다. 프란체스카가 죽기 전 수년 동안 일궈 온 그 작은 공간이 들여다보일 만큼 가까이. 유리창 너머로 낯선 사람들이 식사를 즐기고 있는 모습이 보였다. 하지만 전부 낯선 얼굴은 아니었다. 그중 한 사람은 너무나도 잘 아는 사람이었다.

조엘이었다. 안쪽 테이블에 앉아 고개를 숙이고 있었다.

놀랄 일은 아니었다. 프란체스카 생각이 나면 당연히 이곳으로 올 거라고 짐작했다. 몇 달 전에도 그를 여기서 본 적이 있었다. 그는 얼마나 자주 이곳에 오는 걸까. 아마 위안을 얻기 위해서일 것이다. 자신이 사랑했던 사람을 떠올리면서.

문득 캐시는 조엘의 《폭풍의 언덕》 속 주인공은 자신이 아니라 프란체스카였을지도 모른다는 생각이 들었다. 결국 조엘을 괴롭히는 유령은 죽은 프란체스카였으니까.

캐시는 조엘이 자신을 알아보기 전에 서둘러 자리를 떴다.

아파트 건물 근처 지하철역에서 내렸을 때는 거의 여덟 시에 가까웠다. 밖은 완전히 어두웠고, 거리에는 그림자 하나 보이지 않았다. 그녀는 최대한 빠른 걸음으로 인도를 따라 걸으며 누군가 따라오는 느낌을 애써 떨쳐내려 했다. 정말로 발소리가 들리는 것 같았다.

프란체스카가 나를 협박한 게 아니라면, 대체 누구였을까?

누군가는 전화를 걸어왔다. 누군가는 그녀의 문에 '걸레'라고 적어 놓았다. 이건 착각이 아니었다.

…설마 프란체스카의 유령일까?

아니, 그럴 가능성은 거의 없었다. 베아 할머니는 생의 마지막 몇 년을 마브 할아버지가 유령이 되어 돌아오길 기도하며 보냈다. 누군가 유령으로 돌아온다면, 그건 분명 마브였을 것이다. 천국이 있다면 마브는 성 베드로 앞에서 이렇게 애원하고 있었을 테니까. '나 좀 내려보내 주세요. 베아랑 함께 있게 해 주세요.'

하지만 유령 마브는 베아의 상상 속을 제외하곤 단 한 번도 모습을 드러내지 않았다. 그 사실만으로도 사후 세계 같은 건 없다고 캐시는 확신하게 됐다.

마침내 건물 앞에 도착했을 때, 캐시는 출입문 위를 늘 비추던 조명이 꺼져 있다는 걸 알아차렸다. 열쇠를 찾으려고 가방을 뒤적이는 동안 주변은 칠흑 같은 어둠에 잠겨 있었다. 너무 어두워서 누군가 바로 뒤에 서 있어도 알아차리지 못할 것 같았다.

빌어먹을 열쇠는 어디 있는 거야?

건물 문을 열고 들어가 다시 단단히 잠그고 나서야 캐시는 안도의 숨을 내쉬었다. 하지만 누군가 자신을 지켜보고 있다는 느낌은 좀처럼 사라지지 않았다. 대체 누가? 그리고 왜?

이제 안으로 들어왔으니 안전하다고 스스로를 다독이며, 캐시는 엘리베이터를 타고 아파트로 올라갔다. 벽에 몸을 기대자 온몸이 축 늘어졌다. 빨리 집 안으로 들어가고 싶었다. 그리고 욕조로.

'욕조에서 손목을 그었어. 내가 갔을 땐⋯ 이미 늦었더라.'

캐시는 눈을 감고 프란체스카를 떠올리지 않으려 애썼다. 앞으로도 늘 이럴까? 프란체스카가 이제부터 그녀가 하는 모든 일에 들러붙어 괴롭힐까? 지금 이 순간에도 그녀를 괴롭히고 있는 걸까?

조엘은 그런 생각에서 벗어나지 못할지 몰라도 캐시는 달랐다. 그녀는 욕조에 뜨거운 물을 틀고 배수구를 막았다. 그런 다음 따뜻하고 편안한 옷을 챙기러 침실로 향했다. 옷장 속을 뒤적이며 포근한 플리스 상의를 찾다가 옷장 안쪽 벽에 묻은 검은 잉크가 눈에 들어왔다.

심장이 미친 듯이 뛰기 시작했다. 캐시는 옷들을 옆으로 밀어내 벽이 보이도록 벌렸다. 글씨가 있었다. 옷장 맨 안쪽 벽에.

검은 잉크로 누군가 이렇게 휘갈겨 써 놓았다.

'걸레.'

누군가 그녀의 아파트에 들어왔다. 유령이 아니라 사람이었다. 그녀가 없는 사이에 누군가 집에 침입해 마커를 집어 들고 그 단어를 벽에 써 놓은 것이다.

캐시는 옷장에서 뒤로 물러나며 비명을 들었다. 잠시 뒤에야 그 목소리가 자기 목소리라는 걸 깨달았다.

49

전 여자친구

뭔가를 해야 했다.

내 질투는 시간이 지나면 잦아들 문제였다. 언젠가는. 하지만 올리브가 다른 사람의 목숨까지 위태롭게 하고 있다면 가만히 보고만 있을 수는 없었다. 지난번에 만났을 때 조엘이 내게 무례하게 굴긴 했다. 그래도 그를 지하철에서 스쳐 지나간 남자 취급할 수는 없었다. 나는 그를 사랑했다. 그녀가 그의 인생을 망치게 둘 수는 없었다. 아니, 그의 목숨을 앗아가게 내버려 둘 수는 없었다.

그래서 나는 올리브의 아파트로 가기로 했다.

요즘 날씨가 유난히 추웠다. 집을 나서기 전에 부츠를 신고 가장 두꺼운 코트를 꺼내 입었다. 그리고 스스로도 설명하기 어려운 행동을 하나 더 했다. 나중에 분명 후회할지도 모른다는 걸 알면서도.

부엌에서 칼 하나를 집어 가방에 넣었다.

올리브는 위험한 사람들에게 빚을 지고 있었다. 그러니 대비책이 필요하다고 나는 스스로를 납득시켰다.

맨해튼으로 향하는 지하철을 타는 내내 심장이 귀에 들릴 만큼 요동쳤다. 내가 지금 뭘 하고 있는 걸까? 왜 이렇게까지 해서 조엘을 지키려는 거지? 그는 나를 떠나는 데 아무런 망설임도 없었다.

내가 위험에 처했다면 그도 나를 위해 이렇게 했을까?

솔직히 말하면 그랬을 것 같았다.

올리브의 아파트 건물은 지하철역에서 세 블록 떨어진 곳에 있었다. 조엘과 내가 예전에 살던 곳만큼 좋지는 않았지만, 그녀 형편을 생각하면 분명 과분해 보였다. 애초에 돈을 계획적으로 쓰는 사람이 그렇게 깊은 빚구덩이에 빠질 리는 없었다.

마침 중년 여성이 건물에서 나오는 순간 나는 잠긴 출입문 쪽으로 다가가 그녀를 향해 미소를 지었다. "안녕하세요." 나는 밝은 목소리로 인사했다.

그녀는 문을 잡아 주며 미소로 답했다. "안녕하세요."

나는 범죄자처럼 보이지 않았을 것이다. 가방 안에 뭐가 들어 있는지 알았다면 그녀의 표정은 달라졌을지도 모른다. 하지만 그녀는 알지 못했다.

나는 계단을 이용해 올리브의 집으로 올라갔다. 정확히 어디인지도 알고 있었다. 이곳에 처음 온 게 아니라는 사실이 문득 부끄러웠다.

그리고 마침내 문 앞에 섰다. 현관 복도는 바깥보다 훨씬 따뜻했는데도 손이 덜덜 떨렸다. 나는 초인종 위에 손가락을 올렸다가, 그대로 눌렀다.

그리고 기다렸다.

잠시 뒤 자물쇠가 돌아가는 소리가 들렸다. 문이 열리고 그녀가 모습을 드러냈다. 스키니진에 니트를 입은 여자. 내 전 남자친구가 나와 헤어진 직후 만나기 시작한 올리브색 피부의 미인. 그녀는 그의 마음을 사로잡았다. 아니, '사로잡았다'라는 말로는 부족했다.

마치 세뇌라도 당한 것처럼 보였다. 그리고 이제는 그의 목숨까지 노리고 있었다.

"안녕하세요, 프란체스카." 나는 그렇게 말했다.

프란체스카, 그러니까 올리브는 차가운 눈빛으로 나를 바라봤다. 미소는 없었다. 내가 아는 한 그녀는 한 번도 웃지 않았다. 그녀를 보고 있으면 온몸에서 악의가 뿜어져 나오는 것 같았다. 말도 안 되는 소리처럼 들릴지 모르지만 정말 그랬다.

나는 안젤라스 리스토란테에서 일하는 그녀의 모습을 본 적이 있었다. 직원들을 몰아붙이며 지시하는 모습. 그들의 불만은 음식에 그대로 드러났고, 그게 레스토랑이 점점 기울어 가는 이유였다. 직원들은 그녀를 싫어했다. 그녀가 아름답고 요리를 잘하는데도 불구하고. 아니, 그래서 더더욱. 나보다 훨씬 요리를 잘한다는 건 인정해야 했다. 나도 부엌에서 요령은 있었지만 그녀처럼 정식으로 요리학교를 나온 셰프는 아니었다. 내 본업은 사무 관리자였으니까. 문득 요리학교 학비가 얼마나 들었을지 궁금해졌다. 그렇게 큰 빚을 진 것도 무리는 아닐지 몰랐다.

프란체스카. 내 인생에 단 한 명의 숙적이 있다면, 바로 그녀였다.

나는 아파트 안으로 들어섰고 그녀는 냉담한 눈으로 나를 훑어봤다. 팔짱을 낀 채 이미 나보다 키가 큰 데도 굳이 자세를 더 곧추세웠다.

"안녕, 안나." 그녀가 말했다.

50

새 여자친구

비명 속에서도 캐시는 희미한 벨소리를 들었다. 자기 휴대폰에서 나는 소리였다.

그녀는 깊게 숨을 들이마시며 진정하려 애썼다. 패닉에 빠지면 안 됐다. 그래, 누군가 그녀의 아파트에 들어와 벽에 모욕적인 말을 써 놓았다. 침입 흔적이 없다는 건 그 사람이 열쇠를 갖고 있다는 뜻이었다. 그녀는 아직 자물쇠를 바꾸지 않았다. 그 말은 그 사람이 지금도 열쇠를 갖고 있다는 뜻이었다. 어쩌면 지금도 아파트 안에 있을지도 모른다.

…아니, 이런 생각은 전혀 도움이 안 됐다.

캐시는 비틀거리며 욕실로 가 물을 끄고 다시 거실로 나와 휴대폰을 찾았다. 가방 안, 원래 두었던 자리에 그대로 있었다. 화면을 확인하며 조엘에게서 온 부재중 전화가 있기를 바랐다. 하지만 조엘이 아니었다. 전화는 안나에게서 온 것이었다.

이상했다. 안나가 왜 전화를 했지? 예전에 점심이라도 한번 같이 먹자며 번호를 교환하긴 했지만, 아기가 태어난 뒤로는 안나가 너무 여유 없어 보였다. 이해할 만했다. 괜히 부담을 주고 싶지 않았다. 그런데 왜 지금?

캐시는 바로 전화를 걸었다.

"캐시?" 안나의 상냥한 목소리가 곧바로 들려왔다. 바깥에서 통화 중인 듯 바람 섞인 잡음이 같이 들렸다.

"안녕하세요, 안나." 자기 목소리가 낯설게 느껴졌다. 캐시는 헛기침을 했다. "무슨 일이에요?"

잠시 침묵이 흘렀다. "캐시, 괜찮아요? 목소리가 좀 이상해요."

"아, 그게…." 캐시는 왠지 모르게 모든 걸 털어놓고 싶어졌다. 어쨌든 누군가에겐 말해야 했다. 그리고 안나는 프란체스카를 알고 있었다. 아니, 알던 사이였다. "누군가 내 아파트에 들어와서 벽에 '걸레'라고 써 놨어요."

안나가 숨을 들이켰다. "세상에. 캐시, 너무 끔찍하네요. 경찰에는 연락했어요?"

"아뇨." 캐시는 입술을 깨물었다. 경찰을 집 안으로 들이고 싶지 않았다. 하지만 다른 방법이 있을까? "지금 하려던 참이었어요."

"그래야죠…."

캐시는 잠시 망설였다. "그래야… 하겠죠?"

"그럼요…." 안나의 대답은 미묘하게 흐릿했다.

"당신은 그렇게 생각 안 해요?"

"글쎄요. 사실 경찰이 와서 뭘 해 주겠어요?" 안나가 말했다. "서류나 잔뜩 쓰게 하고 당신 물건이나 뒤져보겠죠."

그 말에 캐시는 몸이 움츠러들었다. 그건 정말 최악이었다.

"솔직히 말해서," 안나가 덧붙였다. "경찰이 도둑을 잡기는 해요?"

"잡기야… 하겠죠."

"아뇨, 거의 못 잡아요." 안나는 단호했다. "아무튼 저 지금 시내에 나와 있어요. 아기는 남편이 보고 있고요. 제가 가서 같이 정리해 드릴까요?"

"근데…." 캐시는 며칠 전 밤이 떠올랐다. 전날과 똑같은 음식을 먹었는데도 갑자기 아나필락시스 증상이 나타났던 그날. 에피펜을 찾지 못해 거의 죽을 뻔했었다. "집에 들어온 사람이 저를 해치려고 하는 것 같아요."

"해친다고요?"

캐시는 그동안 받아 온 음란한 전화에 대해 전부 털어놓았다. 음식에 땅콩이 들어 있었던 얘기도, 에피펜이 사라졌던 얘기도 했다. 이 모든 걸 단순한 우연이라고 넘길 수는 없었다. 에피펜도 그냥 없어진 게 아니었다.

"세상에." 안나가 숨죽여 말했다. "그게 사실이라면 정말 미쳤네요. 누가 진짜 그런 짓을 했다면…."

"맞아요. 정말 미친 짓이죠." 캐시는 겨우 말했다.

"내 말 잘 들어요." 안나가 말했다. "그대로 있어요. 내가 곧 갈게요. 가기 전에 잠깐 해야 할 일이 하나 있긴 한데… 기다려요. 알겠죠?"

캐시는 너무 지쳐서 반박할 힘조차 없었다. "알겠어요."

전화를 끊고 나자 조엘에게 전화하고 싶은 충동이 치밀었다. 예전에 누군가 집 안에 있는 것 같아 겁에 질렸던 그날 밤이 떠올랐다. 조엘이 얼마나 큰 위안이 되었는지도. 캐시는 거의 반사적으로 그의 번호를 눌렀다. 휴대폰을 꽉 쥔 채 연결음에 귀를 기울였다.

그는 전화를 받지 않았다.

51

전 여자친구

조엘이 나와 헤어지고 프란체스카를 만나기 시작한 뒤로 나는 그 둘을 모두 미워했다. 하지만 특히 그녀가 미웠다. 프란체스카는 나와는 정반대였다. 모델처럼 키가 크고 아름다웠고 나보다 몇 살이나 어렸다. 성공한 레스토랑 오너이기도 했다. 적어도 나는 그렇게 믿었다. 하지만 프란체스카의 아파트 안으로 한 발 들어서는 순간 나는 또 다른 사실을 깨달았다.

그녀는… 무서웠다.

왜인지 설명할 수는 없었다. 그런데 이상하게도 처음부터 늘 그런 느낌이 있었다. 그래서 칼을 가져온 것이었다. 얼굴도 모르는 사채업자가 두려워서가 아니라 프란체스카에게서 나를 지킬 무언가가 필요했기 때문에.

그녀에겐 뭔가가 있었다.

"여긴 뭐 하러 왔어?" 프란체스카가 낮게 으르렁거렸다.

나는 깊게 숨을 들이마셨다. "다 알아요, 프란체스카. 당신이 어떤 상황인지도요. 그리고 주변 사람들을 위험에 빠뜨리고 있다는 것도요."

그녀는 콧방귀를 뀌었다. "넌 아무것도 몰라."

"조엘한테 경고하려고 했어요." 내가 말했다. "하지만 그는 제 말을 안 들어요. 그래서 당신한테 직접 말하러 온 거예요."

프란체스카가 잘 다듬어진 눈썹을 치켜올렸다. 나와 그녀는 둘 다 이탈리아계였다. 조엘은 취향이 확실했다. 하지만 우리는 너무 달랐다. 프란체스카는 긴 다리와 큰 키, 찰랑이는 머리카락을 가진 사람이었다. 나는 키가 작고 상체가 둔탁한 편이었고 칙칙한 갈색 곱슬머리였다. 딘이 내가 소피아 로렌을 닮았다고 말한 이유를 알 수 없었다. 프란체스카야말로 그 배우와 똑같이 생겼는데. 올해 리디아의 할로윈 파티에서 프란체스카가 클레오파트라 분장을 했는데 정말 압도적이었다는 얘길 들었다.

"거기서부터 틀렸어." 프란체스카는 목에 걸린 금빛 장미 목걸이를 만지작거렸다. 그녀는 늘 그 목걸이를 하고 다녔다. 조엘이 선물한 걸까? "조엘은 네 말을 믿었어."

그녀는 그의 이름을 마치 논나처럼 발음했다. 둘째 음절에 힘을 실어서 '조-엘'. 논나가 그렇게 부를 때는 질색했던 조엘도 그녀가 그렇게 부르는 건 좋아했을지도 모른다.

나는 미간을 찌푸렸다. "뭐라고요?"

"조엘이 여기 왔었거든." 프란체스카가 말했다. "나를 몰아세우면서 내 재정 상태에 대해 이것저것 캐물었어. 네가 뒤에서 부추겼다는 건 금방 알았지. 그런 생각을 그 사람 머릿속에 심어줄 사람이 너 말고 누가 더 있겠어?"

나는 침을 삼켰다. "그래서 뭐라고 했어요?"

프란체스카가 미소를 지었다. 나는 프란체스카가 절대 웃지 않는다고 생각했는데 그건 착각이었다. 그녀의 입꼬리가 살짝 올라갔지만 눈은 웃지 않았다. "그냥 과민반응하는 거라고 했지. 당연히."

"그랬겠죠." 나는 중얼거렸다. 조엘은 분명 그 말을 믿었을 것이다. 그는 완전히 그녀한테 홀려 있었으니까.

"한잔할래, 안나?"

"아니요, 괜찮아요."

프란체스카는 부엌으로 걸어가 조리대 위에 놓인 와인병을 집어 들었다. 와인에 대해 잘 모르는 나도 그게 비싼 술이라는 건 단번에 알 수 있었다. 프란체스카와 리디아는 둘 다 유난히 비싼 와인을 좋아했다. 다만 리디아는 감당할 수 있고, 프란체스카는 못한다는 게 문제였다. 그게 프란체스카였다. 늘 분수에 넘치게 쓰는 사람.

물론 남 얘기할 처지는 아니지만.

그녀는 잔에 와인을 따르고 잠깐 빙글빙글 돌렸다. 한 모금 시험 삼아 마시더니 혀 위에 잠시 굴렸다가 남은 걸 한 번에 털어 넣었다. 그리고 또 한 잔을 따랐다.

"문제는," 그녀가 말했다. "조엘이 여기 오기 전에 이미 조사를 끝냈다는 거야. 내 상황이 얼마나 엉망인지 다 알고 있었어."

나는 입이 벌어졌다. 조엘이 내 말을 들었다고? 믿기지 않았다.

"그가 헤어지자고 했어." 프란체스카는 와인을 한 모금 크게 들이켰다. "이런 수렁에 빠져 놓고도 거짓말까지 하는 사람이랑은 더 이상 엮일 수 없다고 했어. 물론 그가 아직 모르는 게 하나 있긴 하지만. 가장 큰 비밀 말이야."

나는 고개를 저었다. "그게 뭔데요?"

"아무튼." 그녀는 내 질문에 답하지 않고 말을 이었다. "조엘은 떠났어. 날 버리고 갔지."

지금 내가 생각하는 그 얘길 하는 걸까? 정말로 조엘이 프란체스카와 헤어진 걸까?

"그래도 난 걱정 안 해." 그녀는 윤기 나는 검은 머리를 어깨 너머로 휙 넘겼다. "다시 돌아올 거야. 난 알아."

"과연 그럴까요." 나는 조용히 말했다.

"네가 뭘 알아?" 그녀가 비웃듯 말했다. "그 사람을 붙잡지도 못한 주제에." 그녀가 웃었다. 잔인하고, 살을 에는 소리였다. "이제 어쩔 거야, 안나? 다시 잡아 보려고? 행운을 빌어."

조엘은 다시 혼자가 됐다. 혼자였고, 상처 입은 상태였다. 어쩌면 이건 나에게 기회일지도 모른다.

하지만 조엘과 함께하는 삶을 떠올리는 순간, 그게 내가 원하는 모습이 아니라는 걸 깨달았다. 프란체스카가 무슨 일에 발을 들였는지 알게 됐을 때, 나는 분명 조엘이 걱정됐다. 하지만 더 이상 그를 사랑하진 않았다. 적어도 예전처럼은. 조엘 말이 옳았다. 우리는 서로에게 맞지 않았다. 그는 그걸 봤고 나는 보지 못했을 뿐이었다.

사실 머릿속에서 떠나지 않는 다른 남자가 있었다. 그리고 너무 늦기 전에 그에게 전화를 해야 했다. 아직 늦지 않았다면.

나는 프란체스카를 올려다봤다. 처음 그녀가 조엘과 키스하는 걸 본 순간부터 나는 그녀에게 온갖 감정을 품어 왔다. 증오. 질투. 두려움. 하지만 연민을 느낀 건 지금이 처음이었다. 그녀는 나쁜 사람이었지만 사랑하는 남자를 잃었다. 그리고 나는 그 기분을 이해했다.

"제가 도울 수 있는 게 있을까요?" 내가 물었다.

프란체스카는 다시 웃었다. "세상에, 넌 정말 착하구나. 조엘이랑 똑같아. 너무 착해." 그녀의 눈빛이 날카로워졌다. "그러니 그가 더 자극적인 여자를 원했던 거겠지."

얼굴이 화끈거렸다. 그래도 조엘이 이 마녀 같은 여자에게서 벗어나도록 도운 게 다행이라고 생각했다. "알겠어요. 그럼 전 이만 갈게요."

"내 걱정은 하지 마." 프란체스카가 말했다. "난 조엘을 다시 되찾을 거야. 그가 아직 모르는 게 있거든."

프란체스카의 아파트를 나서며 나는 어디로 가야 할지 이미 알고 있었다. 위치 추적 앱은 다시 켜 보지도 않았다. 조엘이 지웠든 말든 이제는 상관없었다. 지금 당장 보고 싶은 사람은 단 한 명뿐이었다. 그건 조엘이 아니었다. 그저 아직 늦지 않았기를 바랄 뿐이었다.

지하철을 한 번 갈아탄 뒤 나는 딘의 심장내과 진료소 유리문 앞에 서 있었다. 예전에 논나의 안경을 찾는 걸 도와주려 했던 금발의 접수직원이 보였다. 그녀가 아직 여기 있다면 딘도 아직 있겠지. 심장이 요동쳤다. 지하철역에서 여기까지 거의 뛰어오다시피 한 탓만은 아니었다.

더 중요한 건 딘이 나를 보고 싶어 하느냐였다.

그리고 더 생각할 틈도 없이, 그가 나타났다. 진료실 안쪽에서 걸어 나온 딘은 흰 셔츠에 짙은 남색 넥타이를 매고 있었다. 믿기지 않을 만큼 잘생겨 보였다. 머리카락은 잉크처럼 새까맸다. 그는 접수직원과 짧게 대화를 나누며 코트를 여미다가 하얀 이를 드러내며 웃었다. 그날 그가 나에게 키스한 뒤 지었던 그 환한 미소가 떠올랐다. 눈을 감으면 아직도 그의 입술이 느껴질 것만 같았다.

정신을 차리기도 전에 딘은 내가 서 있는 출입구 쪽으로 걸어오고 있었다. 나는 황급히 뒤로 물러나 벽에 몸을 바짝 붙였다. 그를 만나러 왔으면서도 갑자기 그가 나를 못 봤으면 좋겠다고 간절히 바랐다. 이건 실수였다. 너무 오래 망설였다. 내가 다 망쳐 버렸다.

하지만 숨으려 해도 소용없었다. 딘은 진료실 문을 밀고 나오다 벽에 바짝 붙어 있는 나를 보고 짙은 눈을 크게 떴다. 입이 살짝 벌어졌다가 이내 다물어졌다.

"안녕하세요, 안나." 그가 말했다.

그는 더 이상 나를 '로렌 양'이라고 부르지 않았다. 좋은 신호는 아니었다.

"안녕하세요." 내가 말했다.

딘은 눈썹을 치켜올렸다. "여긴 왜 왔어요?"

"저, 음…." 나는 가슴께를 문질렀다. 그제야 제대로 차려입지 않았다는 사실이 의식됐다. 낡은 청바지에 두툼한 패딩 코트 차림이었다. "심장이 좀 불규칙하게 뛰는 것 같아서요. 그래서…." 딘이 가만히 나를 바라보자 어깨가 축 처졌다. "알겠어요. 그냥… 당신을 보러 왔어요."

"왜요?" 비아냥거리는 말투는 아니었다. 정말로 궁금하다는 목소리였다. 내가 그렇게 굴었으니 냉정하게 나와도 이상할 게 없었다. 그런데 딘은 그러지 않았다. "다시 나를 볼 생각은 없어 보였는데."

나는 발끝을 옮기며 망설였다. "지금 바쁘세요?"

그는 손목시계를 힐끗 봤다. "한 시간 뒤에 데이트가 있어요."

"아…." 나는 시선을 내렸다. 놀랄 일은 아니었다. 딘은 괜찮은 남자였고, 나를 기다려 줄 이유도 없었다. 오히려 그게 더 이상했을 것이다. "그렇군요."

그는 어깨를 으쓱했다. "뭐, 그렇죠. 이상할 것도 없잖아요."

"네, 물론이죠." 나는 울컥하는 걸 간신히 눌렀다. "정말 잘됐네요. 축하해요."

"축하요?" 그가 반쯤 웃었다. "데이트 하나 잡았다고 축하까지 받아야 하나요? 제가 그렇게 못생겼어요?"

"아니에요." 볼이 달아올랐다. "전혀요. 그냥… 음, 정반대죠."

딘의 입가에 옅은 미소가 걸려 있었다. "그렇군요."

"저기요." 나는 중얼거리듯 말했다. 딘의 눈을 똑바로 보기가 힘들었다. 창피해지더라도 할 말은 해야 했다. "전에 제가 다 망쳤다는 거 알아요. 전 진짜… 당신이 좋아요."

그는 눈을 가늘게 뜨고 나를 봤다. "뭐라고 해야 할지 모르겠네요, 안나. 처음부터 말했잖아요. 난 밀당 안 한다고. 다음 날 전화하겠다고 했고, 실제로 했어요. 그런데 당신은 전화를 안 받았죠." 그는 고개를 저었다. "난 그런 게임은 안 해요. 이제는."

"게임 아니었어요." 나는 주먹을 꽉 쥐었다. "처음부터 말했잖아요. 조엘이랑 헤어진 일… 저한텐 너무 힘들었어요. 십 년 넘게 함께했거든요. 끝났을 때 저는 그냥…." 나는 조심스럽게 딘의 어두운 눈을 올려다봤다. 아주 미세한 연민이 스쳤다. 나는 그걸 놓치지 않고 말을 이었다. "하지만 제가 여기 온 건 이제 다 끝났기 때문이에요. 오늘 밤을 지나면… 정말로 지나간 일이 돼요. 약속할게요."

"그런 건 장담 못 해요."

"할 수 있어요." 내가 고집스럽게 말했다. "저도 게임은 싫어요. 당신 생각이 자꾸 났어요. 혹시라도 아직 조금이라도 같은 마음이라면…"

딘은 고개를 저으며 나를 바라봤다. 정말 다 망쳐버렸다. 그는 좋은 사람이었고, 나는 기회를 날려버렸다. 게다가 그는 다른 여자와 약속이 있었다. 복잡한 과거 따위는 없는 사람과. 내가 왜 이러고 있는지도 모르겠다.

딘이 주머니를 더듬더니 휴대폰을 꺼냈다. 화면을 몇 번 눌렀다.

"뭐 하는 거예요?" 내가 물었다.

그의 얼굴에 장난스러운 미소가 다시 떠올랐다. "약속 취소하는 중이에요."

이곳에 온 뒤 처음으로 심장이 가볍게 솟구쳤다. "저… 정말요?"

"네." 그는 휴대폰을 다시 주머니에 넣었다. "어차피 내내 당신이랑 키스하는 생각만 할 텐데, 무슨 소용이 있겠어요."

이번엔 내가 웃었다. "그래요?"

"글쎄요…." 딘이 한 걸음 다가왔다. "그날 이후로 계속 그 생각만 했거든요."

"전화 안 받은 거 정말 미안해요." 내가 말했다. "바보 같은 짓이었어요. 조엘 이후로 처음 좋아한 사람이 당신이었고, 그래서 그냥 겁이 났어요. 정신이 좀 없었죠."

"나도 차이고 나서 멍청한 짓 좀 했어요." 딘이 말했다. 자신이 차인 쪽이었다는 걸 인정한 건 처음이었다. "도시를 떠나서 나라

반대편까지 이사했으니까요. 꽤 미친 짓이죠."

내가 저지른 일들에 대해서는 차마 말할 수 없었다. 차라리 그가 이 '미친 짓 대회'에서 이긴 걸로 생각하게 두는 편이 나았다. "네, 그건 정말 미친 짓이네요. 그래도 당신이 그렇게 선택해서 다행이에요."

"그거 알아요?" 딘의 미소가 더 커졌고 내 심장이 다시 두근대기 시작했다. "나도 그렇게 생각해요."

그리고 그는 나에게 키스했다.

52

전 여자친구

내가 프란체스카의 아파트에 갔던 바로 그날 밤, 그녀는 욕조에서 죽었다.

그녀의 살아 있는 모습을 마지막으로 본 사람이 나였다는 사실을 아는 사람은 아무도 없다. 그녀를 발견한 조엘조차도. 그는 그날 내가 거기 있었다는 것도, 프란체스카가 임신 중이었다는 것도 몰랐다. 그 사실은 부검이 끝난 뒤에야 밝혀졌다. 조엘은 그녀의 죽음에 대해 느끼는 죄책감 정도라면 어떻게든 견뎌냈을지도 모른다. 하지만 아이의 존재는 그를 완전히 무너뜨렸다. 그가 사랑하던 직장으로 돌아가기까지 몇 달이 걸렸다.

그래도 그는 결국 돌아왔다. 그리고 조금씩 나아졌다. 친구들은 다시 연애를 해보라고 권했지만, 그는 오랫동안 거부했다. 1년이 넘도록. 누가 괜찮은 사람이 있다는 말을 꺼내기만 하면, 그는 늘 중얼거렸다. "난 안 돼." 조엘은 나와 헤어졌을 때보다도 훨씬 더 엉망이었다.

그러다 캐시를 만났다.

나는 캐시를 처음 본 순간부터 마음에 들었다. 그녀는 프란체스카와는 정반대였다. 상냥했고 솔직했고 꾸밈없는 예쁨이 있었다. 조엘이 그녀를 얼마나 좋아하는지도 단번에 알 수 있었다. 그는 마침내 과거를 놓을 수 있게 됐다.

한편 나와 딘은 내가 그를 찾아가 다시 만난 그날 밤 두 번째 데이트를 했다. 그는 작별 인사 대신 다시 한번 나에게 키스했다. 믿을 수 없을 만큼 완벽한 키스였다. 이번에는 그가 다음 날 전화했을 때 벨소리가 울리자마자 받았다. 더 이상 밀당은 없었다. 몇 주 지나지 않아 우리는 거의 같이 살다시피 했다. 나는 누구에게도, 심지어 조엘에게조차도 이런 감정을 느껴 본 적이 없었다. 오히려 조엘이 우리 관계를 끝내 준 게 고맙다고 느껴질 정도였다. 덕분에 이런 사랑을 알게 됐으니까. 딘과 함께한 지 1년도 채 되지 않아 나는 콘스탄틴 푸라키스 박사의 아내가 되었다. 친구들은 그를 콘이라고 불렀고, 가장 가까운 사람들만 딘이라는 별명으로 불렀다.

우리는 바로 아이를 갖기로 했고 다행히 얼마 지나지 않아 임신 소식이 찾아왔다. 그 소식을 전했을 때 딘은 말 그대로 날아갈 듯 기뻐했다. 나는 프란체스카가 임신 소식을 살아 있을 때 끝내 조엘에게 전하지 못했고, 조엘도 그녀에게서 직접 듣지 못했다는 사실을 애써 떠올리지 않으려 했다.

아이가 태어났을 때 이름을 앤드루로 하자는 건 딘의 제안이었다. 아이가 태어나기 한 달 전에 세상을 떠난 내 할머니 안젤라를 기리기 위해서였다. 논나가 자신의 이름을 물려받은 아이를 만나지 못했다는 건 여전히 마음이 아팠다. 그래서 우리는 책장 위에 그녀의 사진을 올려 두었다. 앤드루가 증조할머니를 기억하며 자라도록. 나는 아이를 안고 책장 앞에 서서 가족들 사진을 하나하나 가리키며 이야기를 들려줬다.

지난 1년 동안 나는 조엘과 다시 친구가 됐다. 나는 조엘과 캐시를 진심으로 응원했다. 그가 미친 듯이 사랑에 빠지기를 바랐다. 나와 딘처럼.

캐시는 편집증에 빠질 사람처럼 보이지 않았다. 누군가 자신을 죽이려 한다고 느낀다면, 아마 그게 사실일 것이다.

그리고 나는 그게 누군지 알고 있었다.

53

전 여자친구

어젯밤 딘과 나는 리디아와 피트의 아파트로 저녁을 먹으러 갔다. 앤드루가 태어난 뒤로 둘이서 외출하는 건 처음이었다. 딘은 들떠 있으면서도 귀엽게도 잔뜩 걱정하고 있었다. 그는 아파트 곳곳에 베이비캠을 설치하느라 한 시간은 족히 썼다.

사실 베이비캠을 설치하자고 한 건 어느 정도 내 아이디어이기도 했다.

"여기 사각지대 있어." 나는 부엌과 거실 사이 모서리에 서서 휴대폰 화면에 뜨는 집 안 영상을 이리저리 넘겨보며 딘에게 말했다. "그래? 알았어. 바로 할게."

딘은 몇 주 전에 사 두었던 상자를 뒤적여 카메라 하나를 더 꺼냈다. 그리고 액자 뒤쪽에 반쯤 가리듯 숨겨 달았다.

카메라들은 꽤 그럴듯하게 숨겨져 있었다. 그래도 개수가 워낙 많다 보니 베이비시터가 하나쯤은 눈치채지 않을까 걱정됐다.

"어때? 이제 괜찮아?" 새 카메라를 고정한 딘이 물었다.

나는 계속 걸어 다니며 화면을 확인하다가 현관 쪽에서 멈춰 섰다. "여기도 또 사각지대."

딘이 미간을 찌푸렸다. "카메라 다 썼어. 그리고 현관까지 꼭 필요해?"

"당연하지." 내가 말했다. "도나 아줌마는 어떡하고?"

도나는 복도 끝에 사는 이웃이었다. 마흔이 넘었고 결혼도 했지만 아이는 없었다. 내가 앤드루를 유모차에 태우고 나갈 때마다, 도나는 진심으로 아이를 낚아채 들고 도망칠 것 같은 표정을 지었다.

"음⋯." 딘의 눈썹 사이에 주름이 잡혔다. 보조개는 온데간데없었다. "솔직히 도나는 걱정 안 해도 될 것 같은데. 그리고 다른 카메라들도 있잖아."

조금 실랑이도 했고 카메라 위치도 몇 번 옮겼지만, 결국 나는 지금 구성이면 충분하다는 데 동의했다. 솔직히 내 생각 같아서는 카메라를 더 사기 전까지 집에만 있고 싶었다. 하지만 딘은 정말로 밖에 나가고 싶어 했다. "아기 태어나고 나서 우리 둘이서만 밖에 나간 적이 없잖아." 딘이 나를 끌어안으며 말했다. "그게 그리워."

"나도." 나는 고개를 들어 키스해 달라는 듯 입술을 살짝 내밀었다. 딘은 활짝 웃더니 망설임 없이 몸을 숙여 내게 키스했다. 그리고 내 허리를 단단히 끌어당겼다. 딘과 나는 변함없이 잘 지냈다. 지난 2년 동안 변한 건 아무것도 없었다. 내 인생에서 내가 내린 선택들 중, 딘은 단연 최고였다.

문제는 리디아와 피트의 아파트에 도착하자마자, 우리가 기대했던 '편하고 즐거운 친구들과의 밤'이 아닐 거라는 게 뻔해졌다는 거였다. 둘 사이가 좀 나아졌을 거라고 생각했는데 전혀 아니었다. 내가 건넨 화이트와인 병을 받아 들던 리디아의 눈가가 벌겋게 부어 있는 걸 보니, 조금 전 또 크게 다퉜다는 게 한눈에 보였다.

"본테라 빈야드." 리디아는 고맙다는 말 대신 코를 찡그리며 라벨을 읽었다.

"전 본테라 좋아해요." 딘이 말했다. 심장내과 의사지만, 그는 잘난 척하는 타입이 아니었다. "나쁠 거 없잖아요."

"그렇죠…." 리디아는 마치 오염된 물건이라도 되는 것처럼 병을 몸에서 멀찍이 떼어 들었다. 테이블에 내놓기는 하겠지만, 본인은 절대 마시지 않을 것이다.

그때 피트가 나왔다. 오른손에 맥주를 들고 있었다. 넥타이는 원래 꽉 조여 맸던 흔적만 남은 채 이제는 목에 헐렁하게 걸쳐져 있었다. 눈은 충혈돼 있었고 오늘 밤 첫 잔이 아니라는 게 바로 보였다. 지난번 그들을 만났을 때 딘은 내게 조용히 말했다. 요즘 피트가 술을 너무 많이 마시는 것 같다고. 응급실에서 제대로 일하고 있는지도 걱정이고 딸 바이올렛에게도 좋을 게 없다고.

"콘! 안나!" 피트가 양팔을 벌렸다. 우리 둘을 한꺼번에 끌어안으려는 듯이. "리디아, 무례하게 손님들을 문 앞에 세워 두고 뭐 하는 거야? 얼른 들어오라 그래!"

리디아는 남편에게 날카로운 눈빛을 한 번 던지더니 우리가 가져온 와인을 들고 성큼성큼 부엌으로 가 버렸다. 피트는 눈을 굴렸다. "신경 쓰지 마. 요즘 좀 예민해. 알잖아."

피트의 말에 딘은 내 어깨에 팔을 둘러 나를 더 끌어당겼다. '우린 절대 저렇게 되지 않을 거야.' 그의 눈빛이 그렇게 말하는 듯했다.

딘은 결국 거실에서 피트와 함께 스포츠 경기를 보기 시작했다. 나도 남편 곁에 있고 싶었지만 부엌에 있는 리디아를 챙겨야 할 것 같았다. 우리 모두를 위해 저녁을 준비하고 있었으니까 예의상

그게 맞았다. 나는 프란체스카처럼 전문 셰프는 아니었지만 부엌
일엔 꽤 자신이 있었다.

그런데 부엌에 들어가 보니 리디아는 아무것도 하지 않은 채 멍
하니 가스레인지를 바라보고 서 있었다. 표정은 텅 비어 있었다.
뭔가 타는 냄새가 코를 찔렀다.

"리디아." 나는 그녀 옆으로 손을 뻗어 불을 껐다. 뭘 만들고 있
었는지는 모르겠지만 이미 손쓸 수 없는 상태였다. "괜찮아?"

"아니." 그녀의 눈은 흐릿했고 핏발이 서 있었다. "일주일째 제대
로 잠을 못 잤어."

"아…."

리디아는 시선을 피했다. "의사가 약을 처방해 줬는데도 아무
소용이 없어."

"혹시…," 나는 입술을 깨물었다. "얘기하고 싶으면 들어줄게."

"너까지 힘들게 하고 싶진 않아." 리디아가 중얼거렸다. "아기도
있고 정신없을 텐데."

"리디아." 나는 화재경보기가 울리기 전에 다른 불도 껐다. "너
무 혼자 버티려고 하지 마."

"부부 상담도 아무 소용없어." 리디아는 거의 쏘아붙이듯 말했
다. "석 달째 다니고 있는데 웃기지도 않아. 45분 내내 피터가 상
담사한테 내가 얼마나 마녀 같은 사람인지 늘어놓기만 해. 그리고
상담사는 늘 그 사람 편이고." 그녀는 충혈된 눈으로 나를 올려다
봤다. "전부 내 탓이래. 말이 돼?"

나는 얼굴을 찡그리며 조리대 위에 있던 휴지를 건넸다. "힘들었
겠다, 리디아."

"그리고 바이올렛은…;" 리디아는 휴지로 오른쪽 눈을 닦았다. "아마 주말에만 보게 될 거야. 피터는 평일엔 내가 일을 너무 많이 한다고 또 트집을 잡겠지. 그래서 자기가 아이를 맡아야 한다고. 집에 돌아왔을 때 바이올렛이 없다는 건… 상상도 하기 싫어."

리디아는 결국 울음을 터뜨렸다. 눈물이 하염없이 흘러내려 손에 쥔 휴지를 흠뻑 적셨다. 누군가 앤드루를 내게서 데려가는 모습을 떠올렸다. 고작 몇 달밖에 함께하지 않았지만, 그건 도저히 견딜 수 없는 상상이었다. 차라리 나를 먼저 죽여야 할 것이다. 나는 리디아에게 그 마음을 이해한다고 말하려던 참이었다. 그런데 그녀가 불쑥 내뱉었다.

"프란체스카한테 이 얘기를 할 수 있다면 얼마나 좋을까."

이런.

"미안해." 리디아가 조용히 말했다. "기분 상하게 하려는 건 아니야. 하지만 프란체스카는 내겐 자매 같은 사람이었어. 그 애가 이렇게 된 건 전부 조엘 탓이야. 난 그를 절대 용서하지 않을 거야."

프란체스카가 곁에 있었으면 좋겠다고 생각하는 리디아의 마음을 탓할 수는 없었다. 나 역시 조엘과의 관계가 무너졌을 때 얼마나 고립감을 느꼈는지 기억했다. 정말 끔찍했다.

"여자 인생에서 가장 중요한 선택은 누구를 남편으로 고르느냐야." 리디아는 다시 휴지로 눈을 닦았다. "성차별적으로 들릴지 모르지만 사실이야. 남편은 인생의 동반자거든. 나쁜 남편은 커리어를 망칠 수도 있어. 아이 키우는 방식에도 영향을 주고." 그녀의 목소리가 갈라졌다. "피터는… 내겐 잘못된 선택이었어. 그가 날 이렇게 만들어버렸어."

나는 미간을 찌푸렸다. "리디아?"

그녀는 휴지를 조리대 위에 떨어뜨렸다. 눈빛이 갑자기 날카롭게 변했다. "내가 화풀이를 엉뚱한 사람한테 했어. 조엘이 프란체스카한테 했던 일 때문에 너무 화가 나 있었거든. 그가 아무 일 없다는 듯 앞으로 나아가는 걸 보는 게 견딜 수 없었어. 내 인생은 엉망이 됐는데." 리디아는 숨을 들이켰다. "그리고 그 여자. 캐시. 세상에, 갠 너무 어리잖아."

리디아는 눈을 꼭 감았다. "프란체스카가 너무 보고 싶어. 그 애가 여기 있었다면 내가 뭘 해야 할지 말해줬을 텐데." 그녀의 목소리가 더 낮아졌다. "그런데, 그 여자가 프란체스카의 인생을 대신 살아가고 있잖아. 프란체스카가 살아 있었다면 누렸어야 할 인생을."

"리디아." 나는 미간을 찌푸렸다. "지금 무슨 말을 하는 거예요?"

리디아는 잠시 아무 말도 하지 않았다. 스스로를 다잡으려 애쓰는 게 보였다. 그녀는 이내 어깨를 펴고 아무 일도 없었다는 듯 그럴듯한 미소를 지어 보였다. "아무것도 아냐. 신경 쓰지 마."

54

새 여자친구

안나는 언제 오는 거지?

캐시는 휴대폰을 내려다보며 안나나 조엘, 아니면 누군에게서든 전화가 오길 바랐다. 전화를 걸었다가 말도 없이 끊어버리는 그 사람만 아니라면 누구라도 좋았다. 그게 프란체스카가 아니라는 사실만은 이제 분명해졌으니까.

경찰에 전화해야 할까? 누군가 아파트에 침입해 벽에 '걸레'라고 써 놓은 건 분명 신고할 만한 일이었다. 하지만 안나 말처럼 서점에서 그 사건이 있었을 때도 경찰은 아무것도 해 주지 못했다. 게다가 경찰이 집 안을 샅샅이 뒤지는 건 생각만 해도 끔찍했다.

차라리 열쇠공을 부르는 게 나을까.

그때 초인종이 울렸다. 캐시는 안도감에 거의 다리에 힘이 풀릴 뻔했다. 드디어 안나가 왔다. 다행이었다. 캐시는 서둘러 현관으로 달려가 문을 확 열었다. 그런데 안나가 아니었다.

리디아였다.

"리디아?" 캐시는 숨을 들이켰다. 어떻게… 초인종도 누르지 않고 건물 안으로 들어온 거지? 하지만 곧 깨달았다. 이 건물 이웃들은 겉보기에 그럴듯해 보이면 누구든 들여보냈다. 고급 트렌치코트에 윤기 나는 금발 머리. 리디아는 '그럴듯함'의 정석이었다.

"여긴 왜 왔어요?"

리디아는 얼음처럼 차가운 푸른 눈으로 캐시를 위아래로 훑어봤다. 눈동자 색은 조엘과 거의 같았지만 온기라곤 없었다. "얘기 좀 하려고."

"얘기요?" 캐시는 목을 가다듬었다. "지금은 좀…."

"무슨 소리야." 리디아는 캐시를 밀치듯 지나가더니 가방에서 본테라 빈야드 라벨이 붙은 와인병을 꺼냈다. "와인도 가져왔어."

리디아는 와인 한 병이면 초대 따위는 필요 없다고 믿는 사람이었다. 그녀는 코트도 벗지 않은 채 부엌으로 성큼 들어가 찬장을 확 열었다. "와인 잔은 어디 있어?"

"없어요."

리디아의 입이 벌어졌다. "없다고? 세상에, 그게 말이 돼?"

"그냥 컵은 있어요…."

리디아가 유리컵들을 하나하나 꺼내 살펴보는 모습이 몹시 신경 쓰였다. 그녀는 마침내 마음에 드는 컵 하나를 골라 조리대 위에 내려놓고, 와인병을 집어 코르크를 만지작거렸다.

"오프너 필요해요?"

리디아는 고개를 저었다. "아니. 어젯밤에 열어놨어."

그녀 말대로 코르크는 쉽게 빠졌다. 리디아는 병을 기울여 검붉은 액체를 컵에 채운 뒤, 캐시 쪽으로 밀어 주었다. "자. 이건 마음에 들 거야."

캐시는 잠시 망설였다. 하지만 지독한 하루를 떠올리자 술 한잔이 간절하다는 걸 부정할 수 없었다.

"고마워요." 한 모금 마시자 체리 향과 로즈메리 향 같은 게 느껴지는 듯했다. 아니, 사실은 그냥 톡 쏘는 포도 주스 맛이었다.

"앉자." 리디아는 방 안을 훑어보며 자리를 물색했다. 소파를 보더니 코를 찡그렸고, 대신 식탁을 골랐다. 두 사람은 식탁에 마주 앉았다. 리디아는 마치 의자가 부서질까 조심하는 사람처럼 천천히 몸을 내려놓았다.

"와인 안 마셔요?" 캐시가 물었다.

"응." 리디아는 눈을 굴렸다. "별로 안 좋아하는 와인이야. 어젯밤에 안나랑 콘스탄틴이 가져온 거거든. 네가 많이 마셔."

캐시는 와인을 한 모금 더 들이켰고 그제야 몸의 긴장이 조금 풀렸다. 따뜻한 기운이 서서히 퍼져 나갔다. 리디아가 와서 오히려 다행이라는 생각까지 들었다. 썩 마음에 드는 사람은 아니었지만 적어도 혼자가 아니니까. 누군가 함께 있으면 집 안에 침입자가 있을지도 모른다는 생각을 잠시나마 떨쳐낼 수 있었다.

"그래서 무슨 얘길 하고 싶은 거예요?" 캐시가 마침내 입을 열었다.

"프란체스카."

캐시는 와인을 뿜을 뻔했다. 리디아가 그 이름을 꺼낼 줄은 전혀 예상하지 못했다. 예전 같았으면 몰라도, 지금은 아니었다. 프란체스카는 이미 죽었다. 그런데 왜 지금 이 얘기를?

"아…." 캐시가 말끝을 흐렸다.

"네가 무슨 생각 하는지 알아." 리디아가 손을 들어 보였다. 완벽하게 관리된 것처럼 보였지만, 이제 보니 몇몇 손톱은 심하게 물어뜯겨 있었다. "네 남자친구의 전 애인 얘기는 듣기 싫겠지. 그래도 내 말 좀 들어줘."

“알겠어요.”

리디아가 캐시를 뚫어져라 바라보자, 캐시는 무의식적으로 와인을 한 모금 더 마셨다. “조엘이 나랑 프란체스카의 관계에 대해 말해 준 적은 없을 거야. 그렇지?”

캐시는 미간을 찌푸렸다. “네, 없어요.”

“역시.” 리디아는 다리를 꼬고 몸을 앞으로 기울였다. “사실 조엘을 프란체스카에게 소개해 준 사람이 나야.”

캐시의 입이 벌어졌다. “전혀 몰랐어요.”

하지만 곧 퍼즐이 맞춰졌다. 리디아가 왜 그렇게 프란체스카를 두둔했는지. 왜 캐시가 그 자리를 대신할 수 없었는지도.

“프란체스카는 대학교 여학생 사교 클럽에서 내 직속 후배였어.” 리디아의 시선이 멀어졌다. “처음 그 애가 클럽 하우스 문을 열고 들어오던 날이 아직도 기억나. 다른 신입생들보다 키가 훨씬 컸고 열 살은 더 많은 사람처럼 당당했어. 사람들을 끌어당기는 뭔가가 있었지.”

“아…” 캐시는 딱히 할 말이 없어 그렇게 대답했다.

“프란체스카가 졸업하고 도시로 올라와 레스토랑을 열었을 때도,” 리디아는 말을 이었다. “난 할 수 있는 건 다 도왔어. 그 애는 여전히 내 클럽 후배였고 내가 지켜야 할 사람이었거든. 프란체스카는 내 가장 친한 친구였어. 바이올렛의 대모이기도 했고.”

“정말… 유감이에요.” 캐시는 간신히 말했다.

“넌 모를 거야.” 리디아가 코웃음을 쳤다. “조엘을 소개해 주면 프란체스카의 인생이 완성될 거라고 믿었어. 여자가 인생에서 내리는 가장 중요한 선택이 뭔지 알아? 누구를 남편으로 고르느냐야. 그리고 프란체스카한테는 조엘보다 더 나은 남자는 없을 거라고 생각했어." 리디아는 숨을 한 번 고른 뒤 말을 이었다. "그때 조엘은 다른 여자랑 사귀고 있었어. 그래서 따로 불러서 얘기했어. 더 나은 선택을 할 수 있다고. 그리고 그는 내 말을 들었어." 리디아의 눈가가 촉촉해졌다. "난 프란체스카를 돕고 있다고 생각했어."

"그녀가 그렇게 된 게 당신 탓은 아니잖아요." 캐시는 끝까지 말을 잇지 못했다.

"그래, 내 탓은 아니야." 리디아는 핏발 선 눈을 들었다. "조엘 탓이지."

캐시의 머릿속에서 웅 하는 소리가 울렸다. 취한 느낌과는 달랐다. 어딘가 어지럽고, 중심이 흐트러지는 기분이었다.

"조엘이 프란체스카를 죽인 거나 다름없어." 리디아는 이를 악물었다. "조엘이 헤어지자고 했고, 그다음에 프란체스카는 스스로 목숨을 끊었어. 책임이 없다고 할 수 있어?"

캐시는 셔츠 깃을 잡아당겼다. "여기… 좀 덥지 않아요?"

온몸에 열이 퍼지는 느낌이었다. 대체 왜 이러지? 와인 때문인가?

"프란체스카가 임신 중이었다는 건 알고 있었어?" 리디아가 말했다.

지난 1분 동안 리디아가 쏟아낸 말들 가운데 그 말이 가장 또렷하게 귀에 들어왔다. "임신… 했었다고요?"

리디아가 고개를 끄덕였다. "사랑하던 남자의 아이를 임신한 채 버림받는 기분이 어땠을 것 같아?" 그녀의 목소리가 날카로워졌다. "그러니 그런 선택을 한 것도 이상하지 않지."

리디아는 미간을 찌푸렸다. "그래서 조엘이 너랑 사귀기 시작했을 때 난 너무 화가 났어. 아무 일 없다는 듯 앞으로 나아가는 게 용서가 안 됐거든. 그는 행복해질 자격이 없어."

"아…." 캐시는 겨우 중얼거렸다.

"그래서 내가 널 따라다니기 시작한 거야."

캐시의 눈꺼풀이 무겁게 내려앉았다. 리디아의 말이 귀에 들어오지 않았다. 그녀는 뭔가 중요한 얘기를 하고 있었지만, 말들이 조각조각 흩어져 귀에 들어올 뿐 서로 이어지지 않았다.

너는….

조엘은….

대가를….

절대 용서하지….

그리고 그게 캐시가 의식을 잃기 전 마지막 기억이었다.

55

전 여자친구

조엘이 프란체스카의 레스토랑에 있는 걸 보고도 나는 놀라지 않았다.

조엘은 이곳에 자주 왔다. 아니, 프란체스카가 죽고 난 뒤 1년 동안은 거의 습관처럼 들락거렸다. 그녀의 가족 중 한 사람이 레스토랑을 인수했고, 프란체스카를 기리기 위해 이름도 그대로 남겨 두었다. '안젤라'는 프란체스카의 엄마 이름이었다. 내 할머니와 같은 이름. 프란체스카와 나 사이에 공통점이 또 하나 늘어난 셈이었다.

하지만 조엘이 캐시와 사귀기 시작한 뒤로는 예전만큼 자주 오지 않았다. 그는 조금씩 털어내고 있었다. 오랜만에, 정말 오랜만에 다시 행복해지고 있었다.

나는 한때 프란체스카가 소유했던 그 작은 레스토랑 안으로 들어섰다. 프란체스카가 아직 멀쩡히 살아 있던 시절, 처음 이곳에 왔던 나는 질투로 속이 뒤집힐 정도였다. 그녀는 내가 원하던 남자를 가졌고 내가 꿈꾸던 삶을 살고 있었다. 나도 늘 이런 아담한 이탈리안 식당을 상상해 왔다. 딱 이런 곳을.

가끔 딘은 내게 시작해 보라고 말했다. 꿈을 좇아 보라고. 내 레스토랑을 열어 보라고. 하지만 지금은 그럴 수 없다. 앤드루가 아직 너무 어리니까. 그리고 아이가 더 이상 나를 필요로 하지 않을 때쯤이면, 그땐 이미 늦을 것이다. 그 꿈은 이미 내 곁을 지나가 버렸다. 그래도 나는 내 작은 가족을 위해 요리할 수는 있었다. 프란체스카는 다시는 누구를 위해서도 요리하지 못하겠지만.

나는 레스토랑 안쪽으로 들어가 와인 잔을 앞에 두고 앉아 있는 조엘에게 다가갔다. 내가 테이블에 다가서자 조엘은 고개를 들었다. 내가 맞은편 의자에 앉아도 그는 아무 말도 하지 않았다.

조엘은 여전히 잘생겼다. 하지만 요즘은 딘 얼굴이 더 좋았다. 남편 얼굴은 봐도 봐도 질리지 않았다. 그렇다고 조엘의 매력이 사라진 건 아니었다. 그는 아마 멋지게 나이 들어 갈 거다. 응급실에서도 여전히 여자들이 그에게 작업을 걸겠지.

"나 캐시 마음에 들어." 내가 먼저 침묵을 깼다.

조엘은 테이블을 내려다본 채 말했다. "나도."

"그럼 여기엔 왜 온 거야?"

그는 한숨을 쉬며 머리칼을 쓸어 올렸다. "모르겠어. 프란체스카 일은… 힘들었어. 아직 다 극복하지 못했나 봐. 이젠 괜찮아졌다고 생각했는데, 아니더라고."

"내가 보기엔 꽤 괜찮아진 것 같은데."

"아니." 그는 단호하게 말했다. 반박할 여지가 없었다. "정말 끔찍했어. 그녀랑은 뭐랄까, 늘 폭풍 속에 있는 기분이었거든."

나는 옅게 미소 지었다. "넌 늘 새로운 걸 원한다고 했잖아."

"그 얘긴 하지 마." 그가 관자놀이를 문질렀다. "요즘 캐시랑은 점점 더 진지해지고 있어. 그리고 나는…."

나는 그를 가만히 바라봤다. "와. 너 진짜 캐시를 사랑하는구나?"

"응." 그가 인정했다. "사랑해. 근데 한편으론, 그러고 싶지 않아. 프란체스카처럼 또 누군가를 잃는 건 못 견딜 거야. 정말 못 해. 그때는… 거의 죽을 뻔했어."

프란체스카가 죽은 뒤 조엘에게 무슨 일이 있었는지는 나도 들었다. 딘이 말해 줬다. 조엘은 술을 너무 많이 마셨고 상태가 심해져 일을 쉬어야 했다. 의사 면허까지 잃을 뻔했다. 그 일은 그를 거의 망가뜨릴 뻔했다.

"나 엉망이지?" 그가 중얼거렸다. "우리 둘이 결혼까지 안 간 게 다행이야."

"음."

조엘이 푸른 눈을 들었다. "내가 끝내자고 해서 네가 날 미워했던 거 알아. 하지만 너도 알잖아. 그게 옳은 결정이었다는 거. 널 아꼈지만, 우린 같이 있을 때 행복하지 않았어. 그냥 익숙해서 붙어 있었던 거야." 그는 앞에 놓인 냅킨을 만지작거렸다. "너랑 콘을 보면… 진짜 잘 맞아 보여. 나도 그런 관계를 원해. 내가 바라던 건 그런 거였어."

그 말이 맞았다. 그땐 보지 못했지만 내 '반쪽'을 만나고 나서야 깨달았다. 조엘은 관계를 끝내면서 뜻밖에도 내 삶을 바꿔 놓은 셈이었다.

"그럼 캐시는 왜 안 되는 거야? 왜 캐시랑은 그런 관계가 될 수 없는 건데?"

"모르겠어." 조엘이 한숨을 쉬었다. "요즘 캐시가 자꾸 이상한 얘길 해. 어떤 여자가 자길 스토킹하고 있다고. 대체 어디서 그런 생각이 나오는지 모르겠어."

"있잖아." 나는 테이블 위에 팔꿈치를 올리고 몸을 앞으로 기울였다. "난 캐시 말이 맞을 수도 있다고 생각해."

조엘이 눈을 가늘게 떴다. "누가 캐시를 스토킹하는데?"

나는 잠시 망설였다. "…리디아인 것 같아."

"리디아?" 조엘은 코웃음을 쳤다. "걔가 그럴 시간이나 있겠어? 일에 치여 살고, 자기 관리하느라 정신없고… 바이올렛한테 중국어니 뭐니 가르치느라 바쁠 텐데."

나는 잠깐 멈칫했다. 다음 말을 꺼내도 되는지 확신이 서지 않았다. 그래도 조엘은 알아야 했다. "리디아랑 피트, 요즘 사이가 많이 안 좋아. 그리고 리디아가 프란체스카를 많이 그리워하고 있어."

조엘이 얼굴을 찡그렸다. "아직도 날 원망하지?"

"응."

"그럴 만도 하지." 그가 관자놀이를 문질렀다. "나도 아직 내 탓이라고 생각하니까." 그러다 미간을 찌푸렸다. "그래도 그렇다고 리디아가…"

"그렇게 단정하지 마." 내가 단호하게 말했다. "리디아는 프란체스카 일 때문에 널 증오해. 그리고 캐시가 프란체스카의 자리를 차지하고 있다는 걸 못 견뎌 해."

"리디아가 그렇게 말했어?"

"응." 나는 숨을 깊이 들이켰다. "그리고 캐시랑 얘기해 봤는데, 누군가 자기 아파트에 들어온 것 같대."

"아파트에 누가 들어왔다고?" 조엘의 눈이 커졌다. "젠장, 왜 나한텐 말 안 했지?" 그가 너무 급하게 일어나는 바람에 의자가 뒤로 넘어졌다. "캐시랑 얘기해야겠어. 이건 확실히 짚고 넘어가야 해."

하지만 그는 내가 짐을 챙길 때까지 잠깐 기다려 줬다. 레스토랑 출구 쪽으로 걸어가다가 조엘이 내 팔을 살짝 잡아당겼다. "안나." 그가 말했다.

나는 돌아봤다. "응?"

그가 옅게 웃었다. "우리가 다시 친구가 돼서 정말 다행이야. 그리고 네 인생이 네가 바라던 대로 흘러가서… 그것도 기쁘고."

나는 미소로 답했다. "나도 그래."

56

전 여자친구

캐시의 아파트까지 우버로 가는 데는 10분도 채 걸리지 않았다. 조엘이 같이 온다는 걸 알려야 하나 잠깐 고민하다가 결국 문자를 보냈다. 답장은 없었다. 바쁜가 보다 했다.

건물 앞에 도착해 인터폰에서 캐시 이름을 찾아 호출했다. 잠시 기다렸지만 아무 반응이 없었다. 30초쯤 지나자 나는 조엘을 돌아봤다. "이상해." 내가 말했다. "분명 집으로 오라고 했는데."

"나한테 열쇠 있어." 조엘이 말했다.

나는 한 걸음 물러서서 그가 문을 열게 했다. 엘리베이터를 타고 캐시의 아파트로 올라가는 동안 속이 계속 뒤집혔다. 뭔가 잘못되고 있었다. 이유는 몰라도 본능적으로 알 수 있었다. 예전에 프란체스카에게서 불길함을 감지했을 때처럼.

"이상해." 내가 다시 말했다. "캐시가 집에서 기다린다고 했어."

"샤워 중일 수도 있지."

하지만 나는 그렇게 생각하지 않았다. 그리고 조엘도 마찬가지라는 건 표정만 봐도 알 수 있었다. 그는 엘리베이터 버튼을 한 번 더 눌렀다. 조금이라도 더 빨리 올라가길 바라는 것처럼. 우리 둘 다 위에서 마주하게 될 광경이 두려웠다.

캐시 집 앞에 도착하자 나는 조엘에게 말했다. "초인종 누르지

마. 그냥 열어."

우리는 말없이 서로를 바라봤다. 조엘이 열쇠를 꽂고 문을 열었다.

문이 열리자마자 조엘의 얼굴이 새하얗게 질렸다. 나는 숨이 턱 막힌 채 한 걸음 물러섰다. 캐시는 식탁 옆 바닥에 쓰러져 있었다. 의식이 없어 보였다. 검은 머리카락이 바닥에 흩어져 있었고, 얼굴엔 핏기가 전혀 없었다. 눈은 반쯤 떠져 있었다.

그리고 옆에 리디아가 있었다.

캐시 곁에 서서 무표정한 얼굴로 내려다보고 있었다.

세상에. 생각했던 것보다 훨씬 심각했다.

"캐시!" 조엘이 달려갔다. 목소리부터 달라졌다. 그는 맥박을 확인하고 숨을 쉬는지 살폈다. 며칠 전 땅콩 때문에 쓰러졌을 때도 그가 캐시를 살렸다. 하지만 이번엔 늦었을지도 모른다. "캐시, 정신 차려!"

나는 얼어붙은 채 서 있는 리디아 쪽으로 조심스럽게 다가갔다. "리디아, 대체 무슨 짓을 한 거야? 무슨 일이 있었던 거야?"

리디아의 시선이 다급하게 흔들렸다. "나… 난 아무것도 안 했어! 그냥… 얘기하고 있었는데, 캐시가 갑자기 쓰러졌어."

"911 불렀어?" 조엘이 소리쳤다. 그는 멍하니 서 있는 리디아를 노려봤다. "설마 아직도 안 불렀어?"

"안 불렀어." 리디아가 힘없이 말했다.

조엘의 얼굴에 분노가 치밀었다. 무서울 정도였다. "왜 안 불렀어?"

"그게… 난…." 리디아는 두 손을 꼼지락거리며 말했다. "어떻게 해야 할지 몰랐어. 캐시가 갑자기 쓰러졌는데… 난 너처럼 의사도 아니잖아."

나는 가방에서 휴대폰을 꺼내 911에 전화했다. 바닥에 쓰러진 여자가 있고 의식이 없다고 설명했다.

"곧 구급대가 올 거야." 나는 전화를 끊고 말했다.

"아직 숨은 쉬고 있어." 조엘이 안도의 한숨을 내쉬었다. 그리고 고개를 들어 리디아를 봤다. "캐시한테 뭘 먹인 거야?"

리디아는 소파에 털썩 주저앉아 얼굴을 두 손으로 감쌌다. "미안해…." 그녀가 흐느끼듯 말했다. "이러면 안 됐는데… 난 그냥 프란체스카가 너무 그리워서… 일부러 그런 건 아니었어."

하지만 조엘은 듣고 있지 않았다. 캐시 옆에 웅크린 채 그녀에게 속삭이고 있었다. "조금만 버텨. 제발… 괜찮아질 거야…."

우리는 캐시를 살릴 것이다. 무슨 수를 써서라도.

내가 저질러 온 일들을 생각하면 그 정도는 해야 했다.

57
새 여자친구

캐시는 눈을 뜨자 자신이 어디에 있는지 전혀 알 수 없었다.

마지막으로 기억나는 건 리디아와 술을 마시던 장면이었다. 리디아는 끔찍한 말들을 쏟아냈고, 마치 캐시가 죽기라도 바라는 눈빛이었다.

그리고 그다음은….

아무것도 기억나지 않았다.

캐시는 몇 번 눈을 깜빡였다. 흐릿하던 시야가 서서히 또렷해졌다. 침대에 누워 있다는 것만은 분명했다. 하얀 천장이 보였고, 왼쪽 팔에는 수액 라인이 꽂혀 있었다. 링거대. 병원 가운. 그리고 침대 옆 의자에 조엘이 고개를 떨군 채 깊이 잠들어 있었다.

무슨 일이 있었는지는 아직 모르겠지만 한 가지는 분명했다. 조엘이 그녀를 또 살려냈다는 것.

"조엘." 이름을 부르자 목소리가 갈라졌다. 캐시는 헛기침을 했다. "조엘, 일어나 봐요."

조엘의 눈꺼풀이 파르르 떨리더니, 캐시가 깨어 있는 걸 확인하자마자 벌떡 몸을 일으켰다. 그는 안도한 듯 웃었다. "캐시, 세상에… 정말 다행이야."

"무슨 일이 있었던 거예요?" 캐시는 속삭이듯 물었다. 입안이 솜으로 가득 찬 것 같았다.

조엘은 잠시 머뭇거렸다. "설명하기가 좀… 복잡해."

캐시는 이마를 짚었다. 머리가 지끈거렸다. "제발 말해 줘요."

조엘은 몸을 앞으로 숙여 두 손으로 얼굴을 감쌌다. 거의 1분 가까이 아무 말도 하지 않다가, 마침내 입을 열었다. "리디아가 너를 죽이려고 했어."

캐시는 숨을 들이켰다. "뭐라고요?"

"나도 믿기 힘들어." 조엘이 한숨을 내쉬었다. "리디아랑 프란체스카는 정말 각별했어. 자매처럼. 그리고 리디아는 프란체스카의 죽음이 내 탓이라고 믿었어."

"말도 안 돼요."

조엘은 고개를 저었다. "완전히 틀린 말도 아니야. 나도 그렇게 생각했으니까. 지금도… 여전히 나 자신을 탓하고 있어."

잠깐 침묵이 흘렀다. 조엘은 벽을 바라보다가 다시 입을 열었다. "리디아는 날 벌주고 싶어 했어. 너한테 무슨 일이 생기면 내가 완전히 무너질 거라고 생각한 거지." 그는 캐시의 손을 잡았다. "그리고… 난 정말로 그렇게 됐을 거야."

캐시는 목이 메는 걸 억지로 눌렀다. "그럼… 리디아가 한 짓이라는 건 어떻게 알게 됐어요?"

"안나가 알려줬어." 조엘이 말했다.

"안나?" 캐시는 인상을 찌푸렸다. 리디아가 오기 전에 안나와 통화했던 기억이 떠올랐다. 바깥 소음이 섞이던 목소리, 이상할 정도로 조심스러웠던 말투. "난 당신이 안나랑 아는 사이인 줄도 몰랐어요."

조엘은 헛기침을 했다. "너한텐 말 안 했던 것 같은데… 예전에 안나랑 사귀었어. 그냥 몇 번 만난 정도가 아니라, 진지하게. 꽤 오래."

그건 의외였다. 안나와 콘이 너무 잘 어울려 보여서 그녀가 다른 사람과 함께 있는 모습은 쉽게 떠오르지 않았다. 하지만 생각해 보면 이상할 것도 없었다. 캐시와 프란체스카처럼 안나 역시 검은 머리와 짙은 눈을 가지고 있었다. 안나의 결혼 전 성이 마스콜로라는 얘기도 들은 적이 있다. 확실히 조엘 취향이었다. 누가 먼저 끝냈을지 문득 궁금해졌다.

"안나가 아니었다면 우린 제때 도착하지 못했을 거야. 널 살리지도 못했을 거고." 조엘이 말했다.

캐시는 그 장면이 도무지 그려지지 않았다. 그녀는 일주일도 안 되는 사이에 두 번이나 죽을 뻔했다. 문득 중국 음식에 들어 있던 땅콩이 떠올랐다. 그것도 리디아의 짓이었을까. 불길한 예감이 스쳤다.

조엘이 그녀의 손을 꼭 잡았다. "캐시, 난 너 없으면 안 돼. 널 잃을 뻔했을 때… 정말 끝인 줄 알았어."

캐시는 그의 손을 마주 잡았다. "나도 그래요."

"다시는 나를 그렇게 놀라게 하지 마." 조엘이 낮게 말했다. "나… 널 사랑해."

"나도 사랑해요." 캐시가 말했다.

그럴 수밖에 없었다. 그는 또 한 번, 그녀를 살려냈으니까.

두 달 후

캐시

"우리 착한 앤드루!"

캐시는 안나의 아기 앤드루를 무릎에 앉히고 위아래로 까딱까딱 흔들어 주고 있었다. 흔들릴 때마다 앤드루는 깔깔 웃었고, 아빠를 꼭 닮은 보조개가 한쪽 뺨에 쏙 들어갔다. 아기를 많이 안아 본 적은 없었지만, 캐시는 이보다 더 귀여운 아기가 또 있을까 싶었다. 한 시간 뒤면 조엘과 저녁 약속이 있었지만 지금은 떠나고 싶지 않았다.

"정말 순해요." 안나가 미소를 지으며 말했다. "항상 웃고 보채지도 않고요."

"그건 다 안나 덕분이에요." 콘이 말했다. "세상에서 제일 좋은 엄마니까요."

안나는 웃었지만, 캐시는 그 말이 과장처럼 들리지 않았다. 안나는 앤드루에게 정성을 쏟았다. 작은 신호 하나도 놓치지 않고 필요한 걸 바로 챙겼다. 정말 슈퍼 맘이었다. 콘이 슈퍼 대디인지는 모르겠지만 적어도 안나에게는 더할 나위 없는 남편이었다. 두 사람은 함께 있기만 해도 행복해 보였다.

342

콘이 소파에 앉아 있는 조엘을 팔꿈치로 툭 쳤다. "두 사람, 이거 보고 뭐 좀 느끼는 거 없어?"

조엘은 웃으며 캐시와 의미심장한 눈빛을 주고받았다. 그들은 이미 같이 살기로 결정한 상태였다. 캐시는 준비됐다고 느꼈다. 앤드루를 내려다보다가 가까운 미래에 아기를 갖는 것도 나쁘지 않겠다는 생각이 들었다.

물론 요즘 캐시의 머릿속엔 다른 생각도 많았다. 최근 북랜드는 확실히 숨통이 트였다. 대부분 조엘 덕분이었다. 어느 날 캐시가 "손님의 절반은 교재 찾는 의대생들인데, 우린 계속 돌려보내고만 있어요"라고 투덜거리자, 조엘이 되물었다. "그런데 의학 서적을 안 파는 이유가…?"

반박할 말이 없었다. 조엘은 의대생들과 전공의들에게서 중고 교재를 저렴하게 매입할 수 있는 창구를 만드는 걸 도와줬다. 그 결과 지금은 의학 서적이 여섯 개 진열대를 가득 채웠고, 시집보다 훨씬 빠르고 비싼 값에 팔려나갔다. 조부모님이 꿈꾸던 서점과는 조금 다른 모습이었지만, 가게를 유지하려면 이게 최선이었다. 거의 완벽한 해결책이었다.

그리고 덕분에 옷장 안쪽에 있던 서랍장을 치울 수 있었다. 정말 다행이었다.

캐시는 처음부터 법을 어길 생각은 없었다. 시작은 아주 사소했다. 어느 날 마브 할아버지가 《바람과 함께 사라지다》 진짜 초판본을 손에 넣었다. 상태도 훌륭했고, 그는 그 책을 만 달러에 팔았다. 그 소문이 퍼지자 수집가들의 전화가 쏟아졌다. 다른 희귀본은 없느냐고. 사실 없었다. 하지만 그 일은 할아버지에게 아이디어를 줬다.

오래된 책을 위조하는 건 생각보다 그리 어렵지 않았다. 마브는 책을 낡아 보이게 하려고 호두기름을 발랐고, 몇 시간씩 관련 기법을 파고들었다. 그리고 진품 인증서까지 만들어 냈다.

그의 유일한 미덕은 욕심을 부리지 않았다는 점이었다. 몇 달에 한 번, 한 권씩만 팔았다. 무너져 가던 서점이 간신히 버틸 수 있을 정도로만.

베아와 마브는 절박하지 않았다면 그런 짓을 하지 않았을 것이다. 캐시는 할아버지가 세상을 떠난 뒤 베아를 도와 유품을 정리하다가 진실을 알게 됐다. 완벽해 보이는 초판본 한 권을 손에 들고 진품이길 바라면서도 이미 가짜라는 걸 알고 있었다.

베아의 변명은 눈물로 얼룩져 있었다. '돈이 모자랐어. 전부 잃을 뻔했단다.'

'다시는 그러시면 안 돼요.' 캐시는 그렇게 말했었다.

하지만 베아는 다시 그 일을 했고, 캐시는 모른 척했다. 그게 그녀가 할 수 있는 최선이라는 걸 알고 있었으니까. 그리고 베아가 세상을 떠난 지 6개월쯤 지났을 때, 이번엔 캐시에게 직접 전화가 왔다. '살 만한 게 있나요?'

캐시는 없다고 했다. 다음 전화가 걸려 왔을 때도 똑같이 대답했다. 하지만 매상이 바닥을 치던 어느 달 그녀는 결국 이런 생각을 했다. '한 번쯤은… 괜찮지 않을까?'

거래를 할 때마다 이번이 마지막이라고 스스로에게 말했다. 하지만 다른 선택지가 없었다. 그 돈이 없으면 가게는 끝이었다. 조부모님의 서점을 잃을 수는 없었다.

그런 짓을 하고 있다는 사실이 너무 싫었다. 매일 경찰이 문을 두드릴까 봐 두려웠다. 하지만 이제는 달랐다. 조엘 덕분에 북랜드는 계속 문을 열 수 있었고, 캐시는 다시는 그런 짓을 하지 않아도 됐다.

"이번엔 내 차례!" 조엘이 팔을 벌리며 말했다. "자, 삼촌한테 와."

앤드루는 기쁜 듯 옹알이를 하며 조엘의 품으로 넘어갔다. 캐시는 요즘 들어 아기를 안는 데 조금 익숙해졌지만, 여전히 어딘가 어색했다. 리디아가 "너한텐 모성이 없어"라고 했던 말을 떠올리지 않으려 애썼다.

리디아가 그런 말을 할 자격은 없었다. 캐시에게 무슨 짓을 하려 했는지 생각하면 더더욱. 리디아는 결국 모든 걸 털어놨다. 다른 여자가 자신의 옛 절친을 대신하는 걸 도저히 견딜 수 없었다고.

지금 리디아는 살인미수 혐의로 수감 중이고 재판을 기다리고 있다. 그녀가 거리에서 사라졌다는 사실만으로도 캐시는 한결 마음이 놓였다. 다만 바이올렛이 엄마 없이 지내야 한다는 게 마음에 걸렸다. 적어도 리디아는 딸만큼은 진심으로 사랑했으니까.

"두 사람 정말 잘 어울려요." 안나가 캐시를 보며 말했다. "같이 살면 더 잘할 거예요."

캐시의 볼이 살짝 달아올랐다. "고마워요."

"당신은 그럴 자격 있어요." 안나의 짙은 눈이 캐시를 똑바로 바라봤다. 순간 이유 없이 마음이 불편해졌다. "그녀는 아니었지만요."

무슨 뜻인지 묻기도 전에 조엘이 소리를 질렀다.

"어, 안나…." 조엘은 우유를 한가득 토해낸 앤드루를 들어 올리고 있었다. "좀 도와줄래?"

안나가 웃으며 앤드루를 안아 들자 방 안 분위기가 한결 부드러워졌다. 그녀는 휴지로 앤드루의 턱을 톡톡 닦아줬지만 완전히 닦이진 않았다. "캐시." 안나가 말했다. "앤드루 방에서 수건 하나만 가져다줄래요?"

"물론이죠!" 캐시는 벌떡 일어났다. 돕는 거라면 뭐든 좋았다. 기저귀를 갈아 달라고 하지만 않는다면야.

앤드루의 방은 선명한 하늘색으로 칠해져 있었다. 침대 위에는 알록달록한 모빌이 달려 있었고 인형으로 가득 찬 장난감 상자도 보였다. 남자 아기에게 딱 어울리는 방이었다. 구석구석에서 사랑이 느껴졌다. 하지만 아무리 둘러봐도 수건은 보이지 않았다. 그래서 캐시는 방 한쪽에 놓인 파란색 서랍장으로 가 맨 위 서랍을 열었다.

그리고 그 순간 심장이 멎는 줄 알았다.

금빛 장미 목걸이였다. 리디아의 아파트에서 봤던 사진 속에서 프란체스카가 하고 있던, 바로 그 목걸이. 리디아가 프란체스카가 늘 하고 다녔다고 말했던 그 목걸이.

왜 이게 안나의 집에 있지?

물론 우연일 수도 있었다. 이런 목걸이는 흔하니까. 보석함이 아니라 아기 서랍장 깊숙한 곳에 들어 있다고 해서 그게 꼭 무언가를 의미하는 건 아닐지도 몰랐다.

…그렇겠지?

캐시는 금빛 장미를 손끝으로 쓸며 천천히 돌려봤다. 그제야 장미 뒷면에 새겨진 글자가 눈에 들어왔다.

'내 가장 친한 친구 프란체스카에게. 사랑을 담아, 리디아.'

조엘이 첫 데이트를 했던 초밥집을 굳이 제안한 게 우연일까. 캐시는 문득 그런 생각이 들었다. 식사는 훌륭했고 저녁도 즐거웠지만 이상하게도 그 뒤로는 한 번도 다시 오지 않았던 곳이었다. 컨베이어 벨트를 따라 접시들이 도는 식당 얘기로 둘이 농담을 주고받았던 것도 떠올랐다.

택시가 브로드웨이 모퉁이를 도는 순간, 캐시는 치맛자락에 풀린 실을 만지작거렸다. "뭐 좀 물어봐도 돼요?"

조엘이 그녀를 보고 웃었다. "물론이지. 뭐든."

"프란체스카가 늘 하고 다니던 금빛 장미 목걸이… 기억해요?"

조엘의 얼굴에서 미소가 순식간에 사라졌다. "궁금했던 게 그거야?"

"그냥…." 캐시는 안나의 서랍 속 목걸이가 머릿속에서 떠나질 않았다. 분명 무슨 이유가 있을 거라고 믿고 싶었다. "사진에서 봤는데 너무 인상적이었거든요. 어디서 샀는지 궁금했어요."

조엘의 얼굴이 창백해졌다. "제발 그런 목걸이는 하지 마. 부탁이야."

"하지만…."

"그 목걸이를 하고 있던 날이었어." 그가 말을 쏟아냈다. "내가 프란체스카랑 끝낸 날. 그리고 그날 그녀가 죽었어. 알겠지? 그러니까 난 다시는 그 목걸이를 보고 싶지 않아. 절대로."

프란체스카는 죽던 날 그 목걸이를 하고 있었다. 그리고 그 목걸이는 지금 안나의 집에 있었다.

"다른 얘기 하자." 조엘이 말했다. "제발."

"물론이에요." 캐시는 목이 잠긴 채 대답했다. "미안해요. 이런 얘길 꺼내서."

택시는 식당 앞에서 미끄러지듯 멈춰 섰다. 조엘이 문을 열어줬고, 차에서 식당까지 몇 걸음 안 되는 거리 동안 그녀의 손을 꼭 잡았다. 안으로 들어서며 그는 그녀의 어깨에 팔을 둘렀고 캐시는 자연스럽게 그의 어깨에 머리를 기댔다.

호스트는 그들을 회전 초밥 레일 옆의 부스로 안내했다. 어쩌면 첫 데이트 때 앉았던 자리일지도 모른다. 잘 기억나지 않았다.

"여기 기억나?" 조엘이 물었다.

캐시는 미소 지었다. "그럼요."

"우리 첫 데이트." 그가 말했다. "수많은 데이트 중 첫 번째였지. 난 그럴 거라는 걸 알았어."

"정말요?"

"그럼. 널 보자마자 느낌이 왔거든."

웨이터가 와인 두 잔을 가져오는 동안, 캐시는 자신도 그에게서 비슷한 예감을 느꼈던 순간이 떠올랐다. 그 전에도 남자들을 만났지만 누구도 그녀의 목숨을 두 번이나 구해 준 적은 없었다. 조엘은 그녀에게 히스클리프였고, 그녀는 그의 캐서린이었다. 그는 그녀의 마브였고, 그녀는 그의 베아였다. 함께 살게 된 게 다행이라고, 정말로 다행이라고 생각했다.

"있잖아, 캐시." 조엘이 테이블 너머로 그녀의 손을 잡았다. 그의 손이 닿자 그제야 자신의 손이 얼마나 차가운지 느껴졌다. "너랑 함께한 이 시간이 내 인생에서 제일 행복한 시간이었어."

"네." 캐시는 와인 잔을 들어 올렸다.

"조금 이른 걸 수도 있다는 건 알아." 그가 말을 이었다. "하지만 가끔은 그냥… 확신이 들잖아. 그럼 따라가야 하는 거고."

캐시는 와인을 두 모금 만에 비웠다. "음… 네."

"그래서…."

캐시는 그의 눈을 똑바로 바라봤다. 심장이 세차게 뛰었다.

"캐시, 나랑 결혼해 줄래?"

그 말이 머릿속의 안개를 뚫고 들어왔다. 캐시는 숨을 들이켰다. 조엘이 파란 벨벳 상자를 꺼내 들고 있었다. 경첩이 작게 소리를 내며 열렸고 눈부신 다이아몬드가 모습을 드러냈다. 서점 진열대에 꽂힌 로맨스 소설 속에서나 볼 법한, 그녀가 꿈꿔왔던 동화 같은 결말이었다.

"좋아요." 캐시는 말했다. "당신과 결혼할게요."

조엘은 부스 반대편에서 그녀 옆으로 미끄러지듯 다가와, 마치 처음인 것처럼 그녀에게 키스했다. 그들은 그 뒤로 한 시간 동안 초밥을 먹고 키스하고 웃었다. 캐시는 자신이 이렇게 행복했던 적이 있었나 싶었다. 조엘은 좋은 사람이었고 분명 훌륭한 남편이자 아버지가 될 것이다.

그런데 미래를 그리면서도 캐시는 자꾸 안나의 서랍 속 금빛 장미 목걸이가 떠올랐다. 안나의 비밀. 캐시는 해피엔딩을 손에 넣었다. 그리고 그것이 안나가 없었다면 불가능했으리라는 걸 깨달았다.

'당신은 그럴 자격 있어요. 그녀는 아니었지만요.'

캐시는 절대 말하지 않을 것이다.

안나

내 인생에서 나를 배신한 사람은 세 명이었다.

리디아. 프란체스카. 그리고 조엘.

리디아는 겉으로는 단단해 보이던 나와 조엘 사이에서 금이 가기 시작한 지점을 정확히 찾아냈다. 그리고 그 틈을 집요하게 파고들었다. 조엘에게 나와 헤어지라고 부추기고, 자기 절친이자 사교 클럽 후배인 프란체스카에게 기회를 만들어 주려 했다. 괜찮은 남자, 그것도 의사인 남자를 붙잡을 기회를. 리디아가 끼어들지 않았다면 조엘은 결국 내게 청혼했을 것이다.

프란체스카는 리디아의 계획에 기꺼이 가담했다. 원래 내 것이었어야 할 남자를 유혹하는 일에. 조엘이 떠나지 못하게 하려고 일부러 임신한 걸까? 그건 영원히 알 수 없겠지. 다만 그녀가 살아 있었다면 조엘은 결국 모든 걸 용서하고 그녀와 결혼했을 것이다.

프란체스카를 따라다니는 건 너무 쉬웠다. 가방에서 열쇠를 슬쩍하는 것도, 그 열쇠로 집에 들어가 카운터에 있던 와인병에 수면제를 몽땅 쏟아붓는 것도. 술과 진정제가 섞이면 어떤 일이 벌어지는지 나는 알고 있었다. 임신한 채로 그렇게 마시지만 않았어도 그런 일은 없었을 것이다. 그러니까 결국 잘못은 그녀에게도 있었다.

몸에 힘이 풀리자 나는 그녀를 욕실로 데려갔다. 그리고 면도날을 찾았다.

그녀에게는 선택지가 없었다.

자살로 꾸밀 생각은 아니었다. 일부러 흔적을 남겼다. 누가 봐도 '누군가가 꾸며 낸 일'처럼 보이게. 프란체스카가 스스로 목숨을 끊은 게 아니라는 단서들. 그 단서들이 향해야 할 곳은 조엘이었다. 임신한 전 여자친구를 살해한 남자. 그 혐의로 오랫동안 감옥에 처박아 두고 싶었다. 하지만 경찰은 제 역할을 하지 않았다. 조엘은 조사를 받았지만 결국 사건은 자살로 처리됐다.

그래도 셋은 각자의 대가를 치렀다. 프란체스카는 목숨으로 갚았다. 리디아는 가장 친한 친구를 잃고 무너졌고, 그 자리를 대신한 캐시를 집요하게 뒤쫓다 미쳐버렸다. 조엘은 프란체스카와의 아이를 잃었고 앞으로 평생 그녀의 죽음을 자기 탓으로 떠안고 살아갈 것이다.

어쨌든 그의 잘못이기도 했으니까.

하지만 이제 나는 조엘을 용서했다. 나는 행복을 찾았다. 사랑하는 남편이 있고 아름다운 아들도 있다. 이제는 앞으로 나아갈 수 있다. 조엘과 캐시가 함께 행복해지는 것도 허락할 수 있다.

단, 한 가지 조건이 있다.

다시는,

절대로,

나를 건드리지 말 것.

옮긴이 박지현

출판물 기획 및 번역가. 고려대학교 영어영문학과를 졸업하였고, 동 대학원에서 영어교육학을 전공하였다. 다양한 영어 교재 및 수험서를 개발하였으며, 번역한 책으로는 《대리모》, 《위층의 아내》, 《동물농장》, 《페스트》, 《데미안》 등이 있다.

전여친

초판 2026년 3월 31일 1쇄
저자 프리다 맥파든
옮긴이 박지현
편집 나다연 **디자인** 배석현
ISBN 979-11-93324-89-9   03840

발행인 아이아키텍트 주식회사
출판브랜드 북플라자
주소 서울시 강남구 학동로 329 북플라자 타워 6층
홈페이지 www.bookplaza.co.kr

오탈자 제보는 book.plaza@hanmail.net으로 해주세요.
파본은 구입하신 서점에서 교환해 드립니다.